21世纪 年度最佳外国小说 2018–2019

首都

Die Hauptstadt

〔奥地利〕罗伯特·梅纳瑟 著
付天海 译

人民文学出版社

著作权合同登记号　图字 01-2019-5591

Robert Menasse
DIE HAUPTSTADT
© Suhrkamp Verlag Berlin 2017
Simplified Chinese Copyright © People´s Literature Publishing House, Beijing, 2019

图书在版编目(CIP)数据

首都/(奥)罗伯特·梅纳瑟著;付天海译.—北京:人民文学出版社,2019
(21世纪年度最佳外国小说)
ISBN 978-7-02-015044-1

Ⅰ.①首… Ⅱ.①罗…②付… Ⅲ.①长篇小说—奥地利—现代 Ⅳ.①I521.45

中国版本图书馆 CIP 数据核字(2019)第 030503 号

责任编辑　欧阳韬
装帧设计　崔欣晔
责任印制　任　祎

出版发行　人民文学出版社
社　　址　北京市朝内大街 166 号
邮政编码　100705
网　　址　http://www.rw-cn.com

印　　刷　三河市宏盛印务有限公司
经　　销　全国新华书店等

字　　数　286 千字
开　　本　880 毫米×1230 毫米　1/32
印　　张　12.5　插页 3
印　　数　1—6000
版　　次　2019 年 10 月北京第 1 版
印　　次　2019 年 10 月第 1 次印刷

书　　号　978-7-02-015044-1
定　　价　55.00 元

如有印装质量问题,请与本社图书销售中心调换。电话:010-65233595

出版说明

评选并出版"21世纪年度最佳外国小说",是一项新创的国际文学作品评选活动和出版活动。在世界文学格局中,由中国文学研究机构和文学出版机构为外国当代作家作品评奖、颁奖,并将一年一度进行下去,这是一个首创。

"21世纪年度最佳外国小说"评选活动由人民文学出版社和中国外国文学学会及各语种文学研究会(学会)联合举办,人民文学出版社主办。评选委员会由分评选委员会和总评选委员会构成。各语种文学研究会(学会)遴选专家,组成分评选委员会,负责语种对象国作品的初评工作;再由人民文学出版社、中国外国文学学会及上述各语种文学研究会(学会)委派专家组成总评委会,负责终评工作。每一年度入选作品不得超过八部。入选作品的作者将获得总评委会颁发的证书,作品由人民文学出版社组成丛书出版,丛书名即为"21世纪年度最佳外国小说"。

总评委会认为,入选"21世纪年度最佳外国小说"的作品应当是:世界各国每一年度首次出版的长篇小说,具有深厚的社会、历史、文化内涵,有益于人类的进步,能够体现突出的艺术特色和独特的美学追求,并在一定范围内已经产生较大的影响。

总评委会希望这项活动能够产生这样的意义,即以中国学者的文学立场和美学视角,对当代外国小说作品进行评价和选择,体现世界文学研究中中国学者的态度，并以科学、谨严和积极进取的精神推进优秀外国小说的译介出版工作，为中外文化的交流做出贡献。

自2002年第一届评选揭晓到2017年，"21世纪年度最佳外国小说"评选活动已成功举办16届，共有26个国家的94部优秀作品获奖，其中，2006年度、2003年度法国获奖作家勒克莱齐奥和莫迪亚诺先后荣获了2008年、2014年诺贝尔文学奖，足见这一奖项的权威性和前瞻性，也使"21世纪年度最佳外国小说"成为一个名副其实的重要文学奖项。

自2008年开始，这套书不再以外文原版书出版时间标示年度，而改为以评选时间标示年度。

自2014年起，韬奋基金会参与本评选活动，在"21世纪年度最佳外国小说"评选基础上，设立"邹韬奋年度外国小说奖"，每年奖励一部作品。

我们感谢韬奋基金会的鼎力支持。我们相信，"21世纪年度最佳外国小说"的评选及其出版将结出更加丰硕的成果。

人民文学出版社
"21世纪年度最佳外国小说"评选委员会

"21世纪年度最佳外国小说"
评选委员会

总评选委员会
主　任
聂震宁　陈众议
委　员
（以姓氏笔画为序）
史忠义　刘文飞　李永平　陈众议
肖丽媛　金　莉　高　兴　徐少军
聂震宁　程朝翔　臧永清
秘书长
欧阳韬　陈　旻

德语文学评选委员会
主　任
李永平
委　员
（以姓氏笔画为序）
王　建　李永平　任国强　黄燎宇　韩瑞祥

这是一部以欧盟为题材的小说,作者运用其丰富的想象力和精湛的叙事技巧,围绕"欧盟五十周年庆典活动"这一情节主线,铺陈出一个错综复杂、跌宕起伏而又趣味盎然的故事,由此而揭示出在欧洲一体化进程中,欧盟所面临的困境和挑战。整个小说具有一种浓厚的现实主义笔调,其中亦不乏怪诞和反讽,现实与历史、个人与政治、过去与未来交织,为思考"欧洲将走向何方"提供了一个充满想象的空间。

"21世纪年度最佳外国小说"评选委员会

Mithilfe seiner starken Einbildungskraft sowie gekonnten Erzähltechnik malt der Autor dieses EU-Romans eine außerordentlich komplizierte interessante und atemberaubende Geschichte aus, die das imaginäre 50-jährige Jubiläum der EU in den Mittelpunkt stellt. Damit werden die Krisen und Herausforderungen aufgedeckt, mit denen die EU-Kommission während des Prozesses der Europäischen Integration konfrontiert ist. Stilistisch ist der ganze Roman eher realistisch. Groteske und Ironie im Text dürfen aber auch nicht übersehen werden. Die Gegenwart und die Geschichte, das Individuum und die Politik, die Vergangenheit und die Zukunft verschlingen sich in dem Roman. Wer sich mit der Frage „Wohin mit der EU?" beschäftigt, erhält hier einen weiten Raum voller Vorstellungsmöglichkeiten.

Jury für den besten fremdsprachigen
Jahresroman des 21. Jahrhunderts

译者前言

罗伯特·梅纳瑟（Robert Menasse，1954— ）出生于维也纳，被称为第三代奥地利犹太作家。梅纳瑟也是德语文坛极具声望的辩证学家，曾创作过《消除精神三部曲》，在这部作品中他颠倒了黑格尔的历史辩证法，认为人的精神呈现出一种反向发展趋势，这种趋势的最后阶段是明确无疑的感性。除了哲学反思，政治也在他的作品里扮演着重要角色，近年来他一直都在深入系统地研究欧洲的未来。

几年前梅纳瑟专程前往布鲁塞尔，为了在那里为创作一部深刻洞察欧盟官僚机制的小说做充分调研。他认为，作家在虚构作品之前须首先对现实进行加工。在动笔写作之前他先发表了名为《欧洲信使》的杂文，相比那些民粹主义者撰写的众多批判性文章，这篇杂文对欧盟进行了更加细致入微和更为善意的描述。结束了对现实的考察，罗伯特·梅纳瑟重又返回虚幻的小说世界，推出了《首都》这部聚焦在全欧范围内遭受口诛笔伐的欧盟工作环境的力作。

罗伯特·梅纳瑟凭小说《首都》获2017年德国图书奖。该书以布鲁塞尔为叙事舞台，深刻剖析了欧盟现状及其众多内在冲突。

这是一部多层次、多维度的叙事文本,它以令人叫绝的方式使个人和政治层面的存在问题相互交织,为读者预设了丰富的开放式想象空间。

《首都》是一部笔触优雅、结构奇巧、高潮迭起和思想丰富的作品。小说以旨在庆祝欧盟委员会五十周年华诞的"周年庆典计划"作为主旋律。围绕各种筹备工作,作者使一个构思精巧的故事铺陈开来,整个故事情节皆围绕"周年庆典计划"这一主线,一个活动策划者要让纳粹集中营最后的幸存者作为时代见证人在庆典上亮相,以此向公众重申创建欧盟的伟大初衷。透过小说人物各自不同的身世,读者能重温欧洲历史的厚重,例如波兰人马特兹·奥斯维奇历经三代的抵抗运动生涯,以及奥斯维辛集中营幸存者达维·德维恩特的逃难史和监禁史。

《首都》是一部亦庄亦谐,气度不凡的欧洲小说。开篇的离奇场景——一头猪在布鲁塞尔街头横冲直撞,让读者忍俊不禁。多条叙事线索在欧盟主要机构所在地布鲁塞尔汇聚:欧盟委员会文化总署官员费妮娅·克赛诺普洛面临一项艰巨的任务,她应当改善和提升备受诟病的欧委会形象。受她的委托,分管部门负责人马丁·舒斯曼制订了"周年庆典计划",该计划因涉及历史敏感问题而引发了欧盟各机构的惶恐不安。达维·德维恩特正在布鲁塞尔公墓对面的一家养老院里度过生命最后的时光。孩提时代他从一列押送犹太人的火车上跳下逃生,而列车则载着他的父母驶向死亡。现在他应该证明他正准备忘却的东西;布鲁法特警官也同样面临一次严峻的考验。出于政治原因他不得不放弃继续调查一起谋杀案件。把该案件搁置起来的真正原因却是,所有与之相关的案卷和记录都被清除得干干净净;作为退休的国民经济学教授,阿洛伊斯·艾哈特应当在一次欧委会智库会议上,面对来自所有成员国的与会代表作主旨发言,但这却可能是他"最后的遗言"。

小说《首都》一开始就描述了一头狂奔穿过布鲁塞尔大街小巷的猪。"猪"这一形象涵盖了从吉祥幸运到肮脏下流的所有隐喻范围,它既可以用来谩骂政敌,同时也代表了人的聪明智慧。在这部小说里,所有善良或者邪恶的人与事都能够与一头猪有某种内在联系。

罗伯特·梅纳瑟的小说《首都》通篇都以复调叙事模式见长,在小说结尾处作家又将这种复调消解为一种略带感伤的和声。所有的痕迹,包括被删除的谋杀案,最终都汇入欧洲的集体记忆中。在阵亡烈士公墓,人们纷纷在抵抗运动战士布鲁法特的坟前扫墓,他们中也有布鲁法特的孙子埃米尔,他作为警官已经丧失了对法治国家机构的信任。纳粹大屠杀的幸存者达维·德维恩特也来公墓这个富于象征意义的地方散步。同时来自维也纳的著名经济学家阿洛伊斯·艾哈特也在公墓放松休息,作为"欧洲新公约"智库成员,他在布鲁塞尔会议上的报告最终却演变成一场警示性演讲,而演讲内容正是小说作者罗伯特·梅纳瑟本人的思想主张,他是在借艾哈特之口说出不受欢迎的事实。

《首都》是一部融入侦探小说元素的社会讽刺小说,借助众多人物形象和多层叙事线索,向读者设计了一幅描绘欧洲精英社会的光怪陆离的全景画。罗伯特·梅纳瑟这位六十三岁的奥地利作家也被公认为是超国家欧洲构想的忠实追随者。通过他所创造的文内叙事者的言行,作家本人再次表现出他对欧洲历史的深刻反省和他与"消除民族主义、创建超国家欧洲"构想的强烈共鸣。由此看来,《首都》一书也是对当前欧洲政治发展格局的回应。通过深度思考欧盟的宗旨及其各大机构的职能,小说清晰地折射出个人事务与政治力量之间快速联动的协同效应。

梅纳瑟对小说人物的刻画确切、中肯。那些急于开拓中国猪肉消费市场的经济代表和政治说客纷纷使出各种花招,以求争先与中国签订双边贸易协定,这样的描写读来也非常贴近现实。但同时小说情节在很多方面亦不乏怪诞和反讽,例如欧盟委员会的"周年庆典计划"想要把奥斯维辛及其最后的幸存者置于整个庆祝活动的中心,因为纳粹德国设立灭绝营的目的也与所谓"欧洲大统"思想的雏形相吻合。闹剧抑或悲喜剧:这两种解读在梅纳瑟的《首都》一书中都能得到确认。

罗伯特·梅纳瑟用乍一看完全互不相干的主题和人物,成功地编织出一部小说,它的情节跌宕起伏,结构错落有致,最大限度地达到了娱乐和教益读者的目的。《首都》一书集多重身份于一身:它是以欧盟为对象的研究报告,是对欧洲和布鲁塞尔的批评性分析,是一部带有类似纪实文学色彩的小说,是融入侦探小说元素的社会小说,是对大屠杀造成的无法估量的恐惧的回忆,是一部充满悲情色彩的喜剧,也是对欧盟多元特质的文学回应。

尝试使欧洲的官僚机制适用于文学创作,罗伯特·梅纳瑟是迄今唯一一位在这方面获得成功的成名作家。《首都》不仅是一部体现出高超叙事技巧的思想小说和时代小说,它还向人们提供了一种启蒙式和启发性阅读享受,使读者能够从一个全新的视角再次认识欧洲。

译者有幸受人民文学出版社欧阳韬老师的委托,翻译了梅纳瑟先生这部荣获 2017 年德国图书奖的新作。翻译不当之处,恳请广大读者批评指正,也希望以此译作与同道共勉。

付天海

2018 年 9 月于大连

梦想,是幸福;
等待,是人生。

——维克多·雨果

序　言

　　那儿有一头猪在狂奔！当达维·德维恩特打开客厅的一扇窗，为了在永远搬离这栋住宅之前再最后扫一眼屋外广场的时候，他看到了眼前的这一幕。他不是一个多愁善感的人。在这里他生活了六十年之久，六十年里从这里眺望窗外广场，而现在到了告别的时刻了。就这些了。这是他最喜欢说的话——无论何时当他要讲述、报道或是证明某事的时候，在说完两三句话后他总是这句："就这些了。"对他来说，这句话是对自己人生的每一刻或者每一阶段的唯一合理性总结。搬家公司取走了他要带往新住址的几件家当。家当——一个多么奇特的字眼，但对他已经产生不了任何影响了。接着清运公司也来人开始清除所有剩余的杂物，无论能拿走的还是各种钉钉铆铆都在他们的清理之列，他们扯拽、拆卸和运走一切，直到整个屋子被清理得可谓"干干净净"。趁着灶台和咖啡机还在，德维恩特给自己煮了一杯咖啡，他边喝边注视着眼前忙碌的人们，注意不妨碍到他们的工作，喝完的空杯子他又在手里握了很久，最后才把它丢进一个垃圾袋里。之后清运工们都走了，房间空空如也，被清理得干干净净。就这些了。他又向窗外望了最后一眼。楼下没有他不熟悉的东西，现在他必须要搬走了，因为一个新的时代已经来临——就在这时他看到了……千真万确：楼下街面上跑着一头猪！这竟然发生在布鲁塞尔市中心,发生在圣凯瑟琳商业街。那头猪肯定是从德拉布拉依大街方向跑来的,现在它正沿着房屋前面的工地围栏奔跑,德维恩特把身子探出窗外,看着那头猪是怎样在拐角处向右跑入谷物市场旧街的,它边跑边躲开几名行人,差点儿一头撞上一辆出租车。

因为急刹车,凯-乌韦·弗里格的身子猛烈前倾,紧接着又弹回到座位上。他拉下脸来。姗姗来迟本就让他心烦不已了,现在又出什么事了呢？他并非真的来得太晚,只不过他总是在意赴约时比约定时间提前十分钟到场,特别是在雨天,这样他就能够在对方出现之前,很快去趟卫生间整理衣冠,梳理被雨水淋湿的头发,拭去蒙在眼镜片上的水汽——

一头猪！您看到了吗,先生？出租车司机喊道。它差点撞上车头！他身体探过方向盘极力向前张望:那儿！在那儿！您看到了吗？

现在凯-乌韦·弗里格看到它了。他用手背擦拭车窗玻璃,那头猪正侧身从车旁跑开,湿漉漉的身子在路灯的照射下泛着淡红色,显得脏兮兮的。

我们到了,先生！再往前开不过去了。今天竟碰上这种事情！开车差点儿跟一头猪撞了个正着！只能说算我走运！

费妮娅·克赛诺普洛坐在墨涅拉斯餐馆里紧靠大窗的第一张桌边,从这里人们能够把窗外的广场一览无余。她很生气自己来得太早了。如果对方(他)到来时发现她已经在坐着恭候,那么他会觉得自己不够自信。她感到紧张不安。她原本担心雨天会导致交通堵塞,故而将路途所需时间计算得非常充裕。可现在她已经坐在这里喝着第二杯乌佐酒了。服务生像一只讨厌的黄蜂一样在她身边转来转去。她盯着酒杯,强令自己不去碰它。服务生端来一大瓶纯净水。然后他又送来一小碟橄榄——同时说道:一头猪！

什么？费妮娅抬起头来，看见服务生正着魔似的向窗外的广场望去，现在她也看到了：那头猪向餐馆跑来，以一种可笑的驰骋姿势，四条短腿在浑圆笨硕的身躯下前后摆动。起初她以为那是一条狗，那种被寡妇们喂得肥肥胖胖的畜牲，可定睛一瞧——不，那的确是一头猪！几乎和画册里的一模一样，她看到了猪嘴和猪耳，人们就是用这样的线条和轮廓为孩子们画一头猪的，但是眼前的这头仿佛是从一本恐怖儿童读物里蹦出来的。它并非野猪，明显是一头满身污垢的淡红色的家猪，略带一些疯狂和危险的气息。雨水顺着窗玻璃往下淌，透过窗户费妮娅·克赛诺普洛依稀看见，那头猪是怎样在几名行人面前突然刹住，用力挺直四条腿，身子滑向一边，支撑不住而跌倒，重新站起来掉头狂奔，这一次是朝阿特拉斯酒店方向跑去。就在此刻瑞斯查德·奥斯维奇走出酒店。还在下了电梯穿过酒店大堂时，他就把夹克衫的风帽套了头上，现在他迈出酒店步入雨天，步履急促但不显得过于匆忙，因为他不想让人注意到自己。碰上下雨是一种运气：头戴风帽，步伐急促，在这样的天气情况下如此装束和举止完全正常也不引人注目。事后没有人能够作证，说自己看到一名男子在逃走，大概像他这样的年纪，估计有他这么高，男子身上夹克衫的颜色——当然这他心里也清楚……他很快向右转身，就在这时他听到一片激动不安的叫喊声、一声尖叫和一种奇特的嘎吱嘎吱的喘息声。他很快站住，扭过头向后看去。现在他注意到了那头猪。他不敢相信自己的眼睛。在酒店门前两侧的铁柱之间站着一头猪，它耷拉着脑袋立在那里，像一头公牛在进攻之前那样在蓄势，显出一副有些可笑、但同时又略带几分危险的样子。这简直令人莫名其妙：这头猪从何而来，它为何要站在那里？瑞斯查德·奥斯维奇有一种印象，仿佛广场上所有的生命，至少就他的目力所及的范围而言，在这一刻都凝固和冻结了，那头畜牲的小眼睛里反射出映衬在酒店外墙面上的霓虹灯——见到此状瑞斯查德·奥斯维奇开始拔腿就跑！他转身向右跑去，跑了几步再次扭头回望，那头猪喘着粗气猛地仰起脑袋，向后退了几小步，转过身一路快跑斜穿过广场，朝弗莱芒文化中心前面的树丛方向跑去。一直在注视这一场景的那些行人目送着那头猪远去，但却没有注意到头戴风帽的这名男子——现在马丁·舒斯曼也看到了那头畜牲。他住在阿特拉斯酒店隔壁的房子里，那一刻他正打开窗户给房间通风，简直不敢相信自己的眼睛：那家伙看上去就像是一头猪！他刚刚思考过自己的人生，思考过人生中的那些机缘，它们致使他作为一名奥地利农家子弟，现在却得以在布鲁塞尔生活和工作，眼下的心境让他对一切都感到古怪和陌生，但此刻窗外楼下的广场上却有一头猪在放纵狂奔，这简直太过荒诞了，这只能是想象力在捉弄他，是往昔记忆的投影！他又仔细看去，但那头猪已经不见了。

那头猪朝圣凯瑟琳教堂跑去，穿过圣凯瑟琳商业街，始终沿着街道的左侧，避开从教堂里出来的游客，途经教堂跑向附近知名的海鲜街，游客们哈哈大笑，他们或许把这头惊恐不堪、快要虚脱崩溃的畜牲看作是当地民俗的一部分，是某种特有的区域现象。某些人事后可能会在导游指南里查找对此的相关解释。在西班牙的潘普洛纳，人们难道不是在某个节日驱赶公牛，让它们狂奔穿过城市的大街小巷吗？或许在布鲁塞尔人们用猪猡代替了公牛？倘若人们在某个地方经历了不可捉摸的事情，又压根儿不指望在那儿弄清楚事情的来龙去脉——那么这样的生活该是多么快活呀。

这时古达·穆斯塔法拐过街角，几乎和那头猪撞在了一起。几乎？那畜牲难道没有碰到他、蹭到他的腿吗？一头猪？惊慌中古达·穆斯塔法赶忙向旁边躲闪，结果身体失去平衡倒在了地上。现在他翻滚了一圈躺在一个水坑里，这让事情变得更为糟糕，但是让他感到玷污了自己的不是排水沟里的污秽，而是与那肮脏畜牲的接触,如果刚才真的是撞在一起的话。

此刻他看到有人俯身向他伸出一只手,映入他眼帘的是一位老先生的面庞,一张伤心忧虑、被雨水打湿的脸庞,老人看似在雨中哭泣。这是阿洛伊斯·艾哈特教授。古达·穆斯塔法听不懂对方在说什么,他只能听懂"可以"这个词。

行!可以!古达·穆斯塔法说道。

艾哈特教授继续用英语述说,说自己今天也摔倒过,但他如此语无伦次,以至于他把"摔倒(fell)"说成了"失败(failed)"。古达·穆斯塔法不明白他的话,只是又说了一遍:行,可以!

这时救护车和警车已经赶赴现场。整个广场都随着车辆上的蓝灯在旋转、跳动和闪烁。紧急任务用车呼啸着朝阿特拉斯酒店疾驰而去。布鲁塞尔的天空尽了自己的本分:雨一直在下。现在从天而降的好像是闪着蓝光的水滴。与此同时一股狂风骤起,将某些路人手中的雨伞高高拽起并翻卷起来。古达·穆斯塔法握住艾哈特教授的援手,让对方把自己拉了起来。他父亲警告过他要提防欧洲人。

第 一 章

上下文在内容上不必非得相关，
但缺失了关联一切都将支离破碎。

谁发明了芥末？对一部小说而言这不是好的开头。可另一方面：不可能有好的开头，因为无论好与不好，根本就不存在开头。任何可被设想的开场句都已经是结尾，尽管在它之后还会有其他语句。起始句位于成千上万页的终点处，这些页码是从未被书写出来的史前史。

其实在人们开始阅读一部小说时，读完第一句话后他就必须要往前翻看。这就是马丁·舒斯曼的梦想，他本想成为一名史前史作家。他中断了考古学专业的学习，然后才——无所谓，说这些话无关紧要，它属于任何小说开头都必须隐去的史前史部分，否则在叙述完故事后人们再也回不到开头了。

马丁·舒斯曼坐在写字桌边，把笔记本电脑推到一旁，从两支不同的锡管里往一个盘子上挤芥末，其中一支是产自英国的辣味芥末，另一支是来自德国的甜芥末。他边挤边问自己是谁发明了芥末。生产一种软膏状的东西，让它彻底掩盖饭菜的原味，自己却又不怎么好吃，究竟是谁想出了这个古怪的念头呢？这种东西竟能作为批量产品在市场上立足，这怎么可能呢？他本以为这种软膏应该是像可口可乐那样的产品，一种对任何人来说都不可或缺的产品。在回家途中马丁·舒斯曼从位于阿斯帕克大街上的德尔海兹集团的一家分店买来了两瓶葡萄酒、一束黄色郁金香、一根烤肠,当然还有芥末,而且一下子买了两管,因为他无法在甜味和辣味之间做出决断。

烤肠在平底锅里颤动着发出咝咝声,炉灶的火焰被拧得太大了,油脂着了,香肠烧焦了,但马丁对这一切无动于衷。他坐在原处,凝视着卷曲在白盘子上的两堆浅黄色和深棕色的芥末,它们仿佛是两坨狗屎的微型雕塑。目不转睛地盯着盘子上的芥末,而同时平底锅里的香肠已经烧焦,专业文献尚未把这种情况描述为是抑郁症的明显和典型症状——尽管如此我们可以这么认为。

盘子上的芥末。敞开的窗户,窗外的雨帘。散发霉味的空气,烧煳的烤肉发出的臭味,来自爆裂的香肠和燃着的油脂的噼噼啪啪声,瓷盘上狗屎状的雕塑——就在这时马丁·舒斯曼听到了枪声。

他并不感到害怕。那声音听起来就像是隔壁人家刚刚打开了一瓶香槟酒。可是在薄得出奇的墙壁那边并非普通住家,而是一间酒店房间。隔壁就是阿特拉斯酒店——"阿特拉斯"这个名字对于这栋瘦削的酒店大楼来说何其委婉,在这里投宿的主要是些弯腰弓身、背后拖拽拉杆箱的政坛说客。透过墙壁马丁·舒斯曼一再听到一些动静,对于这样的动静他不感兴趣,也并非一定想要听到。这些动静包括真人秀电视节目,或者仅仅是真实的声音如打鼾声和呻吟声。

雨下大了。马丁想要离开住处。他为布鲁塞尔做了充分的准备。还在维也纳的欢送会上他就刻意让自己得到了些考虑周全的礼物,以应对布鲁塞尔的各种情况,这些礼物当中包括九把雨伞,从经典的英式长把伞到德式折叠伞再到三种贝纳通颜色的意式迷你伞,真可谓应有尽有,此外还有两件骑自行车用的雨衣。

他一动不动地坐在桌边,目不转睛地盯着盘子上的芥末。事后他之所以能够准确地告知警方隔墙的枪声是在几点钟响起的,是因为那声臆想的香槟酒瓶塞弹出的响声,也促使他自己起身去开了一瓶葡萄酒。他每天尽可能把饮酒的时间向后推迟,无论如何在 19 点之前他是不会喝酒的。他看了看表:19 点 35 分。他走到冰箱跟前,从里面取出葡萄酒,关闭炉火,把烧焦的香肠倒进垃圾桶,把平底锅放进洗碗池并拧开水龙头。水流在滚烫的平底锅上噼啪作响。不要再看那些愚蠢无用的东西了!他母亲这样呵斥道,当他手捧书卷,目光呆滞地盯着前方,而不是在猪圈里帮忙喂猪和清除粪便的时候。

马丁·舒斯曼博士坐在那里,眼前摆放着一个挤有芥末的盘子,他给自己斟了一杯葡萄酒,喝完后又倒了一杯,窗户敞开着,他时不时起身站到窗边,向窗外张望一番,然后又坐回到桌边。在喝第三杯酒的时候,蓝光透过窗户拂过房间的墙壁。壁炉上花瓶里的郁金香有节奏地闪烁着淡蓝色的荧光。电话铃响了。他没有马上去接。他在等着电话铃再多响几声。马丁·舒斯曼看了看来电显示。他没有接电话。

史前史。它意义深远,同时又犹如圣凯瑟琳教堂里低调闪烁的长明灯,教堂位于谷物市场广场的另一端,马丁·舒斯曼就住在广场边。

少许行人躲进教堂里避雨,他们犹豫不定地四处闲站着,或者在教堂中殿来回踱步,游客们信手翻阅随身携带的导游指南,查看去各个景点的乘车路线:"黑色圣母像,14 世纪""圣凯瑟琳画像""典型的弗莱芒布道坛,可能是出自梅赫伦""吉勒斯-兰伯特·戈德查理的墓碑"……

天空时而划过一道闪电。

独自坐在一张教堂长椅上的那名男子像是在做祷告。他把胳膊肘撑开，双手交叉支着下巴，脊背弯成了弓形。他穿着一件带风帽的黑色夹克衫，风帽此刻正罩在他的头上，若不是印在夹克衫后背上的"吉尼斯"字样，人们乍一看可能会把他当作是一名身着袈裟的僧侣。

带风帽的夹克衫或许要归因于布鲁塞尔的雨天，但是他这般装束给人的印象，却也透露出些许关于这名男子的基本情况。与众不同的方式证明他的确是一名僧侣：他认为恪守僧侣之道，或者如他所想象的那种禁欲、冥想和静修，是拯救生活免遭混乱和消遣威胁的必由之路。对他来说这样做既非局限在修会或僧院里，也不受缚于与世无争的内心淡泊：无论从事何种职业或者担任何职，每个男人都可以，甚至必须成为自己所在领域的一名僧侣，成为踏实笃定、效力于上帝意愿的奴仆。

他喜欢观察十字架上受刑的耶稣，喜欢去思考死亡。每次这样做，对他都是一种情感的涤荡、思想的积聚和能量的补强。

他叫马特兹·奥斯维奇。可是他护照上写的教名却是"瑞斯查德"。奥斯维奇是在位于波兹南的卢布兰斯基耶稣学院攻读神学课程时才开始叫"马特兹"这个名字的，在那儿每一名"被开化的学生"都会得到一位耶稣使徒的名字作为别名。学习期间他又通过涂圣油仪式被更名为"税吏马太"。尽管从神学院退学，可他还是保留了上述名字作为自己的化名。每逢必须出示护照时，他都是以"瑞斯查德"的身份通过边境的。基于几名昔日联络人的供词，情报部门知晓他叫"马特克"，这是"马特兹"的昵称，志同道合者就是这么称呼他的。他作为"马特兹"履行自己的使命，作为"马特克"被警方通缉，而以"瑞斯查德"的身份屡屡逃脱法网。

奥斯维奇不是在祈祷。他没有在心里默念那些以"天主"开头的祷词，它们都是些表达愿望的语句，例如"赐我力量去做这样或那样的事情""恩赐我这样或那样的祝福"……人们对保持沉默的绝对神灵不能抱任何希望。他注视着被钉上十字架的耶稣。这个人为人类所做、最终也道出的体验堪称典范,那便是在面对绝对时刻的那种彻底的孤寂感:当躯壳被划开、砸开、切开、刺穿和撕裂时,当生命痛苦的呼号弱化为呜咽、最后湮没在沉默中时。只有在沉默中生命才能接近万能的神灵,后者以一种不可思议的心境把自己存在的对立面,即时间从体内逐出。人从出生的那一刻开始,就能够不断地进行回忆,永远往从前回想,他不会回到起点,以其荒唐的时间概念只能明白一点:在他降临人世之前,他永远都没有像现在这样存在过。他能够预想将来,从他死亡的那一刻起设想未来所有的可能性,他不会来到终点,只能得出这样的认识:他永远也不会再像现在这样了。时间是永恒与永恒之间的插曲——噪音、嘈杂的声音、机器的隆隆声、马达的轰鸣声、武器射击的啪嗒声、痛苦的喊叫和绝望的狂啸、愤怒和乐于受骗的民众的齐唱、滚滚雷声和小型饲育箱里恐惧的喘息声。

马特兹·奥斯维奇打量着那个受刑的男人。

他没有合拢双手。他用交叉的双手把指甲压进手背,直到指关节发出噼啪声,皮肤火辣辣地作痛。他感觉到一种比自己的年岁还要更久远的疼痛。他可以随时以哀求的姿态调取这种疼痛。他的祖父瑞斯查德于1940年年初转入波兰地下组织,以便在斯特凡·罗克奇将军的领导下抗击纳粹德国。还在同年4月他就被出卖、逮捕和刑讯,最后在卢布林作为游击队员被公开枪决。当时祖母已经怀了八个月的身孕,1940年5月孩子在凯尔采出生,这便是马特兹的父亲。为了逃避可能发生的株连九族,父亲被送往波兹南的一位伯祖家里,在那里长大并于十六岁经历了起义场面。为了反抗共产主义运动,这名年轻的高中生加入了法兰扎克少校领导的军人团体。他先是参与了各种破坏活动,后又奉命劫持了多名公安部门的密探——1964年一名同党因一笔六千兹罗提

（波兰货币单位）的悬赏出卖了他。他在一栋住房里密谋造反时被抓捕，在安全部门的一间地窖里被拷打致死。当时他的未婚妻玛莉亚已经有孕在身，1965年2月孩子在科兹格罗德村出生，人们用他祖父和父亲的名字给这个孩子起了名。又是一个无法认识自己父亲的儿子。母亲寡言少语。一次她这样讲述道："我们在田野上或者在树林里约会。赴约时他都要带一把手枪和几颗手雷。"

一位永远沉默的祖父。一位永远沉默的父亲。波兰人一直都在为欧洲的自由而战，这是马特克得出的教训，每个奔赴战场的波兰人都是在沉默中长大的，并且一直战斗到在沉默中死亡。

他母亲带他去拜访教士，在他们中寻找能为母子俩说情的人，花钱买来了推荐信，她相信教会能够给他们提供保护。最后她把儿子安顿在波兹南神学院。在那里他亲历了人体的脆弱性：血液在异物侵入躯壳时充当了润滑剂，皮肤只不过是潮湿的羊皮纸，在上面一把刀就能够绘制出各种地图，嘴巴和咽喉就像是一个黑洞，它一直被填塞到最后一声语音渐渐逝去，终了它只是在无声地吮吸生命所赐予的气息。在那里他也获取了对于"地下"的全新认识。在神学院学生们得到了耶稣使徒的庇佑名之后，他们被带入极其壮观的波兹南大教堂的地下墓穴，来到神秘的拱形地窖和地下冢室，他们经由在火把的照射下闪闪发光的石阶，下到地下最深处，穿过最后一条崎岖不平的坑道进入一间斗室，事实证明这是沉陷地下的死亡和永生祈祷室：公元10世纪，人们在浸满鲜血的波兰地下一百英尺深处的岩石里打造了一个筒形拱顶。在祈祷室的正面有一个巨大的十字架，上面刻有惟妙惟肖的基督造型，其后是众天使的浮雕，天使们从岩石里显露出来，或者看似正在走进和穿过岩石，在火把的光亮里显得异常逼真。十字架前面是一具圣母雕像——无论在其他教堂还是在画册的插图上，年轻的瑞斯查德从未见过这样的圣母像：她被裹得严严实实！圣母身着一件披风，前额、鼻子和嘴巴都被包裹起来，人们只能通过布料的一道窄缝看到她的眼睛，她的眼窝深陷，毫无生气，这是上千年流泪的自然结果。所有这一切也包括祭坛，都是在打通地质层之后，用这里的岩石和泥灰雕凿塑造而成。背对着瑞斯查德和其他进入祈祷室的学生，在用冰冷的岩石制成的长凳上坐着十一名身着黑色袈裟的僧侣，袈裟的兜帽蒙在他们低垂的头上。

学生们穿过室内的中间通道，从低头祷告的众僧身旁走过，被领到前面的基督雕像处，站定后他们在胸前划十字祈祷，接着人们命他们转过身来。瑞斯查德向身后望去，现在他看到了在袈裟兜帽下面透着微光的死人头颅，祷告念珠挂在僧侣手里的指骨上——这些僧侣都成了一具具骷髅。

相比在高高的山巅上，人们在地下更容易接近上帝。

马特兹·奥斯维奇多次用指尖敲击额头。他感觉到肉体的沉重和空气里的腐烂气味。在腹腔内肚脐左下方处他隐隐有一种烧灼感。他知道那是死神的烈焰。死亡不令他感到害怕。相反死亡会减轻他的恐惧。

这些身披袈裟的骷髅是主教约达尼斯和波兹南教区第一批牧师的遗骨。近千年来他们一直坐在这里进行永恒的默祷。在这十一具骷髅面前，每一名学生都被分配了一个十一位耶稣使徒的名字。十一位使徒？难道没有犹大吗？不，是有的。但是让一名学生拥有使徒彼得、上帝在世上的第一位门徒的名字，这显得有些狂妄和令人无法接受。谁要是被选中的话，他也可用约翰内斯或者保罗替代彼得的名字。

马特兹·奥斯维奇用双手手掌紧紧捂住耳朵。太多声音在他的脑子里响作一团。他闭上双眼。太多画面在他眼前浮现。这不是回忆，不是史前史。那种情况现在发生了，就在此刻，当他坐在十字架上的受难者面前时。它就像腹腔里的那种烧灼感一样。他不感到害怕,只是惴惴不安而已,像是要面临一次大考或者一项艰巨的任务。人们只能参加一次的考试是最难的考试。他睁开双眼,抬眼望去,打量十字架上被解脱者侧身的伤痕。

马特兹·奥斯维奇从根本上妒忌他的受害者们,因为他们已经经历过痛苦和死亡。

他站起身来走出教堂,很快向不远处在阿特拉斯酒店前面闪动的蓝光望了一眼,把夹克衫的风帽拉得很低让它遮住前额,低着头穿过雨天,慢慢朝圣凯瑟琳地铁站走去。

在阿洛伊斯·艾哈特返回阿特拉斯酒店时,人们起初禁止他入内。一名警察在酒店门口向他伸出手来,仿佛是在要求他站住,至少他是这样理解的。他没听懂这名警察说了些什么。他的法语不是很好。

他从很远处就看到了警车和救护车上旋转不停的蓝灯,首先他想到的是有人自杀。慢慢地他朝酒店走去,中午时分就已纠缠他的那种感觉马上重又袭上心头:仿佛那种迟早会使每个人坠入其中的虚无,突然像是一种宣告甚至要求,在胸腔和腹腔蔓延开来。他僵硬并窒息地感受到这一奇迹,它使得一种不断膨胀的空虚能够在有限的身躯内无限延展。灵魂作为黑洞吸尽了他毕生的经验,直到仅剩下虚无在四处延展,那是绝对的空虚,完全漆黑一片,就好比没有星星的夜晚让人觉察不到一丝柔和。

现在他站在酒店入口处的台阶前面,因为疲倦而感到全身筋骨和肌肉酸痛,身后有几名好奇的围观者,他用英语解释说:他是这家酒店的客人,在这里预订了一个房间——但这丝毫没有让对方收回伸出来挡在他身前的胳膊。情况对他来说太离奇了,以至于就算是被捕他也不会感到吃惊的。可是因为时光永逝,他不仅是身体已经开始不听使唤的老者,他还是半辈子享有无上权威的退休教授艾哈特博士。旅游者,他明确说道,他是游客。就住在这里!住在这家酒店。他希望回到自己的房间。于是那名警察陪同他来到酒店大堂,把他引到一名身高接近两米、大约五十五岁左右、身着一件过于紧束的灰色西服的男子面前,对方要求他出示一下证件。

教授为何低着头站在那里?他盯着眼前这个巨人鼓囊囊的、像充气皮球一样的肚子,突然感受到一丝同情。有些人凭借庞大的身躯显得永远强壮,总是精力充沛,从来不会生病,直到有一天他们突然像是被雷击中一样倒在地上,在风华正茂时溘然离世,人们只能为他们的早逝扼腕叹惜。他们总是为自己强健的体格感到自豪,只要他们能够在其他人面前展示自己的体魄,能够对其他人形成震慑,他们就认为自己是永生不死的。这些人从未面对这样的问题,即当他们年迈体衰并患上慢性疾病、在不久的将来需要人护理的时候,他们将会作何决定。眼前这个男人在内心深处已经腐朽糜烂,不久就将倒下,只是他自己不知道而已。

艾哈特教授把护照递给他。

他是何时抵达的?您说法语吗?不会?那英语呢?他是几点钟离开酒店的?晚7点到8点之间他是否在酒店里?

为何向他提这些问题?

他们是警方凶杀案侦破组成员。一名男子在这家酒店的一个房间里被枪杀了。

他的右前臂感到疼痛。艾哈特教授在想,这种情况或许已经引起了别人的注意,因为他一再抚摸、挤压和揉捏右臂。

他从雨衣的侧兜里取出数码相机并打开电源。他能够展示自己去过的地方:每一张照片上的拍摄时间都赫然在目。

眼前的男子面带微笑,仔细检查相机里的所有照片。下午去了欧洲行政区和舒曼广场。贝尔莱蒙大厦,贾斯特斯-利普修斯大厦。交通路牌"约瑟夫二世大街"。为何拍摄这个交通路牌?

因为我是奥地利人!

啊,原来如此。

位于法律大街的"欧洲之梦"雕塑。这尊青铜雕像描述的是一名失明(抑或患梦游症?)的男子,他正从基座踏空迈出一步。这些游客真是无所不拍!瞧啊,19点15分:布鲁塞尔大广场。截止到19点28分多张照片都是在那里拍摄的。然后是最后一张照片:拍摄于20点04分,圣凯瑟琳教堂的中殿。眼前的男子继续按键,相机又翻回到第一张照片。他复又按回到刚才最后一张照片。基督,祭坛,一名男子坐在祭坛前面的长凳上,他的衣服后背上印着"吉尼斯"字样。

他冷笑了一下,把相机还给艾哈特教授。

回到自己房间之后,阿洛伊斯·艾哈特走到窗前,他透过窗玻璃望着外面的雨夜,撩了撩被雨水淋湿的头发,屏住呼吸凝神静听。他什么也听不到。他是临近中午抵达酒店的,一进房间他就马上打开窗户,把大半个身子探出窗外,为了能够更好地俯瞰外面的广场,他身子前倾得太厉害了,几乎快要失去平衡,他的双脚不再接触地面,他已经看到街上的沥青路面在朝自己扑面而来,这一切发生得太快了,他猛地把身子从窗台撑开,跌倒在窗前的地板上,右前臂在暖气片上磕了一下,以一种滑稽的扭曲姿势坐在地上——此时他觉得自己仿佛是在最后时刻避免了一次自由落体运动,人们或许在弥留之际才会有这样的感觉。然后他挣扎着站了起来,气喘吁吁地坐到床上,突然萌生了那种欣快感:他自由了。至少现在是自由的。他能够独立决断。他将要作出决定。现在还不是时候,但他会及时做出选择。自杀——多么愚蠢的概念!他要做一个自主决定的自由人!他知道自己必须这样做——突然他也知道自己能够这样做。现在他清楚了，死亡如此平庸和微不足道，就像每天日程最后的"可能性事项"一样不可避免。这是一切终止的时刻。他必须跃过死亡。他从床上一跃而起。

他不想像他妻子那样死去。临终之际显得如此孤独无助，只能依赖于他对她——

他拿起遥控器打开电视。脱去衬衣后他看到右臂上有一片血瘀。他按下遥控器上的选键：切换频道！他解下外裤，继续换台！脱掉袜子，接着换台！脱下内裤，再一次换台！这次他选中的频道是德法公共电视台。电视里正播放一部故事片，那是经典影片《乱世忠魂》。他第一次观看这部影片已经是几十年前的事情了。他躺到床上。电视里的一个声音说道："本片由德国主流婚介服务网站为您播映。"

就在救护车刚一转入广场、人们正好能够听到汽笛声的那一刻，费妮娅·克赛诺普洛想到了援救，这绝不是什么巧合。连日来她除了援救就再没有想任何其他事情，这一念头简直成了她的强迫观念，因此现在她想的仍是援救！他必须帮我！

她和凯-乌韦·弗里格坐在墨涅拉斯餐馆共进晚餐，这家餐馆正好位于阿特拉斯酒店对面。自两年前和乌韦·弗里格传出绯闻以来，她就私下里称对方为弗里驰，是否出于打情卖俏她故意将对方的名字叫成了"弗里茨"，因为他是个德国佬，还是她想用"弗里驰"这个名字影射"冰箱"（Fridge）的谐音，因为他实事求是的正派风格总给人冷冰冰的感觉，这就不得而知了。弗里格是一名瘦高、机灵的四十五岁左右的男子，他来自汉堡，在布鲁塞尔已经生活了十多年。按照常理，在欧盟委员会新一届内阁组建之前，通常都会有诸多僵持、阴谋和交易发生，弗里格在这样的政治斗争中非常走运（或者根本就没有指望自己会走运），在事业上的平步青云令人印象至深:现在他是欧盟贸易总署的秘书长,从而是欧盟最强势专员之一的很有影响力的办公室主任。

在布鲁塞尔这座遍布一流餐厅的城市里,他们俩偏偏约在一家只能算是中等的希腊餐馆里见面,这并非如费妮娅·克赛诺普洛所愿,她没有思念故乡,并不渴望家乡菜的口感和香味。这是凯-乌韦·弗里格的建议:他想向他的希腊女同事发出一种团结的信号,特别是现在,在整个希腊濒临国家破产和第四次代价昂贵的欧盟救助计划出台之后,当"希腊人"完全失去了欧洲同僚和公众的好感时。他在电子邮件里写道:"墨涅拉斯如何?就在圣凯瑟琳附近的谷物市场街,据说是非常棒的希腊餐馆!"他确信把这家餐馆建议为约会地点会使自己赢得更多的印象分,费妮娅·克赛诺普洛的回复是"行,可以"。她其实无所谓在哪儿见面。她在布鲁塞尔生活和工作了太久,以至于不会再纠结于什么爱国主义。她所希望的是援救,对她本人的援救。

把防止希腊破产的救助基金称作"救命伞",这会让人情不自禁地感到非常滑稽,弗里格这样说道。说实在的,隐喻在我们德国就是碰运气的事情。

费妮娅·克赛诺普洛对弗里格的话一点儿也不感到好笑,她根本没懂他说这话是什么意思,但她还是笑得非常灿烂。这情形就像是戴了假面具一样,她不敢肯定是否人们意识到了她在装模作样,或者她以前一直信赖的东西还能否奏效:娴熟地调动面部肌肉、选择合适的时机、露出漂亮洁白的牙齿以及向对方投去温情的目光,这样做会给人一种不可抗拒的自然印象。对于非自然的事情人们也须拥有一种自然天赋。但是现在费妮娅正处在职业生涯的低谷,而且是在她这个年龄!她四十岁了!她如此心烦意乱,以至于对自己的自然天赋、即刻意去讨好别人的能力也不再有把握了。自我怀疑就像一片牛皮癣罩住了她的外表,此刻她的感受就是这样。

凯-乌韦只点了一份希腊沙拉,费妮娅一时冲动差一点儿说道:我也要这个。可她还是听到自己点了一份焗焖肉米粒面!肉面微热,显得非常油腻。为何她没能控制住自己的食欲?她已经开始发胖了。她必须要注意饮食了。服务生往杯里添加了葡萄酒。她盯着葡萄酒杯,心里暗想:这又是80卡路里的热量。她抿了一小口纯净水,积蓄起全部力量看着凯-乌韦,双手执水杯抵住下唇,尝试让自己的眼神既诡异同时又充满诱惑。她在心里诅咒自己。她到底怎么了?

救命伞!凯-乌韦说道。人们可以用德语新造这样的词语,它们只需在《法兰克福汇报》上出现三次,任何受过教育的人就会觉得它们再正常不过了。然后此类表述便会扎根在人们的大脑里。女总理每次面对摄像机都会说这个词。翻译们则会因紧张而冒汗。英语和法语里有"救生圈"和"雨伞"这样的表达。可"救命伞"又是什么呢?我们被这样问道。法国人起初把它翻译成"降落伞"。但随后爱丽舍宫表示抗议:降落伞并不能阻止坠落,它只是延缓了坠落,这种表述是错误的信号,还是请德国人——

凯-乌韦边吃橄榄边把果核吐到盘子上,费妮娅在一旁观察,觉得他仿佛只是在摄取橄榄的味道,却把热量退回给了厨房。

这时人们开始听到汽笛的呼啸声,然后又看到了蓝光,它在不停地闪烁、跳动……

弗里驰?

怎么了?

你必须——她本想说:你必须救我。但这话她说不出口。她纠正了自己的措辞,想对他说:你必须帮我!不,她不能这么说,她必须要显得很有能力,而不是让人觉得她亟需帮助。

什么事?他透过餐馆的窗玻璃,向那边的阿特拉斯酒店望去。

他看到几个男人从救护车里拽出一副担架,然后抬着担架跑进酒店。墨涅拉斯餐馆虽然就在阿特拉斯酒店附近,但是两者还是相距太远,以至于他想不到那里发生了一起凶杀案。那边的场景对他来说仅仅是一场编舞,人们在和着灯光和声响来回移动。

你必须——话她已经起了头,现在她想把说出的话收回来,但这已经不可能了——你必须理解……可这对你来说没问题!我知道你能明白,我——

你怎么了?他看着她。

耳边不停地响起刺耳的警笛声。

费妮娅·克赛诺普洛起初在欧盟竞争总司工作。该总司专员是一名一无所知的西班牙人。但欧委会的每一名专员都像他的办公室一样显得非常得体,而费妮娅则恰似高效运转的办公室里一个出色的部件引人注目。她离婚了,因为她既无时间也无雅兴,每隔一个、后来每隔两个甚至三个周末,在自己位于布鲁塞尔的公寓里接待一个男人或者返回雅典与之相会,对方则一边闲聊雅典上流社会的某些私密话题,一边像漫画里的暴发户那样吞云吐雾地抽着雪茄烟。她先是嫁给了一位知名律师,后来又把一名乡村律师扫地出门!然后她在职位上得到升迁,进入贸易专员的顾问团队。谁若能强力取消各种贸易限制,他在贸易总署就能做出显赫的业绩。对费妮娅来说不再有私人生活,不再有家庭的羁绊,她的眼里只有自由的世界贸易。她真的相信,鉴于她为改良世界尽了绵薄之力,因而她所预见的成功事业正是对自己工作努力的回报。公平贸易于她是一种老生常谈的赘述,因为贸易本就是世界公正的前提。贸易专员是一名有所顾忌的荷兰人。他在凡事上的无可指摘令人难以置信。费妮娅卖力地工作,为了计算出他的顾忌花费了多少荷兰盾的代价。事实上这个男人一直还在用荷兰盾结算!如果费妮娅说服了他,那么他所获得的桂冠堪称价值连城!

现在她应该有再次升迁的机会。在欧洲选举结束之后,她期待能够在欧委会的重组中继续爬升。果不其然,她得到了提拔,成为某一部门的主管。可问题出在何处呢?她把这次提拔感受为是一种明升暗降,把它视为自己事业的拐点,是对自己的下放:她被任命为文化总署下设的联络司司长!

文化!

她本科就读于伦敦经济学院,学习经济学专业,研究生毕业于斯坦福大学,并通过了严格的会考,而现在她却坐在文化总署里办公——这样的工作甚至都不如玩地产大亨游戏有意义!文化总署是一个无关紧要的职能部门,它没有经费预算,在欧委会里没有分量,没有影响力和权力。同事们把文化总署戏称为清白无罪的部门——倘若真是这样也就好了!无罪证明是重要的,任何行为都需要为自己做出辩解!但文化连遮人耳目、颠倒是非都谈不上,因为没有眼睛会去瞧文化部门都做了些什么。假如贸易或者能源专员,甚至负责渔业事务的女专员在欧委会开会期间不得不去趟卫生间,那么整个讨论就将中断,直到他或者她重新返回。可要是文化女专员必须出去方便的话,会谈会照旧进行,根本没有人会去注意她在谈判桌边落座还是在卫生间。

费妮娅·克赛诺普洛上了一部电梯,电梯虽然是向上运行的,但却不经意间卡在了两个楼层之间。

我要出去!她大声说道。当她从卫生间回来时,看到对方正在打电话。他没有等她。

弗里驰和费妮娅透过大玻璃窗向酒店那边望去,两人像一对老夫妻一样寡言少语,很高兴现在出了些什么事情,对此人们终于可以说上几句话了。

那边出什么事了?

不清楚!可能是酒店里某位房客心脏病突发?弗里驰说道。

可要是因为心脏病突发,也不至于要警方立即介入啊!

没错,他说道。短暂的停顿之后——他几乎禁不住要说:说起心脏顺便问一下,你的性生活怎么样?但是他忍住没这么问。

你肯定有什么心事!他说。

是这样的!

你可以把所有的心里话讲给我听!

他一边倾听一边频频点头,时不时拉长声调说一句"好,可以",为了向她表示他在听她诉说,最后他问道:我能为你做些什么?

你必须向我提出要求。你能向我——怎么说呢:提出要求吗?我想调回贸易总司。或者你可以跟格诺谈一谈吗?你和他交情不错。他能听取你的意见。或许他可以有所安排。我必须调离文化总署。在那里我感到窒息!

好的,他说道。突然他心里紧张了起来。这样说或许言过其辞。他感觉到一种无法解释的压抑。他从未思考过自己的人生。以前他曾经有过这方面的思考——那是在很久以前,当他还没有生活经验的时候。那样的思考都是些幻想和梦境,他把梦境和深思混为一谈了。人们不能说他是在探究自己的梦境。正如人们去往某一特定的站台,他也去了那个地方,从那里通向特定终点的旅行刚刚开始。从此他便一直在铁轨上旅行。他内心深知,人们之所以没有出轨往往也是仅凭运气而已。只要不偏离轨道,人们就无须去思考任何其他事情。生活或者正常运转或者运转失灵。如果是前一种情况,"生活"就会被"人们"所取代。也就是说人们在正常工作。这一切他都不去思考。这对他来说是显而易见的。他把这种清楚明了和一处结实的地面混淆了,他在这块地面上行走,却不必在迈出每一步时三思。但现在这块地面开始轻微地动摇了。这是为何呢?他不去问自己这是何故。他只是略感忧虑。现在我得很快去趟卫生间!

他边洗手边照镜子。他对自己不感到陌生。不陌生但也不熟悉。他从钱包里取出一片"伟哥"药片,他随身总是备有一片这样的药物。他把药片嚼碎,就着一口水服下,然后又洗了一遍手。

他知道,费妮娅跟他一样明天一大早就得出门。因此他们必须很快上床。他们必须把事情做好。

他们乘坐出租车驶往伊克塞尔,来到他的公寓。他装出一副欲望强烈的样子,她则假装达到了性高潮。两个人的化学反应合拍了。街对面蓝鹿酒吧霓虹灯广告的蓝色灯光透过窗玻璃一闪一闪的。凯-乌韦·弗里格再次起身拉上了窗帘。

那儿有个男人站在窗边吗?黑色的复仇者。幻影。黑影人。它看上去就像是一个被画在空置房屋墙壁上的漫画人物:这栋房屋是一家废弃的商场,坐落在德拉布拉依大街的拐角处,就在阿特拉斯酒店斜对面,房子里所有的窗户都没亮灯,陈列橱窗被钉上了木板,被撕扯下一半的破破烂烂的海报在木板上随风飘动。橱窗旁边的外墙上满是涂鸦,都是些无法辨认的喷绘字符——它们是装饰花纹、密码文字还是象征符号呢?房子前面有一道工地围栏,上面挂着德莫特拆迁公司的牌子。布鲁法特警官当然知道,在这栋死气沉沉的房屋二层,那道由一个正方形窗框所围裹的黑影不是涂鸦。但它却给人这样的印象。在这座城市的大街小巷,从房屋外墙到防火墙再到屋脊都被画上了漫画图案,它们是漫画家埃尔热或者莫里斯作品的翻版和变异,是涂鸦艺术家波诺姆创作的动物形象,或者是一些男孩子们的作品,他们自认为是上述艺术家的继承者。如果把布鲁塞尔比作一部敞开的书卷,那么这卷书就是一本漫画集。

布鲁法特警官走出阿特拉斯酒店,为了向警用车上的其他同事布置任务,让他们去邻近的其他房屋打探一番,看是否有人碰巧在案发时间向窗外张望并看到了些什么情况。

今年的开头真是不错,警官!

每一天的开始也都不错,布鲁法特说道。雨小了,布鲁法特警官叉开双腿站在那儿,把裤腰提得很高,一边和手下交谈,一边让目光扫过对面房屋的外墙面。这时他看到了那道黑影:那个嵌在窗框里的黑影人。

那儿的确有个男人站在窗边。那是一栋有待拆迁的房屋。警官抬眼望去,目光锁定了他。那个男人一动也不动。那是一个真人还是一个木偶?为何要在窗户后面放置一个木偶呢?难道那是一道迷惑了他双眼的影子的轮廓?抑或就是墙上的涂鸦?警官冷笑了起来,当然不是真的表现在面容上,而是在内心冷笑。不,那儿确实站着一个男人!他在朝楼下张望吗?他看到警官在朝他望去吗?他看到了什么?

好了,开始干活了!布鲁法特警官布置说。这栋房子交给你,你去那边的那栋!而你——

那栋简陋的危房也要检查?它可是没有人住呀!

是的,那栋房子也不例外,上去看一眼!

就在这一刻那个黑影人消失了。

他离开窗边。香烟他放在哪儿了?或许是在大衣兜里。大衣在厨房椅子上放着,它是这间屋里仅剩的唯一一件家具。达维·德维恩特走进厨房,从椅子上拿起大衣。他想干嘛?想穿上大衣?为何呢?他犹豫不定地站在那儿,眼睛紧盯着大衣。到了该走的时间了。是的,这里没什么可留恋的了。屋里的东西被搬得一干二净。他盯着墙上一块长方形的印迹。那儿曾经挂着一幅画。《博尔特梅尔贝克郊外森林》,一幅田园诗般的风景画。他还记得自己是怎样把它挂在那个地方的。之后它每天都会出现在他眼前,直到他再也看不到它为止。现在墙上空出了一块位置。人们只能看出那儿曾经挂过东西,只是现在被摘掉了而已。人生经历不过如此:壁纸上的一块空白轮廓,在它之前也贴过其他东西。在它下面先前被摆放在这里的柜子的印痕清晰可见。柜子里都保存了些什么?无非是一辈子积累下来的东西。可柜子后面全是污物!现在它们暴露在人们眼前:粘合成块的灰尘,油腻、熏黑、发霉的尘垢条痕。你可能一辈子都在擦洗,在擦洗中辛劳一生,可到头来在房子被搬空之后,却发现剩下的只有一堆污物!在每一块清洗的面积、在每一处擦亮的外表背后都是如此。年纪轻轻当你的生活突然被清空的时候,请不要相信不会有任何东西会腐烂、发霉和变质。你还年轻,认为自己从生活中还未得到任何恩赐或者得到的太少?但是这背后总是积攒了一辈子的污物。最终剩余的只有污物,因为你自己就是污垢,本身就陷在污垢里。上了岁数你会暗自庆幸。但是你错了,即使你擦洗了一辈子,最终屋子在倒空之后人们看到的是什么?是污物。它隐藏在所有物件的背后和底下,它构成了你擦洗过的所有东西的基础。在污垢暴露之前,你拥有的是一个干净整洁的人生。那里曾经是安放水槽的位置。以前他在那儿洗个不停。洗碗机他从未有过。用完之后的每一个盘子和瓷杯他都要立即清洗干净。如果他要独自喝杯咖啡,是的他是独自一人,几乎总是一个人独处,那么他会站着把咖啡喝完,就在水槽旁边,以便能够立即清洗咖啡杯,在喝最后一口咖啡的同时他就会把水龙头拧开、冲洗、晾干、擦亮、把杯子放回原处,这些动作总是一气呵成,为了让一切都干干净净,一种干干净净的生活对他来说一直都很重要。可是在原先安放水槽的地方人们现在看到了什么?腐烂物质、霉菌、条痕和污垢。甚至在黑暗或者半明半暗中人们都能看到那些污物。原先的东西已不见踪影,一切都被清运走了,可剩余的东西仍历历在目:那便是在擦洗得干干净净的生活表面背后的污浊印痕。

　　他把大衣又扔到椅子背上。他想做点儿什么,可是又想不起来了。他环顾四周。他为何不走呢?他应该从这里离开,应该跑掉才是。这不再是他住过的房屋了。这些房间只能说明过去有人在里面生活过而已。再在房间里走一圈,可这样做的目的何在呢?难道就是为了盯着空房间发呆?他走进卧室。原先摆放床的位置已被清空,床下的木地板较之其他地方的要更加光亮,地板上映现的长方形轮廓在半明半暗中看似一道巨大的暗门。他从地板上的轮廓旁边经过朝窗户走去,为何他没有直接从轮廓上面踩过?为何他要在这间空屋子里绕一圈?难道他害怕那个长方形的轮廓真的会突然开启并将他吞噬?他不感到害怕。床以前一直都摆放在这个位置,他从卧室门走向窗户,就跟他一辈子都要绕过床走到窗边一样。他向窗外看去:隔壁楼房的消防楼梯几乎近在咫尺,那栋建筑是一所学校。学校每年都会举行一次消防演习,在刺耳的警报声中,学生们练习怎样迅速有序地沿消防梯下楼。达维·德维恩特记不清自己站在这扇窗边观看学校的消防演习已经有多少次了。逃生、练习、近在咫尺——这些说来简单。在他刚搬进这里的时候,消防梯对他的确近在咫尺。这也是他当初选定这套住房的一个原因。这套住宅的位置极佳,卖房者当时这么说道,德维恩特从这扇窗望了一眼旁边的消防梯,随即附和说:是的,位置不错!他当时是这么想的,如果情况紧急,还在有人把房门敲得叮咣作响的时候,他就可以从这扇窗户纵身一跃,跳到旁边的消防梯上逃之夭夭了。他相信自己有这样的能力,毫无疑问放在当时他会做到。但是今天——这样做是不可想象的。现在消防梯显得遥不可及,已经让他够不着了。半个世纪以来在这里练习逃生的孩子们一直都是那个年纪,他们始终都还是孩子,只有他在慢慢变老,最终年迈体衰,身手也不再像以前那么敏捷了。他朝窗外望去,看不到任何他能够得着的东西。这时他想起自己刚才想要抽支烟。他是该走了,从这里消失——他穿过走廊,但却没进厨房,装有香烟的大衣就在厨房椅子背上挂着,而是走进客厅。他犹豫不决地站在那里,眼睛搜寻似的左顾右盼。房间空空如也。他想——他还想在这儿做什么呢?他朝窗户走去,是的,他想再扫一眼窗外的广场,他的一生都是在这个地方度过的,在这里他尝试找到自己"在生活中的位置"。

他望着下面广场上闪烁的蓝灯。他什么也没想。他感到寒冷。他知道这是何故。他甚至都没去想自己知道这回事,没去想不值得为这样的事情伤更多脑筋。陈年旧事都在他心里装着,没有必要以表述的文字在脑子里过一遍。他一动不动地望着下面广场上的警车,他感觉心脏在抽紧收缩,继而又舒缓开来,那是灵魂在做出耸肩的动作。

当他还在学校教书的时候,他就一直想让学生们改掉这样的毛病,即在作文里表达类似"……他心里想"的语句。

但是学生们总改不掉这样的写作习惯。孩子们真的以为,人们在独处时脑子里会不停地想着这样或那样的话。然后那些左思右想的脑袋瓜会聚在一起,写出"他说道……"或者"她说道……"这样的语句。可是事实却是,在人们头脑里的思想成熟之前,没有上帝的天空下寂静得令人难以置信。我们的唠叨仅仅是这种寂静的回声。因为感到冷,他的心收缩在一起,继而又膨胀开来。就这样心脏时而收紧,时而舒缓。他吸气又吐气,就像广场上闪动的蓝灯一样节奏分明!

这时他听到有人按门铃。然后是拳头捶击房门的声音。他走进厨房穿上大衣,接着进了卧室。外面不断有人在敲打房门。达维·德维恩特从卧室门走向窗边,跟以前一样在卧室中间又绕了一小圈。他朝窗外望去。没有什么在他能够触及的范围之内。他在地板上坐下来,点燃了一支香烟。敲击和拍打房门的声音不绝于耳。

第 二 章

干扰思想。如果没有思想，
对思想的干扰也就根本不存在。

　　人们必须经受住一次抑郁。马丁·舒斯曼能够存活下来：他在"诺亚方舟"工作。他是欧盟委员会"文化和教育"总署的官员，被分配到该总署下设的联络司工作，是"交流项目和文化措施"部门的主管。

　　同事们在内部把他们所属的部门称作"诺亚方舟"，或者简称为"方舟"。这是为何呢？一艘方舟没有明确的目标，它穿过激流左右摇晃着向前行驶，在惊涛骇浪上摆荡颠簸，顽强抵抗风暴的肆虐，它想做的事情只有一件：那就是拯救自身与所载之物。

　　没过多长时间，马丁·舒斯曼就明白了这一点。起初他为自己能够搞到这份工作而感到高兴和自豪，特别是因为他并非以"国务专家身份"由某一奥地利政党或机构派驻到布鲁塞尔的，而是自己直接向欧盟委员会应聘并通过了竞争考试——因此他是一名真正的欧洲官员，没有背负任何国家义务！可接下来他不得不断定，"文化和教育"总署在欧盟委员会内部没有威望，仅仅是人们温和嘲讽的对象而已。在机构内谈起该总署时人们都简单地称之为"文化"部，对"教育"二字则避而不谈，尽管欧盟在教育领域取得了显著的成就，比如伊拉斯谟计划（欧盟学生交换项目）的制定和实施。说起"文化"人们都会带有一种弦外之音,它听起来就仿佛华尔街的股票经纪人在谈论"货币学",就像是一位古怪的亲戚在讲述自己的业余爱好。但即便是在真正对文化感兴趣的公众当中,"欧洲文化"的形象也非常糟糕。马丁·舒斯曼刚刚入职不久,他平日里还在看国内报纸,这是新手易犯的典型错误。从报纸上可以读到,奥地利爆发了愤怒的抗议浪潮,因为奥地利人感觉受到文化的"威胁":每一个欧盟成员国都有权要求在委员会里得到一个代表席位,成员国政府首先指定专人,再由欧盟委员会主席分配给他一个主管部门。欧洲议会选举结束之后各部门需要重新安排人员,当时有传言说,由奥地利指派的代表应当接管"文化"部门。奥地利联合政府内部闹得四分五裂,因为被指定代表所在的党派怀疑联盟伙伴在搞阴谋,人们为此表示抗议,奥地利各大报纸也纷纷造势,它们相信读者会顺应这种愤怒舆论,因此刊出了这样的标题:"我们面临文化的威胁!"或者:"应该用文化来敷衍奥地利!"

如果考虑到这一事实,即奥地利这个国家或许未被外界视为"文化之邦",但却很乐意自命如此,那么上述反应就令人惊讶不已了。不过这种反应也符合"文化"在欧洲权力结构中的形象和重要性。一个职能部门的形象和重要性取决于它能够分配的预算金额,也取决于它对政治和经济精英们所产生的影响。在这两方面"文化"部门所处的境况都不是很好。最终奥地利专员接管的不是文化司,而是负责"区域政策"的部门,从而致使文化之邦奥地利国内一片欢腾,奥地利媒体这样报道说:"我们拥有3370亿欧元的财政预算!"

"文化"部后来被分配给了希腊。一方面这样的决定显得顺理成章,毕竟古希腊是欧洲文化的根基,可耐人寻味的是这样做也颇有些讽刺挖苦的意思,如果人们想把欧洲的民主退化和古希腊的奴隶社会联系起来的话——两者的联系非常简单:希腊因为自己无休止的金融和预算危机已经失去了人们的好感,因而变得毫无抵抗能力,不得不对一切逆来顺受。文化部是一个被人轻视的部门。这不像是分配给希腊的职能,倒像是对它的一种惩罚:不会跟金钱打交道的人最好也不要掌管钱财,所以就只能接管没有预算的部门了。希腊派驻欧盟的女专员是一位有事业心的女性,她在极力打造一个精明强干的团队,这个团队能让她信任,能在欧委会内部给她些许政治分量。她成功地争取到几名同乡,他们在委员会机构里已经饶有经验,和欧委会下设的其他总署关系密切,并享有良好的口碑,她的目的是和他们一道占据所在总署的重要岗位。于是费妮娅·克赛诺普洛调离了"贸易"总署,被提拔为那个被称作"方舟"部门的主管,马丁·舒斯曼就在这个部门工作。

费妮娅无法拒绝这次升迁。谁若想在欧委会机构里干出一番事业,他就必须证明自己的应变能力。谁若表现出抵触情绪,拒绝接受职责范围的变换,那么他的职业前景就会就此黯淡下去。因此她被调任"方舟"部主管,计划在这里证明自己的应变能力:在特别考虑"可见性"原则的基础上,立即着手谋求下一次工作岗位的变更。对于在欧盟机构里职位的升迁而言,"可见性"原则同样至关重要:提高自己工作的可视度,以使人们一再注意到自己。

费妮娅深知何谓不幸,她了解这种情况。她具有一种炽热的能量,这种能量经常为那些人所特有,其苦难的出身不断灼痛他们的灵魂,无论出走多远,他们永远无法摆脱那种烧灼感,因为他们始终把灵魂带在身上。从第一次面临生存机会开始,她就一再证明自己做好了迅速的行动的准备。如果人们指给她一道门并说道:找到开门的钥匙,你就会穿过这道门获得自由了——那么她会非常仔细地寻找那把钥匙,她也愿意耗费很长时间、极其耐心地在所有可能性的钥匙上锉来锉去,以便最终觅到合适的一把,但在某个时候当时机来临时,她会干脆拿起一把斧子把门砸烂。最后那把斧子就成了她的万能钥匙。

马丁·舒斯曼无法忍受费妮娅。自她登上"方舟"以来,部门里的工作氛围比以前恶劣了。她明显鄙视在这里须完成的工作,同时她又施加了令同事们不堪忍受的压力,以求更加明显地展现自己的威望。

费妮娅睡得很好。对她来说睡眠是身体控制能力和自我约束力的一部分。她使自己与睡眠对接,就仿佛把自己和充电器接通起来一样。她蜷缩四肢,使脊背隆起,把下巴压在胸口上。就这样她开始为第二天的奋斗蓄充能量。她只有在睡觉时才不会做梦。

我睡觉打呼噜了吗?早上醒来时弗里驰问她。

不知道,我睡得很好!

像孩子似的。

没错。

不,其实更像是胚胎。

胚胎?

是的,你睡觉的姿势让我回想起胚胎的照片!想来杯咖啡吗?

不了,谢谢!我必须马上出发!告别时她本想亲吻他,并对他说"想着我!"可她没有这么做,只是点了点头说道:我必须……

马丁·舒斯曼在去办公室的路上获悉了最新的消息。只要天气允许,也就是说只要天不下雨,他都会骑自行车去上班。这样一来他可以锻炼一下身体,但这并不是骑车上班的主要原因。乘坐地铁上班让他感到很难过。一大早就要面对那些疲惫、阴郁的面孔。拖着拉杆箱、手提公文包的人们假装工作热情高涨,总要显出一副生气勃勃、能力出众和有竞争力的样子,在蹩脚的面具下面隐藏着腐朽的真实嘴脸。中途有乞丐抱着手风琴登上地铁,弹唱一曲之后用一个酸奶杯乞求人们施舍几枚硬币,这期间乘客们均目光呆滞、面无表情。那是些什么歌曲呢?马丁说不出来,可能是上世纪二三十年代、也就是战前的流行歌曲吧。到站下车。人流机械地向前涌动,在停止运转的自动扶梯上笨重地行走,相互推搡着穿过用胶合板围挡的永远在施工的地下通道,途经经营比萨饼和土耳其烤肉的棚屋,鼻腔里满是身体分泌物和腐烂的气味,最后经过风道拾级而上,来到外面马路上无法挺进阴郁灵魂的日光里。马丁更喜欢骑自行车上班。很快他就成为欧盟骑行协会的成员。该协会起初给每一位入会的欧盟公职人员提供一名私人教练,负责教会成员最基本的骑行技能,比如骑自行车安然无恙地穿越蒙哥马利地区,教练还负责勘察从住处到工作岗位的最安全的路径,然后和学员一道花几天时间沿这样的路径骑行训练,其间人们还学会在骑车经过停在自行车专用道上的车辆时,把写有"您挡道了!"的贴纸"啪"的一声粘到车身上。贴纸不会损坏车辆,很容易就被重新揭掉。欧盟骑行协会成效显著,没过几年,骑车人占布鲁塞尔市内交通的比重就因为欧盟工作人员的加入而翻了番。

在骑车从住处到办公地点途中会有其他人自发加入骑行行列,这是最让马丁高兴的。早晨从家里骑车出发之后,最晚在阿斯帕克大街他就会遇到第一位同事,然后又会遇到第二位,最后他们经常能汇聚成一个八到十人的骑行编队。德国公务员们骑着比赛用自行车从马丁所在的编队旁边疾驰而过,他们身着功能性服装骑车去上班,仿佛必须要赢得一场自行车绕场赛,因此几乎只有德国人才会在上班前使用机关楼地下室里的办公淋浴。骑着"老年自行车"的荷兰人或者来自罗曼语族国家的同事们则显得非常放松,他们身穿西服悠闲地蹬着车,一点儿汗都不出,一边并排骑行一边聊天,在骑车过程中他们获得的消息比在员工食堂里听到的还要多,包括所有新的传言、阴谋和升迁发迹。为了使自己能够始终了解最新动态,这些骑行路上的交谈要比阅读《欧洲之声》更为重要,至少和研读《金融时报》同等重要。

骑到恒温街的时候,马丁的朋友和同事博胡米尔·策米卡尔加入到他们的骑行编队,他在"文化政策和跨文化对话"处工作。没过两百米在阿伦贝格街,他们就听到了费妮娅·克赛诺普洛的办公室主任卡珊德拉·莫库里的呼唤声。博胡米尔和马丁刹车停下来,让编队其他成员先行过去,一直等到卡珊德拉赶上来,他们三人才一道继续向前骑行。

你有什么主意了吗?博胡米尔问道。紧接着他又急促地喊道"当心!"并指向一辆停在他们前方自行车专用道上的汽车。他飞快地从挎包里取出一片贴纸,一边双手拖把继续骑行,一边揭去贴纸上的塑料膜,在绕过那辆车时猛地将贴纸拍击在它的侧窗玻璃上。这一举动引来对方一阵抗议的摁喇叭声。

砰!粘得真结实!他得意洋洋地大声说。

相比违停车辆你粘贴纸签的行为要显得更加危险,卡珊德拉说道。她是一个丰满圆润,目光总是时而忧虑、时而和善的三十五岁左右的女人,身材矮小、单薄的博胡米尔虽说比她大几岁,在她身边却显得像一个坏男孩似的。他幸灾乐祸地笑了起来。快说吧:你想出解决办法了吗?整个部门的工作都完全瘫痪了,因为一直还没有人——

什么办法?我不知道你说的是什么意思!

当然是那个隆重的庆典计划了!那封电子通函你还没有回复。顺便提一下我也没有。

隆重的庆典计划?我本以为人们不必对此表态!

是啊,所有的人都在装死。大家都认为那个计划不会有任何结果。没有人认为它很重要。难怪这让我想起五年前的那场失败!

当时我还不在部门里。

怎么能说是失败呢?在欧洲议会举行的儿童大使仪式非常感人!来自欧洲各国的儿童齐聚这里!他们在仪式上表达对未来、对和平的期望……

行了,珊德拉!说什么儿童大使!那是在虐待儿童!多亏公众没有意识到这一点!在庆典一事上我的想法是:——当心!他猛地扭转车把,迫使马丁骑到了马路中央,转眼间他手上又准备好了一片贴纸,但最终它掉落在地面上。马丁把他挤回到自行车道上,并朝他喊道:你疯了!

好了,在庆典一事上我的想法是:众所周知,以史为鉴就意味着:永远不再做这样的事情!这样的事情不允许再重复发生。也就是说不再举行什么庆典!这样的活动既花钱又让人难堪!我不理解为何克赛诺把它看得这么重要!

所有欧委会总署都可以加入庆典行列。如果她积极推进此事,她就可以使自己扬名立万,卡珊德拉说道。

她现在是在动真格的。今天上午11点召开会议。她想听听我们的想法。

我的想法完全不一样,马丁说道。我认为……

会议可能要推迟!现在还没有确认会议是否推迟,但是部长今天想争取和欧委会主席简短约谈一次。顺便问一下,你们知道她正在看什么书吗?

这我一点儿也不关心!

你是指看一本书?克赛诺在读书?得了,珊德拉,你别胡说八道了!

没错,她是在读一本书。我没有胡言乱语。我必须通过特快专递为她买到这本书。你们肯定不会相信!

快说吧!

小心!

注意前方!

事情是这样的。主管连日来一直在像总参谋部一样全力准备与欧委会主席的会谈。她想了解他的所有情况,从和他拉帮结伙的人到他最爱的美食,甚至还包括他最喜欢阅读的书籍。这样的细节人们在寒暄时或许用得上。在这方面她特别吹毛求疵。

欧委会主席有一本最爱读的书?

或许是《没有个性的人》!马丁说道。

《没有个性的人》?这作为他自传的书名倒是挺合适的!

行了,别再瞎嚷嚷了!你们听好了!她通过私人渠道打探出,欧委会主席的确有一本最爱读的书!那是一部长篇小说!这并不是每个人都知道!而且他明显有好几册那部小说,因为他一有时间总在翻阅那本小说。其中一册放在他的床边。另一册在他办公室的写字桌上放着。可能还有一册在他女朋友的公寓里!卡珊德拉的脸上闪耀着光芒。一部让人略感刺激的影片?有趣吗?无论如何,她接着说道,我必须搞到这本书,而现在部长正在读它!

克赛诺在读文学作品,马丁吃惊地想道,在读一部长篇小说!为了自己的事业她甚至愿意去读小说。

费妮娅·克赛诺普洛坐在写字桌边阅读。她所读到的内容令她很迷惑。她能做到非常快速地阅读,学会了简直像仪器一样扫描页码,并把读到的信息立即在头脑里按不同类别进行整理,这样她就能够在需要时快速调取信息了。但是现在她读的是一部长篇小说。对此她没有概念,不知道书里讲的是什么。到底哪些信息能够证明为是可用的?她到底应该记住些什么内容?小说讲述了一个男人的生平,故事优美动人,可这位完全陌生的主人公与她有何相干呢？此外他生活在一个完全不同的时代，今天没有人再像他那样思维和行事的了。再说了，是真的确有其人，还是这一切都只是虚构而已？根据在谷歌上的搜索结果，这个男人确实存在过，据说在那个年代他扮演过非常重要的角色，对欧洲大陆乃至整个世界的政治秩序都产生过影响。但事实上他可能也不见得有那么重要，否则在学校里她就会听说过这个人物了。或许他更应该是历史学家们研究的对象，但是最终该怎样评价这个男人在历史上的角色，在这个问题上恐怕连专家们也无法达成一致。

她跳过一个章节，不耐烦地继续翻阅小说。她越看越不明白：至少截至目前书里讲的根本不是政治决策，而是跟爱情有关。整部小说都是从一位爱这个男人的女性的视角来写的。但这位女性的名字在涉及这个男人的维基百科栏目里并未出现。是否她真的爱他也还说不清楚，也就是说看到这里这一点尚不明朗。获得男主人公的关注，让自己能够左右和影响他，至少她感觉这是对自己的挑战。可如果小说中的这位女性是女作家虚构的形象，这个虚构人物尝试去掌控一个在历史上真正行使过权力的男人，那么读到这些的意义又何在呢？如果女作家想要向人们展示，一位女性怎样能够让强势的男人听命于自己，那她为何不写一本这方面的指导手册呢？小说描写了各种阴谋诡计、卖弄风情的游戏以及与政敌的斗争，但最终——费妮娅继续往下翻，读得越来越不耐烦，耐着性子读完一页后连续跳过十页——讲述的仍然是爱情，或者换言之，在爱情的力量面前政治权力显得多么无关紧要。人们可以这么说吗？这简直是疯了。小说都是不合情理的叙述！

费妮娅向后靠在椅子背上。这就是欧委会主席最爱看的书？欧委会主席太不正常了！小说里竟有这么多人的思想！女作家怎么会知道她或他在想些什么？如果历史上真有这个男人，那么在档案、文件、协定和证书里毫无疑问会找到关于他的原始资料，但是思想又从何溯源呢？无论现在还是过去,思想都绝不会被固定在证书里。有理智的人都会避免所有能够让别人看穿自己思想的可能。

她闭上眼睛,突然想到了昨晚,想起和弗里驰度过的那一夜。她真的以为他会……他认为她会……吗？

她僵硬地坐在那里,但却恍惚之中觉得自己在摇晃。她猛地睁开双眼,让自己打起精神——就在这一刻她的目光移到了电脑屏幕上,那是卡珊德拉·莫库里发来的新消息:"和欧委会主席的预约可惜今天不能成行。对方办公室建议今后几天预约时间。"

她合上小说,把它推到一边。

收件人:B. 策米卡尔("跨文化对话")、M. 舒斯曼("文化措施")、H. 阿塔纳西亚迪斯("价值增值")、C. 皮涅罗·达席尔瓦("语言多样性")、A. 克莱因("媒体素养")

费妮娅稍事停顿,然后从收件人里删去了海伦妮·阿塔纳西亚迪斯的名字。

事由:庆典计划

日程确认:11点在会议室开会。我期待诸位的建议。

电话铃响了,马丁·舒斯曼看了一眼来电显示,那是一个他不熟悉的布鲁塞尔本地号码,在他拿起话筒接听的那一刻他就感到后悔了。电话是他哥哥打来的。

是我!

哦,弗洛里安,你好!

你知道我要来布鲁塞尔。

是的,知道。

几天来我一直在试着联系上你,可你总是不接电话。

昨晚我至少打了十次电话。为什么你总不接听？或者给我回电呢？

昨晚？那我是有棘手的事情要办。

你总有棘手的事情。我也有麻烦事要解决，因此……

昨晚……

不管怎样我到了。已经在宾馆住下来，住在万豪酒店。我现在马上要开始第一个约谈。我们吃晚饭时见面怎么样？你要工作到几点？

工作到7点，不，是7点半。

好的，那就8点半来接我。

去酒店接你？

当然是在酒店了。然后你给我介绍一家可以抽烟的餐馆。

哪家餐馆都不允许抽烟。

这不可能。好了，那就8点半见面。记得要准时，老弟！

隆重的周年庆典计划。其实这个主意最早是阿特金森夫人想出的。她是欧委会通讯处联络司新任总干事，同时也负责欧委会的对外形象设计，而正如最新的欧盟民意调查所显示的那样，欧委会的对外形象已降至历年最差。眼下她很清楚这一点：她必须拿出跟前任不同的管理办法。中规中矩的公关工作、例行公事的发言人服务以及对各成员国沉闷的信息中心进行合乎程序的协调，这些做法仍显不够。在欧盟国家定期进行民意调查是从1973年开始的，最新的民调结果不仅是自1973年以来的最低值，而且人们还必须将之描述为"超级高危事故"：半年前尚有约49%的欧盟公民基本上对欧委会的工作给予了积极评价，而这一结果已经被描述为是"历史性低点"，人们无法想象民调结果还能再创新低。可现在民众满意度——在极尽各种手段对数据进行美化之后——

不到40%，这是欧盟民意调查史上最大的跌幅，比1999年民众支持率的降幅还要大，那一年欧盟委员会因一起腐败丑闻而不得不集体辞职，当时人们经历了民众支持率从67%到59%的灾难性跌落。但是现在又是怎么回事呢？为什么会这样呢？

阿特金森夫人仔细阅读各种文件、表格、百分率计算、图表和统计数据，她在心里问自己，欧盟机构怎么可能会遭遇如此严重的信任危机。新任欧委会主席提前收获了欧洲主流媒体的一片赞誉，但是从中获益的却是欧洲议会而非欧盟委员会，前者在民调中的威望几乎提高了5个百分点。欧委会主席历史上第一次执行了女性占比法案，而且这一法案不仅适用于委员会成员——28名成员当中有12名是女性——，同时也适用于所有机构的管理层：目前在欧盟各机构中女性占比已达将近40%。她本人就是这项法案的受益者，她的资质没有受到任何质疑，对此她可以直言相告。多亏了女性占比法案的强力执行，阿特金森夫人才能够在与彻底被淘汰的乔治·莫兰的竞争中不落下风，乔治·莫兰那个坏家伙起初也在竞聘这一职位的考察对象之列，现在他四处奔走，恶意诋毁她的形象，把她描述为上述白痴法案的典型例证。有人向她汇报说，他逢人便讲她这个人如此冷漠，以至于连她自己都经常饱受冻手之苦，因而在办公桌边就坐时总是套着一只硕大的皮手筒——没办法，妇道人家嘛！

这样的想象或许说明了这名阴谋家的所有本质：他把她和一只硕大的皮手筒联想在一起，这清晰地表明了英国上流社会的男性对女性阴道的惧怕。

阿特金森夫人在伦敦欧洲商学院学习了市场营销和企业管理专业，并以题为《论反诱导市场营销》的优秀论文从该学校顺利毕业。为了挫败莫兰先生的阴谋，她正在考虑是否应当转守为攻，使那只传说中的皮手筒成为自己的商标，这样一只超大尺寸的皮手筒会让人对莫兰一手绘制的漫画心生厌倦，但同时又将增强自己的商标效应。可这并不是现在令她专注思考的事情。她很疑惑，欧委会推出的女性占比法案是旨在保证欧陆女性享有同等机遇的明显信号，可为何这一成就却没能改善欧委会的形象。女性在欧洲议会所占的比例仅有35%，可欧洲议会的声望却有所提高，对于所有年龄段的女性选民来说情况也是如此，这本无可厚非，但是欧盟委员会的声望却一落千丈，这就令人困惑不解了，这就是目前的严峻问题，现在她的任务就是阻止和扭转这一趋势。公众批评的焦点是什么？导致欧委会糟糕形象的原因是什么？陈辞滥调。各种偏见。总是老生常谈。缺乏民主合法性，官僚之风盛行，监管妄想症。她发现一个突出的问题是，公众对欧委会真正的任务并未提出批评，很明显人们根本不知道这样的任务究竟是什么。59%的受访者认为欧委会"干预了最好应当在国家层面上加以解决的事务"，但是总共只有不到5%的民众认为欧委会在"履行职责方面做得不好"或者"做得非常差"。人们必须意识到这一矛盾之处。她在心里问自己，为何没有一位前任批评过欧盟民意调查的具体方法，并对之进行相应的改进。如果给出"干预了最好应当在国家层面上加以解决的事务"这一选项供人们评价，那么将会有一定比率的受访者在该选项旁边打叉。这些自命不凡的问卷设计者，我一直就说他们是一群白痴！如果换一种表述方式，即"欧盟委员会保护公民免遭因各国法律制度的不同而产生的不公正待遇"，那么评价结果肯定就完全不一样了。

　　现在她清楚了：她的任务不可能是提升"欧洲联盟"的形象，她必须有针对性地负责改善欧盟委员会的形象。一小时之后在查理曼香槟酒的兴奋作用下，她终于想出了成功达此目的的办法。因为就在这一刻她办公室的门突然被打开，她看到自己的女秘书凯瑟琳手捧一块点着七彩蜡烛的生日蛋糕走了进来，透过烛烟和星状火花她真真切切地看见了欧委会主席,越来越多的人跟在他身后涌进办公室,其中包括她所在总署的专员、各部门负责人、分管部门负责人和她的整个办公室成员,他们都在为她唱《生日快乐歌》。

她今天正好过整十年的生日。啊,是这样的。她没有把这样的生日看得非常重要。她丈夫在伦敦。她女儿在纽约。两人都很快打来电话祝福了她。至于和她一块儿庆祝生日的朋友——她在布鲁塞尔还没有这样的朋友。而现在她成了众人瞩目的焦点。这真是令她没有想到。欧委会主席说了几句祝福的话,不是很正式,非常有人情味,还夹带着一句对她形象的影射,这句影射最终化为众人的哄堂大笑。平时只和她有点头之交、在其他楼层办公的人们都在向她微笑。香槟酒杯冒着气泡,在碰杯时叮当作响。人们亲吻她的脸颊,亲切地握她的手臂,轻拍她的肩膀。平日里对她一无所知或者知之甚少的人,都纷纷表现出对她的好感或者显得愿意对她有好感。总署专员举杯说道,在团队中拥有像阿特金森夫人这样既有能力又如此了不起的同事是多么令他高兴的事情,在这么重要的岗位上保证女性占比是多么明智的做法,他个人赞成把女性占比提高到99%,当然他自己不想丢掉饭碗,但是他很高兴,如果他的下属都是女性……——他的这番话引来在场男士们的一片嘘声,而女士们则高喊"大男子主义者!大男子主义者!"最后所有这一切都转化成一阵哄堂大笑。阿特金森夫人开始切蛋糕,蛋糕现在在她办公桌上的欧盟民意调查案卷上放着,碎屑和奶油模糊了统计数据,七彩蜡烛燃过的灰烬也撒落在欧洲舆论的坟头。

然后办公室里又只剩她一个人,所有其他人都返回到各自的工作岗位了,她站在办公室的落地窗前,俯视楼下的法律大街,俯瞰路面上排成长队缓慢驶过的黑色汽车,它们在小雨中闪闪发亮,她揉搓双手,交替用一只手抚摩另一只手的手背,按摩和揉捏手指,她的手指格外细长娇嫩,很容易突然失去血色,变得苍白麻木。接着她又坐回到办公桌边,她脑子里在酝酿着些什么,她耐心等候能够更加清晰地意识到自己的所思,桌子上还立着一只半满的香槟酒杯,她一边小口呷酒一边思考,最后将杯中酒一饮而尽。她又揉捏了一阵手指,然后在谷歌搜索栏里输入检索词:"欧盟委员会成立"。欧委会到底什么时候过生日?有类似于欧委会生日一说吗?它是哪一天成立的?她想出的办法是这样的:尽可能夸耀欧委会的日常工作,这样做是不够的,人们必须对它高呼万岁,必须促使人们向它祝贺,让人们相信它的存在,人们必须为它庆祝,而不只是乞求公众对它的认可、消除偏见以及驳斥传言和轶闻。人们必须将欧委会置于中心地位,而不总是抽象和笼统地说起"欧洲联盟"。欧盟又是什么呢?不过是些各自为政、代表不同利益的机构而已,如果说整个欧盟有其自身意义的话,那仅仅是因为有欧委会的存在,是欧委会代表了欧盟整体。她就是这么认为的。人们必须创设一种情境,让欧委会在欢快的氛围中处于中心位置,作为寿星接受人们的祝福。欧委会有自己的生日吗?这个问题不好回答。是欧洲经济共同体委员会成立的那一天,还是根据欧共体合并协议成立今天这种形式的欧盟委员会的日期呢?如果是前一种情况那么欧委会再过三年就六十岁了,若是后一种情况那它再过两年正好五十岁。她更中意欧委会的五十岁华诞,整整半个世纪,这更有利于宣传推介。折算成人的年龄这就意味着:精力正值旺盛期,人生阅历丰富,尚未出现老得不中用的迹象。此外两年的时间对于充分周密的庆典筹划而言是一段理想的时间间隔,而三年可能太长了,在这期间或许会有太多的不可控因素。

她继续这方面的调查研究。此前举行过周年庆典吗?是的。孤立无援、敷衍了事、带有星期日演说的庆祝活动,前任热情洋溢的褒奖,欧盟初期阶段的袅袅香火,纪念《罗马条约》签订五十周年,欧洲煤钢联营成立六十周年庆典——谁会对这些感兴趣呢?没有人会的。向欧盟怀疑者和反对者们讲述,成立欧洲煤钢联营是多么美好的事情,对此人们会期望得到什么样的反应呢?这就仿佛是人们在向患有老年痴呆症的祖父道贺,祝贺他曾经有一段时间其神志是多么清楚——而与此同时他的儿孙们却早已不为所动地使一切都变了样。

格蕾丝·阿特金森看到沙发椅前面的玻璃茶几上有一瓶开启的香槟酒。瓶里的酒还剩有少许,她开始自斟自饮起来。借着酒兴她决定给个别部门发送一封电子邮件,她相信这些部门会对她的计划感兴趣,能够支持她并给她出谋划策。在正式启动程序之前,她必须首先试探性地笼络同盟者。她在邮件里这样写道:值欧盟委员会即将成立五十周年之际,举办一场盛大的生日庆典,我觉得这是一次绝佳的契机,能够使公众将注意力聚焦欧委会的任务和贡献,提升和改善欧委会的形象,使人们欢快地为之贺寿,以此使之摆脱欧盟民调的被动局面。

她删去"欢快地"一词,后又重新加上这个词,满意地点了点头,庆典的氛围就该如此,她揉搓双手,浏览了一遍信的全文。在"事由"一栏里她写道:"隆重的周年庆典计划——一扫哀泣的阴霾"。

由此看来,庆典计划最初是阿特金森夫人想出的主意。费妮娅·克赛诺普洛是第一个响应的人——并很快将该计划据为己有。费妮娅认为,这件事毫无疑问属于文化部门的职责。为了显示自己的可见度,这样的机会她已经等候多时。她使马丁·舒斯曼成为自己的夏尔巴人,应当由他来承载整个计划的负荷。

格蕾丝·阿特金森起初很高兴,这么快她就找到了一名像费妮娅这样热情的同盟者。到后来她更加暗自庆幸,因为通过不幸的文化部门在庆典事宜上的高调姿态，人们忘却了她才是这一最终灾难性计划的始作俑者。

我期待你们的建议，费妮娅·克赛诺普洛说话的语气很激动，这个计划事关重大，我知道诸位——她环顾了一下在场的每个人，提高音量发表了一小段慷慨激昂的讲话，她也许认为这样做会激励士气，就像军官对士兵的训话那样。马丁垂下目光，为了躲开费妮娅的眼神，因此他现在看到的是她头部以下的身体部分，他现在只看到她的紧身无袖吊带衬衫、绷得紧紧的贴身裙子以及套着不透明的紧身连袜裤的双腿。他心里想：这个女人嵌在一件紧身胸衣里，套了一副把她挤成一团的盔甲。裙子是用精美的布料制成的，可马丁的印象却是如果有人在上面拍打，裙子就将破碎成片。人们无法正常解开这样的裙子，人们必须把它撕开……

那么我们该做些什么呢？

博胡米尔又是一贯拆台的讽刺口吻。他说，首先要清楚我们不该去做什么。必须避免迄今人们在周年庆典上所做的一切：通过在很大程度上不公开的方式缓和尴尬境地。印刷精美的宣传册子被丢进废纸回收箱。在工作日发表夸夸其谈的星期日演说。

马丁有何建议？

他没看到费妮娅对博胡米尔所作陈述的反应，他一直在盯着她的双脚，盯着她挤脚鞋面上的小块凸起。

马丁？

我对这件事不感兴趣，马丁最想这么说。为了不招惹是非，他决定干脆不反对任何人的意见。

考虑到这件事情的重要性，他朝费妮娅方向说道，很明显——现在又朝博胡米尔方向说道：——过去的错误不允许重犯。博胡米尔说的对，他提醒我们注意一些事项，当然费妮娅的想法也绝对有道理,她期待我们把事情做成功。此前的周年庆典都错在哪里?人们的思想不外乎是:出于某一动机举办一次周年纪念活动。但是动机本身还算不上是思想。某一机构不管怎样存在了很多年——这至少算是动机,可思想是什么呢?何种思想处于中心地位?这样的思想必须令人信服,它必须让人振奋,促使人们出于这一动机真的有庆祝的兴致。

这样马丁·舒斯曼就摸索着掉进了陷阱。经过几番扯皮之后费妮娅·克赛诺普洛说道:讨论到此结束,很显然,唯一动过脑子并且有想法的人是马丁。他所说的完全符合逻辑。权衡和改进是本次计划的中心思想。她委托马丁继续深化这一思想,并写出一份相应的书面报告。为此他估计需要多长时间?

两个月!?此事须深思熟虑,还须经过与其他总署同事的讨论。

给你一周时间,费妮娅说道。

不可能。下周他要出差,这也需要一些准备时间——

那就这样吧,给你两周时间整理出一些重点,这你肯定能完成!等书面报告出来后我们再和其他部门的同事商谈。明白了吗?我们要拿出报告!

处理完最重要的日常事务之后,马丁·舒斯曼6点钟骑车回家,此时他的心情愤愤不平。半路上天开始下雨,他把雨衣装进了自行车车包,可车包他却忘在办公室里了。他浑身湿透、瑟瑟发抖地回到家里,一进门便立即冲进淋浴间。但是水不是很热,浴帘也像有磁性一样凉飕飕地紧贴在他的后背。他气恼地挥手想掀开浴帘,不成想却把它从挂杆上半扯了下来。第二天他就得马上安排人来家里,用一扇淋浴门替换这面烦人的浴帘,不过他知道,这又只是一个他永远不会付诸实践的想法而已。他迅速穿上浴衣,从冰箱里取出一瓶"朱皮尔"啤酒,在开放式壁炉前面的靠背椅上坐了下来。他必须平静下来,吸气,呼气,放松。他盯着开放式壁炉里摆放的书籍。

刚搬进这里的时候,马丁·舒斯曼起初不敢相信自己的眼睛。自房屋采取集中供暖以来,壁炉就已废弃不用了。房东在壁炉里安装了两块木板,并在上面摆上图书。或许他认为这样会让租户感到方便和惬意。后来马丁在朋友和熟人租住的其他布鲁塞尔旧宅里也看到了这种情况:摆放在不再使用的壁炉里的图书。

放置在马丁住处壁炉里的图书包括几本不同的布鲁塞尔城市导游手册,都是些磨损的旧版本,可能是以前的承租人留下的;几册1914年出版的百科全书;三本地图册,分别出版于1910、1943和1955年;十几集由佛莱芒书友会经销的上世纪六十年代出版的《世界文学经典系列》,每一集都收录了四部根据时代要求被删减过的经典作品。迁入这套住房后,一天晚上马丁浏览了一遍这些图书,当时他感到很震惊,不,这样说太夸张了,当时他感觉心里很不痛快:不再焚毁书籍,而只是"根据时代要求进行删减处理后"把它们放入冰冷的壁炉,这应当说是时代的进步吗?

现在他盯着这些书的书脊,喝着啤酒,抽了几支烟。撰写周年庆典计划的书面报告,这真是个无理要求。就仿佛他是广告词的编写者,应当为"欧盟委员会"这一产品做宣传。他向那边的写字桌看去,桌上一直还放着那个盘子,里面的芥末早已干燥变硬了。那个涉及芥末的主意是什么?我们把它加进去。太妙了。令人信服的电视广告:漂亮的年轻人开心地笑着把芥末挤到盘子上,他们兴高采烈地唱道:耶,耶,我们把它加进去!因为高兴他们无法平静下来。伴着歌唱节奏盘子上卷曲的芥末盘旋而上,也开始跳起舞来,就像是听到耍蛇人的笛声一样:耶,耶,我们就跟它一样!就这么做——他鼓起劲来,穿好衣服,出发去往万豪酒店。出门时他带上那把古典的"英式长伞",它在雨天足以供两个人使用。

雨停了。潮湿的柏油路面、房屋立面及行人在路灯和小吃店霓虹灯管的照射下闪闪发光,仿佛一名佛莱芒画师刚刚往这幅画上涂抹了清漆。在此期间马丁经历了许多次这种布鲁塞尔雨后的夜晚情调,以至于这种情调已经让他萌生了一种家的感觉。是的,他在这儿就跟在家里一样。他在圣凯瑟琳商业街拐角处的印度人夜店买了香烟。如果马丁说法语的话,付完钱后印度伙计总说"Dank u wel①",而如果马丁用佛莱芒语请求对方给他想要的香烟品牌,印度伙计就会说"Merci, Monsieur②"。人们可以对此进行解释,但或许也没什么可解释的,情况就是这样,不知何时它跟许多其他琐事一样成了马丁感觉的一部分,即不管怎样在许多世情之间都感觉像在家里一样。

风虽然不大但却很冷,马丁走得很快,到达万豪酒店时自然也就比原定时间提前了许多。但他哥哥已经在酒店前厅里候着了,一副严厉而又自以为是的表情,那张面孔好像在说:我一直遵从上帝的旨令,这样我就能指望……

马丁对这张面孔再熟悉不过了。每当他遇见哥哥的时候,他都会从他身上看到父亲的模样。

他们以拥抱的方式彼此问候,但拥抱的动作相比平时要显得更加笨拙,因为哥哥弗洛里安还夹着一个公文包。

我们要乘出租车吗?

不用,我在"比利时女王"餐厅预定的座位,步行去那里只要5分钟。

他们默不出声地走着。最后马丁问道:

---

① 荷兰语:谢谢。
② 法语:谢谢,先生。

蕾娜特近况如何?

挺好的。

孩子们呢?

他们学习很用功,谢天谢地!

马丁并非是对自己的出身感到惭愧。他只是不清楚,自己的出身对他来说变得如此陌生,这是否该是他的问题,或者说尽管自己的出身对他来说变得如此陌生,但他总是摆脱不了这样的出身,这是否该和他扯上关系。父亲是在十八年前的11月2号去世的,那一天正好是万灵节。父亲过世得太早,这一不幸太让人悲恸了。只要马丁一直还在奥地利生活,他就不得不于每年的11月2日重新经历这种心灵创伤。在距离每年11月2号还有好几天的时候,读报、看电视、哪怕只是简单的出门都会提醒他万灵节即将到来,同时也会令他想起父亲的忌日就要到了。很明显这一天他必须赶回家里,找任何借口都是不行的,因为这一天是公共节假日,是普遍病态的纪念日。而在布鲁塞尔11月2日不属于节假日。在这里自己的私家事可以或者可能会被淡化,可如果他哥哥来了,这一天即刻就会变成万灵节。家里人对父亲的死因闭口不谈。父亲是被卷进机器里的。人们一再相传,他是被卷进机器里的,就仿佛他们只有这一台机器。实际上那是台粉碎机。无论是何种原因,总之他的胳膊被卷进了粉碎机,机器实实在在地把他吞吃了,最终他因大量出血而死。他像挨宰的猪一样大声惨叫。人们的原话就是:他像挨宰的猪一样大声惨叫。后来有人说,他们的确听到了那种叫声。可为何没人赶来帮忙呢?因为猪的叫声是农场里最自然、最普通、最让人习以为常的声音了。他们家的农场养了近1200头猪,而且每天都要屠宰一些,这样人们无法再听辨出单个的叫声了。这话是屠宰师费尔伯说的。他亲口说的"听辨出"一词。但如果这样人们从何知道,他像挨宰的猪一样大声惨叫?他肯定是叫出声了——所有的人都是这么说的。在这一点上大家达成了一致。他的惨叫肯定让人难以置信,但只持续了很短的时间。在那种情况下人们很快就会失去知觉。真实情况就是如此。整个事件很快就结束了。当然猪群明白是怎么回事,可很快它们就变得麻木了,转眼间机器也吞噬了它们。父亲生前非常勤劳,在工作间隙还想把散落的猪粪磨碎。农场当时的发展规模虽说已经让人不敢相信,但是在物流组织方面还不像今天这样全面和高效。母亲赶紧打电话叫医生,可是因为惊慌失措,她竟然拨叫了兽医沙夫查尔的电话。反正一切都太晚了。几天后十六岁的马丁在学校里笑着给同学讲述,说母亲给沙夫查尔医生打了电话,在看到没有人发笑时,他又说了一遍:她给负责养猪户的兽医沙夫查尔打了电话。之后连续数日他都默不作声,最后他去了牧师那里忏悔,以求为自己在丧父之后开玩笑的罪行得到宽恕。

父亲死后,比他年长四岁的哥哥接管了农场,由老大子承父业,家里一直都是这么约定和计划的,只是没有那么快而已。而他,作为排行老二、"傻里傻气"和笨手笨脚的马丁(也难怪家里人这样称他,谁让他只知道死读书呢!),则可以继续求学,对此大家心里一直都很清楚:他可以学自己想学的东西,这就意味着家里人无所谓他做些什么,只要他不提要求、不给家里添负担就行。马丁学习的是考古学专业。

当舒斯曼兄弟俩踏进"比利时女王"餐厅时,弗洛里安无视朝他们迎面走来的服务员,慢慢走到餐厅中部并喊道:嘿!这到底是什么地方?一座大教堂?

马丁告诉服务员,他们以舒斯曼博士的名义在这里预定了座位,接着对弗洛里安说:不,它的前身是一家银行,瞧这里漂亮的装潢。我们先在昔日的银行大堂里就餐,然后去地下室,那儿以前是保险库,现在被改造成了吸烟室。

在弗洛里安完全接手农场、母亲退休之后，马丁得到了相应的现金补偿，补偿费由信托公司代为管理，直到马丁达到法定成年年龄为止，对于补偿的金额他从未质疑和计较过。这笔钱使他能够安心求学，并且在毕业后也能从容不迫地规划自己的职业未来。如果从经济学的估值参数出发，家里的上述安排无疑有失公正，但马丁对此毫不介意，只要能给他自由发展的机会他就满足了，而且他也能利用这样的机会。但现在的情况却仿佛是，家人让马丁安心学习，给他创造了供职于欧盟委员会的优越工作，目的是要让他能够在这样的岗位上为他哥哥的经济利益疏通人情。马丁总是担心，弗洛里安通知他想来布鲁塞尔见他，其原因也正在于此。自家农场的规模在父亲生前就已相当可观了，弗洛里安又把它扩建成奥地利最大的生猪生产企业，使之进入欧洲同行业巨头之列，他早已不再像父亲那样称它为"农场"，而是用"企业"取而代之——而且他认为，世上没有比欧盟的生猪生产和销售政策更荒谬的规定了。在他看来那些管事的都是不折不扣的蠢货或者疯子，他们接受贿赂或者被敲诈，或者在思想上被非法的动物权益保护者协会和素食主义者团体所蒙蔽。和他讨论这些没有意义，他真是这么认为的，他看到了这一切是怎样运行的，他知道实践是怎么回事。他有自己的经验和体会。他开始致力于政治活动，在利益团体中占据要职，借此机会一再来布鲁塞尔和有关部门进行磋商。不久前他当选为"欧洲猪肉生产商联合会"主席，这是欧洲大陆主要的猪肉生产商网络。以这种身份同时也是作为奥地利养猪户同业公会会长，他在这一天与欧洲议会议员和欧盟委员会官员进行了好几次约谈。

瞧这里！弗洛里安在仔细研读菜单时大声说，樱桃啤酒炖猪肉，听起来蛮有意思的。假如味道不错，我就向他们讨要具体的烹饪方法。然后我会把它挂在企业官网的首页上。

马丁点了一份贻贝薯条,还有一瓶葡萄酒。然后他问道:你这一天过得怎么样?这是句愚蠢的废话,他根本就没打算提这样的问题,好像他真的对此感兴趣似的。他知道这样问会让对方炸了锅,可他们见面就是为了谈这个,马丁想让这件事早点儿结束。

我这一天还能怎么过?你觉得会怎样呢?我在和一群白痴打交道。这就是我过的一天!他们什么都不懂。他们没有能力调整政策,反倒今天要求我改名!

改名?你为何要更改名字呢?

不是我要这么做,我马上给你解释。首先你必须了解以下情况:每一家猪肉生产商自然都想进军中国市场。中国是世界最大的猪肉进口国。来自中国的猪肉需求量巨大,这是一个不断增长的市场。

这很好啊,难道不是吗?

是啊,情况是不错。可欧盟却没能同中国就签订相应的贸易协定进行商谈。中国人不是在和欧盟谈判,而是只和每一个成员国单独磋商。每个成员国都相信能给自己争取到一份超值的双边协定,能够排挤掉其他国家,使自己单独获取更大的利润,而事实上中国是在巧妙地挑起所有国家的相互争斗。在这场博弈中,没有任何一个欧盟国家能够独自应对来自中国市场的巨大需求。再过若干年也不可能。我给你举一个例子:不久前我在同业公会接到一个电话,对方询问奥地利能供应多少猪耳……

猪耳?

是的,猪耳。那是中国商务部工作人员打来的电话。我对他说:我们每年在奥地利屠宰500万头猪,这样的话就能供应1000万只猪耳。对方回答说:这太少了,说完有礼貌地道了声"再见"便挂断电话了。你要明白的是:如果中国每年需要1亿只猪耳,并且欧盟和中国签有相关协定,那我们就能占有10%的供应量了。

可现实情况是怎样的呢？奥地利尚未和中国签订双边协定，欧盟国家也未同中国就签署联合协议进行谈判——在这种情况下我只能把猪耳朵扔掉，因为这在奥地利属于屠宰后的废料。可在中国猪耳却是一道特色菜，对猪耳的需求量大得惊人，而我们却随手把它们扔掉，或者很高兴能有一家猫粮生产商从我们这儿免费取走它们。

可即便是有协定，人们也需要饲养整头生猪才行，总不能只生产猪耳吧。不能因为中国市场对猪耳的需求，人们就饲养那么多整头生猪，那除去猪耳其余部分你要怎么处理呢？

你是傻了还是怎么了？这样一来就不存在什么剩余部分了。在我们现在屠宰后剩余的废料当中，猪耳只是一个例子而已。中国人不仅要买后腿肉、里脊肉、肥肉和前腿肉，这是不言而喻的事情，而且也要猪耳、猪头和猪尾，他们什么都吃，他们什么都要。在我们这儿当作屠宰后的废料被处理的东西，他们也会以里脊肉的价格买去。换言之，和中国签订猪肉贸易协定将意味着：每头猪多出20%的营业额，鉴于中国市场的巨大需求，从中期来看这会带来100%的增长空间，也就是说欧洲猪肉产量将会翻番。你明白吗，这将是有着无限潜力的巨大市场。任何其他产业都没有如此广阔的前景。

我明白，马丁说道，这句百无聊赖、强装耐心、用蹩脚的礼貌腔调说出的"我明白"显得很不理智。他哥哥以一种令他惊恐的方式看着他。很快他又更正说：我不明白。如果存在这种机会，如果来自中国的需求如此之旺，那为何——

因为你的同事都发疯了。他们根本不明白这个道理。他们没有去强令各成员国将权限移交给欧委会，没有从欧盟层面上与中国签订贸易协定，同时也没有从财政上资助猪肉产量的提高，相反他们眼睁睁看着中国怎样将欧盟分而治之，并采取措施限制欧洲的猪肉产量。欧委会认为欧洲的生猪数量太多了，这会导致猪肉价格暴跌等等。那么他们做了些什么呢？减少资助力度，甚至关停补贴。这就使得我们现在在欧洲面临以下处境：内部市场的产量过剩导致价格暴跌，同时又因为产量过低而无法进入中国市场。一方面继续出台限产措施，另一方面又拿不出进军另一市场的举措，在那个市场上我们可以使销售量翻番。

在此期间他们俩点的菜上桌了。

你点的樱桃啤酒炖猪肉味道怎样？

什么？啊，你问的是这个。嗯，味道还可以。不管怎样：当务之急是要投资，巨额投资仅凭一家企业是无法完成的。因此欧盟必须给予资助，而不是限制产量。政府资助和积极的增长政策，这你明白吗？相反我们却被要求遵守限额和保护动物权益。封闭饲养被禁止，配有扩散器的通风分栏被硬性要求。高速膨胀干燥系统——

我根本就不想知道这是什么。

这种系统非常昂贵，它吞噬了养猪户的利润。等一下，我给你看些东西。他打开随身携带的文件夹，翻阅了几下，从里面抽出一张纸。

你看，这是下半年的欧盟猪肉价格统计数字。7月15日：欧洲猪肉价格暴跌，跌幅达18%。7月22日：价格触底。——这你就想错了！8月19日：市场上死水一潭。9月9日：猪肉价格暴跌21%。9月16日：行情急剧回落。10月21日：猪肉价格下跌14%——我还要接着念吗？

不，不需要了。

行情回落，价格暴跌，触底，价格再次下跌。而欧盟方面则没有任何反应。自年初以来——看这里！这儿！在这儿写着！——自年初以来全欧范围内平均每天有48名养猪户永久性关闭了自己的养猪场。还有数千名养猪户尝试坚持下去，却因为延迟破产而吃上了官司。在这方面我们可以使产量翻番，还能把整猪收购价格提高 20% ——人们只须对基础设施投资加以协调，并和中国进行磋商。但是请你把这个道理向弗里格先生解释一下吧。他告诉我很遗憾欧盟在猪肉生产方面有不同的方案。同时欧盟禁止各成员国向本国养猪户提供财政补贴，因为这将有碍于公平竞争。你认识这个弗里格吗？

不认识。

不可能。他是你的一位同僚。我看不透他在玩什么游戏。你听着：你必须设法跟他谈一次，你必须找机会单独向他讲明——

弗洛里安！欧盟委员会可不像奥地利农民协会那样运转！

少跟我来这一套！我们把你安排在欧盟内部是为了什么呢？

有一点我现在不明白：先前你说起过改名一事？弗里格先生想要干嘛，你应该更改哪个名字？

不，那不是弗里格。他们是欧洲议会的议员先生们。没有女性议员。本来我应当显得有些君子风度，但我面对的都是些议员老爷们，这些家伙既愚蠢又粗暴。他们都是欧洲人民党议会党团成员。你明白吗？

不，不明白。

欧洲人民党。我原本期待这是在自己的地盘上，毕竟我就是奥地利人民党成员。在欧洲议会人民党党团的名称叫 EPP，即欧洲人民党。

那又怎样呢？

唉，是这样的，我是以"欧洲猪肉生产商联合会"主席的身份来这里的，该联合会的名字也叫 EPP ——这你明白了吧？我此行的任务是要和他们协商两件事：一是为提高猪肉产量提供财政补贴，二是协调欧洲的猪肉出口。我们根本就没有谈论正事。那些议员们一开口就说,我们必须先更改我们联合会的名称和图标。如果人们在谷歌上搜索"欧洲人民党",输入 EPP 后发现冒出来的只有一群猪,这是绝对不行的。你不要笑!我对他们说这很困难。我们是一个跨国组织,在欧盟每个成员国内都履行了正式的协会注册制。这将耗费很大。你知道他们是怎么建议的吗?我们既然叫"欧洲猪肉生产商联合会"(The European Pig Producers),就应当把定冠词 The 也吸收到缩写字母中——这样我们的名称缩写就是 TEPP 了。太不可思议了,这些玩世不恭的家伙!

你们不是用德语商谈的吧?

不是,在场的没有德国人。

那就不是恶意的挖苦。他们不知道德语缩略词 TEPP("完全腹膜外修补法")是什么意思。

弗洛里安用面包把餐盘上剩余的炖肉肉汁擦干净,从小他就养成了这样的习惯。母亲总说,饭后人们根本没必要清洗弗洛里安的餐盘。

稍微甜了点儿,这种樱桃啤酒肉汁。你不是说,饭后在地下保险库里能吸烟吗?快带我去!我现在一定得抽一支。

他们像和睦的兄弟俩一样手挽着手回家,在布鲁塞尔的铺石路面上摇摇晃晃、踉踉跄跄。他们还喝了杜松子酒,并且经不住报价的诱惑,又抽了些雪茄烟。当他们从酒吧的扶手椅上起身时,酒精就已开始显出效果,在他们接触到室外的新鲜空气后酒劲就愈发明显了。马丁把哥哥送到酒店后,天又开始下起雨来,这时他才意识到自己把雨伞忘在"比利时女王"餐厅了。他浑身湿透地回到家里,脱去外套和裤子,打开冰箱,迟疑片刻后还是取出一瓶"朱皮尔"啤酒,在壁炉旁边坐了下来。他哥哥给他捎来一本杂志("瞧,我给你带来了什么:我上了杂志封面!"),他现在不是在阅读、而是在盯着它看:《思考猪!"欧洲猪肉生产商联合会"信息公报》。

第 三 章

死亡终究也只是后果的开端

在从火车总站去往位于木炭市场街的中央警察局的路上,埃米尔·布鲁法特一再停下脚步环顾四周,目光扫过周围房屋的立面,观察着来来往往的人流,他们有任务在身或者奔往某一目标,从而使城市显得热闹非凡。他喜欢清晨的布鲁塞尔,当这座城市从睡眠中醒来时。他做了几下深呼吸,紧接着叹了口气,他内心压抑地注意到这一点,那不是快乐的叹息声。在穿过布鲁塞尔大广场时他又一次停住脚步,瞧这恢弘的气势!一大早在游客们蜂拥而至之前,大广场方才真正显示出其华美。他讨厌游客,他们脑子里带着某些固定的看法来到这里,急于想确证这样的偏见,这些人用平板电脑和照相机取代了自己的双眼,他们碍手碍脚,把这座生机勃勃的城市变成了一座博物馆,把在这座城市里工作的人们即城市画面里的群众演员变成了博物馆勤杂人员和仆从。这些来自五湖四海的人们在这里不受欢迎,他们来这儿之前布鲁塞尔就已经是一座多种语言和多元文化城市了。他再次深呼吸,用公文包顶住腹部,尝试尽可能扩展胸腔。他直瞪瞪地望着,就跟游客一样。真美!这个广场多漂亮啊!他内心并不喜悦,他感到一种令人忧虑的悲哀,那是一种忧伤的感觉。他的祖父讲述说,1914年布鲁塞尔曾经是世界上最漂亮和最富有的城市——然后他们就先后三次来到这里,头两次他们脚穿皮靴手执步枪,后一次换成了运动鞋和照相机。我们被投入监狱,以仆人的身份被释放出狱。埃米尔·布鲁法特不喜欢自己的祖父,可还是尊重他,最终也由衷地钦佩他,但祖父在世时他却无法喜欢上那个愤世嫉俗的老人。现在他自己也变老了。这对他来说来得太早了。他喜欢清晨的布鲁塞尔,这一思想他以前从未有过。以前他就是简单地穿过这个广场去上班。可现在他深情地看着布鲁塞尔,就像一个要告别的人那样。这是为何呢?他不打算……他继续前行,这一次迈着急促的步伐,他想赶在8点钟的通气会之前喝上咖啡,让自己做一番准备。他不知道世上真的有预感。他是一名警官。他对预感、推测、幻想之类的东西不屑一顾。他祖父总说:梦想喝到啤酒是解不了渴的。作为警官他坚守自己的信条,即便从事其他职业他也会这样的。

今天真的应当是他不得不告别的日子。他觉得诱因可能是他的肚子。他感到自己的便便大腹正在挤压肺部,认为这或许就是造成他呼吸困难的原因,使得他急促的呼吸听起来一再像是叹息声。

这是一月份冰冷的一天,青灰色的天空显得阴沉沉的。掘墓人今天要挖开的泥土,就跟这个宏伟广场的铺石路面一样坚硬。

在8点钟的通气会上布鲁法特必须汇报工作,讲明他们在"阿特拉斯酒店谋杀案"案件中尚未掌握任何线索,一点儿线索也没有。汇报过程中他一再用手拂拭腹部,之前他就着咖啡吃了一块牛角面包,油腻的面包碎屑粘在了他的衬衣上,他一边汇报一边用手拂拭,说了几句后再次拂拭衬衣,就好像这是他的一种怪癖。他们发现一具男性尸体,死者身份不详。这名男子用假名在酒店登记入住,据说是一名来自布达佩斯的匈牙利人,但他的护照是伪造的。根据前台女接待员的证词,他操着一口浓重口音的英语,但她无法判定那是不是匈牙利口音。实验室人员迅速而缜密地开展了各项工作,但无论是指纹鉴定法还是法医口腔化验和血清检查都无法给出任何提示,在联邦警署数据库里找不到相应信息。对那颗夺命子弹的弹道学分析也同样没有结果。或许欧洲刑警组织能够提供一些帮助。尸检报告只是确认了显而易见的事实:谋杀过程宛如一次死刑执行,凶手从非常近的距离将一发子弹射入后颈。一切迹象表明,作案人在死者房间里没有搜寻和掠走任何东西。从现场发现的遇害人个人物品来看,人们无法推断出死者的真实身份,也无从知晓案犯的可能性动机。除了一头猪之外,本案再无任何其他异常情况。是的,我说的是一头猪。警方询问了多名案发时在阿特拉斯酒店附近停留过的路人,也包括几名周边居民,他们都说一头在酒店门口到处乱跑的猪引起了他们的注意。太不可思议了,布鲁法特警官接着说道,到目前为止从本案所有的调查和取证来看,我们掌握的唯一具体线索便是:案发地点附近的一头猪——我们甚至不清楚这头猪是否与本案有关。他再次用手拂过胸口,然后把双手放在肚子上,向下挤揿腹部,深吸了一口气。汇报完毕,先生们!

在场的警官们没有人说话。埃米尔·布鲁法特不认为,他们可能隐瞒了一些他还不知道的情况,或者对他没有想到的主意闭口不谈。他站起身来,把他的办案组警员们请进小会议室。

对于案件的进展情况我们无能为力,目前只能做以下事情,他布置说。第一是等待,看欧洲刑警组织能否对我们提交的数据给出答复。第二就是那头猪。我们不知道死者的身份,但或许我们可以查明那头猪的身份。他不自然地笑了笑。这么一头猪不可能以游客的身份乘飞机来到布鲁塞尔,然后在市中心大摇大摆地散步。它肯定有自己的主人,要么是它挣脱主人跑了出来,要么是主人丢弃了它。因此我们要对布鲁塞尔周边区域的所有养猪户进行排查。最主要的是第三件事：我想知道，案发当晚站在待拆迁房窗边的那个男人是谁。可能他看到了些什么。也许他是屋主，也许是房主。这一点人们很快就会查清。下午1点在我返回时我想知道这一结果。现在我要去墓地了。

只有墓地还给人一种彬彬有礼的感觉。

房间里温度过高，达维·德维恩特立即走到窗边想开窗通风。他发现窗户只能向内倾斜打开，开启的缝隙很小，以至于人们连一只手都伸不出去。窗外灰色的天空阴沉沉的，他看着窗底下排得整整齐齐的墓碑，询问能否改动窗户的铰链结构，或者最好把它移除。

约瑟芬夫人解释说，德维恩特不该称她为"护士"，因为这里不是医院，而是一处老年寓所，不是吗，德维恩特先生？

她的嗓门太大，她简直是在扯着嗓子说话，这种习惯已经成了她的第二天性，毕竟她常年都在和大多耳背的老年人打交道。达维·德维恩特闭上眼睛，仿佛这样他也能够把耳朵堵上。窗户——"……是为了您的个人安全……"他听到她这么喊道或者吼道，他只希望这个女人快点儿走开。他忍耐不了她那集合时的喊话声，也同样无法忍受她虚伪的友善和为了咧嘴微笑而持续绷紧的嘴巴。他知道自己这样做不公平，但如果人世间有公平的话，他就不必来这个地方了。现在她站到他身旁，对着他的耳朵大声喊道：这多美啊，窗前有这么多绿化面积，不是吗？他转过身去脱下外套，把它扔到床上。她和她的团队随时听他差遣，不是吗？她接着大声说。如果需要帮助或者有什么问题，他只须拨打这边的室内电话，或者按一下床边的那个钟铃，不是吗，德维恩特先生？她环顾四周，带着一种兴奋的表情，仿佛这不是一间狭小的公寓，而是豪华套房,然后她张开双臂大喊:那么现在这里就是您的小型王国了!在这里您将会感到很自在!

这是一道命令。他惊讶地看到,她现在把手向他伸了过来。过了一阵儿他才有所反应。就在她想要把伸出的手又抽回去时,他终于把手递了过去。在握手成功之前,双方又来来回回地犹豫了一会儿。这时她看到了他小臂上的刺青数字,那就祝您一切顺利,不是吗?她轻声说道。说完她转身离开了。德维恩特环顾自己的小型王国,惊奇自己怎么没早点儿注意到这个地方,他是在考察了多家养老院之后才最终选定这里的:这个房间里的一切都被螺栓固定得结结实实。没有一件家具可以被推移和挪动。不仅仅是带床头柜的床,以及一半是配有白色磨砂漆门的衣柜、一半是带玻璃门陈列柜的组合柜,包括小茶几和呈 L 形围绕茶几摆放的长椅也都是嵌入式的,电视机被螺钉固定在墙面上,就连挂在床上方的图画——雨中威尼斯,伪印象派风格——人们也摘不下来。为何是威尼斯?为什么在雨中?难道是要安慰那些正值晚年的布鲁塞尔人,让他们知道即使是在世界上最美的地方,雨也照下不误?此外房间里还有一个小型的一体化厨房。这里真的没有什么人们可以推拉、改动或者挪移的东西。就连椅子也无法搬动。所有的东西都已成定局、不容改变。他走到柜子跟前,玻璃门后摆放着他带来的几本书,它们被夹在两个用陶瓷制成的书立之间,书立的造型是两头正在阅读的猪。书立是在他退休之前,他教的最后一届高中毕业班送他的礼物。他想从柜子里取出那几本书,把它们放到那里或那边的某个地方,比如放到桌子上,或者放到床上,这样它们就是这个房间里唯一可移动的物品了。他打开柜门,让目光掠过书脊,又从头扫视了一遍,开始变得犹豫不定了——他想干嘛?想看书吗?他是想阅读吗?不,不是。他站在那儿盯着书脊发呆,最后又把柜子关上了。他想——什么？想出去？是的，他想出去。他走到窗前。外面是布鲁塞尔城市公墓。没有任何东西能让他触手可及，但却令他有所期许。他穿上暖和的衣服。

从位于奇树街的汉森家庭养老院到公墓的大门入口处仅有几步之遥。天气异常寒冷。天空灰蒙蒙的。公墓的锻铁大门。能在这里看到鸟儿，主要是乌鸦和麻雀，这会让他感到心安。墓穴与墓穴之间有这么多鼹鼠窝，他想不起来曾几何时在墓地见到过这么多的鼹鼠窝，记不起曾经注意到墓地里竟有鼹鼠窝。在伏地生长的常春藤中间长满了蘑菇，各式各样的蘑菇，它们叫——它们叫——他想不起它们叫什么名字了。无所谓，反正他了解它们的情况，这些蘑菇不能食用。知道这些就足够了。那边有一座完全被颠覆的坟墓，它是被一棵参天大树厚厚的树根掀翻的。旁边是一些被歪倒的树木或者掉落的树杈砸坏的墓碑。破损的石块上布满了青苔。新栽的树苗紧挨着那些或倾倒或被砍伐的老树，后者躺在坟墓之间慢慢地朽去。在这片充斥着死亡的田地上，树木也会死去并沉入地下。在古旧的墓碑上挂着石膏花环，有些上面挂了两三个，个别这样的花环也平放在墓碑前面或者墓穴旁边。这情形就好像是病态的孩子们在这里玩过套圈游戏。

他总是没走几步就在一座墓碑前停下来，细读碑上的名字，打量上面的珐琅质照片。他很喜欢来公墓散步，人们有能够安息的坟墓，坟上还刻着她们的名字，他觉得这样很好。如此一来人们就可以来看望那些亡灵。他看到一些孩童的坟墓，这些人在非常年幼的时候就已夭亡，他们死于疾病、事故或被他人杀害，遭遇了悲惨的命运，但是他们有属于自己的坟墓。只要墓地一直存在，文明的承诺就不会终止。他父母、他弟弟和他祖父母的坟墓都浮在空中。人们无法给他们扫墓、养护墓地、竖一块墓碑。他们没有长眠之处,只有因找不到安息之所而生发的永久不安。在将要同他一并逝去的回忆里,仅剩下最后一张家人的照片,它是用最后的目光拍摄而成的——而那目光仅仅是一种断言。他没有看见母亲的面孔,而是只看到她紧紧拽住他衣袖的手,直到他挣脱为止。他没有父亲最后的照片,只记得他大声喊道"留下来!",他那声喊叫"待在那儿!你使我们陷入不幸!"——至于他弟弟:他看不见他的脸,只看到一个紧贴在妈妈身上的孩子的背影。除此之外呢?还有些回忆像是从其他人的记忆库里偷来的一样:父亲—母亲—孩子之间的回忆,平凡的回忆,最幸福的回忆。这些回忆都是黑色的,就跟照片被烧毁之后的灰烬一样。

他父亲喜欢吃大米蛋挞。这是一种回忆,同时也算不上。对此他没有照片可以佐证。他记得全家围坐在餐桌旁,父亲笑容满面地说道:"嗯,今天终于又吃到大米蛋挞了!"记得母亲把蛋挞端上餐桌,父亲招呼孩子们要保持理性:"住手!不要这么乱抢!"这时母亲会说:"先给爸爸来一大块!"——这样的回忆太不真实了!不存在记忆中的印象,没有将这种印象定格下来的纪念照片,他并未见过自己和家人坐在桌旁,桌上摆放着诱人的大米蛋挞,他只记得那句:"父亲喜欢吃大米蛋挞!"但这是为何呢?为何是这句话?这句话从何而来?为何偏偏是这句话?是对人生的回忆吗?同时它又是深埋在他头脑里的一句死气沉沉的话语。这时他看到一块墓碑,上面雕刻着:

  一切都是过眼烟云

  一切都将被抹去

  除了怀念

他停下脚步,注视了许久这些碑文,弯下腰拾起一块卵石,把它放在这座墓前。

　　墓地里有这么多被破坏的墓穴,这些都是拜大自然所赐。被树根掀翻的墓碑,被断裂的枝杈和翻倒的树木砸坏的陵墓,被蔓生的植物掩埋的石碑。这些见证人们的竞争和追求体面的纪念碑正在逐渐腐朽:年久失修、遭受霉菌侵害的陵墓,它们原本应当庄严地为一个家族的权力和财富作证,现在却落魄到这般田地,只是在向世人证明这一点,即一切都将逝去。陵前是墓地管理部门安放的牌子,上面写着:此墓地租约年底到期。

　　没有钱就连墓地也会死去。

　　他感到疲倦,想了一下是否现在应当返回。不,他还想仔细考察一番他目前所生活的邻近区域。

　　没有留意路标,他径直向左拐去,"德国阵亡将士公墓""英联邦战争公墓""荷兰战争公墓",从这里开始一模一样的墓碑整齐地成行排列,在感受了民用墓地面积的逼真和一片狼藉之后,烈士陵墓这种望不到头的一致透出一种极度的沉静和美感,以一种庄严的美学完美地救赎了对于生命的掠夺。

　　为祖国献身——时年二十四岁。

　　为祖国献身——时年二十岁。

　　为祖国献身——时年二十六岁。

　　为祖国献身——时年十九岁。

　　为祖国献身——时年二十三岁。

　　为祖国献身——时年二十三岁。

　　为祖国献身——时年二十二岁。

　　为祖国献身——时年三十一岁。

　　为祖国献身——时年二十四岁。

　　为祖国献身——时年三十九岁。

为祖国献身——时年二十一岁。

为祖国而死,为了国家的昌盛,死难者的责任。①

在这里沿烈士陵墓散步,人们会感觉像一名将军一样在巡视阵亡将士,宛若一位总统在对冥国哈德斯进行国事访问时检阅三军仪仗队。他闭上眼睛。恰恰在这一刻有人跟他打了招呼。一位男士问他会否说德语或者英语。

会一些德语。

他是否知道,无条件爱情之墓在什么地方。

什么?

那名男子说,他在导游指南里读到了这个,他能听懂他讲的吗?能听懂?太好了。也就是说他是在导游指南里看到的介绍。它肯定就在这附近,那座无条件爱情之墓。您不知道——?

不知道,德维恩特回答说。

艾哈特教授道完谢后继续前行。他看到林荫路尽头有一栋楼房,房子前面站着几个人,或许在那儿人们可以给他相关答复。他还有些时间。"欧洲新契约"课题组的大多数成员今天上午才陆陆续续到达,因此今天的第一次会议安排在下午1点举行。但他提前两天就到了,既然应邀前来布鲁塞尔,他也想浏览一下城市市容,而不只是在整个会议期间都坐在封闭的空调房里。他在维也纳没有家庭,不承担任何义务。就这一点而言,他正面临人们在他这个年龄所能遭遇的最可怕的境况:他是自由的。他不时还会收到参加此类会议的邀请函,这得归功于他杰出的学术声望,对于这样的邀请他总是欣然接受,并做全面细致的准备工作,尽管或许因为他越来越感觉到自己无法再在讨论会上发言,而基本上只能像

---

① 这三句话原文分别为法语、英语、荷兰语。

宣布遗嘱那样宣读论文了。但现在应当发生这样的情形：那就是通知继承人们，有一笔遗产脱离了时代精神，继承这笔遗产是对他们提出的挑战。

这一天阿洛伊斯·艾哈特先去祭奠了阿曼德·莫恩斯的坟墓，莫恩斯是位昔日广为热议、今天却已被遗忘的经济学家，生前曾任鲁汶大学教授，早在上世纪六十年代莫恩斯就提出了后国家国民经济学理论，并由此认为有必要建立一个统一的欧洲共和国。各国国民经济日益紧密的联系、由此产生的不同经济体之间的相互依存、跨国企业集团的权力越来越大以及国际金融市场影响力的不断增强，这些将不再可能使国家民主制履行自己的基本职责，即灵活地干预国民的生存条件和根据宏观经济发展态势保证分配的公平性。"关闭国家议会！"——这是一名真正的民主主义者发出的战斗口号，他想要着眼于历史形势重新创设民主政体。莫恩斯提出了国家民主制必然消亡的论点，这在当时并未被人们当作丑闻或是疯狂的幻想而不屑置辩，其原因在于那个年代特许的言行自由；最终莫恩斯没能从与他称之为"反刍动物"的国民经济学家们的论争中胜出，也是由同样的原因所致："学术弄臣的言论自由起初帮助了我们，但最终却巩固了真正弄臣的权力"，莫恩斯在自己的回忆录里这样写道。

四十五年前艾哈特作为非常年轻的学子聆听了一场阿曼德·莫恩斯在阿尔帕赫举办的客座讲座，从此他就把自己看作是莫恩斯的学生。他忠实地拜读了莫恩斯所有的出版物。当他自己第一次出版著作并把作品寄给老师的时候，后者已经病得不轻了。莫恩斯还给他写了一封回信，但之后便没有了下文，因为没过几天莫恩斯就去世了。现在艾哈特悲痛地站在老师的墓前：

阿曼德·约瑟夫·莫恩斯，1910—1972

墓碑旁边立着一小块珐琅标牌，上面写着：

在人们最需要他的时候，
他却被遗忘了
"莫恩斯誓言"学生会
鲁汶天主教大学

墓前摆放着鲜花和一瓶烈性酒。还有预示吉祥的小猪造型。这些小猪大小不等，是用塑料、长毛绒、木头和陶瓷等不同材料制成的，阿洛伊斯·艾哈特无法解释在墓前放置这些小猪的含义。他拍了一张照片。接着又拍了一张，这一次是给除小猪之外的墓碑和标牌单独拍摄的。

在调查莫恩斯教授葬身地点的过程中，他无意中碰到了这样的线索，即在布鲁塞尔城市公墓也有一处旅游景点，它的名字叫无条件爱情之墓。他现在就在寻找这座陵墓。一位布鲁塞尔男爵（阿洛伊斯·艾哈特记不起他的名字了）通过参股比属刚果的矿山开采而赚了一大笔钱，在一次去殖民地旅行期间他坠入情网，爱上了当地的一名女子，他把她带回布鲁塞尔以便娶她为妻——"一个女黑人！"他的这一举动不仅遭到了布鲁塞尔上流社会的唾弃，更是引发了一些司法纠纷，在经过长期的奋争、请了最好的律师和支付了数目可观的金额之后，他才终于摆平了这些纠纷。男爵的爱情抵住了所有的狂风暴雨。"我宁肯因这个女人而遭到唾弃，也不愿为了得到尊重而失去她！"最终两人获得了婚姻许可，受邀宾客中没有人出席他们的婚礼，除了年迈疯癫的伯爵夫人阿多芬妮·马拉特，她还在婚礼结束后请新婚夫妇去她的府第喝茶。充当证婚人的是两名正在户籍登记处门口马路上修理窨井盖的工人，他俩愿意以每人五十法郎的报酬使手头的工作暂时中断一刻钟。因邀请并接待这对新人而遭受攻击的马拉特伯爵夫人，用以下富于传奇的辞令为自己做了辩解:"如果他愿意把自己的名字分享给那个女人,那么我也能赐她一杯茶喝!"

那个名叫丽贝鲁勒的女人(艾哈特教授记住的名字是"小蜻蜓")不久便去世了,那是1910年在她的产褥期里,之前她产下了一名男性死婴,男婴是因为脐带绕颈窒息而死的。男爵,啊,对了,他叫卡斯珀斯,维克多·卡斯珀斯,男爵伤心欲绝,委托一名法国设计师在城市公墓为他的至爱建造一座豪华陵墓,它就像是一间祈祷室,其顶部孔洞的造型设计如此匠心独具,以至于在他爱妻每年忌日恰逢去世的那一刻,都会有一个心形的光点照射在他心爱之人的石棺上。

艾哈特教授想看一看这个陵墓。他原本期待人们会为这样的景点设置指示牌和路标,但实际上却找不到任何类似的标识。布鲁塞尔有好几座公墓吗?难道是他来错了地方?

现在他来到了那栋楼房前面,从远处他就已经看到了这栋建筑,在这期间房子前面聚集了越来越多的人。

他很吃惊地在众人当中看见了他,他不会看错的,那个巨人般的大块头就站在那儿——那可是在酒店大堂里盘问过他的警察啊,毫无疑问,他就是那个体型庞大的警官。他停了下来,瞪大眼睛朝对方看过去,此时他们的目光碰在了一起。艾哈特不确定是否警官认出了他——现在那位警官的注意力也被转移了:两名男子疾步朝他走来,问候他并同他交谈了几句,然后他们走进那栋楼房,这时候艾哈特才看清楚,那栋建筑原来是火葬场。

在对遇害者的遗体进行火化时亲临现场,这不属于布鲁法特警官的职责。而且也不存在针对遗体展开调查的技术原因。案发后死者尸体被查封并交由法医剖验。之后便可以安排安葬事宜了。如果受害者的身份被验明且有家属存在时,那么葬仪将由其家人负责处理。一旦遇害者身份不详,则在法医剖验结束后四十八小时之内,市政当局将委托火葬场对尸体执行火化。火化时会有一名市政官员到场,由他审查材料,确认死者编号与文件登记号码相一致,宣读一份时长约五分钟的文书,内容涉及生命的易逝和永远安息之类的主题,目的是为了基于欧盟相关准则在葬仪方面保证最低限度的人的尊严,仪式之后棺木沉降进入燃烧室。骨灰后来被撒在火葬场旁边的草皮上,基本上都是被倾倒在上面的,在一块石碑上固定着一枚刻有死者名字的徽章,如果死者身份不详,人们就用警方档案号码取而代之。嫌疑人甚至作案人自己估计不会来参加这样的仪式,因为除了受托官员,再没有人知道火葬仪式的地点和时间了。不过总会有观众出现在这样的场合,那些定期来墓地散步的人们、退休者、丧偶者、来自周边推着婴儿车的母亲,他们出于尊敬或者好奇,在路过时都会停下脚步。

　　但是布鲁法特警官不是因为他负责的这起案子来这里的,而是因为这一天是他祖父的忌日。他祖父是比利时抵抗运动的英雄,许多年前还有数量可观的人群在这一天聚集在祖父的墓前,后来参加纪念集会的人数就越来越少了。人们在集会上讲故事、喝烈性酒、唱歌。在集会临近尾声时人们齐声高唱比利时国歌。在唱"一切自由民族皆为朋友"这句歌词时,那些唱得非常起劲、乃至于大喊大叫的白发老人看上去就像是一群疯子。在唱到"国王、法律与自由"这句时,总会有一个人像指挥那样,突然打一个手势让合唱团停下来,然后大声喊道:我们不能拥有一切!那么我们可以放弃什么?所有的人齐声应答:放弃国王!我们不能放弃什么?众人齐声:法律与自由!

　　这样的仪式让青少年时期的埃米尔·布鲁法特感到非常震撼,人们在墓前的那种心醉神迷的举动使他觉得很难堪,他把那些老先生们身着的西服所散发的樟脑丸气味当作是火药味。在他的童年时代祖父让他感觉很害怕,后来在父母去世之后,他开始感受到对祖父的尊敬和钦佩之情,甚至为祖父感到自豪!再后来当眼泪准备从他那日益增大的泪囊里涌出时,当他愿意拥抱年复一年地聚集在祖父墓前的那些人时,却不再有人来到墓前集会了,生者当中没有人能够回忆起他的祖父及其英雄事迹了。但尽管如此,每年在这一天他都会来到这里,一个人在祖父墓前沉思冥想一个小时。今天也算是巧合吧,他在探视完祖父的亡灵后接着来到火葬场,"他负责的案件"中的遇害者正好在这里被火化。他没有料到这种情况会对他的案情调查有所帮助,更没有想到会在这里见到一个男人,在案发现场的初步审问过程中他曾经和他交谈过。起初他只是依稀觉得这个男人挺面熟的,过了足足十分钟他才清楚地意识到自己是怎么认识他的。随即他从火葬场大厅里冲出来,但那个男人已不见了踪影。布鲁法特又跑遍了墓地的几条林荫道,可还是找不到那名男子。

他离开墓地。"乡野"就在墓地大门的正对面,每次在给祖父扫完墓之后,他都会光顾这家餐馆。布鲁法特很疑惑,为何餐馆上面楼层的窗户都用砖给砌住了。难以想象有人住在这里,却又无法忍受看到对面的墓地。谁也不会把自己砌在墙里,仅仅是因为窗外的景象使他心情压抑。这样的人当初根本就不可能搬到这里居住。在这些被砌住的窗户背后隐藏着什么样的秘密呢?

像往常一样布鲁法特点了一份蔬菜土豆泥配香肠,这是祖父最喜欢吃的菜,对他自己而言则是一种感伤的童年的味道。"土豆泥就是土豆泥",祖父总会这么说,这道菜的关键之处当然在于香肠的质量:在人们用叉子捅入香肠时,它必须很容易爆裂才行。为此香肠肠衣必须用真正的猪小肠制成,而不是那种越来越多地被使用的人工塑料肠衣,后者是比利时工匠文化缺失的严重症状。"乡野"餐馆里的土豆泥配香肠还是原汁原味的。做法简单,用料纯正,味道鲜美。在享用美食的同时来一杯时代(斯泰拉阿托伊斯)桶装啤酒,最后再来一小杯荷兰金酒。埃米尔·布鲁法特酒足饭饱地叹了口气,然后驾车驶回警察局。

当埃米尔·布鲁法特回到"煤矿"(局里)时,值班警员告诉他说,总警司已经在等他了,他应该立即去他的办公室一趟。

布鲁法特已经事先通知大家他要去墓地,并将于下午1点返回。大伙儿都点头表示同意。现在的时间是1点过5分。难道警局主管又要因为这样的事情而装腔作势吗?布鲁法特做好了要遭受一顿斥责的心理准备,因为他没有充分的理由去墓地散步,更何况回来得又太晚。他耸了耸肩,当然不是真的做出这样的举动,而是在内心里表现的一种无奈,耐心地等候电梯,然后不慌不忙地沿走廊来到主管办公室门口,敲了敲门便直接推门而入。

颠倒的世界,此刻他心里这么想:他刚刚从墓地回来,可他的印象却是葬礼正在这里举行。总警司的左边坐着预审法官,检察官坐在他的右边,所有三个人的表情都异常严肃。

请坐,布鲁法特同事!

预审法官总是找总警司的麻烦,对此布鲁法特并不感到特别吃惊:毕竟他才是真正的上司,他一再发号施令,想要定期知道案件调查的进展情况。但是检察官的在场立即使布鲁法特警惕起来。因为这就意味着:在这起案件中存在政治干预的因素。

如果在危险所能产生的后果已经成为不可更改的事实时才鸣响警报,那么人们的警惕又有何用呢?

没错,这是在这间办公室里举行的一场葬礼。是为"阿特拉斯案件"举行的葬礼。

现在可以开始了,总警司梅格雷说完这句便一言不发。布鲁法特坚信这个白痴仅仅是因为机缘巧合才有了今天的升迁发迹,对这座城市来说,他叫"梅格雷"(西默农笔下著名的巴黎警探)这个名字可谓一种极其不幸的偶然。布鲁法特什么也没说,无动于衷地看着这个梅格雷是怎样在酝酿措辞的。他耐心地注视着梅格雷,梅格雷把求助的目光转向预审法官,预审法官又向检察官看去,最后检察官说道:警官先生,非常感谢您能抽出时间到这儿来。我们正在探讨阿特拉斯酒店谋杀案,如果我掌握的情况属实,那么是您在负责这起案件——

是的,布鲁法特回答说。

请接着谈吧,总警司梅格雷说道。

案件现在有了新的发现,预审法官德·罗汉先生说。唯一让布鲁法特对这个自命不凡的罗汉感兴趣的就是他夫人。他是在一次圣诞晚会上认识的罗汉夫人,她是一个年轻而又特别温柔的女人,生着一双带黑眼圈的大眼睛,每当她想说些什么的时候,德·罗汉总会面带微笑地用这样的话让她住嘴:"我亲爱的,你现在必须保持安静!"——那一刻布鲁法特立即萌生了想和她睡觉的愿望。他不清楚那是否真的是因为对她的渴望,抑或仅仅是一种想羞辱一下她丈夫的冲动。他当时已经喝了足够多的酒,便索性在她耳边表达了这一愿望——说得非常直接、非常愚蠢。她瞪大眼睛看着他,瞬间他感到羞愧万分,而她的回答却是:今天不行。明天给我打电话吧!

罗汉用一种自恋的手势触探了几下自己精心吹烫的发型,然后请求总警司梅格雷,把案件的最新进展情况向布鲁法特警官做一说明。

布鲁法特明显感觉到,检察官对在场的两名警察的无能感到很厌烦,他现在只等着对方直截了当地把案情说完,然后他就可以离开去处理更为重要的事情了。

总警司梅格雷说道,好了,事情是这样的:有充足的理由说明,我们现在不必再继续调查这起案件了。

您明白了吗?

不,布鲁法特回答道,我没明白。您的意思是:我们不再继续调查下去了,还是我不用再接着调查了,或者是这起案件不再被继续调查了?

过去五年里已经是第三次发生这种情况了,即案发后他随即被叫到现场,站在一具死尸面前,可第二天尸体便不复存在了。布鲁塞尔已化身末日审判之城,这难道就是充足的理由?神使死者又重新复生了?受害者的灵魂又再次与他的肉体复合了?既然没有死者,也就不存在案审的必要了?法医对此进行确认了吗?

好了,梅格雷接着说,我理解——

布鲁法特恼怒地看着这个白痴,盯着他那用发胶粘过的傻乎乎的板刷发型,仿佛是系得过紧的领带结让他的头发直竖了起来。

我理解您现在、理解您现在的不解,但是——

事情很简单,德·罗汉现在打断他说,事情很容易就能明白。我们跟这起案件不再有任何牵连了,您跟它毫无关系,我们跟它毫不相干,这里没有人再和它有任何联系了。我现在跟您解释的属于绝对机密,您听到就行了,但绝不能说出去,清楚了吗?好了,事情是这样的:存在这么一个唯一的机构,它有权力撤销我们对此类案件的调查权,能够让这样的案子销声匿迹,以其自己的方式对案件做出解释。该机构之所以如此强势,是因为事实上、也就是说在官方层面上它根本就不存在。它不是有形的,您明白吧,它横加干涉此类案件,但自身却是无形的。这里面牵扯到很多利益——

利益使然,布鲁法特接过话说。

完全正确。我们现在可以相互理解了。

检察官默不出声,目光从一个人移到另一个人身上,扫视完后他点了点头。

这件事只有我们知道,布鲁法特说道,检察官又点了点头。是啊,布鲁法特接着说,这件事只有我们知道,就像一部电视侦探片里所演的那样。

您在说什么?

来自最上级的指示,布鲁法特说,为了阻挠调查工作而进行的政治干预,充满玄机的暗示,除此之外便是保持沉默,这都是些叫人讨厌的老套剧情,但是这样的陈规俗套当然须得到补充:剧情里要多出一名警官,他觉得必须独自——

您现在肯定不会——

最后他作为英雄——

您现在肯定不会擅自行动吧,检察官说道。这是一道命令。而且刚才我恰好得知,您休假的申请被批准了。

可我根本就没有提出休假申请!

好了,这是一个小误会,梅格雷插话说,此前我说过布鲁法特警官先生还有许多休假天数没有动用。

布鲁法特感觉特别压抑,他用力深呼吸。

那太好了,罗汉说道,那您现在就可以外出度假了,好好放松一下,据我所知您过去一段时间压力太大了——

检察官站起身来,梅格雷和罗汉也马上从椅子上站起来。布鲁法特缓缓起身,这个身长两米的巨人远远高出在场的其他人,这时他感到胸口一阵刺痛,便又向后跌坐到椅子上。检察官居高临下地看了他一眼,对其他人说道:走吧,先生们!

埃米尔·布鲁法特回到自己的办公室,他发现原先放在写字台上的文件夹不见了,文件夹里存放有调查报告、最初的审讯笔录、作案现场照片和尸体剖验结果。不过所有这些他在电脑里也都保存了。他输入自己的认证密码,但是在电脑屏幕的虚拟桌面上那个相关的文件夹也不见了。他点开桌面上的虚拟回收站,发现在被删除的文件当中也找不到那份案卷。整个行动记录、所有涉及这起案件的信息都被删除了——前往阿特拉斯酒店的出警命令是何时下达的,哪些警务车辆于何时到达的事发地点,执勤的是哪些警员,第一份现场取证报告,所有这些都丢失了,整个案件消失得无影无踪。

他呼哧呼哧地喘着粗气,用力向下挤压腹部,为了让肺部能够舒坦一些,深吸了一口气,解开皮带和裤腰上的纽扣。他紧盯着电脑屏幕。就这样过了多久?1分钟?10分钟?他意识到他不再是盯着屏幕,而是在注视着自己:他要怎样对此事做出反应呢?他不知道答案。他看见自己坐在那儿,就像是一具瘫倒在椅子上的尸体。这时他的手指又开始在键盘上敲击,他在谷歌上搜索:媒体对阿特拉斯酒店谋杀案有过哪些报道?没有任何结果。无论他输入什么样的关键词,都不会显示任何搜索结果。没有任何一家报纸刊发过相关的文章。这起谋杀案根本就没有发生过。

他抬起头来,直到现在才注意到自己的活动挂图也被清除了:那张纸片被撕去了,在上一次开会时他在纸上用大写字母写下了HOTEL ATLAS → SCHWEIN(阿特拉斯酒店→猪)这几个字样,并在后面画上了五个问号。

他有一个奇怪的想法:现在该是他最终成为后辈的时刻了吗?成为比利时著名的抵抗运动战士的后辈。

他拿起电话听筒,把他手下的警员们召集到他的办公室。他感觉自己已经下定了决心。

高级督察、助理警官和三名警员走了进来,布鲁法特警官关闭电脑,抬起头来打量这些手下的面孔,此刻他什么都明白了:他们已经知道了这件事,并且早已有所安排。指望他们是不可能的了。他站起身来说,他想跟大家道个别,因为他——这时他意识到自己的裤子正在向下滑落,他很快抓紧裤腰——,因为他要外出休假……他不想当着手下的面系上裤扣扎好皮带,于是便喊道:现在你们出去吧!

这些见风使舵、乖巧顺从的机会主义者现在将会在背后说他的坏话,嘲讽他是一个多么可笑的家伙。他的眼睛湿润了,他走到活动挂图跟前,拿起一支毡头笔在上面写道:法律与自由!然后他回想起一段墓志铭,那是他今天在墓地散步时看到的,于是他又在这句话下面用大写印刷体字母写道:

一切都是过眼烟云
一切都将被抹去
除了怀念

随后他拿起自己的公文包(它是空的)扬长而去。

这一滤除所有可能性因素、也对迄今所讲述内容进行整理的算法当然是不合情理的——但最重要的是它能使人镇静下来:这个世界光怪陆离,但是通过这种算法我们所经历的世界就是一幅马赛克镶嵌画。

是因为布鲁法特的火葬场之行,才使得下述内容的连接成为可能吗?

新邮件:"事由:奥斯维辛——期待您的光临"。

马丁·舒斯曼感到寒冷。天下着雨,因此他没有骑车、而是乘地铁上的班。升降井和坑道里的地下风跟骑车时的迎面风不太一样,前者要更硬和更具侵略性。拥挤的车厢里热气腾腾的体温并不令他感到轻松,相反却让他担心会得传染病,但他最害怕的还是那种可能会感染他的冷漠和顺从,这样的氛围总是侵袭着车厢里的每一个人。

"尊敬的舒斯曼先生,我很期待不久能在奥斯维辛欢迎您的到来!"

他从员工餐厅给自己取了一杯热茶,现在正坐在电脑前查阅邮件。

"当然我将去克拉科夫机场接您,并亲自开车送您去集中营。您会根据我高高举起的、上面写有您名字的牌子认出我。"

舒斯曼满脸嫌恶地放下手里的茶杯。他感觉自己生病了,仅仅是因为他害怕生病而喝了这杯茶。

舒斯曼要去出差。基本上所有的准备工作都已就绪。本次学术之旅和参加奥斯维辛-比克瑙德国纳粹灭绝营博物馆的费用是由欧盟资助的,欧盟委员会每年都要派代表参加于1月27日举行的解放集中营纪念活动。马丁·舒斯曼是欧委会文化总署今年选派的代表,他也被委托修订资助方案和监管投入资金。

"如果您允许,我还想在您临行前嘱托两句。重要的是要穿保暖内衣。在这个季节奥斯维辛-比克瑙非常寒冷。我们绝对不希望您在奥斯维辛患病!

上一次造访柏林时我在一家商场买了内衣,那是我曾经穿过的质量最好的内衣。我记不清它是什么牌子的了,但是在商店里请您一定要买德国产的内衣!我总说德国内衣,因为我自己就在柏林买过,并且确信那是德国产的。德国内衣在布鲁塞尔应该是挺有名的!我建议您一定要买。德国内衣最适合奥斯维辛的气候了!"

马丁·舒斯曼点击回复,写了三句友好的话语,点开下一封邮件,起身走出办公室,向博胡米尔·策米卡尔的房间里瞧了一眼,看见他正在匆忙地击键打字。马丁扬手举起一小包香烟,策米卡尔会意地点了点头,他们俩出了办公区来到消防梯上,为了在这里抽支烟透透气。

在寒冷的俄罗斯影片里,博胡米尔说道。马丁当然没懂这句话是什么意思,但是他赞同了对方的说法:是的,我们需要德国内衣!

达维·德维恩特离开墓地。他浑身发冷。这种感觉他可以承受,比这更糟糕的寒冷他都经历过了,而且还是在没有像现在这样穿大衣的情况下。他决定去对面的"乡野"餐馆休息一下,在那里稍微吃点儿东西,喝杯红酒暖暖身子。他走进餐馆,在左边靠窗的地方找到一个座位。女服务员送来菜单并问道:您来自汉森家庭养老院吗?那么在我输入水单明细之前,您必须出示一下您的号牌。

号牌?

是为了享受折扣!

不,不,德维恩特回答说——他对这样的号牌一无所知,至少约瑟芬护士今天没有向他说起任何关于号牌的信息——,我很普通,我的意思是我是普通客人。

太好了,女服务员说完便把菜单放到他面前,他点了一杯红酒,那是杯自酿葡萄酒。接着他又问道:我只想稍微吃点儿东西,您能给推荐什么?

这里是我们的家常菜,她指着菜单说道,每天都会推出一种"反危机"套餐。

"反危机"套餐?

是的。先是一些口味很重的菜,然后又是非常甜的饭菜。这在我们餐馆很受欢迎。今天的套餐包括酸菜和巧克力慕斯蛋糕。没有号牌的正常价是18欧元。如果在这之前您还想要一份双料火锅,主要是奶酪和虾,那么您需要付25欧元。

他看着眼前这名快活开朗的女服务员,暗地里问自己她长年累月面对的都是些什么样的人:每天都要跟追悼会来宾和前来扫墓的客人打交道,不是和死者本人,但却是和死者家属。

那我就要一份"反危机"套餐吧,不要火锅,他对女服务员说。

没有号牌折扣的正常价,好的,没问题!

他在等餐的时候向窗外望去,目光移向对面公墓的入口处。现在从远处、从这个地方看过去他才注意到,公墓大门和比克瑙集中营的大门有几分相像。

这时候服务员送来了他点的红酒。

一道锻铁大门和另一道锻铁大门之间总有某种相似性。那么大门左右两边的钟楼呢?除了钟楼,一道锻铁大门左右两侧的还可能是什么呢?这就跟被关在集中营里的人是一样的——他们都是有血有肉的人,除此之外他们还能是什么呢?尽管如此,那种认为两者之间有某种相似性的印象仍然是不合情理的。不存在这样的相似性。事情就这样了。

第 四 章

假如我们可以去将来旅行，
我们就会拥有更远的距离。

马丁·舒斯曼想尽可能在使身心不受损害的情况下，结束去波兰的这次公差。他怎么也想象不到，恰恰是这次旅行给了他灵感，特别是让他萌生了之于"隆重周年庆典计划"的固执想法，并最终几乎把他的生活搅得乱七八糟。

但首先他得忍受出行准备的煎熬。

他很吃惊，因为女售货员马上就打断了他结结巴巴的表述：当然了，她很熟悉德国内衣，她随便列举了一个商标名称，笑着说他们店里理所当然要经营这种高质量德国产品了。

马丁问过卡珊德拉·莫库里，看她是否了解内衣专卖店，她推荐他乘车前往布鲁塞尔郊区的伊克塞尔，去那里的金羊毛购物长廊，那儿有一家品种齐全的店铺，店铺的名字叫"怒吼"，不，它叫"反叛"，没错，非常肯定：是叫"反叛"。不管怎样商店招牌上写着硕大的"内衣"字样，写的是英文"Underwear"，她强调说，此外他从橱窗中的陈列品一眼就能认出这家专卖店。他们那儿各色内衣一应俱全。她本人就只去那家专卖店购买内衣。

当马丁找到那家商店——它叫"女用内衣的反叛"——并向陈列橱窗里望去的时候，他突然觉得要对慈母般的卡珊德拉另眼相看了。她在这里给自己买内衣？卡珊德拉？他觉得自己先前显然表达得不够清楚，现在看来这无疑是一次误会。说实在的，他满目皆是精美的内衣，名贵而又的确诱人的女用内衣，但对他来说有何用处呢？并且——对奥斯维辛而言又有何用呢？

他环顾四周，看到对面有一家"探险用品店"，在那儿人们可以买到攀登珠穆朗玛峰所需的一切装备……或许他应当去那儿找寻他的防冻装备，他现在脑子里想的真是防冻装备吗？这听起来多么可笑。他无法判定，还有什么可能对他提出相比现在更过分的要求：拖着他那松弛、虚胖的身体朝那些喜欢冒险、明显经过风吹日晒的大男子主义者们走去，或者——不，卡珊德拉向他推荐的正是这家名为"反叛"的商店，想到这儿他没有再犹豫，而是果断地踏进店里。

在尝试向女售货员解释他的购物需求时，他感觉自己就像是一个来自偏远省份的十七岁的少年，第一次在大城市的迪斯科舞厅里和一个女孩打招呼。在提到"德国内衣"时他是这样表达的："我认为有一种特别保暖的内衣，我相信有一家生产这种内衣的德国公司，我不知道您是否明白我的意思，不管怎样要特别暖和的那种——"，他是闭着眼睛说这番话的，仿佛他害怕面前的这个女售货员能够从他的眼神看出，他在想象中看见她正穿着对面橱窗里人体模型穿戴的那些女用内衣。

当然有了！那边有一个带许多抽屉的柜子，就像他从药店里看到的那种，她拉开一个抽屉，看了看又把它关上，拉开另一个抽屉，从里面取出几个玻璃纸包装的小包裹，当着他的面在柜台上把它们摊开。请看吧，她说，您指的是这些吗？背心、长款内裤、短袜，这些是保暖腕套。所有产品都是用100%的安哥拉兔毛制成的。您瞧，这里写着：德国品质。我跟您明说了吧，这些东西的热度比地狱之火还要更高。

说完她笑了。或者这么说:比桑拿浴室还要更热!您要出门旅行吗?

是的,他回答说,是去——波兰。

喔,我不了解波兰。但是我能想象人们在那儿用得上这些东西,那个地方快要靠近西伯利亚了。她笑着撕开一包内衣,把一条长款内裤摊开在他面前,用手在料子上抹过去,然后对马丁说:请吧!请您抚摸一下!感觉到它有多柔软和暖和了吗?这是用那种兔毛制成的,安哥拉长毛兔,您明白吗?但是原料是来自德国的,也就是说保证不会虐待动物。您再看这儿,产品合格证书:本衣物也符合欧盟最新的内衣准则。

这是什么?

是啊,先生,这也让我很惊奇。不久前欧盟代表来过店里给我们做了解释。该准则涉及内衣的燃烧性能,这是现在的新规。

您的意思是——马丁不自然地笑了起来——,这种内衣如此保暖,以至于存在燃烧的危险?

听他这么说,年轻的女售货员笑了笑。不,不是这样的,但无论如何它不能是易燃产品。我也不清楚为何要有这样的规定。安哥拉兔毛其实、其实就是兔毛。兔毛当然是非常易燃的,但现在不会了,不管用什么方法它现在必须经过浸渍处理。欧盟新规,您明白了吗?可能主要是因为男性烟民购买这种内衣,他们必须总要站在寒冷的室外吸烟。于是现在就有了这一欧盟准则:为了不使烟民们把自己点着!她笑了起来。或者不至于在床上把自己点着。

在床上?

是的,如果吸烟者叼着一支烟上床并在床上睡着了——

那么床就会起火燃烧——

没错,但这种内衣不会的。它是按照新规制成的!您看这里写着:"内衣的燃烧性能须符合欧盟准则……"

我不相信这个,小姐。

我也不信,她说。

本周一凯-乌韦·弗里格做的第一件事便是浏览一下"赴多哈旅行携带物品"清单,清单是他的女秘书玛德琳放在办公桌上准备让他签字的。弗里格在这里引入了这一惯例:每周一玛德琳都要向他提交一份清单,清单上根据他的日程安排和工作职责,确定了他从周二至下周一期间每天的着装守则。通常情况下弗里格都会在清单上签字,紧接着由玛德琳通过电子邮件把清单发给他的女管家杜布拉芙卡。这样每天一大早杜布拉芙卡就按照清单所列把他要穿的衣物准备好,或者在他旅行前把衣物叠好放入行李箱。

部门里的人都知道他的这一惯常做法,有些人对此付之一笑,或者说一些风凉话,但这并无损于弗里格的声誉,恰恰相反:这一怪癖表明他是一个不折不扣的冷酷的实用主义者,他拥有找到独特解决方案的才能,以使自己获得更多的好处或者降低自己付出的代价。在官僚体制内这样的声誉不啻最高的贵族声望。

来自能源总署的芙劳克·迪斯特尔讲述了一件弗里格大学时代的奇闻轶事。当年她和弗里格一起就读于汉堡大学,一段时间里两人还曾在群租公寓住在一个屋檐下。她讲述说,凯-乌韦有一天把他所有彩色和带图案的衬衣都送给了其他同学,然后在汉堡大街购物中心的一次促销活动中以优惠价格买了十件一模一样的白衬衣。当时他对自己的做法作了如下解释:现在他就可以每天早晨节省很多时间了,因为他不必再为哪件衬衫配哪件上衣或者毛衣而伤脑筋了,无论他外面穿什么,一件白衬衣总能和它们搭配在一起。他现在无须考虑太久,早晨干脆从柜子里叠成一摞的衬衫当中取出最上面的一件穿上,在取出第八件衬衫时,他就知道必须要把换下的脏衬衣送到洗衣店了,当穿上第十件衬衫的时候,他就知道可以去把洗好的衬衣取回来了,这样第二天他就能重新从第一件衬衫开始了。不管怎样这听起来有些荒谬,芙劳克接着讲述道,但他的做法却很有逻辑性。他之所以以如此便宜的价格买到那些白衬衣,是因为它们都是些卖不出去的过时款式,在这样的衬衣上人们还须用小细棍撑住领尖。可这种衬衣却令他着迷:这是真正的文化元素,他这样说道。衬衫的袖子太长了,于是他从跳蚤市场上买来老旧的袖箍戴在上臂上用以调节袖长。这对他来说也属于"古老文化"的范畴。男人饰品,他喜欢这样的东西。当时正流行美国警匪和黑帮影片,影片中的男人都戴着那种袖箍,这成了那个时候的着装时尚——以其古怪的实用主义风格和对时髦狂热的漠不关心,凯-乌韦突然变身那个年代的时尚达人!尽管凯-乌韦被人误解,芙劳克最后说,但人们还是可以认为这种做法有益于他的声望。

凯-乌韦·弗里格审阅完清单后感到很生气。玛德琳又忘了他多次叮嘱过她的话:在去热带国家旅行时他不需要透气的薄衣物,相反,恰恰是在热带国家他必须随身带有暖和的衣物,衣物一定要轻便,但必须是保暖的,比如制作精美的开士米羊绒马甲,而且无论如何随行衣物中一定要有汗衫。在谈判、会议和就餐时间里,人们总是坐在一刻不停地开着空调、室温被控制得很低的房间里,在世界任何其他地方人们都不会比卡塔尔这个沙漠酋长制国家感到更冷,在那儿寒冷被当做一种奢侈,而奢侈则被认为是不可或缺的生活内涵。如果人们在多哈不是恰好正在街道上漫步——可谁会这么做呢?为何要这么做呢?——那么人们在那儿就会比坐在芬兰北部的公园长椅上感觉更冷。

他把玛德琳叫到办公室,吩咐她重新拟一份清单。请您删掉所有这些亚麻和丝绸织物,这些衣物对于斯特拉斯堡的夏天来说还可以,但是绝不适合多哈。羊毛、开士米羊绒,听明白了?马甲和汗衫。还有围脖和长条围巾。除了这些不同的衣物,请您把手机和平板电脑的充电线也写在清单上,别忘了还有鞋油。这样杜布拉就可以把这些东西也一并装入行李箱了。

玛德琳点了点头,朝门口走去。

玛德琳!

还有什么吩咐,先生?

我又想起一些。请您把那条蓝色的穆斯林头巾也写在清单上。

这个就不带了吧。

不,谁也料不到会发生什么。或许我们必须——他咳嗽了几声——去户外活动。

凯-乌韦·弗里格看了看手表。现在他还须处理一下那件他称之为"令人恼火的事情"。

起飞前马特兹·奥斯维奇还想做一遍祷告。他必须静气凝神。杀错了人让他悔恨万分。

在去往安检处的通道门口他看见一些活跃分子正在分发传单,这些年轻男女足有十余人,他们都穿着一样的黄色T恤衫,胸前印着一句标语,只是他看不懂那句标语是何意思。三名警察犹豫不定地站在一旁,另一名警察在和其中一名活跃分子交涉,还有一名警察正对着步话机讲话。

马特兹放慢脚步,以便先让自己把整个发生的场景尽收眼底,继而又加快步伐,俨然一位急匆匆的旅客,不想错过自己的航班,故意摆出一副不耐烦的神情试图从人群中蜿蜒而过。他几乎快要到检票口了,这时一名女活跃分子拦住了他的去路。对不起,先生,我可以——他没有任何反应,尝试从她身边经过。您说英语吗,先生?先生?他没有看她一眼,灵活地操纵着他的拉杆箱从她身边绕行了过去。您会讲法语吗?您这是要飞往波兰吗?您打算去波兰吗?先生?事情很重要,就一个问题,先生——他低下头,从眼角的余光看到一名警察正朝他这里看过来,他感觉心里踏实了。这种情况几乎让人感到可笑:一旦旅客受到纠缠,警察就须进行干涉,这样他就可以在警察的帮助下摆脱这里了。可马特兹不想冒这个险,他不想被卷入一些需要警方插手的事情。那名女活跃分子递给他一张传单,他看到上面印着一个男人的头像,看起来就像是警方公布的通缉照片。这是一份通缉令吗?马特兹把机票放到通道闸机的显示屏上,屏幕上突然亮起了红灯,这到底是怎么回事?请问先生,您乘坐的是波兰航空公司的班机吗?航班号是LO 236?我们有重要信息要通知您——他心里清楚,如果他现在说:对不起,我有急事!那这不会起到任何作用,甚至还会使一切变得更加复杂。因为这样一来就开启了一段对话,对方会说她只想占用他一点点时间,于是他不得不再次回答她的一些提问——不,这样做不行,他一声不吭地又一次把机票放到显示屏上,红灯再次亮起,他把机票来回摩擦了几下,真该死,票为何不好用呢?就在这时绿灯亮起,玻璃翼门随即打开,他通过了检票通道。他排进朝前面的安检处缓慢移动的长队。他看到几名乘客正在阅读传单上的内容。在通过安检扫描仪之后,他四下找寻通向祈祷室的指示牌。在登机之前他还有一个多小时的时间。他推着拉杆箱从候机厅各家商店门前跑过,他跑得越来越快,都已经能看到登机通道了——可机场祈祷室在哪儿呢?他往回跑,找不到任何指示。他想祈祷,因为他枪杀了不该杀的人。在接到最后的命令后他意识到了这一点。终于他发现了一个带有图示的标牌,图示描述的可能是一个正跪地祈祷的人,标牌旁边是指向一条侧廊的箭头。

侧廊里又有一个祈祷者的小标牌,旁边的箭头指向一处上坡楼梯。

他跟随箭头指示的方向,禁不住想到了圣塞巴斯蒂安,想到他那被乱箭射穿的胸膛。圣塞巴斯蒂安是抗击教会敌人的士兵和斗士的守护圣徒,就在几天前的1月20号,即这位圣徒的纪念日那一天,他还祈求得到圣徒的保护,祈祷自己在布鲁塞尔成功地完成任务,但不知为何事情没有成功,他也解释不清是哪个环节出了差错。箭头指向一条有摄像头监控的通道。他低着头沿通道继续前行,一边走一边用手绢擦拭前额,仿佛要拭去额头的汗水,目的是不让摄像头捕捉到他的面部——他知道自己过于谨慎了:这里的监控设备都已陈旧过时。这条通道里在下雪吗?当然不是。但是在连续四十八小时里,这些摄像头储存的都是些分辨率很低的画面,从闪着雪花点的画面上人们只能看到一个模糊的男人影像,就好像他正行走在飘舞的雪花之中。通道的左右两边摆放着盆栽植物,是塑料的,栽的是大麻。毫无疑问,这些都是塑料大麻植物。谁想到的这个主意,要在通向祈祷室的走廊里摆放塑料大麻植物?那个人在拿定这个主意时是怎么想的?现在他总算是到了祈祷室。机场为每一个代表性宗教团体都单独设立了祈祷室:天主教、新教、犹太教、伊斯兰教和东正教。所有的祈祷室都是空的,更有甚者:它们如此空旷,好像从来就没有人进去过。

在踏进天主教祈祷室时,马特兹感觉到一阵剧烈的疼痛。这间祈祷室丑陋得令人难以置信。难以置信——在一个宗教信仰场合这听起来又是多么荒诞。他在肚脐以下感到一种钻心的灼痛,额头上渗出冷汗,他向前走了几步,松开拉杆箱,从裤兜里拽出手绢擦汗,同时用另一只手挤压腹部。马特兹手里握着擦过汗的手绢站在耶稣基督面前,就在这时拉杆箱倾倒在地,发出清脆的响声。祈祷室的正面墙壁被镶上了几块壁板,镶板上挂着被钉死的耶稣——但却见不到十字架。仿佛圣子并未被钉上十字架,而是被钉在一面篱笆上。天花板上吊着一盏聚光灯,它向耶稣基督身上投下一束强烈的白光,就好像耶稣在被钉上篱笆之后,还必须再接受最后一次审讯。镶板前面是一个狭小的木质祭坛,但它看上去更像是那种乐柜,就像许多波兰人在上世纪七十年代后期去西方旅行时带回的那种,在东欧剧变发生之前这种乐柜一直摆放在波兰人的客厅里,用以提醒他们永远去追求所期盼的现代性。在侧壁上挂着一幅三联画,那是在帆布上挥洒的油墨,画风在抽象和具体之间摇摆不定。左图上人们能够辨认出一轮落日,至少能看出一个红色的火球,它正朝着一堆人群坠落或者悬浮在这堆人群上空,这些人或许是红衣主教,但也可能不是红衣主教,而仅仅是落日的红色余晖或者火焰或者葡萄酒反射的光影。中间那幅图看上去像是一个被刺穿的飞碟,但也可能是一座垃圾焚化炉。最清楚的要算是三联画的右图了:闪亮的白光映衬下的一大摊血,白光里浮现出一具白色的十字架。十字架旁边的一句话赫然在目:"有光明必有血腥"。他会拉丁语,当然是在神学院就读时学的,但是这句话他却看不明白:"BLUT(血液)"是什么意思?这是个什么样的词汇呢?"有光的地方就会有——"他走近一些,仔细检查看是否自己读错了,尝试破译这个神秘的词汇,"BLUT(血液)"——他看不懂这个词。现在他才意识到,这个词可能、不,肯定是叫"DEUS(神)",它被画得如此软弱无力和模糊不清,仿佛是想隐没在画面的底色里。在这幅三联画旁边立着两具高大的木刻雕像,它们让人回想起表现耶稣降生情景的马槽雕像中的牧童,但是更令人回忆起身着睡衣的神学院寄宿学生。

马特兹身穿睡衣,赤脚站在冰冷的石板地上,这种仪式叫"集思凝神",如果一名神学院寄宿生在晚祷结束后又被派到这里,在拱廊里挨着分配给他的圣徒雕像端正地站立,在这里向下可以俯视中庭,抬眼可以仰望星空,目的是思考"那三个问题",待到被神学院院长叫到时给出相应的回答,有时是在两三小时之后,有时要等到第二天晨祷前才会被叫到。你在多大程度上怀疑信仰的力量?你消除这种怀疑的把握有多大?你想通过哪些行为证明信仰的力量?

马特兹突然感到一种奇特的兴奋袭上心头,那不仅仅是一般的激动或者紧张,而且的的确确是一种兴奋,一种性冲动或者色情刺激,当他在脚底感觉到石板的光滑和冰冷的时候,那种冰冷透过脚掌上升到他的体内,使他的肌肉和细胞组织都变得坚硬和绷紧了,与此同时他把光滑的石板表面感受为是人体的皮肤,大理石肌肤、圣徒的肌肤、圣母的肌肤,他此刻正在触碰这种肌肤,依偎在这种肌肤上,和这种肌肤融为一体。他必须站在圣塞巴斯蒂安的雕像旁边,不知道神学院院长命令他在这里执行"集思凝神"仪式,这到底是一种巧合,还是经过深思熟虑后做出的决定。

马特兹寻求与神父进行一番交谈,不是因为他怀疑自己的信仰,而是因为他对想怎样践行自己的信仰感到疑惑。他愿意为信仰而奋斗,但他想自己有个儿子,就像他的父亲和祖父在投身于战斗之前所做的那样。

——你想让自己的名字继续存活下去?你的血脉?你身上的一些东西?如果死亡你将获得永生,但是你想在现世继续生活?

此刻马特兹再次变身瑞斯查德,他不知道该怎样回答。

漫长的"集思凝神"仪式。晨祷前人们找到了他,发现他正直挺挺地躺在拱廊的石板地上,仿佛他要以这样的方式尝试让自己的肌肤最大限度地接触石板。他的体温远远低于正常值,随后他连续几天发烧。病愈后他回答了那三个问题。他的回答绝对令神学院院长信服和满意。但是在神学院他是待不下去了。

火烧火燎的疼痛。马特兹把目光从马槽雕像上移开,环顾祈祷室四周。他想祷告,但在这个地方不行。他用一只手挤压自己的横膈膜,发出痛苦的呻吟声,拭去额头上的汗珠。他所剩的时间不多了。

他做了下深呼吸,离开机场祈祷室,朝登机通道走去。

原本他在完成任务后应当乘飞机返回华沙。但是那天夜里有人在酒店给他留下了一个信封,第二天早晨前台人员当面把信封交给了他。他在信封里找到一张飞往伊斯坦布尔的机票,还有一家伊斯坦布尔酒店的预约确认。马特兹知道这不是给他的新任务,任务不是这么下达的。每一项新任务都始于一份关于目标对象的卷宗,实施行动的每一个细节都要被计划和准备。一名战士在执行完一项任务后,第二天马上又接到一项新的任务,这种情况还从未发生过。为了保证每一次行动的安全,任务完成后撤往后方跟此前精确的策划一样十分重要。眼前的情况他只能这样解释:目标对象逃向了伊斯坦布尔,但这也就意味着,他枪杀了不该杀的人。或者这是布下的一个陷阱。如果人们想干掉他,那么这样的安排是最简单的方法,因为他发过誓要无条件服从命令。对于一头野兽人们必须诱使它落入陷阱。而对于一名战士人们只须下达进军令,让他顺从地步入陷阱。

这件事总让人觉得有些可疑。他们有专门人选负责在申根区国家以外实施行动。马特兹虽然对自己的护照很放心,毫无疑问他的护照伪造得非常完美,但是申根区边界的检查要更为严格,他不敢肯定自己所持的护照能够经受住这样的检查。

他乘车前往机场,试图用原先飞往华沙的机票办理登机手续。柜台女工作人员告诉他说,他已经取消了这次航班。

不,这不可能。

是取消了。乘客名单上不再有您的名字了,先生。您是昨晚取消的航班。

这肯定是误会!我就想乘坐这趟航班。

很抱歉,我不能给您办理登机牌。您乘坐本次航班的机票已经作废了。

可我是付过钱的!

女工作人员向电脑里输入一些信息,查看了一番,又敲击了几下键盘,看完屏幕后说道:扣除手续费的票价已重新转入您的信用卡。

我的信用卡?我没有——算了!我还是重新买票吧。我买张新的机票。

非常抱歉,先生,本次航班的座位已经订满,没有空座了。

但我必须去波兰,今天就去。

您是波兰人吗?先生?是吗?我们也可以说波兰语,亲爱的先生。我父亲是波兰人。他是以液压工程师的身份来布鲁塞尔的,主要从事铅封方面的工作。在这里他认识了我母亲。我们会找到解决办法的。遇到发洪水时,你需要更换管道。

两小时后去往克拉科夫的航班还有一个空座。或者一小时后飞往法兰克福,从那里再转机前往华沙。最后他选择了去往克拉科夫的航班。他想尽快返回波兰。

于是就发生了这种情况,即他最终与马丁·舒斯曼乘坐的是同一趟航班。但如果当事人对此毫不知情,那各种关联、交叉和指涉又有何意义呢?

在旅途中就穿上保暖内衣,马丁·舒斯曼对自己的这一荒唐想法感到很生气。这样做是为了在抵达克拉科夫时不至于挨冻。还在去机场的出租车里他就已经开始像猪一样发汗了。出租车里当然是开着暖风,可能是温度过高的缘故,他被裹在内衣的兔毛里感觉就像是在发高烧。为何德语里有"像猪一样发汗"这一说法？作为养猪户子弟他当然知道，猪是不会发汗的，不会通过皮肤分泌汗液。小时候他曾运用过这一习语——为什么？因为人们就是这么说的。父亲为此责备了他。猪是不会发汗的。人们不必模仿别人的一切言行，如果其他人在信口雌黄，那么你没有必要也跟着胡说八道！

可人们为什么要那么说呢？

因为很多人都害怕流血。如果以前他们在自家院里杀猪时看到，被宰杀的猪血流得到处都是，那么他们就会把血液称作汗水。这是一种委婉的说法，你明白吗？这样说听起来就不那么可怕了。猎人今天还把野兽的血迹说成是汗渍，那种搜寻并逮住被击伤且不停淌血的野兽的猎犬就叫侦探犬（汗犬）。

但平时我们说血肠，却不说汗肠。

没错，说完父亲呵斥道，进屋去帮母亲干活！

从此他没再使用过这句习语，但是此刻在去往机场的出租车上，它突然又浮现在他的脑海里，让他回忆起这句话其实指的就是血液，是流血，是血流成河，是血腥的屠杀。

在到达机场时，马丁·舒斯曼已经耗费了一整包纸巾用以擦汗，下出租车时他手里攥了一大团沾满汗水的纸巾，由于身上的纸巾都用完了，现在他只能用袖子拭去脸上的汗珠，但这一点儿用都没有，他出了一身又一身的汗。那不是汗水，而是血液。他想买新的纸巾，在机场里来回奔走，这样一来他的汗出得更厉害了。最后他决定直接去登机口，尽可能走得很慢，在那儿找个地方坐下来，如果不走动的话或许他就不这么出汗了。他很生自己的气，他本应该清楚，在反正不感到冷的情况下穿这样的保暖内衣是荒谬至极的。到了克拉科夫会有人去机场接他，用一辆开着暖风的出租车把他送到一家有暖气的酒店，在那儿他将有机会换装，这样他就可以在继续乘车前往集中营之前在酒店里穿上保暖内衣了——但是现在湿透的内衣能否在酒店里及时晾干还很成问题,或许要把它挂在酒店房间里晾干,而他只得在不穿内衣的情况下去遭受集中营里的严寒了。

他很激动并痛恨自己。他已年过三十八岁,可一直还没有能力独自和得体地决定自己的着装。他想起"有生活能力的"这个概念,他无数次听到人们这么说:这个孩子没有生活能力!没有生活能力!但幸亏我们还有弗洛里安!

从"生活能力"到"生活意志"相隔并不很远。他知道或者自认为知道两者之间的关系,即两者是不可分割的。它们相互促进或者彼此制约。这对于个体、家庭、社会群体和整个社会都是如此。他很走运:他生活能力的缺失并未导致生命的快速终结,他的生活意志可以被削弱,但他仍能够长时间存活于世。可是他会感到害怕,如果那些生活顾问频频在媒体亮相,并开始炫耀他们思想空洞的辞令:"人们必须能够放开""人们必须学会让自己倒下"……他们不清楚自己在说些什么。人们可以从发掘过程中的四个考古层来研究上述关系,据此以下环节的起始时间总能被非常精确地加以确定:放开、让自己倒下、那些生活顾问所宣讲的死亡。第三层。

快到安检通道时,他眼前呈现出一幅奇特的、令人困惑的景象。他感觉在涌动的乘客中有两组相互对立的派别,他们分别身穿黄色和蓝色的队服。他们是要做一次游戏,抑或是搞一场竞赛?肯定不是游戏,但从某种意义上讲竞赛是可能的。一名身着黄色服装的女士跟他打招呼:尊敬的先生,请问您是飞往波兰吗?

是的,他答道。那位女士注视着他,这让他感到很难堪,当对方看到自己湿漉漉的脸庞和发红的眼圈时,她会禁不住想到什么呢?她微笑了一下,很快又接着说她是"停止驱逐"人权组织的活动家——

什么组织？

"停止驱逐",她边说边指着自己 T 恤衫上的标语:

没有边界

没有国家

停止驱逐

我们此次活动的起因是一个应当被驱逐出境的男人,他——

这时蓝队方面过来一位男士,他是一名警察,走到跟前说道:您受到骚扰了吗,尊敬的先生？给您简单介绍一下:这里发生的是一场登记备案并得到警方许可的示威集会,但如果有乘客感觉受到骚扰,我们也可以解散这场集会。

不,她这样说道。不,马丁·舒斯曼说,挺好的,一切正常,我没有被骚扰。

他好几次用手把额头上的汗水抹到头发上。警察点了点头便走开了,去和另一位被一名活动参与者卷入会话的乘客打招呼。

舒斯曼得知,一名车臣男子要被驱逐出境,他在自己的家乡遭受了政治迫害和刑讯。他是经由波兰进入欧盟的。现在他应当被遣返回波兰,从那里再接着被引渡给俄罗斯。欧盟当局将俄罗斯评定为对车臣人而言的安全国家。这是赤裸裸的玩世不恭的做法。事实已多次证明,那些被驱逐到俄罗斯的车臣人最终都进了刑讯室并再无任何音信。那位女士递给他一张传单。她说,这就是那名男子,他叫阿斯兰·阿赫马托夫。他已经遭受了精神上的创伤,而现在他又再次面临刑讯和死亡的威胁。这是一起人权丑闻,先生。您同意我的说法吗？这里写着,为了阻止这次驱逐,您作为乘客能做些什么。如果您在飞机上见到这名男子,那就请您要求和飞行员谈话,要求他出于人道考虑和飞行安全的原因,立即

93

中断这次驱逐。飞行员有决定的权力,他可以拒绝运送不情愿搭乘航班的旅客。

在他阅读传单期间,她的语速越来越快。所有的注意事项都在这里写着!请您拒绝落座,拒绝系好安全带,并提请其他乘客注意,这不是一次普通的空中运输,而是涉及一种暴力行径——

对不起,马丁打断她说,传单上写明的是飞往华沙的 LO 236 航班,但我乘坐的是前往克拉科夫的航班!

喔!对不起!我原以为——当然还是要谢谢了。我感谢您的耐心和理解。请您还是留着这张传单吧,权作一般性了解。现在被驱逐的人越来越多——再次感谢!祝您拥有美好的一天!

她转身离开,去和另一名乘客攀谈,他又目送了一下她的背影,看到在她 T 恤衫的背后印着"反抗是可能的"①字样。

在登机结束、所有乘客都已落座之后,一位女士从座位上起身,朝飞机前部走去,行走过程中不断向左右两边的座排张望。在进入商务舱之前一名空姐拦住了她的去路——

您在找卫生间吗,夫人?卫生间位于飞机末端,但现在还不能使用,夫人。您必须在座位上坐好并系上安全带。

我不想上卫生间,她回答道,然后又大声说:我有话要对机长说!据说有一名乘客是被迫搭乘这架飞机。我想知道——

拜托了!您必须——

我们必须知道,这名乘客是否真的是在违背自己意愿的情况下上的这架飞机。请您叫机长来!

她转过身去,沿机舱过道往回走。女士们先生们,本架飞机上有一名应当被遣返的男子。请你们跟我一道帮助这名男子——

---

① 原文是英语。

行了夫人！您必须坐下来并——

这位女士不为所动地继续沿过道往前走,从舒斯曼所在的座排旁边经过。

——我们必须使他有可能不被迫乘坐本次航班。

马丁·舒斯曼的邻座正盯着报纸发呆,旁边靠过道就座的女士在闭目养神,她身旁坐在靠窗座位上的男子则在不停地擦拭着他的智能手机。

马丁·舒斯曼站起身来,为了能更清楚地看到此刻发生的情况。马上就过来一名女乘务员,要求他立即坐回到座位上并系好安全带。

好的,他说道,等一下！我只想——他打开行李舱,为了从包里取出那盒尼古丁口香糖,现在那位女士停下脚步,转向一名乘客并问道:您是阿赫马托夫先生吗?

那名男乘客没有反应。他把风帽扣在低垂的头上,下巴抵在胸脯上。

您说英语吗,先生？您是阿赫马托夫先生吗？

马特兹·奥斯维奇抬眼向上看并摇了摇头。那位女士开始迟疑起来,她在第一时间不敢肯定,他是在否定自己会讲英语,还是在否认自己是被寻找的对象。他们就这样对视着。马特兹不是很清楚这到底是怎么回事,但是他明白眼前的这位女士正在延误飞机起飞,为此他非常讨厌她。他看着她的脸,两人的目光交汇在一起——

就在这时他感觉有些不对劲。那是源于横膈膜处的一种深深的痛感,就仿佛是一根血管爆裂,使得又热又甜的血液在他的腹腔扩散开来。他没有任何思想,脑子里也没有成型的语句。他突然感到眼皮沉重,极力让自己睁大双眼,为了能看清眼前的这位女士是在怎样注视他的。他想停留在这样的目光里,尽情享受一种他说不出来的渴望,那是一种他曾经熟悉、却已忘怀的安全感,但现在那种记忆中的印象又出现了:他作为孩子发着高烧,就像是透过浓雾一般看到了母亲的面庞,母亲正弯下身子,向着病床上的孩子微笑。母亲的音容笑貌犹如浓雾中的幻象,卸去了他所有的恐惧,即便是他屈服于病魔并闭上双眼,他也不再害怕死亡。这样的伤感太俗气了。他不再是孩子了,他必须让自己坚强起来,鄙视一切多愁善感。他现在感受很朦胧,就像记忆中的印象那样模糊。所有的人,恐怖分子也包括和平主义者,都怀有对幸福祥和的童年的渴望,因为他们曾经拥有或不曾有过这样的童年。他只想……她的目光……这时那位女士又接着往前走了。她请求其他乘客理解延误飞机起飞的原因,请求他们伸出援手,共同阻止这次遣返。马丁·舒斯曼看着她的背影,乘客们都很安静,他们一动不动地坐在座位上,他觉得从某些乘客的眼神可以看出,他们对这位女士的做法表示赞同,其他人则闭上眼睛,或垂下脑袋,这时一名乘务员突然站到他身旁:您必须立即就座,请您坐下来并系好安全带!乘务员把一只手轻搭在马丁的肩膀上,开始逐渐用力把他往座位上按。当马丁跌坐到座位上时,他听到一个男人的声音在说:闭嘴不要再说了,赶紧坐下来!

他又听到另一个声音:请您不要再阻挠起飞了!您上错飞机了!那名男子是在飞往华沙的航班上!传单上就是这么写的!

那位女士解释说:他被改签到这趟航班上了,因为人们抗议当局要将他驱逐出境。我收到一条短信,说他现在就在这架飞机上。这样做是为了悄无声息地把他遣返到波兰。

此时在马丁·舒斯曼前排就座的一名年轻男子站起来高喊:停止驱逐!从前几排的某个地方又传来一个女人的声音:强烈声援!

马丁·舒斯曼从座位上探出身子,向身后的中间通道望去,现在那位女士站在最后一排,他看到她正弯腰同一名乘客讲话。因为扭曲的姿势,他感到后背有一种剧烈的伸拉疼痛,这种疼痛从腰椎直达颈项,他心想自己应当站起身来,可他不想铤而走险,到底是何种风险呢?他还是站了起来,伸展四肢,用双手按压背部,他前排的那名年轻男子又坐了下来,空姐和乘务员都不见了,他听到那位女士是怎样同最后一排的一名乘客讲话的:阿赫马托夫先生?您是阿赫马托夫先生吗?

是的!

那名男子站了起来。这真是他吗?他没有被戴上手铐,也没有警察护送。但他显得神情恍惚,像是服用了某种镇静剂一样。

为了稳妥起见,那位女士把印有他照片的传单指给他看,看完后对方点头称是!

事情过去了,那位女士说道。不用害怕,您就站在原地,您就干脆这么站着,我们会离开这架飞机的。

那名男子开始哭了起来。他把双手举到脸前,手腕相互挤压,仿佛他一直戴着手铐。

警察登机把两人带走。乘客们鼓掌喝彩。这是为何?是因为那位女士的勇气吗?还是因为国家权力的干预?抑或是因为飞机现在终于可以起飞了?每个人都有自己鼓掌的理由。各种原因汇聚在一起便产生了眼前的一幕:掌声和喝彩声!

弗里格乘坐的航班将于四小时后起飞。杜布拉正在整理行李箱。他与来自农业及农村发展总署的同事乔治·莫兰还有一次约谈。农业及农村发展总署与贸易总署之间的矛盾和权限之争由来已久,这简直就是欧盟的传统,如果不用"古老的权力游戏"这一字眼的话。但是现在矛盾逐渐升级,人们无法再面带微笑处理这一事态,根据不同情况达成妥协,然后一块儿去喝杯啤酒,或者假如人们与有机农业领域的同事志不同道不合,那就礼貌且惋惜地表示没有时间共同去喝杯啤酒。现在两部门处于战争敌对状态,人们必须扩充军备并寻求决战。导致矛盾升级的争议之处恰恰是生猪。这就是弗里格所说的"使人恼火的事情",欧委会其他人甚至把贸易总署和农业及农村发展总署之间的矛盾说成是"生猪之战"。农业及农村发展总署想通过削减补贴降低生猪产量,以此阻止欧洲市场上猪肉价格的暴跌,但是贸易总署想进一步提高生猪产量,因为它从对外贸易、特别是对华贸易中看到了巨大的增长机遇。因此贸易总署想要获得授权,以便代表整个欧洲协商向非成员国出口猪肉产品事宜,达到针对国际市场的需求调整欧洲生猪产量之目的。而农业及农村发展总署只想调控内部市场,贯彻共同标准,从而使兽医标准再度落入健康和食品安全总署的责任范畴。这两个部门都想让各个主权国家保留对于对外贸易协定的决定权。

不管怎样这场权限之争的结果是,每一个欧洲国家都单独而且只从自身利益出发与中国进行磋商,欧洲就这样被中国分而治之,欧洲各国之间的竞争导致猪肉价格的跌幅扩大,无论在欧洲内部市场还是在对外贸易中都是如此,而另一方面不再有国家能够独自应对国际市场的需求,因为与此同时养猪户被迫退出这一行业。弗里格认为这种做法完全不合情理。那个叫莫兰的同事让他火冒三丈。弗里格问自己——这到底是为什么?他为何发火?欧委会目前没有获得代表所有成员国进行谈判的授权,各成员国很高兴能够利用当前局势给自己争取最大利益。这当然是一种错误的见解,总有一天它们会意识到这一点,但是眼下他无法改变这一现状,他可以例行公事般简单处理一下这些事情,不动声色地袖手旁观,不惹任何人烦躁,待到时机成熟时再次得到升迁——可这样不行!他觉得这种情况荒谬至极,以至于他无法让自己不动声色。

于是他尽可能停止一切日常工作,以逼迫欧盟做出决断。

这场权限之争基于这一事实,即认为猪是一种跨界物质:猪圈里的生猪"属于"农业及农村发展总署的职权范围,在宰杀之后作为腿肉、肘子、肉排、香肠或者其他"加工过的农产品",则由欧盟成长总署负责,只有在它作为猪肉被装载在货船或者卡车上离开欧洲之后,它才落入贸易总署的管辖范围。问题在于,如果人们对国内猪圈里的生猪没有决定权的话,那人们也无法就装在集装箱里的猪肉进行谈判。欧盟成长总署在这个问题上比较温和。在那儿人们只是致力于为原料清单制定规则,定义使用药品和化学制品的最大限度,制订相应的质量标准。对他们而言猪肉简直就等同于香肠,只要用得当的签条标明即可。这场竞赛必须在农业及农村发展总署与贸易总署之间见分晓。

连续几周乔治·莫兰都在回避与弗里格的会谈。他用下列回复来敷衍弗里格的电子邮件:让我们以后再谈论此事吧,到那个时候把所有的事实都摆到明面上。他总是一成不变地通过暗示自己目前日程安排过满,来答复弗里格的预约建议。各总署专员都在保持克制。他们刚刚履职不久,想给自己留有时间以熟悉新的工作环境。但是时间已非常紧迫。荷兰、德国和奥地利政府在与中国的谈判中显得最为积极。德国总理去年共计八次到访中国。据说在下周,奥地利总统将携带一庞大的代表团飞往北京,其成员包括各部部长和工商界及农业领域的代表,猪肉贸易是双方议程安排中最重要的话题。之后马上又是荷兰人通知北京方面即将到访中国。如果这些国家当中有谁能成功地与中国签订实质性的双边贸易协定,那么从政治角度来看,欧盟将不再可能获得这方面的谈判授权。这样一来就将开始大规模的相互倾轧,这会变得非常残酷,各国将会压价竞争,以尝试把邻国排挤出对华贸易。欧洲各国将不再携手并进,而是相互残杀,通过对国家利益增长的贪婪制造一起欧洲危机。用凯-乌韦·弗里格的话来说,这种情况就跟团子汤一样一清二楚。莫兰当然知道,凯-乌韦·弗里格在这一天必须出差远行。最终他建议将预约时间恰恰定在这个时候,此时距离弗里格登机只剩三个小时,这不得不说是非常阴险的一招。

弗里格保持镇定,接受了对方约定的时间。现在他就坐在这个下流坯的对面。这是一次卑微的迎合,但弗里格没有别的办法。他受不了莫兰这个家伙,认为他这个人阴险狡诈、玩世不恭和不负责任。事实证明这种强烈的措辞毫不为过。莫兰的外表也与弗里格对他的评论相得益彰:他生着一张粉红色的圆脸,面部中央是又小又宽的鼻子,整张脸看上去就像是一个插座。他三十五岁左右,但看起来要年轻许多,这个英国上流社会的子弟好像刚刚刮过胡子,因此他的面颊总是显得红光满面。他把自己浓密的红发修剪成一种板刷发型,弗里格心想这简直就是由粗又硬的刷毛。

弗里格来自汉堡的一个教师家庭。汉萨同盟式的国际主义、深刻认识德国的历史罪责、对于世界和平与公正的宏大要求、个人的勤奋和正派、对时尚和主流的猜疑——这些都是父母为他打下的木桩,为了以此划定他成长的区域。他心里清楚,就莫兰而言他的做法有失公允。但是他也知道,他这样做是绝对有道理的。

在弗里格阐述自己对事物的看法时,莫兰一直在打量自己的指甲。弗里格闭上眼睛,他不想看到眼前的场景,不想看到对方自命不凡的做派。莫兰在每件事上都是对的。是的,事情就是这样。情况就是如此。但是两人的区别不在于弗里格对形势的看法不同,而在于莫兰认为当前情况很理性并为之辩护,可弗里格却想摆脱这一处境。

好的,乔治,弗里格说道,你设想一下以下情形:假如你是一个无人身自由的农民!

——为何我要这么做?

——这仅仅是一次思想实验！所以……

——我不想跟这样的思想游戏！

——那好吧。历史上曾有过农奴制度,对吗？这你是知道的。那么现在请你设想一下：一个无人身自由的农民到他的主人那儿说,他必须跟他谈一下。

——奴隶能这么随随便便就和他的主子交谈吗？

——这我不知道,但也无所谓,现在重要的只是他说了些什么,我指的他是农奴,不是奴隶,但在我看来也是奴隶,这都无所谓,反正他说：主人,我觉得农奴制一点儿也不合理,它触犯了人的尊严,与《圣经》相矛盾……

——《圣经》里有这个故事吗？我没有听说过。

——《圣经》里明文写着,上帝面前人人平等,这是那个农奴所持的一个观点,也就是说……

——他识字吗？能看懂拉丁文？据我所知在中世纪只有拉丁语《圣经》,那个时候大多数人都是文盲。

——好吧,不谈《圣经》了。不管怎样那个农奴表达了自己对于农奴制度的不赞同。他列举了一些合情合理的理由,建议主人给他自由。主人会怎样回答他呢？

——你会告诉我答案的。

——他会向农奴解释,他之所以身为农奴,是因为他父亲就是农奴,他祖父也是主人祖父的农奴,世界一直就是这个样子,世世代代、有史以来就是这样,这肯定有其自身意义。

——我要把这称之为是一个理性的论点,还是不这么做？

——好了,乔治,现在请告诉我：农奴制还存在吗？

——这我不清楚。难道在世界的某个地方还有这种制度？

——乔治,我再说一遍！欧洲某处就有一个无人身自由的农民,他在抱怨……

——我猜测若是在中世纪,他会被四马分尸,而不会获得自由。

——没错。主人说情况一直就是这样。但现在我再问你一遍:农奴制还存在吗?你瞧,还不是我对了!我的用意是:你所说的一切都是对的,都完全正确——但仅仅是缺乏创造性的思考。客观地讲这种情况是荒谬的,而且从长远来看无论如何也是难以持久的。看似永恒的东西却在不断消失……

——你指的是欧盟?

——不,我指的是国家利益。一个荒谬的事实是,欧洲国家组成了一个共同市场,但在对外贸易方面却无法形成一个共同体。每一头离开欧洲的生猪只有持所在民族国家的签证才能进入世界市场。好吧,现状就是如此,但总有一天情况会有所不同,因为事物总在变化。因此我们会很快更为理性地安排这件事情。

——我会对你这则讲述农奴制的故事进行思考的。尽管我不敢肯定,是否这个例子对所涉及的事情来说是准确和有意义的。

凯-乌韦·弗里格当然知道,为何莫兰反对欧盟共同政策的进一步发展:他不是欧洲人,而首先是英国人,在欧委会他不是欧洲官员,而是一名欧洲官员当中的英国人。禁止一切哪怕是不起眼的将国家主权移交布鲁塞尔的做法,这是英国一贯奉行的坚定不移的政策。英国人用欧盟拨款将腐朽不堪的曼彻斯特修缮一新,可他们非但不思感激,反而认为今天改头换面的曼彻斯特提供了很好的佐证,证明了曼彻斯特资本主义模式将不断战胜所有其他的竞争模式。这头虚胖的、给自己喷洒香水的猪或许在喝早茶时,从头到尾地唱着英国海军军歌《统治吧!不列颠尼亚!》而开始自己的一天,想到这里弗里格长舒了一口气。然后他站起来说道:

好了,我得赶往机场。下周我们接着谈吧!

随时恭候,莫兰说道。

弗里格事先准备了一种强势的告别方式。在穿大衣时他说:顺便提一下,我相信这件事你已经知道了。德国政府将在下几周与中国签订一份双边贸易协定。就是这件事,只是涉及猪肉贸易。这对于联合王国(英国)无关紧要。

这件事确定吗?

是的,千真万确。

弗里格扣好大衣纽扣,把文件塞进公文包。

这是非常高明的做法,实际上是为德国经济界进军中国市场打开了大门。它涉及的不仅仅是简单的出口统计数据。

他与莫兰握手道别。

那些实力雄厚的投资人懂得如何去解读这一事件,金融市场也将对此做出反应。伦敦城作为金融中心的重要性将会被削弱,法兰克福股市将获得巨大收益。

弗里格拍了拍莫兰的肩膀。

这难道不奇怪吗?英国陷入困境,仅仅是因为德国的猪肉出口?好了,我必须出发了。下周给我打电话,我们无论如何要把今天的会谈继续下去。我确信我们会有办法,把事情安排得更加合理和公正。但在这方面欧委会必须步调一致。

弗里格打开办公室房门,又回头看了一眼莫兰,摇着头说道:一切皆源于猪!说完笑了起来。他在去机场的出租车上仍在冷笑不止。

41、42、43、44、45、46、47、48、49、50!深呼吸!51、52、53、54。

他走在街道中央,每向前迈一步都要跺一下脚,就像是步数在喘着粗气,57、58、59、60!深呼吸!61、62、63——为何他要清点步数,他想知道从入口大门到尽头、从入口处到尽头再到尽头的出口有多少步,他想掌握这个地方的大小尺寸,想丈量这条显得没有尽头、被无限延长的营地街道的纵深程度。纯洁雪白的街道在他眼前铺开,整个巨大的场地呈现出一片纯洁的白色,人们为什么要将白色和纯洁联想在一起,即使是在这个地方,这里在冬日阳光死灰般的照射下到处都是严寒的颜色。每数一步都会看到嘴巴前面呼吸的哈气,66、67、68、69、70!冰冷的寒风吹在他的脸上。

这时马丁·舒斯曼感觉有人轻按他的肩膀,71、72、73——有人把一只手搭在他的肩膀上:您必须系好安全带!

他吓了一跳,睁开双眼。好的,当然!他说道。

这是在从克拉科夫返回布鲁塞尔的航班上。他在喘气吗?他的呼吸很沉重。他系上安全带,把手伸向头顶的冷气喷嘴并关上它。然后他又闭上眼睛,感觉额头上直冒冷汗,他冻得直打哆嗦。他当然是感冒了。他害怕这次旅行,只是不情愿地、带着很大抵触情绪为来这里参观纪念馆和博物馆做了准备,他害怕自己在看到那些无法描述的场景时会感到非常震惊。但是博物馆化扼杀了死亡,重新识别会阻止认出时的震惊。游客在集中营里能够花10兹罗提①从自动售饮料机上买来热饮或者巧克力棒,相比他经常从图片上或者纪录片里看到的成堆的头发、鞋子或者眼镜,这些自动售饮料机更令他感到震惊。寒冷是最恐怖的元素。它无孔不入,渗入他的皮肤、他的骨髓,历史的长廊里到处都是冰冷的气息。在奥斯维辛的节日帐篷里气温还勉强让人可以忍受,但是比克瑙的寒冷就显得冷酷无情了,他此前从未像现在这样挨过冻。他的祖母总是里三层外三层地穿好几件上衣和马甲,并且总说:"谁要是能让自己保暖,他就能脱离危险!"她甚至就这样穿好几层衣服站在猪圈里,置身于猪圈的热气里。在天寒地冻时她习惯于说:"人

---

① 波兰货币单位。

们会死掉的！"在返回有暖气的布鲁塞尔住处的归途中，这样的回忆让他很难堪，就仿佛他在大声对邻座的女乘客说：在比克瑙——在那儿我差点儿死掉。一种我无法向您形容的寒冷！我还有什么可讲述的呢？在那儿我差点儿死掉！

他气喘吁吁。鼻子堵塞不透气。他打了个哈欠，基本上算是一种贪婪的呼吸，然后他又开始打起盹儿来。他坐在三人座靠过道的座位上。他听到相邻座位上两名女乘客的说话声，就像是隔着很远的距离，就像是记忆中的那样恍惚。她们俩说的是德语，轻松愉快而又朝气蓬勃。

他又看到自己走在营地街道上，气喘吁吁，像着了魔似的清点步数，他顶着风前行，身体前倾得很厉害，乌云像沉重的眼皮一样遮住了天空，集中营里辽阔的白色区域变成了一片死灰色。他感觉自己全部的身心都在屈服，他抗拒不了这种感觉，他的头沉在胸脯上。这时他感到一股上升气流把他高高托起，他的双脚脱离了地面，他飞了起来。他惊奇自己能够飞翔，同时他又不可思议地相信，如此轻盈飘逸地升入空中不管怎样都是合乎逻辑的，都是完全理所当然的。有人往这边看吗？他希望全世界的人都朝这儿看，看到他是怎样高高飞起、在气流里盘旋摇摆直达云端的。他听到说德语的声音，就在身旁，又如此遥远，那声音谈论的完全是其他一些事情，话题涉及艺术、文学和书籍，他看到翻开的书本像鸟儿一样展翅高飞，它们的欢唱响彻天空，而他则向下俯瞰辽阔的原野。从高空——这是在大学第一学期考古学课程上学到的——人们可以看透地表，洞察到一种在地面行走时感知不到的深度。在地面上行走并环顾四周，人们看到的是一块白雪覆盖的地面。而如果人们飞越这里，看到的则是不同的结构和相互隔开的地面，看到整个原野分解成一个由不同地块组成的网屏。位于地表下面的可能是纯净的泥土或者是被掩埋的文明碎片、尸体、沉陷建筑的石块和含水层,或是旧时的地窖和管路系统,或是被填平的化粪池和茅坑,根据地下物质的不同,地表也会做出不同的反应,地面植被或生长茂盛或长势不良,历史越悠久,从空中鸟瞰的原野差异也就越大。在逝去文明的废石堆上形成了薄薄的地层,上面的植被生长得不像在万人坑上那样繁茂,在万人坑上不断有新草长出,正如人们所期待的那样:很快上面便青草遍布!在一块封闭的雪原上差异也十分明显:地面温度在纯净的泥土上跟在一块薄薄的地层上是不一样的,后者下面是石块、腐朽的木料或者一个万人坑,几十年后尸体的腐烂过程仍在给土壤加热,在前一种情况下雪是冰冷的,是结成冰的,而在这里雪是玻璃状的,已经开始融化。谁要是飞越这样的地表,就会看到这种网屏,识别出必须在什么地方开始挖掘。

他看到科林沁格教授站在自己面前,他的这位老教师这样说道:现代考古学并非始于挖掘,它始于飞翔!

突然教授在他身旁与他一同飞行,还向他大声喊些什么——什么?空中的轰鸣声如此巨大,以至于马丁没有马上听懂他的喊话,他看见教授一再用大拇指指着下面,同时又在大声喊着什么。

什么?

下去!下去!

现在他明白教授的意思了:回到地面!我们的任务不一样。我们考古学家必须发掘文明,而不是挖掘犯罪!

但是——

我们走在疏松的地面上,但我们步伐坚定,用我们的靴子把地面踩实,即使步履轻盈,每一步也都一次向下踩踏,最主要的是双脚都感觉暖烘烘的,马丁看到了靴子,到处都是暖和的靴子——现在那种女人的声音他听得更真切了,整个一段时间他耳朵里充斥的都是那种声音。

——我觉得这部小说写得真好。但是小说里的幻梦我受不了。

——这部小说是一部经典作品。

——是啊,因此我想抽时间读一下这本书。但我不喜欢小说里的幻梦。女主人公总有一些幻梦,小说对这些幻梦进行了细致入微的描写,完全是超现实主义手法,据说这样可能会使作品富有诗意。我的观点是:某一人物形象所见和所经历的事情我能理解,可是幻梦……

——但是小说的故事情节发生在法西斯独裁时期。在那个年代人们可能会有可怕的梦魇。

——不,我要说的是:如果一本书里出现幻梦描写,那我更愿意让自己睡着。

马丁看到很多那样的靴子,它们既暖和又舒适,那是德国学校的一个班在奥斯维辛集中营游览参观。一名女教师说:托尔斯滕!你怎么了?你在做梦吗?跟上别掉队!

两名少年在说土耳其语。一名教师要求他俩在这里不要讲土耳其语,其中一人回答道:恰恰在这里我们不说德语!

马丁感到眩晕。他感觉像是自己在旋转,转得越来越快,他周围的一切都变得模糊了,只是偶尔有一幅图片发出亮光,恍惚中他听到一个句子,不知是谁在说些关于煤炭的事情,一名学生问道:请问什么是煤炭?

这时飞机上响起一则广播通知:我是本次航班的机长。请系好安全带。我们正遭遇强气流。

马丁·舒斯曼站在奥斯维辛集中营的火葬场前面。毒气室和焚烧炉他已经参观过了,它们和照片上的一模一样,那是他熟悉的黑白照片,现在他看到的实物的确是黑白的。他感觉——感觉怎样呢?他说不出来,他找不到合适的字眼,因为"震惊"不再是德语词汇,而是德国一种保护心灵创伤的胶布。这是一个想法,但在梦里这一思想却真真切切地浮现在他眼前。他站在火葬场大楼前,点燃了一支香烟。这时突然冒出两名穿制服的男子向他跑来,其中一人打掉他手里夹的香烟,另一个人用波兰语说了些什么,紧接着又用英语说道:这里禁止吸烟!马丁脖子上挂着一枚胸牌,上面分别用英文、波兰文和德文写着:"奥斯维辛贵宾"。他把胸牌拿给那两名穿制服的男子看,这时泽罗姆斯基先生跑过来喊道:博士先生,博士先生,我们得进节日帐篷了!庆祝活动开始了。

他醒了过来,因为飞机在颠簸、摇晃和颤动。一个孩子在大声哭喊。

第二天他请了病假。他在家里待了五天。其中三天他都在发烧。第五天他把自己的思想整理并记载下来,为周年庆典计划设计出了第一个方案。

第 五 章

回忆不比我们想象的
其他任何事情更不可靠

　　爱情是虚构的。费妮娅·克赛诺普洛从来就不理解围绕爱情的那些装腔作势的言行。她把爱情看作是另一个世界里的未经证实的存在，就像火星上的水源一样。从类似《克瑞茜·卡地亚》或者《洛依蓬》这样的彩色画报里，人们可以读到有关爱情的报道，它们涉及好莱坞演员和流行歌星的风流韵事，以及公主王妃们的梦幻婚礼。某些人认为爱情是可能的，因为他们感觉到自己对爱的渴望，但是所有费妮娅认识的人或早或晚都放弃了对爱情的幻想。一次在理发师那儿，她的母亲这样评论戴安娜王妃不幸的恋情："她从未得到的东西我倒退一万步也不可能得到！"
　　据费妮娅所知，在她的家庭里从未有人恋爱过。这似乎是在强调，感情洋溢可能是促成婚礼的诱因，或者对感情的失望将会是造成悲剧的原因。她的伯父科斯塔斯是个例外，她从未认识过父亲的这位兄长，但他却活在家人的讲述中，他是最后精神失常自杀而死的，因为他深陷情网不能自拔。在死亡中永生，这一矛盾表述令童年时代的费妮娅深感不安。或许家人们根本就没有那么频繁地提起过他，回顾过去她觉得是这种情况，只是她听到的言论极大地激发了她的想象力，并使她感到恐慌。科斯塔斯伯父恋爱过，据说是狂热地爱过,因为他无法得到自己的偶像,就离家出走并加入反抗组织。在听到"偶像"这个词时,小费妮娅禁不住想起了圣母玛利亚,想起了宗教狂热,这也许根本不像人们想象的那样虚假。但当时更让她感到困惑的是"反抗"这一概念。她不知道在伯父那个年代爆发过哪场战争或者内战,那个时候她还没有出生,即使那场战乱就在她出生前不久,对她来说它也像当时或者不久之后她在学校里听说的伯罗奔尼撒战争那样遥远。科斯塔斯伯父据说"再没有回来过"。在她的幻想里"反抗中的伯父"身处阴间冥界,在那里死者、但同时也是永生的恋人、在跟叫做爱情和崇拜的灾祸作斗争。按照她的想象这样的阴间灯光昏暗,非常闷热潮湿,有一种说不出的危险,无论如何不是人们迫切想去的地方——尽管她唯一的心愿便是离开她那曝晒在阳光下的塞浦路斯村庄,离开那片遍布石块的干涸的土地,土地上稀稀疏疏的橄榄树发出的银光也只是一种假象,即对于其他人、对于那些心醉神迷的游客而言的虚幻美丽,小村庄早已无法再靠橄榄谋生,是游客的钱财让它存活了下来。游客们纷至沓来,为了被引向"阿佛洛狄忒温泉浴场"。据说这个浴场里的温泉能让人们永葆青春。爱情女神阿佛洛狄忒和美少年阿多尼斯就曾在这里寻欢作乐。只不过这一旅游景点仅仅是一片位于村庄高处、夹在岩石之间的不起眼的天然水池,几乎总是处于干涸状态,池边竖着一块大木牌,上面写着:

非饮用水
请勿入池游泳

游客们笑着给干涸的水池和写有警示语的木牌拍照。原来他们就是爱情女神的追随者。放学后费妮娅向他们兜售矿泉水,她把矿泉水装在两个冷藏袋里扛到山上。她在攒钱。她想离开这里。

过了好些年她才明白,伯父真的已经去世很久了,他是作为游击队员阵亡的,被草草掩埋在了某个地方。她觉得游击队员们是不认可现实的人,就这点而言他们与恋人有着很大的共性。作为希腊人游击队员们和希腊将军们作战,而不是去抗击占领了半个岛屿的土耳其人,她认为这不合情理,简直是荒诞透顶。

费妮娅对于幸福和奋斗有着不同的见解,她想通过自己的奋斗方式获得幸福。她想走出故土,想北上欧洲。作为持有相应文凭的塞浦路斯希腊人,她获得了去希腊求学的机会。她想去雅典。母亲用其微薄的积蓄支持费妮娅的计划。费妮娅爱她的母亲吗?她心里清楚,这件事最终涉及的还是利息和复利:涉及她在留学成功之后将可能寄回家里的钱。全家人都在为她的留学事宜紧张忙碌着。这是费妮娅所能理解的对于爱的定义。父亲用小恩小惠和执着的坚持去动员他认识的人,让那些人再去鼓动他们自己的朋友圈,直到他给费妮娅在一艘从利马索尔驶往拉夫里奥的船上安排了一个位置。那是一艘不搭载乘客的货船。船长表示愿意携带费妮娅,就好像她是一名盲人乘客而受到宽容一样。乘坐渡轮花费太大,飞机票更令她们家无力支付。从拉夫里奥再到雅典她只得靠自己了。这其实并不困难,因为在这个路段上行驶着一辆又一辆的卡车。一位女友曾向她预言:你将不得不通过性交易来支付车费。可费妮娅没有支付。司机们满心欢喜地让一个年轻漂亮的姑娘上了车,然后却发现坐在副驾驶座上的是一个令人肃然起敬的冷冰冰的女人。在雅典她被安顿在远房亲戚家里。随着距离的拉大家庭凝聚的代价也在提高。亲戚们现在索要过高的"生活费",这要比之前在信件里商定的高出许多。她的预算以及她和母亲的积蓄很快就花光了。除了自己掏钱买的,她不允许从冰箱里取任何吃的——尽管她可是支付了生活费的。在亲戚家晚上吃肉的时候,盛给她的只有蔬菜和土豆,最后她可以再啃一啃羊腿骨头,如果上面还有肉的话。她感到自己受了侮辱,但自尊心使得她没有向家人讲述这样的事情。她整理好背包,不知自己该去往何方。一名大学同学带她去了"希腊柏拉图"饭店,那是一家经常被人提到的赫里西岛周边的饭店,被誉为雅典的"金色青春"。

——去那个地方不贵吗?

——是挺贵的。我们只需花一杯饮料的钱,然后肯定会有男人邀约我们!出入这家饭店的都是最有意思的男士!

在那里她认识了律师乔格斯·查兹奥普洛斯博士,很快她就称之为查兹或者沙兹①,人们不清楚这仅仅是她对查兹奥普洛斯的昵称,还是对当时作为"德国财富"遭到严厉谴责的纳粹战利品的影射:乔格斯·查兹奥普洛斯是一家律师事务所的继承人,他祖父在德国占领期间接手了这家事务所,在它的原主人——一名犹太律师——被驱逐之后。但是费妮娅根本不知道这回事。她高估了乔格斯。她取了自己的背包搬进他的住所。对她来说他是第一个见过世面的男人。乔格斯大她十五岁,是个慷慨大方的男人,他能在奢华餐厅和服务员讨论法国葡萄酒。她差点儿相信世上还有那种公主般的恋爱感觉。他们结婚了。在婚礼上当沙兹在向来宾的致辞中说起"永恒的爱"时,费妮娅禁不住笑了起来。他的话听起来就像是来自《克瑞茜·卡地亚》彩色画报和《金心》报上的一则多愁善感的故事。事实上他把婚礼照片出售给了这家报纸,但是刊印出来的只有半页篇幅的一篇短文和两张照片,后来情况表明,用"出售"一词也不完全正确:他为此自己掏了腰包!

一开始费妮娅的父母是多么自豪啊。但很快当他们意识到女儿并不幸福时,他们开始担忧了起来。他们并不是担心费妮娅,而是担忧她的婚姻。她和乔格斯的婚姻不久便褪去了光环,这一切

---

① 德语 Schatz 一词的音译,意为"财富、财宝";"心肝、宝贝"。

发生得太快了。当初她在沙兹住所的漩涡浴缸里委身于他,可随后她便无比清晰地感觉到,这一切是多么平淡无味:他为自己拥有漩涡浴缸而感到自豪,他不是在享受到手的奢华,而是醉心于那种利用奢华去打动他人的感觉,他享受一种特权生活的象征,但并不是在享受生活本身,他兴奋于自己能够占有这个年轻美貌的女人,他爱上的是他本人,而她却很快感到自己是可替换的商品,他自认为在"谈情说爱"——她觉得这种表述比任何其他粗俗的表达更令人讨厌——,可实际上他只是在迷恋自我。

通过他她进入到其他社交圈,在那里她认识到,他并不像当初在"希腊柏拉图"饭店出现时那样了不起,而是一个紧张不安的、逢迎讨好那些真正有钱人的伪君子,归根结底他是一名不择手段的律师,靠拖上岸的一些臭鱼烂虾他还能有足够的收入,以便相信自己已经是有钱有势一族了。

当费妮娅不再像以前那样依附他,并越来越坚决地走自己的路时,沙兹才忽然觉得还是应该爱她才对。他通过充满激情的自责、通过一种他认为是爱情证明的唯恐失去她的神经官能症、通过一种能让人与杀人成性相混淆的猛烈的情感宣泄向她示爱。特别令费妮娅愤慨的是,他竟然要求自己对他心存感激。这简直是岂有此理:在人们自我满足之后,还要求别人表现出感激之情!

他减轻了她大学生活的经济压力,没错,可没有他她也同样能够完成大学学业,而如果没有她他就不会有那么多乐趣,在自己的社交圈里也不会有那么高的声望,毕竟他一直在精心打扮她并拿她来出风头。她是学经济学专业的,上述盈亏核算明显对她不利。无需他的帮助她获得了去英国继续深造的奖学金,这样她就可以离开他了,她想出走雅典,想北上欧洲。

之后他们只能在周末过夫妻生活,而且时间间隔越来越长,先是在伦敦,后来在布鲁塞尔。最后一次当她早上醒来看到他躺在自己的床上,当她注视着他那汗淋淋的鬈曲的灰发和因为酒精而浮肿的面庞时,她心里暗想:我觉得今天他比第一次见面时更令我感到陌生。

她觉得这是对终结两人关系的一个很好的定义。

这一想法让她非常高兴。在吃早餐时她很久没有像现在这样开心和轻松了,因为她一切都想明白了。在提出分手的那一刻沙兹真正表现出了男人的大度。他很了解两人目前的处境,自己也显得如释重负,在拖着拉杆箱走出她的公寓门时幽默地说了一句:爱情是虚构的。

是的。

保重!

好的,你也保重。

这真是太古怪了,简直荒诞至极,费妮娅现在正坐在写字桌边,无法安心工作,因为她就像思慕中的恋人一样,在热切期盼着弗里驰的来电。他昨天从多哈出差回来,今天上午和格诺有一个会谈,会谈中他也想顺带提及费妮娅关切的事情,为了试探一下有哪些可能性可以使她调离文化总署。他答应会谈结束后立即给她打电话。她坐在那儿盯着电话机。她忍不住拿起听筒,但接着又把它挂上。不,她不该给他去电,他应该给她打电话。她取出智能手机查看了一番,看是否自己错过了他的来电,或者是否他发来过一条消息——不,什么都没有,她把手机放到电脑键盘旁边,查阅了一下电子邮件,总共有四十七封未读邮件,但没有一封是他发来的,她又拿起智能手机,没问题的,当然她可以对手机的接收效果感到放心,想到这儿她重又把手机放到桌上。令她困惑的是:她完全无所谓弗里驰向她汇报什么会谈内容,不在乎格诺是否做出过暗示,并且人们可以对他的暗示进行如下解读,即他愿意本着工作流动性原则,支持她调换部门的愿望——她只想听到弗里驰的声音。无论他汇报什么情况，只要能听到他的声音就行。她此刻的感觉就像——是啊，像什么呢？这太不可思议了：她渴望听到他的声音。

马丁·舒斯曼8点钟来到"方舟"部。新烤的牛角面包的味道从员工食堂弥漫到门厅里。通常情况下他无法抗拒这种香味的诱惑，但今天它却让他回想起一家化工厂的气味，他把这种情况看作是自己尚未完全恢复健康的征兆。在电梯门口他遇到两名来自乌克兰特别工作组的年轻人，他们的办公室设在总署大楼的第6层。博胡米尔·策米卡尔把他们称作"火蜥蜴"，现如今当人们谈及该"特别工作组"的成员时，这一表达在"方舟"部已被广泛使用。人们可以用轻蔑或者讽刺的口吻来谈论他们，谈论这些"火蜥蜴"，即使在员工食堂就餐时他们就坐在邻桌。这是在我们这里成长起来的新生代，博胡米尔曾经这样解释，他们不是欧洲人，而只是在欧洲机构里追求名利的野心家，他们就像火蜥蜴一样，人们可以把它们丢进火里，但它们却不会烧焦，不可毁灭性是它们的主要特征。

他们都是些年轻男士，身着得体的紧身西服，扎着硕大的领带结，头发上抹着发蜡，仅从外观上就与文化总署的其他同事形成了鲜明的对比，他们非常圆滑，善于随机应变，卡珊德拉认为他们那种生硬客套的礼貌方式是"令人沮丧的"，和这些火蜥蜴闲聊五分钟，我就会感到十分压抑！

你们的任务是什么？博胡米尔这样问一只"火蜥蜴"，当乌克兰特别工作组被安排在他们楼上办公时。他从对方那儿得知，他们应当为乌克兰制定援助计划，为了在独立广场革命爆发后支持乌克兰的民主运动。他们工作的挑战性在于，向乌克兰民主人士分发资金，可他们自己却没有资金来源。欧盟机构没有向他们提供新的独立预算。因此他们只能采取传统的重新包装策略——如果人们得不到新的,就对旧的进行重新包装。于是他们就用新的名称、新的条件和通过新的组合方式,把原先早就存在的援助计划包装成新的援助一揽子方案,这样一来从原有的预算中就产生出新的分配之争,并进而导致新的统计数字,新的百分比和图形曲线从这些数据中焕发出新的活力。对于这些年轻的野心家而言这一任务是理想的战斗洗礼:最终他们不会得到任何好处,除了保证自己在给定的条件下存活下来,或者在改善自身前景的情况下使原有的条件继续存在。

现在马丁·舒斯曼不得不和这两个人一块儿等电梯,这并没有使他的心情得到好转。

对方问他近况如何。当然正确的回答应该是"好极了!",但马丁简直是疯了,他不加考虑地回答"狗屎!",在对这两个"火蜥蜴"的表情幸灾乐祸了一会儿之后他又补充说:我患了重感冒!——

我很抱歉!

非常抱歉!另一名"火蜥蜴"同伴也这样附和道。

现在马丁不顾一切地向他们俩和盘托出:乌克兰的天气真他妈冷!

啊!您去过乌克兰?

是的,先生!难怪我的免疫系统都崩溃了!那里的人们如此沮丧,他们对我们、对欧盟感到非常失望。他们感觉被抛弃了——

听到这儿那两个"火蜥蜴"的眼睛闪闪发光:是的,我们知道这个问题,您说的完全正确!我们——

完全正确!

我们知道,我们现在必须——

这时电梯来了,电梯门开启。

您是去3楼,对吗?

对,马丁说道。

其中一人按了"3"和"6"两个按键,接着又说道:我们现在必须加强联系。您说的完全正确!因此我们要通过沟通交流把力量联合起来!

欧委会必须更好地推销自己,我们——

电梯停了,电梯门开启。推销自己!他们根本不知道自己在说些什么,马丁心想。再见!

再见!

再见!早日康复!

电梯门在马丁身后滑动着合上了,他张着嘴深深地吸了一口气,他的鼻子堵了。他尚未痊愈就过早地又来上班了,另外他必须尽快写好有关周年庆典计划的书面方案,以便以电邮方式把它发送给克赛诺。他也可以从家里完成这些工作,但根据他对克赛诺的了解,她会在收到邮件后马上把他叫到会议室,为了和他及另外几名部门同事一道就方案进行讨论。因此他必须出现在工作场合,必须准备好随叫随到。

他从克赛诺的办公室旁边走过,办公室的门是关着的。他又路过博胡米尔的办公室,看到门是开着的,博胡米尔正站在摆放在屋子中央的一副折梯上。看到马丁时他大喊了一声"你好!"

你好!

马丁脑子反应很迟钝,到了自己的办公室他才想起,刚才他应当停下脚步,询问博胡米尔站在梯子上在做什么。算了,这也无所谓。他花了一个小时的时间润色方案要点,这段时间对他来说过得太慢了,然后他把书面方案发送给克赛诺。之后他开始慢慢处理积压多日的电子邮件。大多数邮件都已自动回复,或者邮件事宜在他病休期间已经得到了解决。那儿有一封弗洛里安的邮件。

"亲爱的兄弟,你这个别人家的孩子!下周我要飞往北京,奥地利总统和经济事务部部长亲率经济代表团访华,我就是该代表团成员。就像乍看上去的那样——根据奥地利驻北京商务代表提供的信息——即将举行的谈判将会取得成功——但这样的成功将会被证明为是灾难性的。经济部长完全被蒙在鼓里,将要签署的协定使我们成为被勒索的对象。我在问自己那些可恨的猪猡到底是谁……你务必要——"马丁·舒斯曼站起来伸了伸懒腰。他想吸烟,他无论如何需要一支烟来提神。他的病也算不上很严重了。还没有听到克赛诺的任何反应。他朝那边博胡米尔的办公室望去,但是屋里没人了,原先摆放的梯子也不见了。马丁来到外面的消防梯上,哆哆嗦嗦地吸了两支烟,然后又回到自己的办公室里。他撰写出差情况汇报,核算差旅费明细,还解决了几件行政琐事,也就是说填写了几个表格。然后他开始处理学生函询,又有两名学生想来这里实习,他把这样的函询转发给其他部门。其中一名来自帕绍大学的学生撰写了一篇欧洲研究方面的博士论文,论文主题涉及欧洲文化政策,其思想来源于法国政治经济学家让·莫内说过的一句话:"如果我可以从头再来,那我将从文化开始。"马丁·舒斯曼不知道何故,但是平均每周他都会收到两封这样的邮件。这名学生请求欧盟委员会文化总署对这句引言作出表态。给对方的回复是不言自明的。没有任何证据显示莫内确实说过这句话,或者在某一纸媒上发表过这样的言论。即便他真的说过,如果没有进一步详细解释人们同样无从知晓,那句"从文化开始"具体是什么意思。先是演唱《欢乐颂》,继而成立欧洲煤钢联营?文化先天就是万有和普遍的,因此总能确立人与人之间的共性和联系,当然最终这也须从政治方面加以实现。事实表明,不同区域文化间的交流对欧洲的和谐共生极其重要,而只有通过欧洲一体化进程中的政治成就,上述文化交流才变得可行和日益深化:例如取消边界，保障旅行和置业自由，在欧洲共同市场上实现自由贸易。

他中断了回复。这些都是空洞的言辞吗？另一方面：一种真理可以被重复上百次，但却不会成为陈词滥调，这样的真理存在吗？堵塞不通的鼻子令他痛苦不堪，他担心自己的伤风感冒可能会恶化成鼻窦炎，额头的砰砰直跳让他感到害怕。为何他要因为回复这名学生的邮件而耽误这么长时间？他为周年庆典计划拟定的书面方案——他在方案里所写的可不是毫无内容的空话啊。一直还没有收到克赛诺的回复，这让他很是惊讶。他看了看表。现在是1点钟。克赛诺没有对他的方案作出反应。为何她没有任何反应呢？

他站起身来走出房间，离开他那狭小的办公室。在走廊里他遇见了博胡米尔。

——你生病了？

——是的。

——害相思病了？

——何出此言？

——你看上去就是这个样子，显得心神不定的。

达维·德维恩特站在屋子中央，问自己为何他要站在那里。他还有一些打算，想要做点儿什么，但是做什么呢？不，现在他不问自己这个问题，他索性环顾四周，仿佛是要找点儿事做，或者好像在等什么，他的目光落到电话机上，对了，他好像在等别人的来电。他坐到沙发椅上，眼睛一直盯着电话机。忘却！他感觉自己被遗忘了，被所有的人忘得一干二净，就连死神都忘记了他。可是还有谁该回想起他呢？

一月份的光线在窗框上投下了一块银灰色的阴影，就像银行保险箱或者保险柜的拉门一样。拉门的钥匙丢失了，开启号码锁的数字组合也忘记了。或者就像是地下室的铁门一样,门后是通向死亡的黑暗地道。

他再次起身来到窗边。窗外楼下就是墓地。谁应当回忆起他呢?所有的人都已葬在那里,躺在灰色薄雾笼罩下的石碑底下。不,不是所有的人。

在和他亲近的人一个接一个死去之后,他变成了一个性格孤僻的人。他们的孩子早已各自成家立业,不同的人生之路让他们远走高飞,使他们在自己的世界里拥有更多的幸福或者遭遇截然不同的不幸。当他上一次在圣凯瑟琳商业街漫步时,街上偶尔还会有人跟他打招呼——那个人是谁呢?那是他从前的一名学生,现在也已经满头白发了!吃惊之余他也问候了对方,所有的情况就是这样。现在他独自一人坐在汉森家庭养老院里,应当和其他人分享公共活动室,这些人和他一样都是老一辈人,但绝不是与他同时代的人,因为他们不必分享他的经验,他们的不幸是上了年纪,而他的不幸则是人生。不,他和他们没什么可分享的,除了衣物里的樟脑丸以及尿液、汗水和腐朽的体细胞散发的气味之外,只有眼泪是没有气味的。他想忘记过去,但这却导致了他被人们忘却。

他在桌边坐了下来。桌上放着一支圆珠笔。他又站起来四下张望,他的记事本肯定是在某个地方放着。记事本在哪儿呢?几天前一位女医生来过这里,她是市政部门派来的心理医师,负责为养老院里的住户提供心理咨询,她来这儿是为了和他进行一番所谓的适应性交谈,一番什么交谈?确切地说是指导性交谈。她给他带来了那个很大的记事本。按她的话说,她此行的目的是要使他更加顺利地步入晚年,在规划晚年方面向他提供帮助,尤其是要帮他克服对晚年的可能性恐惧——她不停地说起"晚年"这个词,直到达维·德维恩特打断了她:如果她把"晚年"换成"人生阶段",这样的表达虽然也是在说谎,但听起来却让人觉得更舒服一些。反正他知道这是人生的最后阶段,但即使在这一阶段也有充满阳光的日子,而不只是永远的迟暮。女医生努力让自己显得善解人意。特别令德维恩特无法忍受的是,这个瘦弱的女人让人给她剃了光头——这是为何?现在这样很流行吗?最近他在街上总能遇见秃头,都是些剃了光头和刺有纹身的年轻人。他们知道自己在做些什么、以此表达什么以及会唤起何种联想吗?他想忘掉那些秃头和刺青骷髅,可现在人们又给他派来了这位女士。这让他突然变得有攻击性了。请您走吧!您在侮辱我——他又充满激情地补充道:您在侮辱世人的记忆!

女医生很能理解他的心情。她耐心地询问,最后她这样为自己解释:她刚刚经历过一次化疗。她得的是乳腺癌。但是她很看重继续坚持工作,因为——德维恩特感到惭愧。他沉默了。他就这样一言不发地听对方说话,以免自己再说错话,他时不时点一下头,当对方从包里取出那个记事本时,他也同样点了点头,女医生把记事本放到桌上说道:我给您带来了这个。一个小小的建议:请把您的想法和打算记录下来。请您相信我,我了解这种情况:人们产生了一个想法,然后又把它忘记了。可如果您马上把想法写下来,您就总能根据记录来检验,我原先打算的事情做了吗?我先前考虑的事情处理了吗?这是针对遗忘的一种很好的训练,人们只需习惯把所有的事情都记录下来。

记事本在哪儿呢?在那儿,它在床边放着。

他又坐回到桌边,拿起桌上的圆珠笔。记事本是大开本的,顶端有一个卡纸条框,用它人们可以把写过的页码隔开。在条框上的布鲁塞尔首都大区的纹章旁边,是分别用法语和荷兰语写的一句话:"布鲁塞尔不会忘记你!"

他想编制一个名单,把所有那些人的名字都写下来,他们和他一样存活至今,或者可能还活着,因为他没有得到他们的死讯。为何要这样做?因为他还能回忆起往事。那些回忆不由自主地浮现在他的脑海里。在他的记忆里突然亮起一串名字,他看到了一些面孔,听到人们说话的腔调,他看见了黑眼睛,看见了不同的手势和动作,他感受到那种饥饿,它就像是切割生命的机器一样,首先吞食身体脂肪,然后捣碎肌肉,最后粉碎灵魂,只有当饥饿变成"生命的渴望"这一隐喻时,人们才会发现被碾碎的灵魂。现在他感受到这种饥饿,不再像以前那么强烈,但他确实感受到了它,他想编制一个名单,把和他一同经历过这种饥饿的人的名字都记下来,想到这儿他抬起头来。"饥饿"在这里是不恰当的概念,人们用"饥饿"来描述那些错过了一顿饭的饱食者的感觉。这与他幸免遇难的那种"饥饿"毫无关系。生者和生还者只是碰巧在说同一种语言,他们通过使用相同的概念制造了一场永恒的误会。

他开始动笔:"生还者"。他想给自己的名单起这样的名称,他的想法是:在世的人当中还有谁在说他所操的语言。这时电话铃响了。他停了一下,紧接着开始写"生还者"这几个字,响个不停的电话铃声让他心烦意乱,他把圆珠笔放到桌上,拿起听筒接了电话。

电话是约瑟芬夫人打来的。她问他为何没去吃饭?他不会忘记要吃午饭吧?我们必须要吃点儿东西,德维恩特先生,难道不是吗?她对着电话筒大声喊道。我们可不想挨饿,难道不是吗?

他是唯一手脚灵便、但是没去餐厅吃饭的老年人——

唯一——您说什么?

今天的伙食有鱼,配有米饭和蔬菜,这既易于消化又非常健康——

好的,好的。我只是忽略了吃饭时间。我这就来。

达维·德维恩特扎上一条领带,穿上一件西服上装,然后乘电梯去楼下的餐厅。他四处张望,看能否找到一张他可以独自就座的桌子。可是餐厅里没有空桌了。约瑟芬夫人向他冲了过来,把他领到一张桌边。她说她很高兴看到他来,刚才她还在为他担心呢。我们可不想有人突然昏厥,难道不是吗,德维恩特先生。

桌边坐着两位男士和一位女士,约瑟芬夫人把他们介绍给他:两位男士分别是退休法官和退休的大学历史学教授,女士以前是民事登记处公职人员,三人目前都是丧偶状况。他们态度非常友好,可德维恩特却一下子很反感他们。他们如此——德维恩特在思考贴切的表达——遇到这种情况人们是怎么说的?他们已经来这里很久了,了解这儿的体制、结构和习惯,和管理部门及工作人员都有联系,他们熟悉环境,把这里当成了自己的家,更有甚者:他们能够向新来的人提供帮助,但也可以使他生活不安。没过几分钟这种情况就清楚了。然后他们便提了这个问题:您过去都做了些什么?

德维恩特当然明白,他们只想知道他从事过哪种职业,但是他在喝汤的时候呛了一口,以至于不得不连连咳嗽,这时服务员给他端来了鱼,而同桌的其他食客则已经在吃鲜奶奶油这道饭后甜食了。德维恩特把汤盘推到一边,开始吃起鱼来,他吃得很快,不是为了赶上别人领先的距离,而是因为他想尽快结束这顿午餐然后起身离开,他在吃鱼时狼吞虎咽,突然感觉一根鱼刺钻进气管并卡在那里,为了摆脱鱼刺他用力向外呼了几口气,可他感觉鱼刺卡得更紧了,就像是横在气管里一样,他感到恐慌,急促地喘息,不停地用力咳嗽,吸完气后又猛烈地呼气。他猛地从座位上站起,身体前倾,交替尝试向下吞咽或从喉咙里挤出鱼刺,可是鱼刺紧紧地卡在气管里,使他透不过气来。他不停地捶胸,竭力向外呼气,他感觉眼前发红,他大声叫喊起来。起初是一阵嘶哑的、不断增强的"啊啊……"声,紧接着是高声咒骂,教授和民事登记处公职人员吓得从座位上跳了起来,在其他桌边就餐的人们纷纷惊恐地朝这边看过来,约瑟芬夫人也急匆匆地赶了过来。教授拍打德维恩特的后背,大声对他说"呼吸!"他一再大声向对方说"呼吸!呼吸!"民事登记处公职人员试着递给他一杯水,约瑟芬夫人站到他身后,用双臂搂住他,挤压他的胸口并晃动他,他用胳膊肘把她顶开,张大嘴巴不停地喘息。

民事登记处公职人员尝试把手指伸进他的口腔,德维恩特猛地把她撞开,她跟跟跄跄地后退,跌坐在一张椅子上。

他歇斯底里地喊道:怎么可能会发生这种情况,他是集中营的幸存者,可现在他却要死于一根鱼刺。喊着喊着他突然停了下来,因为他意识到这一切可能只是轻微的幻觉,他甚至无法肯定鱼刺是否真的还卡在他的咽喉里。从他嘴里淌出一些唾液,他坐了下来,最后喘息着说道:没事了,没事了。

您一切正常吗?

是的。

确定吗?

是的。

您需要医生吗?

不。

德维恩特做了几下深呼吸,向其他人表示歉意,然后回自己房间了。

回到房间后他在床上躺了下来,但是一种强烈的不安令他在床上躺不踏实,他又从床上起来坐到了桌边。桌上放着记事本,本子上是他手写的"生还者"字样。刚才在下楼吃午饭之前,他在写完"生还者"后想编制一个名单,但是电话铃声干扰了他。现在本子上只写着"生还者",那是他自己写的。为何要起这样的名称?他点了一支香烟,闭上眼睛开始思考。

偏偏是一名掘墓人知道去往永恒爱情之墓的路径。艾哈特教授找了半天,最后和他打了招呼,向他打听去无条件爱情之墓怎么走,这一次艾哈特教授算是找对人了。它叫永恒爱情之墓,不叫无条件爱情之墓,他倚在铁锹上这样说道,我压根不知道是否有无条件爱情之墓。是叫永恒爱情,没错。您指的是那座石棺上映有用光线拼成的心形图案的陵墓,对吗?我就说嘛。那您可就来错地方了。永恒爱情之墓是在拉肯公墓。

在哪儿?

拉肯,是布鲁塞尔北部的一个城区。

他乘了一辆出租车,途中他打起了瞌睡,行驶时间比他预计的要长,在到达拉肯时他正处于一种奇特的精神恍惚之中。有血瘀的那只胳膊令他感到疼痛,但眼下在近乎梦游的状态下,他感觉这种疼痛仅仅是轻微的、令人舒服的按压,就仿佛他去世的妻子正挽着他的手臂,他感觉她倚在自己的胳膊上,好像她正挨着自己在行走,每走一步他好像都更加注重让自己适应她的步伐频率和速度。当然这种幻觉太古怪了。他晃了晃脑袋,让自己重新恢复了理性。现在他感觉胳膊上的疼痛更明显了,也包括肿胀的双脚上那种令人不快的麻木感,他正小心翼翼地使双脚一步一步地往前挪,仿佛它们是让人不习惯的假肢一样。

一进入口大门就是公墓管理办公室。在那里应他的请求,管理人员给了他一张公墓设施平面图,图上绘制了那些名人的坟墓以及具有历史重要性的纪念碑和纪念馆。此外管理人员还在图上特意用"X"号标识出永恒爱情之墓所在的位置。管理人员用极度悲伤的面容答复了他的询问,简直是用沮丧的表情把平面图交到他手里,对此艾哈特教授感到很吃惊。这座陵墓到底有什么特别的地方,使得对它的问询引发了对方这样的反应?转念一想他认为,这可能是涉及一种职业习惯吧。那名管理人员在墓地工作,久而久之他的脸也就成了哀悼的面具。这样一来即使是永恒的爱情——以陵墓形式表现出来的——对他来说也无异于一件丧事了。

艾哈特教授尚未走出妻子去世的阴影。时间据说可以治愈所有的创伤,他问自己是否还有这样的时间。如果有,那么这是否值得他去向往。自那场恐怖的死难直至妻子的死亡以来他所感受到的痛苦,总能令他活生生地回想起他和妻子拥有的美妙而又迟来的幸福,他确信当这种创伤真正愈合时,他的回忆就只能蜕变为空洞的辞令了。

他手里拿着图纸走过碎石路面,很惊讶自己竟没有听见脚下嘎吱嘎吱的声音。在所有的电影和小说里,人走在碎石路面上脚底都会发出嘎吱声。他停下脚步。周围一片寂静。树上的枝桠在风中静悄悄地摇晃,林中的乌鸦也在无声地拍打着翅膀。前方远处几个人在林荫道上交叉而过,像是悄悄滑过的阴影一般,又宛若天上斯须变换的乌云。他继续行走——对了,就仿佛碎石路面上铺了一层棉花,现在他听到了自己非常轻微的脚步声。

然后他站在了那座坟墓前面。他确认了好几次这是否真的是那座他要找寻的永恒爱情之墓,但毫无疑问那座陵墓就在他眼前。面前的景象令人伤心。他原本期待的是什么?当然不是像泰姬陵那样的雄伟建筑,但也要是一些让人感到自豪的东西,它应当按照最佳的人体设计,赋予永恒爱情的思想和体验一种建筑上的表达,用永恒的材料即石材来表达永恒的爱情。但人们在这里看到的却是一片废墟。原先陵墓的顶盖上凿有那道著名的经过精确测量的开口,光线透过开口照射到石棺上,构成一个形象的心形图案,可惜这样的顶盖已经折断了,陵墓的左侧下陷,由此在方石之间形成了众多裂缝和错位,从里面长出许多杂草,锈迹斑斑的铁门上装饰着两颗闪着火焰的爱心,一根铁链挡在参观者与铁门之间,其中一道门扇斜挂在枢轴上,从而闪出一条门缝,透过门缝人们可以向墓穴里面张望,但却看不到石棺,而只能见到各种污物,甚至还有塑料垃圾,这样的东西是怎么钻进去的呢?

墓穴左侧的地面上斜插着一块简陋的、已经腐朽并爬满青苔的木牌,根据牌子上所写的内容,这块墓地的租约期已于1990年8月到期,如果被葬的死者尚有后代在世的话,就请他们联系公墓管理处以办理相关手续。旁边还竖着一块表面涂有珐琅、四边嵌有铁框的牌子,它表明了这座陵墓现在是一处文物古迹。

永恒的爱情这一思想牢牢地吸引了阿洛伊斯·艾哈特,它严格遵循"永恒"的字面含义,确保这样的爱情依然能够长存在后世的记忆中。但只要这种永恒仅是一些人为的东西,也就是说它不是绝对的,而是体现人与人之间的一种关系,从根本上讲是人与人之间的一种约定,那么它跟所有人为的东西一样迟早都要结束,并且很快无情地消逝。

这一点他应该清楚。过了很久很久,直到他六十岁那年,即在结婚四十年之后,他才第一次深深地感受到什么是永恒的爱情。当时他深情地说道:我将永远爱你!

这样说太郑重其事了!当他说出这句话的时候,他确实对自己感到很吃惊。当时他有一种释怀的感觉。后来他惊讶地意识到,自己当初在说那句话的时候并不十分清楚,世间不可能存在永恒的东西:它无异于历史旅途中一次短暂的停歇。我知道,我将永远爱你,他当初这样说道——仅仅过了两年他妻子就去世了。无论死后生命会否继续存在,也就是人们常说的永恒的生命——"永远爱你"那句话就跟说出这句话的感觉一样,只能成为他的记忆,只能是历史而已。

多么激昂的表达!其实事情应当是这样的:阿洛伊斯·艾哈

特必须等到六十岁才知道，世上真正存在的是美好的性爱。

他一辈子都不理解那种甚嚣尘上的关于"美好的性爱"的纷纷议论。他真的认为是"他一辈子"吗？这应该始于他的父亲，是他使用过这样的表述。不管怎样：他认为"美好的性爱"是胡说八道，是对一种人的本能的意识形态处理，这种意识形态化令人生疑，它无法与鉴于人的食欲而提的"什么是美食"这一问题相提并论，人们不能对它做出合理的说明和解释。阿洛伊斯·艾哈特是那种"有啥吃啥、从不挑剔"的人。他认为人们应当在饭前祈祷，感谢主赐他饱食。他是在战后长大的孩子，亲历过战后重建的艰辛，他知道什么是生活必需品，很快他就明白了随着物质生活的不断富足人们的要求也在逐渐提高，但他不理解的是，为何美好和自由的性爱也应当成为一种要求，也必须成为政治讨论和争取的对象，仿佛它是人人都应享有的一种社会福利，就跟自由的大学入学或者退休权利完全一样。上世纪六十和七十年代就是这种情况，当时他这一代人大声宣告"性革命"时代的到来，但他并不属于他们之列。

他父亲在玛利亚希尔夫大街拥有一家体育用品商店，那是维也纳最繁华的商业街之一，地理位置非常优越，可是最佳的商业地段在购买力匮乏的年代又有何用呢？年轻时代的父亲受当时"新时期"的鼓舞，兴高采烈并不惧风险地于1937年开了这家商店，恰恰时逢战争期间。为何要开体育用品店呢？父亲曾是狂热的体操运动员，作为维也纳体操之父雅恩协会的会员他把自己称作"体操兄弟"，此外他还曾是足球运动员，效力于维也纳瓦克尔足球俱乐部，他所在的俱乐部将约瑟夫·马哈尔转卖给了维也纳奥地利俱乐部，因此他作为替代者很早便在首发阵容中赢得了一席之地。"这个尤德·马哈尔通过他的贪婪给我带来了运气"，父亲这样讲述，"他以每场比赛十先令的薪酬转会到了奥地利俱乐部，这样我就进了俱乐部一线队,每场比赛能得五先令我就已经非常满意了!"

商店如期开张,但是生意却很冷清。在大规模失业和极度通胀的年代,人们连买普通鞋子的钱都没有,谁还会花钱去买足球鞋呢?很多孩子当时都是赤脚去上学的。父亲整天在商店里擦洗自行车,偶尔出售一件"雅恩紧身运动上衣",无论是出于何种原因,坊间一直都称之为"舵手汗衫",他就这样吃力地在跟破产抗争。1939 年他又萌生了新的希望,当时他通过自己的关系,成功地把一大批帐篷和"军用餐具"卖给了"少年队"和"维也纳希特勒青年团",紧接着第二年他便关门停业了。1944 年父母在措勒尔大街上的那栋房子被炸毁,他们在防空洞里躲过一劫,随后搬到位于玛丽亚希尔夫大街尚存的商店仓库里。在这里阿洛伊斯·艾哈特出生了。"你是一个仓库里长大的孩子",他母亲很喜欢这么说,他觉得这句话就跟"当时的年代很糟糕"一样正常。到了大学时代他才明白,这句话的嘲讽含义是多么令人不可思议,从此他便强烈禁止她再说这样的话。又过了许多年他才明白,他母亲太过天真,以至于不应为此承担责任,或者说她的过失就在于她的天真,因此所有对她的指责都可以消除。如果她把在商店库房里出生的"洛伊斯"称作"一个仓库里长大的孩子",那么这对她来说仅仅是与她所熟悉的话语的一种游戏而已,因为她总会在自己经历的无助的苦难中,没头没脑地说一句令人茫然的玩笑话。她是一位"德意志母亲",她宽广的胸襟和对与她亲近的人的移情能力被滥用了,可她对这一切却从未理解过。纳粹把他们对女性和母亲的设想宣布为理想,这是她一生中所奉行的唯一理想,这种理想不可能因为一场战争的失败而失效。它在困难时期是永恒的,在幸福时代就更具有效性了。"乐于牺牲",这也是那种理想的内涵之一,她就是这样一位甘愿奉献的女性和母亲,在儿子上大学时尤为如此，而当年轻的大学生回到家里、辱骂她是纳粹老巫婆时，她只能伤心地落泪了。现在她喜欢说以这样的话语开头的语句："如果我不在了……"——那么他会想她的。这时他就会明白她为他做了什么。他就会很抱歉他是怎样对她不公的。他就会意识到接下来将发生什么。他就会意识到那将意味着什么。他就会意识到那将是怎样一种情形。如果她不在了。在儿子眼里她深陷历史的泥潭，她期待自己死后在后代的记忆里能得到公正对待，两种不同的永恒在他的灵魂里相互碰撞，即永恒的过去和死后的永生。阿洛伊斯越来越频繁地回避自己的母亲，他故意不去看她，当他坐在餐桌边学习的时候，回避和她交谈、和她争执，回避她的眼泪，他会跑到外面的玛丽亚希尔夫大街上，朝商店方向跑去，拿着他的手稿坐到商店仓库里去。但这不是回归，不是"仓库里长大的孩子"的故地重游。这是一种朝向前方的逃避，逃向在仓库里呈现的未来。经济繁荣的迹象已经非常明显，父亲商店的生意也越来越红火。自1954年足球世界杯以来，脚穿带有新型鞋钉的足球鞋是所有踢球男孩的最大心愿，而现在，到了六十年代初，大多数父亲都能满足他们儿子的这一心愿。此外还有真正的皮球，真正的运动服。所有的东西都必须是"真的"，不要替代品，不要"仿佛、好像"之类的感觉，不再对"手头仅有"的东西感到知足，因为那些东西人们在经济困难时期也总能搞到。现在的东西一应俱全，都堆放在商店橱窗里和超市货架上，人们可以买到它们，人们也买得起。例如母亲现在直接买来果汁饮料，而不是像以前那样把自制果酱拌入一杯酸奶里。自制的东西成了替代品，买来的却是真的。父亲的商店生意兴隆，他雇了一名售货员施拉梅克先生，那是他参加体操协会时代的一位老相识，最后他还收了一名女学徒名叫特鲁德。

这个特鲁蒂。她那年十六岁，身体长得很结实，在商店的货架之间轻捷地往来穿梭。她就像是一只体态优雅的动物，阿洛伊斯想道——不敢肯定这种联想会否显得相当愚蠢。她留着"男孩头型",那是一种当时在年轻女子中很流行的短发型,阿洛伊斯也觉得这种发型特别时髦。她那蓝色工装的面料已经磨损,当她穿过透过窗户照射到屋里的光束时,她磨损的工作服看上去几乎是透明的,使得他能够看到她身体的轮廓,就仿佛他的目光具有透视功能。她是个非常严肃的姑娘,但有时在他讲述一些有趣的事情时,她也会笑得如此纯洁烂漫,以至于阿洛伊斯着迷地看着她,无法再安心学习,而是在思考下一次怎样能把她逗乐。他注意到,她越来越频繁地找各种借口从商店来到后面的仓库。但他事先准备的玩笑并未让她笑出声来。

一年后他们结婚了。阿洛伊斯需要一份他父亲的同意声明,特鲁蒂作为战争孤儿已经达到了法定婚龄。

这是一次向前的逃避:从家里搬出去。阿洛伊斯·艾哈特的父亲以前认识一名纳粹党党员,他现在在分配维也纳城镇社会福利住房方面有些影响力。于是这对年轻夫妇就搬进位于维也纳十一区弗里德里希·恩格斯大院内的一套廉租房里,那年正值这栋社区公寓外墙面上的红色字母被更新和替换。纳粹分子除去了墙面上的"弗里德里希"(Friedrich)字样和"恩格斯"(Engels)里的字母"s",该住宅区在纳粹时期必须被更名为"恩格尔大院"。

现在在翻修过的恩格尔大院里,在他们狭小的廉租房里,阿洛伊斯·艾哈特丝毫没有远离那些合租小组和"群居公社",在那些地方人们正在讨论性革命。

四十年后他明白了什么是"美好的性爱",明白了这样的感受是真实存在的。

在爱情和欲望早已分道扬镳之后,他们仍然待在一起。在爱情和欲望褪去颜色之后,他们仍旧在一起。尊重和团结成了他们的合租人。在他的朋友和熟人圈里阿洛伊斯·艾哈特是唯一没有离婚的人。他说：这是一场美满的婚姻。

那是一个星期天，他们睡了个懒觉，但出于某种原因他们并未像平时那样醒来后马上起床。那一天阳光明媚，一缕一缕的光线透过卧室的两扇窗户照射到床上。他注视着她。他感到脊背有些疼痛。她把手搭在他的后背上。他眯起眼睛看着耀眼的光线，然后——为何他突然做出这样的举动？他坐起身来，猛地把被子掀开。他撩起她的睡衣，就在这时他感觉腰椎处像遭受电击一样有一股短暂的刺痛感。他发出痛苦的呻吟声，她则在一边脱去睡衣。她在微笑。那微笑意味着吃惊？还是表示疑惑呢？他打量她的身体，仔细地端赏它，像研读地图一样查看每一条皱纹、每一根蓝色或者红色的小血管以及每一处脂肪膜，在这张地图上绘制着两人共同走过的漫长路径，一条起起伏伏的人生之路，他激动地把身体紧贴在她身上，一边哭泣一边用力挤压，床上撒满了明媚的光线，还有他那能够透视一切的目光，突然在最强烈的刺激下，他感受到了一种交融过程，他们的灵魂相合在这样的交融之中。

她笑了。特鲁蒂笑了。他们的灵魂触碰在一起。这是秘密，阿洛伊斯·艾哈特心想，看来这就是"美好的性爱"，它给了他一种此前意想不到的满足，同时又不断重新激起他的欲望和贪婪：这样去接触她的身体，从而使得两人的灵魂能够彼此交融。

两年后特鲁蒂死了。永恒的爱情。永恒却又如此短暂。

抽支烟休息一下？
好吧！
不，等一下！还是不去外面的消防梯上，博胡米尔说道。那儿太冷了，毕竟你已经生病了。来我办公室抽吧！
可是——马丁用食指指了指上面，他不知道"烟雾报警器"用英语怎么说。博胡米尔明白他的意思：

我把报警器的电池拿掉了。它现在处于瘫痪状态。

博胡米尔坐到他的写字桌边,把一支香烟插进嘴里,像一个调皮的小男孩一样在坏笑着。马丁·舒斯曼在他对面的客椅上坐了下来,还是不放心地抬头看了看天花板。

为安全起见我还用胶布把报警器封住了。有火吗?

马丁给自己点了一支烟。

我是公职人员,博胡米尔说道,我习惯于把功课做得扎实细致。把一个瘫痪的报警器再用胶布封上——如果这不是在比喻我们的工作的话!至少我们不会再挨冻了。好了,现在告诉我:你在乌克兰都做了些什么?

我?在乌克兰?你怎么会想起这个?

我是听说的。一名"火蜥蜴"说你去过乌克兰,他认为你的叙述很有价值——

一派胡言!他们怎么会有这样的想法?我去的是波兰,是奥斯维辛。这你是知道的!

这就是令我吃惊的地方。这能告诉我们一些关于在我们总署大楼办公的"特别工作组"的情况吗?难道那些"火蜥蜴"认为奥斯维辛是在乌克兰?

可如果他们有道理呢?奥斯维辛无处不在。

你在发烧。

是的。

为何你不请假回家、躺到床上休息?

我在等克赛诺的回复。我必须和她交谈。

马丁取出他的智能手机,在向外掏手机的时候他的手指和一直还装在上衣兜里的奥斯维辛胸牌的绶带缠在了一起,他查看了一番手机,看是否收到了克赛诺的信息。就在同一时刻,在隔了两个房间的另一间办公室里,费妮娅·克赛诺普洛在继续盯着她的

"黑莓"手机,看是否终于收到了弗里驰发来的信息。这一同时性不是人为设计的,也不是纯粹的巧合,而仅仅是顺理成章的结果:因为在此期间费妮娅每时每刻都在查看自己的电话。

马丁从兜里取出胸牌,把智能手机插进同一口袋里。

在奥斯维辛感觉怎么样?

就是这样的!马丁一边说一边把胸牌递给博胡米尔。

奥斯维辛贵宾,博胡米尔读着上面的字样。这太扎眼了。

把它翻过来!读一下背面的文字。

请勿丢失此卡。一旦遗失您将没有资格在集中营里继续停留。——这是……这是——博胡米尔把胸牌在手里翻来覆去——真的吗?这张卡片真的是你在奥斯维辛得到的?参观期间一直把它挂在脖子上?这是认真的吗?

当然了,这很认真。在解放奥斯维辛周年纪念日集中营不对普通游客开放,参加纪念活动的都是来自所有相关国家的政府首脑、高级代表和外交人士,在这种情况下当然要采取某些安全防范措施,我的意思是我理解这种做法,可是——

可是这种胸牌就好比一个拙劣的玩笑,像是一种讽刺滑稽的模仿——

是的,所有的细节都是。当我在营地街道上点着一支烟的时候,当时是在室外,是在营地街道上,是在火葬场的废墟前面,一名穿制服的男子突然站到我面前说:在奥斯维辛禁止吸烟。

博胡米尔摇了摇头,一边吐着烟雾一边说道:希特勒就不吸烟——

这太荒诞了。就跟集中营里的自动售货机一样,人们从这些机器上可以买到热饮。生产这些自动售货机的公司名叫"享受!"奥斯维辛的天气极度寒冷,我很高兴在那儿能喝到一杯热咖啡。但或许让我们震惊或者诧异的仅仅是那种正常状态,我们没有料到那里会是这种情况。我是说这种胸牌不是什么玩世不恭的戏仿,它是再正常不过的了。它看上去荒诞不经,必须更新表述文字和重新设计外观,只有身临其境我们才会这么想。正如一切都须发生变化——只有亲自到了那个地方我们才会有这样的想法。但如果我们现在逆向思维,如果我们到处都将看到从这种意义上讲的正常和熟悉的事物……你明白我的意思吗?为此我先前说过:奥斯维辛无处不在。只是我们没有看到而已。假如我们能够看到它,那我们就将理解一种正常状态的奇特和嘲讽之处,在欧洲这样的正常状态应当是对奥斯维辛的一种应答,是从历史中总结的经验教训。请不要误解我,我指的不是要把胸牌设计得更加敏感,或者要把自动咖啡机造得更加虔诚,我的意思是原则上——

好了,别说了。博胡米尔把手里的香烟按灭。和马丁的交谈对他来说太富于哲理了。他是个生性开朗的人,在他看来要想成为具有批判意识的同时代的人,带有一点点讽刺的味道就完全够了。他对自己的事业没有规划,但他也不感兴趣拿自己已有抑或可能得到的东西去冒险。他喜欢马丁,可有时也觉得对方的愁绪让人很不轻松。他若有所思地观察着眼前的烟灰缸。烟灰缸是用黑色铸铁制成的,它展现的是一名非洲人的漫画形象,他生着厚厚的嘴唇和卷曲的头发,身着树皮缀成的短裙,用手心构成一个碗状造型,以便盛装弹落的烟灰。非洲人坐在一个基座上,上面写着:"刚果接受比利时文明。"这个烟灰缸是博胡米尔多年前从球戏广场上的布鲁塞尔跳蚤市场买来的。

你知道——马丁又开始说道。

知道什么?博胡米尔接过话茬。

就在这时卡珊德拉推门进来,在看到办公室里烟雾腾腾时她愣住了。马丁赶紧在烟灰缸里把手里的烟按灭,直到现在他才注意到桌上的烟缸。博胡米尔大喊:着火了!快来人!案卷被烧了!

案卷被烧了！快向消防队报警！他哈哈大笑,站起身来打开窗户。别担心,他接着说道,我让烟雾报警器瘫痪了。

你们这些捣蛋鬼,卡珊德拉说道。马丁,有人找你！克赛诺要和你谈话！

那头猪在最短的时间内摇身一变成了媒体明星。起初免费报纸《都市日报》只刊发了一篇短讯,报道说几名行人自称在圣凯瑟琳商业街看见了一头到处乱跑的猪。文章的字里行间颇具讽刺口吻,仿佛它报道的是据说有人看到了不明飞行物,文章所配的插图是某一可爱小猪的档案照片,图片下方写有这样的文字:"谁认识这头猪?"接下来有越来越多的人给报社编辑部打来电话或者写来电子邮件,说他们同样遇见过那头猪,并抱怨说他们也就此事报了警,但警方并未认真对待他们的感知,同时他们还抱怨文章的语气和配图淡化了事情的严重性,是对公众的蒙蔽和欺骗,因为事实上那只动物要大得多和好斗得多,可能是一头野猪,无论如何已经构成一种公共危害。

《都市日报》觉察到这则故事还有潜力可挖,于是又刊发了一篇封面文章继续追踪此事。该报记者对圣凯瑟琳商业街周边居民进行了访谈,并撰文称之为"充满忧虑的市民",他们感觉被当局抛弃,只要一头可能发疯的野猪一直在大街上横冲直撞,他们就不知道能否让自己的孩子在没有大人陪护的情况下去上学,或者不知道能否让家里的女性独自出门。一位名叫艾洛伊丝·傅里叶的女士询问《都市日报》编辑部,一种用来防御野猪的胡椒喷雾器是否值得推荐,应报社的请求,来自布鲁塞尔自由大学的库尔特·范德库特教授给出了否定的回答。胡椒喷雾器只能让野猪(学名Sus scrofa)的性情变得更加反复无常。因此胡椒就跟盐以及荷兰芹一样,只适合推荐用作烤猪肉的佐料。在这之前范德库特教授并不为广大公众所熟知,后来人们又获悉,他是针对狼这种动物的行为研究专家,他的上述恶作剧在社交媒体上引发了一场"狗屎风暴",并导致这一星星之火迅速从《都市日报》蔓延到其他报纸。《晚报》刊登了一篇对中央警察局局长的采访文章,警察局长是一名弗兰德人,他很早便上了该报的打击名单。报社希望通过这篇访谈干掉他,而他切腹自杀式的头脑简单也正迎合了这一愿望("您采取了哪些预防措施?""我已经命令城市捕狗者,在看到那头猪的时候拿下它。""为何向捕狗者发出命令?""城里有许多四处流浪的野狗,因此我们有一批捕狗者。但是我们却没有专门的捕猪者。"针对这篇访谈报社记者评注说:"该计划就跟他的法语一样完美。")越来越多的目击者站了出来,《晨报》现在每天都要刊登一张布鲁塞尔地区的城市交通图,图上用小旗图标标识出了人们再次见到那头猪的地点和时间。最终人们注意到,那头猪在此期间可谓是无所不在。比如说有一天它在安德莱赫特区、不久之后在乌克拉区、紧接着又在莫伦贝克区被人看到。

库尔特·范德库特教授努力想要恢复自己名誉,他在《晨报》上发表了一篇力图实事求是的评论,文中他将一头猪在全速奔跑中所能达到的最高时速,与它在单位时间内肯定跑过的距离进行了比较,由此从纯粹实证的角度证明了只存在两种可能性:或者是论点1,即该事件涉及的不仅仅是一头猪,而是肯定有好几头。因为根据路程和时间曲线图,根本不可能只有一头猪到处出没在那些目击者自称的场合。或者是论点2,也就是说那头猪根本就不存在,它只是不负责任且惊慌失措的民众在自己头脑中的虚构而已,是一种歇斯底里式的集体的心理投射。虽然在历史上曾有几起业经证实的涉及此类集体神经质的事件,比如纽伦堡《城市编年史》里提到,人们在1221年曾经看到一只独角兽,但他怀疑布鲁塞尔的这头猪是否真的与前者有可比性:因为所有上述历史案例围绕的都是神话生物,而非真正被驯化的动物,此外自中世纪末以来,再无任何一只具有类似于"无处不在"这样超自然特性的神话怪兽被看到和描述过。由此他得出结论,此次事件的主角既非一头被虚构出来的猪,也不可能只是唯一的一头猪,而是一群猪,人们分别从布鲁塞尔的不同位置看到了它们。

猪群!警察局长要怎么办呢?

第 六 章

人们能够规划
未来的回归吗?

无论怎样生活,过去都在塑造未来。①

很难说为何这句话让费妮娅·克赛诺普洛感到如此幸福,或者至少令她心情愉快,如果说"幸福"二字太过夸张的话。弗里驰打来了电话,他终于打电话告诉她,近期调到其他总署几乎是不可能的。欧盟委员会不久前才刚刚结束对岗位的重新设置,恰恰这个时候欧委会主席正期待各部门工作人员特别是管理层人士,期待他们每个人首先在各自的岗位上证明自己的能力。现在谈调动工作和更换部门领导还为时太早。但是(but)——为了刻意强调这一消息随后令人宽慰的一面,弗里驰在说"但是"这两个字时特意加重了语气,然后短暂停顿了一下——克赛诺首先想到的是"黄油"(butter),那是她上次在巴黎跳过的探戈曲,然后她又想到了"蝴蝶"(butterflies),她确实心里感到七上八下,就像胃里有很多蝴蝶一样,至少她现在有这样的联想,弗里驰又说了一遍"但是"(but),然后接着说道:她已经在格诺和其他非常有影响力的高级官员的考察范围之内,人们完全认可她迄今为止所做的工作,

---

① 原文是英语:The past forms the future, without regard to life。

她迄今的业绩真的很受认可,现在重要的不是她希望得到什么,而是她要继续保持被关注的状态,并且不断地彰显自我——克赛诺在仔细倾听,她没有感到失望,这样挺好,是的,这样挺好,然后——她记不起接下来他又说了些什么,不知道他是怎样向结束语过渡的,总归她听到他突然说了这么一句话:The past forms the future, without regard to life。"这句话一直萦绕在她的脑际,电话结束后她又思考了一会儿这句话的含义,把它翻译成自己的母语,发现翻译就是要在不同译文中再现每一个词的最细微之处,这不仅适用于翻译国际协定和法律条文,而且对翻译如此极具个性化的东西来说也是这样——极具个性化的什么?是句子。很简单的一个句子。关于生活的一个句子。关于她自己的生活。她惊讶地发现,这么一个像法律条款一样清晰的描述生活的句子,但在翻译成希腊语时却要求译者对它做出不同的阐释,这些阐释会令这个句子显得混乱不堪……人们必须用哪个词来翻译 the past 呢?希腊语中的 parelthón(过去)和 istória(历史)并不能在很大程度上与英文词 the past 相吻合,后者不管怎样也带有"历史"的含义。所有发生的事情?发生在谁身上呢?个体历史?也就是说经历过的事情,类似于传记?或者普遍的,可以说是世界历史?在英语里人们给所有这些都留有余地,但尽管如此人们还是感觉它们非常精确。在希腊语译文中人们必须对这些问题作出解释——这样一来一切都变得不那么清晰和具有某种局限性了,这是由不同的解释造成的。过去有明确的起点和明确的终点吗?或者说过去何时开始以及是否结束是不确定吗?过去可以重复发生抑或以前——或者现在——都是一次性的?这些问题关系到希腊语动词的时态选择,在英语原句中动词时态用的是现在时,但在翻译成希腊语时人们或许必须选用不定过去时或者过去时或者现在完成时,这要视人们不同的理解而定,即怎样定义过去在做或者做了什么。令她开心的是,这个英语句子最终表达的恰恰是这个意思:即她的出身与她现在的生活是相矛盾的——这一认识可能已经是对"The past forms the future, without regard to life"这句话的翻译或至少是对它的一种有效解释了。

她让人去叫马丁·舒斯曼。终于他来到她的办公室,犹豫不定地站在那里。费妮娅在朝他微笑。他很奇怪,这不是他熟悉的费妮娅。她在用一种微笑接待他,她面露友好的神情,他怎么也想不通这是什么原因。难道她很欣赏他提交的书面方案?他估计不会是这种情况,他后悔在发烧状态下、也就是未经仔细检查便写成并发送了那份文件,但另一方面——

费妮娅注意的是男西服,是马丁身上那件廉价的、不太笔挺的灰色西服。稍微讲究点儿时髦的男士是绝不会买这件西服的,费妮娅心想。对着装优雅的理念或要求全然不在乎的男士也不会买它的。那样的男士可能会毫不计较地随便穿一些务实但却舒适的衣物,但他绝不会穿这种滑稽服装的。费妮娅看着马丁,想象他去了一家服装店,置身跟他毫不相称的"男士"专柜,在挂了好几件西服的衣杆前挑来挑去,突然指着这件灰西服对售货员说:我想试穿一下这件。

请坐吧,马丁。

她觉得这样的想象令人发笑。她想象他在试衣间里套上这件西服,照着镜子心想:太好了!正好合身!想象他在镜子前面很快来回走了几下,最后对售货员说:我就穿着它不脱下来了!

她强忍着不笑出声来。

马丁有一种困惑的欣慰感,这种感觉令他不知所措。

我的书面方案你看过了?他问道。

是的,当然看了,她说。她无法做到让自己不去注意他的形象,她微笑的目光像扎在巫毒娃娃身上的针头一样紧盯着他的西服。他总穿这么一件灰色的西服,她从未见过他穿过别的。她在想象他需要一件新西服。唯一一件新的、能让他在镜子里重新认出自我的恰恰又是相同颜色的西服。穿任何其他颜色的西服他都会觉得:这不是我了。习惯并不能给人安全感,而是使人变得缺乏自信。在面对所有其它颜色时都缺乏自信。细条纹西服:太正式了。蓝西服,或许在夜里穿可以,但不适合在白天穿。一件浅颜色面料的西服,穿起来像花花公子一样。每一种样式,每一种时髦的剪裁,这些都不适合在工作场合穿,办公室可不是走猫步的T型台。费妮娅想象售货员如何尽力向他介绍其他选择,不,不,马丁窘迫得快要开始出汗了,简直是要陷入恐慌,灰色的那件西服就行,他会这么说,我还是坚持买灰色的,我就喜欢这种颜色。就要灰色的那件吧。

　　费妮娅·克赛诺普洛低下头,她事先把马丁的方案打印了出来,现在它正放在她面前的写字桌上,她用中指的指尖轻轻拂过这些纸张,就这样来来回回地重复了好几遍,然后她抬起头来,看着马丁说道:奥斯维辛!你是怎么想的?我不得不承认,在读到你的方案时我惊呆了。我想你是——等一下!在这里:奥斯维辛作为欧盟委员会的诞生之地。看你都写了些什么!我觉得这太荒诞了。你怎么了,马丁?生病了吗?

　　他直冒冷汗,一边用手把额头上的汗珠捋到头发上,一边这样说道:我病了几天,没错。我是在——我在旅途中受了凉。但现在情况好多了。

　　那就好。可是你能把这些向我解释一下吗?我们要寻求一种主题思想,使它能够、不,是必须成为我们周年庆典活动的核心。在这方面我们的观点是一致的:周年纪念日只是一种诱因,但还不构成主题思想。我们怎样才能让人们意识到,欧盟委员会是必要的,特别是怎样让人们觉得,我该怎么表述呢?觉得我们很有吸引力,觉得我们很有能耐——她清了清嗓子——,是的,让人们觉得我们的存在是一件令人高兴的事情。让人们对我们有所期待。让人们相信有一些能够把我们团结在一起的东西。你明白吗?这才是我说的主题思想。可你现在却扯出奥斯维辛这个话题。

还在半个小时之前,当他还在博胡米尔的办公室里吸烟的时候,马丁·舒斯曼会感到很高兴,如果克赛诺通知他说,他的建议纯属无稽之谈,我们要推翻并忘掉这个建议。他担心会出现这种情况,但也希望会是如此。宁愿现在遭受短暂的屈辱,他心里这样想,也不愿承受整个润色和修改工作,这样的工作无疑将在部门里引发一系列的否定和复杂化。可现在克赛诺、这个无动于衷的女人这样对待他,她那种微笑起初使他感到意外,但实际上它看上去就像是用图像处理软件画在她脸上的一样,他现在正发着汗坐在这个枯燥乏味的矫揉造作的女人对面,所有这些都令他无法接受。他——

我在方案里解释过,为何我们必须要以奥斯维辛为出发点。没错,方案里只写了几个关键词,因为我认为——

那就请给我再解释一遍吧,马丁。

她站起身来,她穿了一件黑色的裙子,配有一条镶着红边的对角线拉链。马丁心想:这种拉链设计使得裙子仿佛是被划了一下!可它还是被配备了一种装置,为了能够迅速地解开裙子!

来杯咖啡?费妮娅在旁边的小桌上摆放了一台供自己专用的奈斯派索咖啡机。牛奶?糖?马丁摇了摇头。她在写字桌后面又坐了下来,两只手端着咖啡杯。马丁禁不住想起,为了暖和他那冻僵的手指,他在奥斯维辛恰好也是这样用双手端着咖啡杯的。

马丁咳嗽了几下,他连忙道歉,接着又说道:这可是欧盟委员会的主意,在创立文件里、在当初的意向书和函件里就是这么写的!是的,它听起来相当抽象,但也非常清楚:欧盟委员会不是国际组织,而是一个超国家机构,它不是在国与国之间进行调解,而是超越国家层面的主体,代表欧盟及其公民的共同利益。它不是在国与国之间寻求妥协,而是想以后国家主义发展态势、也就是基于共同理念去消除传统的国家冲突与矛盾。它的主题思想是要把欧洲大陆的公民联合起来,而不是把他们拆散。莫内曾经写过——

谁?

让·莫内。他写过这样的话:国家利益是抽象的,欧洲人的共同利益是具体的。

费妮娅注意到自己收到了一封电子邮件。那又怎样?她问道。国家的,超国家的——这对她来说都是装腔作势的诡辩,她是塞浦路斯人,但按照民族认同她又是希腊人。她查看了一下,邮件是弗里驰发来的。她一边打开邮件一边问马丁:这些与奥斯维辛有何关系呢?

欧委会是什么或者应该是什么,马丁说道,人们只有在去过奥斯维辛之后才能思考这个问题。作为一个超越国家层面的机构,欧委会促使欧洲各国逐渐放弃国家主权——

几点钟?在什么地方?费妮娅在敲击键盘打字。(弗里驰在邮件里询问,她是否感兴趣和有时间与他共进晚餐。)

再看看奥斯维辛!马丁接着说道。那些集中营的受害者来自欧洲各国,他们都穿着清一色的带条纹的囚服,他们都活在同样的死亡阴影里,一旦存活下来他们都拥有相同的愿望,那就是永远保证他们的人权得到有效的认可。历史上没有任何东西能够像对奥斯维辛的体验那样,将欧洲不同的身份、精神气质和文化,将不同的宗教信仰和人种以及先前相互敌对的世界观联合起来,并创造出所有人类的基本共性。国家,民族认同,所有这些都失效了,无论西班牙人还是波兰人,意大利人还是捷克人,奥地利人、德国人还是匈牙利人,所有这些都不起作用了,宗教信仰,家庭出身,所有这些都化为一种共同的渴望,那就是求生的愿望,是在尊严和自由中生活的愿望。

吃意大利餐怎么样?(弗里驰)

好的!(费妮娅)

只有对奥斯维辛集中营的体验和那种共识,即认为历史上的那场犯罪绝不允许重演,才使得欧洲一体化这一伟大工程变得可能。也就是说我们的存在是必要的!因此奥斯维辛——

费妮娅看着马丁说道:但是——

这就是主题思想!克服民族意识。我们是这一思想的守护者!奥斯维辛集中营的幸存者就是我们的证人!那些幸存者不仅见证了发生在集中营里的犯罪行为,他们还是这一产生于那场犯罪的主题思想的见证者,即历史已然证明了欧洲及欧洲人的共性——

意式面食餐厅,蒙塔涅街16号,晚8点?(弗里驰)

好的!(费妮娅)

马丁感觉自己的话使克赛诺陷入了思考,于是他又补充说道:拥有尊严和人权,在幸福和安定中生活,这是自奥斯维辛以来的永恒要求,不是吗?这谁都理解。我们必须阐明的是:我们就是提出这种要求的机构。我们是这一永久生效的协定的守护者。历史的悲剧绝不再重演——这就是欧洲!我们就代表了历史的道义!

费妮娅吃惊地看着他。这个不断淌汗的穿灰西服的男人竟突然变得如此生气勃勃。

为此有人丢了性命,他们的死是一种犯罪,对每个人来说都毫无意义可言,但其后果却一直保留至今:为此他们最终丢了性命,而这将会是永恒的!

尽管克赛诺此刻并未真正意识到这一点,但它听起来就像是从她自己过往身世的黑色深渊里传来的回声，它听起来像是：死后永生。

她看着马丁。现在她显得非常严肃，非常专注地在思考着什么。马丁在心里问自己，是否他可能已经说服了她，虽然他还根本没有结束自己的论证。

费妮娅从未过多地思考过自己，如果有的话，那也是在思考机会，思考目标，但不是在思考心态和感觉。幸福感对她来说是那种无思无想的理想状态，从一种非常宽泛的意义上讲它就意味着：不被各种情绪所打扰。对她而言感觉就是情绪。

你有烟吗？

有，当然有了，马丁吃惊地回答说。

费妮娅起身打开窗户，然后问马丁：能给我一支吗？

我不知道你也抽烟。

偶尔会抽，抽得很少。来一支吧。

被打开的那扇窗只开了一个不大的锐角，他们俩紧挨着站在夹角处吸烟，马丁期待着她说些什么，他感觉她想说些什么，但她板着脸吧嗒吧嗒地抽得烟雾腾腾的，显出一副不太会吸烟的样子，站在敞开的窗口让人觉得浑身冰冷，最后马丁说道：这是我们最后的机会了！

她惊讶地看着他。开着窗天冷得要命，马丁本想人们须挨得更近一些，以便相互抱团取暖，看到她的表情他吓了一跳，尝试和她拉开些距离，最后她问道：你刚才说什么？

幸存者越来越少了，马丁说道。过不了多久在灭绝营的存活者当中就不再有人在世了。你明白吗？我们必须把他们置于周年庆典的中心地位——这就是方案的主题思想：他们证明了民族主义在过去的欧洲导致了何等恐怖的犯罪，同时他们也证明了所有那些通过集中营而变得无比清晰的欧洲的共性，即……

站在敞开的窗边天气竟如此寒冷难耐。

……欧委会代表的就是人格和法律地位方面的所有共性，因此……

马丁把吸剩的香烟扔到窗外，向后退了一步，费妮娅也同样把烟头从窗户里弹了出去，然后关上窗户。

你知道还有多少人活着吗？

不清楚。我只知道上一次参加解放奥斯维辛周年纪念活动的还不到十几个人，据我的估计他们的年纪都在八十五岁到九十五岁之间。据说几年前参加纪念活动的还有二百多人。

好的，那就请你查明，幸存者当中还有多少人在世。然后我们必须讨论一下怎样具体安排此事，怎样以他们作为整个庆祝活动的中心。他们中的所有人，或者——你知道现在我眼前看到了什么？他们有数千人——

肯定不会有这么多人还活着！

不，等一下！如果我们全部邀请他们，连带他们的家人和后代，他们的孩子、孙子和曾孙，那么这或许就会有数千人之众，然后，我该怎么说呢——她做了一个非常夸张的挥手动作——然后我们象征性地把自己统统介绍给他们的孩子，我们再把自己的孩子介绍给他们的孙子——

我不是很清楚，但我相信大多数奥斯维辛幸存者的后代都不在欧洲生活。

对啊，可是这有什么影响吗？或许是有的。这样吧——

她考虑了片刻，然后说道：你方案里的其他提议都没有问题，我们可以原样保留。那都是在举办这样的庆祝活动时必须被考虑的常规事项。但是我们现在急需的是事实和数据。比如还有多少幸存者活着，尤其是在欧洲？

她再次陷入思考。马丁在问自己他是否应当重新坐回到座位上去。但她自己却没有准备再坐下来的意思,她站在窗前,向窗外望去,最后这样说道:或许有一个也就够了。归根结底我们只需要一个象征性人物,象征统一的欧洲,象征欧洲的共同属性,象征我们在这里努力工作的权利和要求。

起初她想有数千人,现在却又只想要一个——他应当朝哪个方向继续规划呢?他困惑地看着她。她向下打量着自己,拭去落在衬衫上的烟灰。

当艾哈特教授前来参加"欧洲新条约"第一次反馈工作会议时,他是唯一手执公文包的与会代表。这真的很奇怪:他自己马上就意识到了这种情况,并且他感觉其他人也注意到了这一点,无论他们是感觉可笑还是仅仅觉得诧异,总之他们注意到了这一点。

他是最后一名到场的参会代表,因为他先前迷路了。会议在位于法律大街的议会大厦后身的皇宫酒店里举行,这样的地方原本是不应当走错的,人们一出舒曼地铁站实际上就站在了酒店门口。只是在议会大厦旁边有一处施工现场,前面的人行道暂时无法通行,到处都是围栏和混凝土石料。阿洛伊斯·艾哈特以为他必须绕过整个工地,才能够来到议会大厦的后身,于是他就沿法律大街一直走了下去,但他没有机会左拐,以便来到一条将他引回到议会大厦后身的平行街道上。走着走着他看到了马埃勒贝克地铁站入口,这就意味着他从舒曼地铁站已经往回走了整整一站路的距离。这么长的绕行路线是不可能的!可另一方面他又看不到其他可能性,因此他迟疑不决地沿法律大街又继续走了一程。终于他碰到了一条可以向左拐的支巷。他拐进特雷斯街,然后又向左进入雅克·德拉莱因街,他仔细阅读街名,仿佛这些让他迷失了方向的街巷如果有名字就能带给他一丝安慰。他停下脚步,从公文包里取出布鲁塞尔城市交通图,搜寻之后发现,如果他沿雅克·德拉莱因街继续前行就会来到埃特尔贝克街上,它是位于法律大街南端的一条街道,这样看来沿这条街道他不可能再向北去往议会大厦的后身,至少地图上没有标明这种可能性。因此他只得掉头沿整个原路返回。再次来到施工现场时他发现,在围栏和通向皇宫酒店大楼的黄色隔离板之间有一个不起眼的小洞。

在进入酒店大楼时他当然不知道,应当朝哪个方向去往会议大厅。大堂中部有一个信息台,两位姑娘坐在那里,她们非常友好地答复了艾哈特教授的问询。不,她们不知道"欧洲政策中心"设在酒店大楼里的什么地方。她们对"欧洲新条约"智库感到非常陌生。他能否说一下自己的名字。艾哈特教授报上姓名,其中一位姑娘把名字敲入电脑,然后友好地微笑着说,她很抱歉,她非常抱歉,但是没有叫这个名字的人在酒店里登记过。但我确实叫这个名字,教授说道,我本以为您想要我的……算了,是这样的,我想去——您等一下!他打开公文包,他把那封邮件打印了出来,邮件里包含了组织安排本次会议的所有详情。他从包里抽出那张打印纸。在这里,他说,品托先生,欧洲政策中心,"欧洲新条约"第一次反馈工作会议,您瞧!麦克斯·科斯泰姆会议室,4层——

啊,看完邮件后那位姑娘说,一切都清楚了!会议室在4层!电梯在那边右后侧。

因此他是最后一个到场的。但他来得也不算太晚。如果他先前没有迷路,那他来得就太早了。由于担心迟到,通常他总是来得最早。

整个这段时间里他都是用左手执着公文包,因为他的右臂一直还感到疼痛。现在他的左臂也有一种串痛感了。他举起公文包,交叉着胳膊把它压在胸前。他想减轻胳膊的负担,但他的举动看上去像是在把包用作盾牌,仿佛是他因为害怕想把自己武装起来。这就是他在进入会议厅时给出的形象。

一个面带微笑的男人朝他走来。

您是艾哈特先生？

是的。

您就是来自奥地利的教授！

来自维也纳，是的。

我是安东尼奥·奥利韦拉·品托，我们此次反馈工作组的组长。您能来太好了，那名男子说道。他操着一口流利的德语。

很抱歉我来晚了，那个施工现场——

是啊，那名男子高兴地笑着说道，欧洲就是一个令人迷惑的工地。正因为如此我们才聚在这里开会，我们的工作就是要讨论一下，我们在欧洲究竟要建些什么？

我不是建筑师，而且——

哈哈，典型的维也纳式幽默，不是吗？这样很好。好了，我建议您先休息一下，二十分钟后我们在会议室开始会前介绍环节。不是建筑师，哈哈，这样很好！

阿洛伊斯·艾哈特把公文包捧在胸前，站在那儿环顾四周。在一张长桌上人们布置了各种自助餐器具，众多男士和女士站在一排高脚桌边，他们都是本次会议的智库成员，他们在用塑料叉从纸碟上吃着东西，一边聊天一边朝艾哈特看过来，或者他们一句话也不说，只是微笑着朝艾哈特望去。

阿洛伊斯·艾哈特现在把公文包又拿在左手，为了腾出右手去端一只纸碟——但他现在该怎样把面条沙拉或者烤牛肉取到碟子上呢？他把公文包夹在左腋窝下，把碟子交到左手里，尝试用右手从餐盒里取一些面条沙拉……——这时公文包掉到了地上。他弯腰想把包拾起来，可这时他已经盛在碟子上的面条沙拉也滑落到地上。他又把包搁在地上，可它没有立住反而倾倒了。这使他变得出奇的紧张：公文包不是在立着，而是在平躺着。他拿起公文包把它靠在墙边。不知怎么的这种情况让他感到不安：包靠在那边的墙上，而他在自助餐台取餐时又离它很远。于是他放下碟子重又拿起公文包，一边在餐台边自助一边把包夹在双脚之间。现在他必须去一张高脚桌跟前就餐。他尝试右手握着纸碟，左手端着一杯苹果汁，两脚之间一直还夹着公文包，就这样迈着小碎步向前挪动，在此过程中他差点儿被绊得踉踉跄跄，不得已他轻轻踢了一下公文包，向前迈出一步后再给它一脚，为了就这样用脚一直把它推到高脚桌跟前，最晚从现在开始他或者说他的公文包成了众人关注的焦点。艾哈特教授看到，这里除他之外没有人带着公文包——有些人背着双肩背包，自信地空着双手倚靠在高脚凳上，其他人身旁立着拉杆箱，他们可以潇洒地把一只手搭在上面。只有他这个老人手里拿着老式的书包。

那确实是他在上学时用过的书包。他很晚、是在上高级中学的最后三个年级时才得到的这个书包。之前家里没钱给他买包。或者他父亲认为，花钱买书包是一笔不必要的开支，毕竟他在商店的库房里已经存放了许多运动包。那些运动包都是用布料制成的，类似于帆布制的海员行李袋，用一根细绳封口，同时再把它打成活结，用以充当布袋的把手。它们基本上就是稍大一点儿的体操用品袋，年轻的阿洛伊斯感到很害臊，因为他父亲至少也是商店老板即企业家，可他却强迫儿子提着这种奇特的布袋去位于阿梅尔灵大街的普通高级中学，其他学生中没有人是拎着这样的袋子去上学的。当他终于有了一个真正的书包时，他感到非常幸福。这是手工缝制的皮质书包。书包是父亲在魏因贝格商行以极其优惠的价格买来的，那是离自家商店不远的、位于南端玛利亚希尔夫大街上的一家"时尚皮具制造商"，之前父亲给皮包匠魏因贝格为其儿子购买一套滑雪装备时打了很大的折扣。

阿洛伊斯为自己的皮包感到如此自豪，以至于他在睡觉时都要把包放在床边，为了能够在醒来时一睁眼就看到它。他喜欢那种声响，那是在为上学收拾书包时，用锃亮的镍制成的卡锁在啮合时发出的清脆的咔嚓声。为了不使皮革折裂，他时不时地用一种油脂软膏来保养书包。书包配有一根皮带，人们可以在书包背面把皮带穿成套环，如果想把它背在后背的话，但是阿洛伊斯从未使用过那根皮带，他更喜欢像成年人那样把包提在手里，不知何时那根皮带他就再也找不到了。

后来又出现了新潮时尚的书包，它们颜色鲜艳，图案花哨，是用某种人工材料制成的，基本上用的都是塑化加工的厚纸板，当阿洛伊斯看到孩子们背着那些可笑的"史努比"和"蝙蝠侠"箱包去上学的时候，他就会感受到一种既厌恶又同情的复杂心理。他的皮质书包一直陪伴着他走到了今天。在此期间书包的皮革变得有些柔滑了，还有了一层漂亮的泛着微弱光泽的绿锈。大凡他出于某一重要动机比如出席今天的会议所需的一切，他都把它们装在这个包里。一个透明塑封里装有写满关键词的两页发言稿，跟其他代表一样，他在大会开幕式上也应做五分钟的开场白；另一个透明塑封里装的都是打印出来的电子邮件，那是品托先生为筹备本次会议发送给他的；他草拟的欧盟改革方案装在一个文件夹里，一旦有机会他想在大会上向其他代表展示他的构想；此外包里还有一个笔记本和一个笔盒。他问自己，其他人在他们装得满满的双肩背包和拉杆箱里都带来了些什么。

在一张高脚桌边艾哈特和其他代表开始了友好的寒暄。啊，您就是艾哈特教授？很高兴。非常高兴。我是……我是……哦，对了，我是……各种头衔和称谓。很高兴认识您。很高兴认识您。一名法国人开始讲述一些事情，艾哈特教授上学时学的法语不足以让他听懂对方的法语方言——直到他觉察出那名法国人实际上说的是英语，他埋下头只顾吃自己的面条沙拉。这时安东尼奥·

奥利韦拉·品托拍了几下手,大声喊道:女士们先生们,请保持安静,会议马上就要开始了。

会议流程进行得很快:艾哈特教授现在就已感觉到,他在这样的场合是多么不合时宜,或者说他没有机会就自己关切的事情与其他代表进行交流。所有的人都那么相近,只有他与众不同。他得到的消息是,他们这个新组建的智库今年应当有六次聚会,每次会晤分别持续两天,最后他们要向欧盟委员会主席提交一份书面报告,报告里应包含他们讨论分析的结果,以及促使欧盟摆脱危机和加强团结的建议。阿洛伊斯·艾哈特很惊讶,他们要制定一套旨在解决欧洲危机的方案,可为此他们只有十二天的讨论时间,而且这十二天还被分散在全年。但是他也把这次邀请视为一次机遇,那就是向欧盟系统中注入他的理念。

现在他们都围成一圈坐在麦克斯·科斯泰姆会议室里,阿洛伊斯·艾哈特从包里抽出那两页写满关键词的开场白发言稿,所有其他人则从双肩背包或者拉杆箱里取出笔记本电脑或平板电脑,安东尼奥·奥利韦拉·品托笑容满面,就仿佛现在是他人生中最幸福的时刻,"再次对诸位的到来表示欢迎",他话音刚落人们就听到"砰"的一声,坐在艾哈特旁边的女士吓得缩起头来,一位男士从座位上跳了起来,另一位的笔记本电脑从膝盖上滑落——那是什么声响?一只鸟在飞行中撞上了窗玻璃,是的,那肯定是一只鸟——一名代表声称,他目睹了那是一只黑色的大鸟……大家一跃而起,纷纷挤到窗前,窗玻璃上确实能看到一小块血迹,还有一根粘在血迹上的羽毛。

奇特的是,阿洛伊斯·艾哈特这个打心眼里极度守旧的人,却要在本次会议上成为悲哀的革命者。

假如埃米尔·布鲁法特警官没有获准休假,他就不会抽出时间去看病了,那样他或许永远也不会尝试去破解"阿特拉斯酒店谋杀案"的谜团了。

现在他脱光上衣,解开腰带,正躺在医生的诊疗床上,他不安地感到一种恐惧袭上心头,那是一种无声的、令人瘫痪的恐惧。深吸气!呼气!那是一种让他透不过气的恐惧。真奇怪,布鲁法特迄今为止从未想过自身的死亡,尽管由于工作性质他经常要面对死尸。但每次活下来的都是他,而且他的任务就在于让那些对死亡有罪的人遭受公平的惩罚。这种惩罚通常都叫"无期徒刑",即便是罪犯获得提前释放,它听起来也像是不可预见的生命的永恒,谁也不知道这种生命的尽头是在何时。

充满危险的追捕逃犯和激烈的枪战,类似这样的惊险场面人们在电视里可以看到,但在他的实际工作中却不存在,如果有那也是特警们干的事情,他自己在这么多年的职业生涯中没有一次经历过那些场面,在险境中深刻体会何谓对死亡的恐惧,这样的情况他从未遭遇过。但是此刻在这名医生的诊所里,他既非尸体剖验师也非法医,而是一名非常普通的全科医生,刚刚给他进行过检查,在这个部位按一会儿,在那个部位敲几下,此刻——

布鲁法特系上衬衣的纽扣,医生则在一旁给他开转诊证明,以便在专科医院里进一步澄清他的症状,此刻——

此刻他禁不住想到了死亡,想到了自己的死亡。这不是在装腔作势。医生有一种推测。他知道些什么。医生具体知道些什么或者他有什么样的推测,这些在医院里就将得到证实。那将是导致死亡的疾病。布鲁法特突然一点儿也不怀疑,他是在眼睁睁地看着自己的死亡判决书怎样被开具的。他是在虚幻中经历了这一时刻,同时又以一种此前从不知晓的极端方式体验到了自身的真实性。没有人像他这样远离尘世的喧嚣,同时又像是突然置身于无法穿透的浓雾之中而迷失了自我。恐慌和生存意志在身体里肆虐,他感到头脑发热,胸口湿冷僵硬。医生在一旁用力敲击键盘,节奏极其不规律,他一再扬起眉毛盯着电脑屏幕,敲击、敲击、敲击、停顿、点击鼠标、停顿、敲击、敲击、停顿,然后像擂鼓一样连续急促地敲击键盘,然后这一切又戛然而止,就像是连接在增强器上的衰竭心脏的跳动声那样。布鲁法特仿佛是要把练习用的句子翻译成他刚刚学过的外语,他在头脑中逐渐表述出完整的问句,整个过程既缓慢又不自信:怎样反应,我将怎样?反应,如果诊断书,如果我拿到诊断书,白纸黑字的诊断书?惊吓和抗争?想要抗争?我将抛弃自己、放弃自己吗?欺骗自我,让别人愚弄自己,异想天开?我会自我怜悯——或者感受到快乐吗?我还能感受到快乐吗?学会感受乐趣,对末日享乐的兴趣?我会变得愤怒吗?或者、或者变得温柔?对谁温柔呢?

医生清了清嗓子,布鲁法特禁不住突然微笑了起来。那个年代跟现在不一样,当时生病还像田园生活和伊甸园一般美好——现在他的脑海里浮现出这样的画面,顶多只有一秒钟的时间,转瞬即逝:他偎依在一床柔软的鸭绒被里,因为生病可以不去上学,母亲如此温柔,把手搭在他滚烫的额头上,她非常悉心地照料着他,给他煮茶喝,然后又做他最喜欢吃的饭菜以增强他的体质。打瞌睡、做梦、看书。感受以同情和忧虑形式体现出来的爱,那种体验是甜蜜的。体验过后便是确信:一切都将变得美好。过去的一切都是美好的……

医生在打电话:……没法安排上午马上检查?……明白了……那么下午1点呢?……好吧!非常感谢,亲爱的同事!

明天下午1点在欧洲圣米歇尔医院,打完电话后医生对他说,尽量空腹。请带上这份转诊证明!病理澄清、也就是必要的检查可能将持续三天。如果超过三天,无论如何您是可以回家过周末的。这将由主任医师德吕蒙博士来决定。我刚和他通过电话。在他那儿您会得到最好的照顾的。

就在这时埃米尔·布鲁法特的心绪发生了一些奇特的转变:恐惧拯救了他。这真的是他此刻的感受,最后他脑子里想的便是:恐惧使他得到了解脱。

突然他把死亡判决书、或者说把对死亡的理解感受为促使他采取行动的解脱。他必须去做那些不得不做的事情。停职休假的警察是不允许继续独立调查案件的。但他现在还有什么处罚可担心的呢?作为将死之人知道自己没有作为,这才是他必须担心的唯一惩罚,这将是最令人痛苦的死亡。这样说太慷慨激昂了?历史无异于在激昂与平庸之间的一种往复运动。凡人一会儿被撞向一边,一会儿又被撞到另一边。

布鲁法特警官站起身来,居高临下地看着医生,用他祖父曾有过的那种眼神。作为著名的抵抗运动战士,布鲁塞尔专门有一条街就是以祖父的名字命名的。在孩提时代他就害怕祖父用这种眼神看他。当小埃米尔发着低烧、伴随着伤风和咽喉疼痛等症状、喝着母亲用鼠尾草沏的茶躺在床上的时候,生病在他的记忆中就像田园生活和伊甸园一样美好,这时祖父来到床跟前,就这样居高临下地看着他说道:世上没有生病这一说。只有在你倒下的时候你才是病了。生了病你就会死掉的。

母亲正好端着煮好的茶进屋,见状后大喊:你在那儿胡说些什么?让孩子安静地休息!你干嘛要吓唬他?

布鲁法特接过入院检查的转诊证明,向医生道谢后便离开了诊所。他想象自己正俯视着那个孩子,孩子就是童年时代的他自己,孩子被惊吓到了,孩子的内心充满了恐惧。但现在的他一点儿也不惧怕。

他现在要奋起抵抗,只要他还没有倒下。法律与自由!

他慢慢地朝市中心方向走去,他有的是可以消磨的时光,他约好了和朋友菲利普·高缇耶见面,但那是在一个小时以后,在布鲁塞尔大广场圣于贝尔长廊里的洛根布里克餐厅。

他在大广场边上的"诺豪斯"店里选购夹心巧克力——

我要九块这样的巧克力,请您把它们装在一个小盒子里!

九块"热望"巧克力!好的。我要把它们包装成礼品盒式样吗?

是的,麻烦您了。

那位女士会很高兴的。我认为"热望"是我们店里最好的夹心巧克力!

哪位女士?这是我送给自己的。

啊,是这样的。

布鲁法特看着女售货员,突然对她抱有一丝同情,同时也是在可怜自己。他破坏了一种田园诗般的美好情境,尽管它只是一种售卖场景的虚构而已。他为何这么轻率呢?他不能再允许自己这么漫不经心了。他付完钱,接过包装得非常漂亮的小礼品盒,然后说道:我改变主意了。我想还是把这些夹心巧克力送给一位女士吧——送给一位女士,她的微笑今天迷住了我。

说完他把精致的小盒递给了那位女售货员。

然后他头也不回地跑了出去。

一切正常!一切正常?只要羞愧感比对死亡的恐惧更加强烈,他就一直在心里纠结着这个问题。

到达洛根布里克餐厅时他只比约定时间早到了一刻钟。他点了一杯香槟酒,一边喝一边在等菲利普。

菲利普是布鲁塞尔警察局电子数据处理中心的负责人,他比布鲁法特小十五岁,尽管有这一年龄差异仍是布鲁法特最要好的朋友。特别把他们俩团结在一起的是,他们都是安德莱赫特皇家足球俱乐部的忠实拥趸,几乎没有错过一场主场比赛,都把自己称作"湿围巾的佩戴者"——他们的球迷围巾上沾满了泪水,以至于围巾再也没能够晾干过。在一次下班后喝啤酒时他们俩发现,两人的观点竟是惊人的一致,也就是都认为在那起令人难以理解的行贿丑闻发生之后,俱乐部必须向球迷发出一个积极的信号,一个洗心革面、重新开始的信号,当时人们经媒体曝光后得知,俱乐部在欧联杯半决赛对阵诺丁汉森林队的次回合比赛前,向当值主裁支付了一笔27000英镑的好处费。哪怕只是一个非常简单的象征性的信号、一次对俱乐部名称的细微改动也行,因为这足以表明,从现在开始俱乐部要重新启动,不想再与腐败和贿赂有任何瓜葛。安德莱赫特皇家足球俱乐部(RSC Anderlecht)——改动后的名称看上去应该是怎样的呢?布鲁法特建议把字母 R 划掉,这只不过是一种变革的姿态而已。

可为何偏偏划掉字母 R 呢?

国王、法律与自由!在这三者当中我们能舍弃什么呢?当然是舍弃国王(Le Roi)了!

他们俩笑了起来。在政治观点上他们也能很快达成一致,比如关于比利时的政体,关于比利时这个分裂的国家,比利时王国不应当孤立无援地由一位国王撮合在一起,而是应当通过共和国的共同法律地位巩固团结。尽管如此:为了不因为内部党团联盟之间无休止的争论而阻碍必要的欧洲政治决策,比利时国王作出决定,在比利时担任欧盟轮值主席国期间暂不任命政府,他们俩都认为国王的这一决定是英明的。菲利普说,这一无政府阶段是比利时王国运行得最有序、最高效的时期。

他们俩像朝圣者一样涌入安德莱赫特的康斯坦特-范登-斯托克球场,用球迷围巾擦干眼泪,然后相互取笑一番。菲利普在一旁高谈阔论,说他曾见过弗朗基·维考特伦在场上踢球,人们今天正需要这样的天才射手。哎呀,你真是不知道,埃米尔调侃他说,作为年长者他还见过保罗·云·希姆斯特在绿茵场上攻城拔寨，和希姆斯特相比维考特伦真是差得太远了。

以前一切都比现在更好吗？没有什么比现在更好的，只是一切都跟今天的大不一样。

是的，肯定没错！是不一样！但这不正说明比现在更好吗？以前安德莱赫特是布鲁塞尔的一个犹太人区域。它曾是布鲁塞尔的秘密中心，因为安德莱赫特皇家足球俱乐部，也因为这里咖啡馆和商铺云集。现在它成了一个穆斯林区域，犹太人都纷纷迁走了，我认识的人当中谁也不会想到要来这个地方，要来这里的一家咖啡馆里小坐，更别提和一位女士同来了，在穆斯林区域女人根本就不允许踏进咖啡馆。

你认识现场采样部的格里特·贝尔斯，对吗？他现在搬到了安德莱赫特，据他说那儿的房租要更便宜，所有的事情都比在其他地区容易得多。此外他还是烟民，在那儿没有人理会禁烟令是否得到了落实。在咖啡馆里他会喝到上等的咖啡，如果他边喝咖啡边给自己点一支香烟，那么其他抽水烟斗的男人是不会对此表示介意的。

在莫伦贝克情况也是如此。

是啊，时代不同了。不久俱乐部就放弃了原先的斯托克球场，迁入新建的博杜安国王体育场。虽然俱乐部还叫安德莱赫特皇家足球俱乐部，但球队已经不在安德莱赫特踢主场了。你会说以前一切都比现在更好。今天你之所以抱怨，是因为安德莱赫特不再是二十年前的样子了。

没错，但今天球队的成绩还不是很糟糕。2∶1赢了鲁汶，这样的结果还算令人满意。

三年前菲利普请埃米尔做他的证婚人。一年后菲利普当了爸爸，埃米尔又成了他的小女儿约勒的教父。现在他们不仅仅只是好朋友,他们还是一个家庭里的成员。

埃米尔·布鲁法特把杯里的香槟酒一饮而尽,然后又点了一杯。他现在正需要像菲利普这样的人:一位天才信息学家,同时又完全值得信赖并愿意共同承担责任。他希望自己没看错人。不,他肯定自己是对的。

服务员给他送来了第二杯香槟酒,他从杯里慢慢地抿着,这时菲利普站在了他面前:余生始于香槟酒,终于草本茶!怎么样?医生的诊断结果如何?

他们相互拥抱,菲利普落座后说道:我还想知道的是:你证明它有罪并逮捕它了吗?

它?什么?谁?

还能是什么,我指的是那头猪。你今天没看报纸吗?

啊,原来是那头猪。我找到了一条线索。我们留存了那头猪的基因材料。你明天必须把它的DNA和欧洲刑警组织数据库里登记在案的所有猪的DNA进行对比。

菲利普笑了起来。你知道,我总是愿意为你效劳的。

正因为如此我想跟你谈一谈这个案子。

他们一边聊着一边吃饭喝酒。以前的饭菜要更可口。你这么认为?是的。但是这里一点儿变化都没有。是的,除了饭菜。为何这么说?十年前我们就在这儿吃过烤羊肉。是的,没错,可是以前的烤羊肉要比现在的好吃。好吧,也许是吧,但是除此之外——除此之外这里没有发生任何变化。刚才我要是点烤鲈鱼就好了,配芦笋烩饭。现在在冬天哪儿有芦笋?它是从泰国进口的,菜单上就这么写的。从泰国进口的芦笋,行了,别扯了!我们在这儿总吃烤羊肉,它的味道还是不错的。我也说不清楚,感觉它尝起来像死人肉,以前我从未想过烤羊肉跟死人肉是一个味道。哎呀,别胡说了,你到底怎么了?没事。放心,我没事。

布鲁法特讲述说,医生介绍他到欧洲医院转诊,明天他要在那儿进行全面彻底的检查。

他向你说起过他的某种推测吗?

没有。他只是说还要进一步检查。

他这是为了谨慎稳妥。这样也挺好的。检查完之后你就清楚了。这样看来我现在可以不必担忧了。

可能是吧。也许你是正确的。不管怎样:我现在并未脱离战斗。

你的意思是?

我被剥夺了继续调查阿特拉斯谋杀案的权利,现在正处于停职休假状态,这你知道吗?

是的,我知道。

你知道是什么原因吗?

我以为你会讲给我听的。

但我也不知道是何缘故。

你不知道?他们没向你解释吗?

没有。

我想再喝一杯葡萄酒。

听着,菲利普,所有和阿特拉斯谋杀案有关的数据都被删除了。我亲自在案发现场,线索采集人员也在事发现场,我在第一时间对一些可疑人员进行了盘问——所有这些都不复存在了。所有的案卷、审讯记录和证明文件都消失得无影无踪,整个谋杀案都从人间蒸发了,仿佛我亲眼看见的那具尸体根本就不存在。当我回到办公室查看自己的电脑时,发现所有的东西都被删掉了,就像是被吸干了一样。看来是有黑客在搞破坏。或许黑客不仅闯入了我的电脑,而且还攻击了整个办公系统。现在检察官也开始干预此事。我想知道这是为什么?

这我能理解。

你必须帮我。

服务员把餐桌收拾干净,菲利普打了个响指,指向刚才埃米尔餐盘所在的位置,幽默地说了一句:尸体不见了!

别开玩笑了!很抱歉先前我说了那些话。不过现在谈正经事:这个案子消失了,如果有人能追溯到源头,查明事情是怎样发生的以及谁这么干的,那么可能也就你有这种能力。你是总署里的首席信息学家,你掌控着布鲁塞尔警察局的全部电子数据处理系统。你必须要找出这个漏洞。

我该怎样说明理由呢?没有充分的理由我在部门里是无法开展这样的调查的。此外这样做也违背了检察官的指示。

你知道检察官的指示具体是什么吗?不知道。那就对了。你没有必要对自己的行为做出解释。你只要去做就行了。

怎样找到进入中央存储器的路径,在那里布置了多少安全防护设施,必须要办理多少行政审批手续,才能使这样的调查哪怕有一丁点儿的进展,现在给你解释这些太复杂了。

你不必大张旗鼓地去做这件事,我的问题不在于你觉得自己能否得到核准,而是我问你能不能去做这件事。

这样做将会是违法的。

听着,菲利普,谋杀是法院依照职权主动审讯的罪行,是检察院根据权利必须追究的犯罪行为。可如果检察院无所作为,相反还企图去掩饰罪行,那么国家本身就是在做违法的事情,而那些为了侦破案件而采取非法手段的人,就将成为法律的捍卫者。如果你帮助我并且我们成功了,那么我们就将是遵守法律的一方。

那好吧。我先试着从你的电脑端口做起。把你的密码给我。一旦事情有所败露,那就是你在休假当中用你自己的电脑做的手脚,这样可以吗?

行，没问题。

来份巧克力慕斯？

必须的。干嘛我们偏偏要在今天改变饮食习惯呢？约勒的近况怎样？

马特克清楚自己不可能无影无踪地潜伏起来。在此期间他们已经知道了，他并没有登上飞往伊斯坦布尔的航班。他们肯定也会考虑到，虽然他飞往华沙的机票被取消了，可他还是会想办法飞往波兰的。在最短的时间内查明，他在一趟飞往克拉科夫的航班的乘客名单上，这对他们来说不算难事。因此在抵达克拉科夫时他完全可以认为，他们仅仅落后他一步而已。

作为圣战斗士早在基础训练阶段他就学会了：千万不要尝试不留下任何痕迹——那是不可能的。不要尝试去掩饰痕迹——一旦追踪者发现了你企图掩饰的痕迹，他们就会比任何时候都更加确信自己找对了线索。因此如果你无法避免留下痕迹，那就请再多制造一些痕迹吧！留下许多痕迹，许多不一致的痕迹！在他们分析那些线索期间，你就能领先他们一大截距离了。当他们在错误的路径上原路折回时，你的领先优势就会愈发明显了。

当然他知道，那些人清楚他深谙此道——但这丝毫不会改变这一事实，即他们不得不继续追踪他制造的痕迹，无论是因为多疑还是出于天真。

他盘算自己可能需要三天的时间，为了查清本次行动在布鲁塞尔出了什么差错，以及为何在行动失败后他们放弃了原先的计划，转而想把他派往伊斯坦布尔。领先他们三天的时间，这是可以办到的，这对他来说轻车熟路，接下来怎么办就看具体情况了。

在抵达克拉科夫机场后他前往问询台，让工作人员通过广播呼叫自己：马特兹·奥斯维奇先生，请您听到广播后立即前往克拉科夫帕斯图扎克特快班车公司的服务窗口。奥斯维奇先生请注意!您的司机正在帕斯图扎克特快班车服务台等候您!

他知道,广播呼叫的旅客信息将会被保存48小时。然后他前往班车服务窗口。还在布鲁塞尔机场候机的时候,他就通过电子邮件预定了从克拉科夫机场到市区的转运服务。如果他们窃取了他的邮箱,他们现在就掌握了两条线索。他用信用卡支付了车费。这是他留下的第三条线索。他让司机送他去位于卢布斯卡大街的欧罗普斯基酒店。

明天中午他们就会知道,他已经到达了克拉科夫,反正这一点他也隐瞒不住。一天后他们又会知道他投宿在什么地方。通过主动泄露自己的住址,他能够将他们引上歧途,让他们空忙一阵子,以此给自己赢得所需的三天时间:他在酒店办理入住手续,请求前台女接待员查看一下,第二天开往华沙的第一班火车是几点钟。女接待员往电脑里输入查询信息,查看之后摇了摇头说道:您真的想乘坐第一班火车?4点52分开车——

这个时间太早了!

下一班5点41分开车,到达时间是——

请您再看下一班!

接下来是6点31分开车的,然后是7点47分的以及——

6点31分开车的那班!它几点钟到达华沙?

8点54分,7点47分开车的那班到达时间是10点钟。

那太晚了。8点54分到达比较理想。请您再说一遍,是6点多少分开车?

6点31分。从克拉科夫格罗尼火车站开车。

好极了。您能马上通过互联网帮我买一张这个时间的火车票并把它打印出来吗?这是我的信用卡。房费我也一并在这里支付。这样明天一大早我就能节省时间了。

很高兴为您服务,奥斯维奇先生。

马特克把他的双肩背包拿到房间里,用酒店的专用信纸写了一封信,把信连同一张他的信用卡塞进信封,在信封上写好地址并把它封住。然后他离开了酒店。明天下午他们就有了六条符合逻辑的线索,会认为他在抵达克拉科夫之后,第二天早晨便又启程继续前往华沙了。但是他要一直待在克拉科夫。在他们回过神之前他还有足够的时间。

他散步前往斯塔罗伊斯纳,他知道那儿有一家可疑的商店专门倒卖二手手机。的确,那家商店还在。他买了一部老旧简陋的诺基亚手机,又花了100兹罗提买了一张预付卡。马特克盯着那个男孩,看他是怎样用一枚弯曲的回形针把手机撬开并装入预付卡的,他就像是在观察饲育箱里的一只令人讨厌同时又让人生怜的动物一样在打量着那个男孩。男孩所有的神态举止都像是在求救或是大声呼喊以引起人们的注意,同时也像是在显示他的反抗和蔑视。他的发型非常古怪,太阳穴两侧被剃得很干净,顶部又长又蓬乱的头发被凝胶固定成蓝黑色的一缕一缕的小粗辫子,显得格外具有艺术性。他穿了一件红色的T恤衫,胸前印着一个硕大的竖中指图案。他右上臂上的纹身描绘的是一个捕狼的陷阱,下面刺着一个裸体女人,她双膝着地,身上缠绕着铁链。但是比右上臂上这种幼稚的身体炫耀更有意思的是他的左前臂:毫无疑问,男孩在有规律地使自己遭受自残。他的左前臂上有一整条红色的纹线,它由刚刚或者早已结痂的伤痕组成,可能是剃须刀片所致。还在神学院学习期间马特克就了解这种情况。他熟悉那种感觉,也就是大脑分泌的快乐荷尔蒙能够使疼痛得到缓解,但只有当你使自己遭受痛苦,当你用剃须刀片把内心的痛苦传导到外部皮肤上时,你才能获得那种强烈的感觉。从专业角度来说它指的就是像内啡肽和肾上腺素这样的神经传导物质。他听说,女人在紧张和痛苦的生育过程中会经历这种感觉。这是上帝做出的安排。胳膊上和腹部的割痕和切口,这在神学院是非常普遍的现象,有时在背部也会有这样的伤痕,但前提是人们需协同合作,极个别情况下也可能在生殖器上。

男孩用力挤压手机的各个部件,直到它们"咔嚓"一声啮合在一起,他压了几个按键,看了看显示屏说道:没问题,可以用了!

谢谢,马特克说完支付了八十兹罗提的手机费用和一百兹罗提的预付卡费,然后他迟疑了片刻,好像突然又想起些什么,若有所思地看了看自己的钱包,接着又说道:我还有一个问题,也许你能帮我!他取出一张一百欧元的钞票放到柜台上,手压在钞票上面。

你认识有人碰巧要开车去华沙吗?

男孩看着马特克放在钞票上的那只手。

这我得打听一下。到底什么事情?要找搭便车的机会吗?

不,是要捎一封信。这张钞票就归那个人了。

马特克又往柜台上放了一张一百欧元的钞票。

为何您不去邮局寄信呢?

邮局半小时前就关门了。这封信十万火急。

我想我兄弟要打算明天开车去华沙。他在那儿有一个女朋友。我得问他一下。

马特克往柜台上又放了一张五十欧元的钞票。

这封信最晚10点必须送抵华沙。

他不会在乎比原计划提前出发的。

他必须很早动身,最迟6点半就要出发。

他还会索要汽油费的。

总归他是不想开车去见他的女友了?

马特克把放在钞票上的手抽了回来，从上衣胸前的里袋掏出那封信，把它压在那几张钞票上。

明天上午10点我会再来这里。如果在那之前我收到手机短信——他扬起手里刚买的诺基亚手机——确认信已送抵华沙，那么我会再付二百五十欧元。那样他就有了足够的汽油钱，够他二十次去拜访他的女友并带她外出活动。如果他们的爱情能持续那么久的话。

她对他很忠诚。

那就好。保持忠诚总是一件好事。收信人地址在信封上写着。

马特克说完便走了。

他在斯塔罗伊斯纳继续闲逛，朝市中心方向溜达着来到中央集市广场。这个开阔的广场建于中世纪，每当他来到克拉科夫这座城市，中央集市广场的华美和庄严都会重新触动他的心弦。这个正方形的大广场为各种宫殿所环绕，仅仅是玛利亚教堂打破了空间布局的严谨对称。建有两座钟楼的玛利亚教堂似乎比环广场一侧的其他建筑立面突前一步，显得那么突兀、怪异、傲慢、高于一切，两座钟楼也建得不一样高，为什么会是这种情况，这在古老的传说中有过讲述，马特克当然知道那些传说，但他认为它们完全是异教的一种假定。对他来说很清楚，造成这种打破对称与和谐的原因只可能有一个：就连在建造一座教堂时人类也不允许创造出完美的东西，因为只有上帝自己和他的创世方案才是完美的。人类的双手创造不出能与上帝相比较的完美，同时人类也不能保定这样的信念，即通过要求创造完美表达对上帝最崇高的敬意。玛利亚教堂显得与广场极不协调，由此它象征性地阻碍了在广场上做生意的人们的手脚，它高高耸起，想要摘下天上的星辰，它的一座钟楼建得太矮，另一座则高耸入云，这正表达了人的那种不断增长、但却失败于完美的追求——对马特克来说这座教堂最深思熟虑地表达了人与上帝的关系。它与巴黎圣母院完全不同——一年前马特克在巴黎执行过一项任务。当然他想参观一下巴黎圣母院大教堂,当然当他站在圣母院门口时,大教堂起初给他留下了深刻的印象。但是——但是什么?就在那个时候他明白了。带着那种自以为是、从根本上讲过度膨胀的狭隘心理人们相信,被转换成夸张尺寸的几何规律能够反映出宇宙的神圣和谐,这种思想刺激了他的神经,他认为这是对神灵的亵渎。这或许就是为什么当异教哲学家阿伯拉尔和教堂司事的女儿海洛伊丝在这座大教堂的祭坛上干着淫乱的勾当时,上帝却冷漠麻木地在一旁观望的原因了。马特克听得很仔细,当一名女导游在教堂祭坛前面向一群不停窃笑的英国游客讲述这个故事的时候:女士们先生们,故事就发生在我们眼前的这座祭坛上,在这里年轻的哲学在读博士生皮埃尔·阿伯拉尔使他的挚爱、圣母院教堂司事的女儿海洛伊丝失去了少女之身。阿伯拉尔和海洛伊丝,他们俩的故事一再被讲述、一再被歌颂,这就是见证他们爱情的祭坛!马特克认为教皇让人阉割阿伯拉尔的决定完全是正确和公道的,简直可以称得上是温和宽厚的,如女导游所言这一惩罚的确得到了执行,但即便如此在马特克看来这也无法扭转这一局面,即这座自命不凡的教堂遭到了玷污并一直保留着这样的污点。他觉察到了这一点。而克拉科夫的玛利亚教堂完全不同于巴黎圣母院大教堂。他沿玛利亚教堂向上仰望,现在是晚上 7 点,每逢整点钟楼看守便开始演奏《中断的号角》:它是一曲突然中断的用小号吹奏的旋律,用以警告人们当心不断逼近的敌军。为纪念那名 1241 年在鞑靼人进攻波兰时被一支利箭射中咽喉而死的号手,人们只把那曲旋律演奏到那个乐音为止,当年那名号手就是在吹奏完这个乐音后倒下身亡的。

马特克向高处的东侧钟楼望去,号手肯定站在那个地方的某个窗口,搜寻了半天他也见不到号手的身影,那曲《中断的号角》已经中断了。

他没有进到教堂里。里面数不清的游客正忙于拍照,他做不到在这样的嘈杂声中静心祈祷。他转身穿过广场,经过那些他百看不厌的布匹商行,但他也知道他不能看得太过仔细。那些带有漂亮古门的商铺以前向人们出售展示古色古香店铺的明信片,今天人们在那里买到的都是些风景明信片和廉价的旅游纪念品。各大餐馆纷纷用许诺"传统波兰饮食"的招牌给自己做宣传,但它们所维系的传统无非是怎样快速把游客打发走。以前挨着教堂的是国立大书店,现在取而代之的是品牌服装连锁巨头飒拉公司的旗舰店。在原布匹商行里游客可以买到纪念古犹太人时期的克拉科夫市容的小商品、印有老照片的明信片和刻有克莱兹默音乐的光盘,也包括低级庸俗的、具有《前锋》[①]风格的犹太人漫画,比如反映手里拿着钱袋或者金币的贪婪的犹太人的木刻版画。

他离开广场拐进格鲁兹卡大街,以前他很喜欢在街上的一个转角处买香甜的波兰米粉面包,现在这家商店改名叫"优质汉堡"。他在格鲁兹卡大街上一直走到尽头,他不停地走啊走啊,接着又沿着斯特拉多姆斯卡大街继续前行,有节奏的步伐和均匀的呼吸现在成了他的祈祷,他一刻不停地一直走到保林斯卡大街,他知道街上有一家名叫"库尼卡阿达玛"的餐馆,他想在那儿吃点儿东西。这家餐馆有全市最好的波兰酸菜炖肉,虽说对于这种杂烩有上百种不同的、多少都比较正规的烹饪方法,但对马特克来说只有在这里,在距离那些充斥着各国游客的街巷仅两个街角之隔的这家餐馆里,波兰酸菜炖肉这道菜才是正宗地道的。无论如何这道菜不能刚做好就被端上饭桌,只有在它历经好几天不断被重新

[①] 《前锋》,纳粹办的反犹太人刊物。

煮热之后，它尝起来口感才真正上佳。在"阿达玛"餐馆酸菜炖肉大锅至少要在灶台上放一周的时间。只有这样五花肉才能把油脂完全转移到酸菜上，辛辣的红辣椒才能彻底绽放它的香味，肉块也才能变得松脆酥软。但尽管如此：这些动听的话语仅仅是讴歌"阿达玛"酸菜炖肉的轻唱和短诗，仅仅是随机的应景之作，只有人的胃才会深入理解酸菜炖肉的韵味。

马特克闷声不响地在用餐，当然他是一个人，但即使在他独自用餐时他也总是这样一言不发，仿佛他要严格遵守吃饭期间不许说话的禁令。他先是喃喃自语地很快做一遍饭前祷告，然后低着头一声不吭地吃饭。但在这天晚上他思绪万千，头脑里像是有很多声音在嘈杂作响。他听到母亲的声音，他相信母亲能照顾和保护他，但正是母亲摧毁了他的信任，因为出于对他的保护她把他交到一个地下组织的地牢里，那儿不再有始终关爱他并朝他微笑的母亲，不再有让人感觉幸福的厨房蒸汽，所有这些都不复存在了。在他面前摆放着热气腾腾的酸菜炖肉，他能够听到自己说话的声音，当他和母亲一道吃酸菜炖肉或者菜卷的时候，那声音就会从他内心深处流淌而出，他在讲述虚幻的英雄故事，那是他不知在什么地方偶然听到的传说，他在激动地讲述着，母亲则在一旁微笑着倾听，时不时提醒他说：别忘了吃饭！当时他根本就不知道，母亲在裙子底下悄悄携带着武器，那是父亲生前用过的手枪。父亲在哪儿？这个问题根本不必被澄清，只要他一直处在母亲的怀抱里，可然后母亲松开臂膀，把他交到那些被称作"父亲"的圣徒们的手里，于是他突然有了众多兄弟，他们共同生活在一个地牢里，经过多年的禁欲生活之后他作为圣战斗士走出地牢，为了去保卫一个他从未待过的故乡。谁曾经在那个故乡待过？祖父没有待过，父亲也没有——他自己被赶了出去，在他正想通过一道后门进去的时候，通过他母亲突然"砰"的一声用力关上的那道门。他还听到神学院院长的声音，神父的脸上堆满了微笑，就像此刻他眼前这道油汪汪的酸菜炖肉一样，神父会心地向他解释说，他、马特兹、亲爱的马特克，将不被任命为神职人员，而是被指定为耶稣基督的战士。他很听话，他一直就很顺从，其一是因为他相信这个世界，其二是因为他受过专门的训练，虔信顺从的意义和理性，可现在他正面临一个陷阱，他不清楚为何会是这样，但他对此毫不怀疑：他们给他设置了一个陷阱。他听到母亲的声音，他听到神学院院长的声音，他听到许多人在用含混不清和令人费解的声音说话，他不认识那些人，但他们却像评论棋盘上的一枚棋子一样在议论着他。安静！他大声喊道，安静！他又喊了一声。他的叫喊没有声音，他只是无声地在头脑里这么喊道。他想闷声不响地用餐。他叹息着深吸了一口气，挺直上身，向那边的女服务员看过去，她正站在"禁止吸烟"的警示牌旁边吸烟。

他步行返回酒店，在房间里做了一些力量训练，然后便躺下睡觉了。

当他第二天早晨6点离开酒店的时候，酒店门口已经停了好几辆观光巴士，"参观奥斯维辛。最优惠的价格！"

他朝卡齐米日街区走去，在"鲁宾斯坦"饭店吃了一顿丰盛的早餐，然后他给沃伊切赫打了电话，那是他在神学院学习时期的老朋友，当年在波兹南的众同学兄弟当中，沃伊切赫得到了泥瓦匠使徒西蒙的庇护名。现在他是奥古斯丁修道院的神父，该修道院隶属于克拉科夫圣卡塔琳娜教堂。马特克熟悉他的日常作息，集会弥撒肯定已经结束了，从现在开始到上午九时举行的第三次每日祈祷之前，人们都可以联系上他。

马特兹，我的兄弟！你来克拉科夫了？你好吗？

是的，我在克拉科夫。我挺好的。我特别喜欢回想我们穿过修道院花园聊天的情景。我们必须谈一下。

唉,别提花园了。我们把花园当作停车场租出去了。挺令人伤心的,但却是一笔不错的买卖。修缮教堂需耗费巨额资金。好吧,让我们谈一下,在午祷时间过后行吗?

我还随身带了一个双肩背包。

欢迎你的到来。

马特克环顾四周。没有人朝他这边张望。他把衬衣袖子向上捋了捋,用餐巾纸把餐刀擦拭干净,轻轻用力用餐刀割划自己的左前臂。那把该死的刀很钝,它是一把典型的餐刀,他稍稍倾斜刀身,用刀刃划过皮肤,接着稍微用力又划了一下,终于皮肤开裂了一道口子,鲜血向上涌了出来,他闭上眼睛,把餐刀放到一边。

上午9点半他收到了那条手机短信:"很乐意转达你的问候!"

看来华沙的托马什兄弟收到了那封信。托马什将会依照信上的吩咐去吃午饭,并用马特克的信用卡付账。饭后他将去波托茨基宫,然后去箱包大百货商店,在那儿用信用卡买一个皮箱,稍晚他会在火车站用信用卡买一张去布达佩斯的火车票。他们将发现他的上述行踪。最后托马什将会把信用卡剪断扔掉。马特克估计,在他们核实清楚他留下的这些痕迹之前,他会争取到72小时的领先时间。

他起身去洗手间,让冷水冲洗他的左前臂,直到他感觉胳膊发麻为止,然后他离开了餐馆。他来到斯塔罗伊斯纳的那家手机店,跟前一天一样男孩仍旧穿着那件T恤衫,马特克把钱放到柜台上。

对这个季节来说,今天真是一个不同寻常的温暖晴朗的日子。他闲逛穿过市区,沿约瑟夫大街往下走,街上大大小小的旅行团跟在各自导游手里高高举起的小牌子或者三角旗后面。在科珀斯克里斯蒂街他向左拐去,那里矗立着基督圣体教堂,它是出犹太人区之后人们遇见的第一座天主教教堂。他走进教堂,显然这里刚刚结束清晨弥撒,人们纷纷从长椅上起身向出口方向移动,马特克就像汹涌波涛中的一尊岩石一样站在那儿,他的左右两侧是潮水般向外涌动的人流,最后他转身和他们一道离开了教堂,好像他也是团队中的一员。重又折回到约瑟夫大街,一幢房屋的大门敞开着,透过一条堆满垃圾袋的破败通道,人们可以看到一个漂亮隐蔽的内院,一名游客站在那里,正在用他的智能手机拍照,一位外国女导游用英语大声喊道:"请走这边!"一个女人的声音"……将是一个完美的藏身之地!"一个男人笑了起来,"你无法逃脱",该旅行团继续朝圣卡塔琳娜教堂方向移动,栅栏门后面建有花园,花园里的停车场清晰可见,一名年轻男子开始朝一位女士跑去,他们相互拥抱,然后手拉着手继续溜达,沿着失明、沉默的修道院外墙面,路过千禧年圣坛广场,圣坛由七尊巨大的青铜雕像组成,它们都是超过真人大小的圣徒,即教会上层人士,一个德国女人站在圣坛前面说道:"那儿,你瞧,就是那个,那可能就是波兰教皇!"一个男人应答:"是的,那是沃伊蒂瓦!"另一个人反驳道:"不,雕像上写着圣斯坦尼斯瓦夫(1030—1079)"。一些教士从旅行团旁边跑过,他们拐进奥古斯蒂安斯卡大街,然后又急匆匆地过来两位拎着沉甸甸的袋子的女士,好像是要追随先前那些教士,一转眼他们都在拐角处消失了,在此期间那个旅行团继续往前走了,千禧年圣坛上的那些雕像用毫无生气的眼神注视着空荡荡的广场。

欧盟面临着解体的危险。它正处于自成立以来最严重的危机当中。出于坚定的信念,多年来弗洛里安·舒斯曼积极投身于欧洲联盟这一伟大工程,当然他也愿意为此承担责任。不要动辄怨天尤人，而是主动承担责任——他父亲就已抱定这样的信条。谁要想创办企业，他就须做好冒险的准备。人们怎样才能认真负责地对风险进行评估和预测呢？弗洛里安对那个时候记忆犹新，当时在吃过晚饭后父母仍然在桌边坐了很久，他们在商量获许经营一家屠宰场的有关事项，并神情严肃地反复斟酌贷款投资相关设备可能带来的机遇和风险。负债可能会使他们在经济上走下坡路，但是害怕迈出这一步或许正意味着他们家庭农场的没落。只有蕴含风险的机会，但却不存在"稳妥"的机遇。父母坐在那儿不停地盘算，他们提出异议，但马上又举出推翻异议的理由，他们一方面表达对事情的疑虑，另一方面又对之充满希望，不，确切地说是用新的疑虑消除原先的疑虑。弗洛里安在一旁仔细倾听，很奇怪父母并没有打发他上床睡觉，或许父亲认为，弗洛里安作为农场继承人应当好好听一听他们讨论的一切，而他弟弟马丁则躺在沙发上看书，直到他睡着并最终由母亲抱到床上——不，她当时并不是那么温柔——她是推搡着马丁让他上床睡觉的。

《神、墓葬和学者》。弗洛里安很吃惊、甚至很感动他现在还能回想起他弟弟当时一再阅读的那本书的书名，而他、弗洛里安，只是坐在那儿聆听，听父母讨论他们能够和必须承担什么风险。那个时候。在漫长的夜晚。

弗洛里安开得很慢。他的时间很充裕。他晚上到达布达佩斯就行，现在刚过午后，他就已经在距离奥地利-匈牙利边境城镇尼克尔斯多夫二十公里的地方了。他仿佛是在梦境中驾驶着汽车，车载巡航定速功能开启了，汽车收音机小声播放着音乐、地方台节目和民谣，它们一再被插播的广告所打断："我很想成为一头松露猪"，一个刺耳的声音这么说道，紧接着一个洪亮的声音回答说："行了吧，猪仔，你不觉得我们的土豆尝起来要好吃多了吗？好了，你这头蠢货，别在那儿嘟囔了。老老实实做我的土豆猪吧。那我也会与众不同吗？是的，当然了。"

听到这儿弗洛里安关掉了汽车收音机。

在那个年代，当父亲作为小本养猪户把近乎赔钱的农场扩建成生猪养殖场和屠宰场时，他也决定在一些利益团体中谋求任职。很快他便在专业协会和奥地利农业协会中担任了一些职务。你不能傻等那些人为我们做点儿实事，你必须自己做些什么，他总这么说。他可以参与讨论，但他无法改善行业的运营条件，更无法阻止猪肉价格的暴跌。于是他寄希望于大规模养殖，为了在净收益越来越少的情况下维持经营。继续投资会增加债务负担，但也会提高营业收入。这些想法和举措提升了父亲在各委员会里的影响力。父亲变得越来越神经质和易怒，弗洛里安很想知道，父亲有没有在某个安静的时刻问过自己，问自己能否退回到当初，那个时候必要性和自由相互持平，那个时候满意和保障是对努力与勤奋的酬劳。或许没有。只有一直向前的路，但却没有掉头的可能性。就像这条他在上面匀速滑行的高速公路，如果在这条车道上有什么东西朝他迎面而来，那它只可能是幽灵，只能是一种危险。

突然弗洛里安必须要穿上父亲的鞋子子承父业。这就意味着他必须要承担责任。可他发现父亲的鞋子太小了。这对于强势父亲的后代们来说是异乎寻常的。但很快他就清楚了：为了挽救父亲一手打造的家业，他需要穿更大尺码的鞋才行，而且是要大好几号的鞋子。奥地利已经加入了欧盟，国内各利益团体很长时间也没能明白，他们已落入了一个陷阱。他们捍卫国内市场，但这样的市场只存在于那些老朽官员的头脑中了，他们在一个资助体制内感到轻松惬意，但这样的体制不会导致公平的价格，而是在官僚制成本越来越大的情况下导致人们对救济金的依赖，从中期来看对于这样的救济金甚至连保证都没有。在入盟谈判时双方约定了一些过渡条例，可奥地利方面并未出台计划以应对那些条例终止后的情况。他回忆起在维也纳召开的一次奥地利联邦商会会议,会议应当为生猪生产企业制定相关策略。他当时还年轻,还显得很不自信。父亲的鞋子让他觉得很挤脚。那些官老爷们用充满敌意的态度对待他所提的问题,这让他感到非常吃惊——就好像他不是在提问,而是在质疑一切,尤其对他不友好的是那些人,他们都是一个没落世界的主人,是亚特兰蒂斯的侯爵。

他是很天真,但他却明白了最重要的一点:他需要穿更大的鞋子,在新的欧洲局势下仅靠奥地利国内的利益集团他是不会有所建树的。当时他开始致力于在欧洲猪肉生产商联合会(EPP)谋得一官半职。现在他担任该联合会主席已经有一年多了。

一辆闪着蓝灯、鸣着警笛的警车超过了他,紧接着又是一辆。最后一辆救护车也超过他疾驰而去。

欧洲猪肉生产商联合会的代表们每年在一座欧洲城市聚首一次,每次都要召开为期三天的全体会议。会议选举产生新一届主席,或者确认现任主席的连任。与会代表交流经验,讨论欧盟指导方针和各国特殊规定之间的矛盾,为欧洲各国政府和欧盟委员会制订应收款目录,参观当地的生猪生产企业。每年该联合会都要确定一个主要议题——今年的会议主题是"欧洲猪肉产品的对外贸易"。

今年匈牙利代表处向其他各国代表发出邀请,表达了在匈牙利举办年度会晤的意愿。此举在猪肉生产商联合会内部引起了很大震动,还在大会的组织筹备期间各国代表就提出了集体抗议。这里面有形象和政治方面的双重原因。按照欧洲猪肉生产商联合会的章程,邀约国的一名代表将自动成为该联合会董事局成员。但现在匈牙利却在政治上遭到了人们的谴责,因为匈牙利政府冷酷地剥夺了那些欧洲养猪户的财产,他们在东欧巨变后纷纷投资匈牙利,并参股了匈牙利生猪生产企业的建设经营,欧盟委员会多次敦促匈牙利政府对这种违背欧洲法律的行为作出表态,并最终要求其在规定的期限内撤销违规行为,可匈方却始终对欧委会的上述催促函和要求置若罔闻。联合会内部形成了一个派别,其成员要求各国代表抵制匈牙利的邀请计划。特别是荷兰人和德国人要求在其他城市举办联合会年会,他们建议的城市是西班牙的马德里,因为时下塞拉诺白腿猪和伊比利亚黑毛猪非常受欢迎。相反主要是奥地利人、意大利人和罗马尼亚人主张,年会恰恰必须在匈牙利召开,为了以此向人们发出明显的信号,即欧洲猪肉生产商联合会意欲亲自捍卫其成员在匈牙利的利益。

天开始下起雨来。弗洛里安·舒斯曼看了看车载导航的显示屏:距离边境只剩10公里的路程了。他的身后再次响起警笛的鸣叫声,又一辆救护车从他车旁呼啸而过。

作为欧洲猪肉生产商联合会主席弗洛里安忙得不可开交,他要避免联合会的分崩离析,尝试在不同阵营间寻求妥协。这样的妥协非常脆弱,它基本上由应当在年会上提交讨论的各种意向声明组成。但它毕竟是一种妥协,年会总算能够按计划在布达佩斯举行了。作为会议主办方,匈牙利代表处表示愿意和各国代表一道在给匈牙利政府的一份抗议照会上签字——就看他们是否真的会这么做。因为匈牙利大型养猪户从生猪生产企业的再国有化中得到了实惠,可另一方面:现在他们的资本化程度较低,匈牙利曼加利察猪的出口下降了将近25%。这正是本年度会议的主要议题。

弗洛里安·舒斯曼不担心自己可能不会再次当选联合会主席。至少他成功地达成了目前这种被普遍认可的临时性妥协,迄今为止也没有人作为候选人提出要和他竞争。

又是鸣响的警笛和闪烁的蓝灯。警车信号在后视镜里跳动,在有些模糊的挡风玻璃上闪光。他打开汽车风扇,两辆警车从他身旁飞速驶过。

他确信自己会再次连任联合会主席,但是他怀疑自己是否真的希望如此。他不再像以前那样单纯。相反,他正逐步成为一种实用主义者,这样的人在以前总是他鄙视的对象:这种人永远只做眼下可能的事情,但却无法贯彻必要的事情。他驾车朝一处深渊驶去,他可以尝试刹车,但他却无法拨转方向盘。

事实上对于欧洲猪肉生产商联合会内部的分裂没有解决方案,至少他没有看到有什么好的解决办法:本届布达佩斯会议旨在联合匈牙利共同对抗欧盟委员会,因为后者不能或者不愿通过与中国谈判以争取更高的猪肉出口配额,同时会议也旨在联合欧盟委员会共同对抗匈牙利,因为后者违反了欧盟相关法律。

假如欧洲猪肉生产商联合会四分五裂,那么承担责任又有何意义呢?并非真心实意地去做所有的事情,反过来却又口口声声称自己要承担责任,这样的言行是多么荒谬啊。到底要承担哪方面的责任呢?作为经验的傀儡他深知,追逐共同利益的人们把自己组织起来,然后开始在这样的共同体当中开展激烈的利益斗争,直到不再有任何共性使他们团结在一起。

这时他看到了前方高速公路上的人群。那是行人!在高速公路上!他们正在朝他迎面行进!行走的幽灵!男人、妇女、儿童。他们弓着身子把雨衣的风貌扣在头上,或者头上罩着塑料袋,某些人在肩上或头顶上撑着被子,有些人背着包,其他人拖着行李箱,汽车雨刷在有节奏地左右摇摆,像是人的双手想通过擦拭使眼前的景象模糊不清,或者干脆把它拭去,这时他听见车载导航的提示音:"请尽可能调头!请尽可能调头!"这简直是疯了!他在高速公路上行驶,导航提示音让他调头,行人在高速公路上朝他迎面而来。他打开危险警示灯,让车辆以步速向前滑行,这时他又看到闪烁的蓝灯、停在应急车道上的警车以及挥舞着荧光棒的警察。他停了下来。越来越多的人从灰蒙蒙的雨帘里走进汽车头灯的照射区域。他们人数众多，有数十人甚至数百人。

达维·德维恩特在他的一生里、说得更确切一些是在他继续存活的日子里从未体验过，刻意而为的友善能够让事情变得更好，或者给他更多的帮助，或者救他于危难之中。他也不指望别人的友好。彬彬有礼，这没问题。礼貌是文明的标志，是行为得体的表现。他必须、也想要坚持做到礼貌待人。但当他说"很高兴"的时候，为何他应摆出一副好像他真的很高兴的样子？

他能够表现自己的情感，如果他有真情实感的话。爱，这种无私的情感，它能够展现一个人最美好的一面，还有感谢之心，一种如此真挚和至关重要的感激之情，以至于它甚至可以替代人们丧失的对上帝的信仰。他还学会了掩饰情感，像恐惧感或者空虚感，这些情感他不再能摆脱掉，但不管怎样却可以把它们隐藏起来。他学会了以一种非常敏感的方式让自己变得多疑，这种品性就好比夜视仪那样既不引人注目又能照亮黑夜。但是友好，特别是在面对陌生人时突然摆出的友善姿态，对他来说仅仅是性格演员蹩脚的逢场作戏，就像一只强装友好目光的玻璃眼一样怪诞。

"下午好"，他礼貌地点头说道，当他在离开公寓房间时看到那个男人的时候，对方正在用钥匙打开旁边公寓房间的门。"您好"，那个男人回道，说完他立即朝德维恩特走近两步，顶棚灯的光束照在他雪白的头发上，使得头发像圣像头上的光环一样在闪闪发亮。"您好，先生"。

达维·德维恩特又点了点头，他本想快速离去，但又吃惊地打量了一下这个站在吸顶灯光束下的男人，虽然只有一秒钟的时间，但这对他来说已经够长了。那个男人穿着一件带莫列波纹的雨衣，稍微一动雨衣上重叠的水状波纹就会介于淡绿色和米色之间闪闪发光,他的脸就像刚刚抹过油一样发亮。

"您好,先生,请允许我自我介绍一下",那个男人说道,他说他叫罗曼·布朗热,然后把手递给德维恩特,他显得容光焕发,仿佛这是他一生中最高兴的时刻。

德维恩特客套地握了握他的手,告诉对方自己叫什么名字,然后用荷兰语说道:"很高兴认识您",紧接着又用法语说了一遍:"很高兴认识您!"所有这一切都显得很有礼貌,但是两人最初的寒暄慢慢演变为一场令人烦恼的友好的会话。

啊,他会说法语。

他原本应该说:"可惜说得不好",然后向对方道歉并转身离开,但他却说道:"是的,先生"。许多佛兰德人的法语还说得过去,而达维·德维恩特则说着一口流利的法语。当时在从驱逐专列里逃亡之后,他在位于维莱尔斯拉维耶的一个瓦隆人家里躲藏了两年,那是在他十四到十六岁期间,最后在战争快要结束时他被人告发。法语当时成了他的第二母语,成了他与养父母交流用的语言,从本质上讲法语对他来说就是爱的语言。此刻他对这种语言深恶痛绝,这个陌生人刚才说他叫什么来着,只见他非常夸张地连说了两遍"认识您多幸运啊",接着又喋喋不休地说了起来:他是新来的邻居,今天才搬进来的,他马上就认识了自己的邻居真是太好了,他希望邻屋的人能和睦相处,但是像今天这样的开始是再好不过的了,真幸运德维恩特先生会讲法语,他今天不得不体验到,公寓里的一些住户只会说佛兰德语,甚至有些工作人员也是如此,汉森家庭养老院的工作人员并非来自法语圈国家,他们对讲法语不是很有把握,这起初让他感到有些不知所措,他一入住就有一名女护理员向他介绍养老院的规章制度,一位名叫戈蒂利芙的女士,一个很难上口的名字——戈蒂利芙。

是的,先生,他是否认识她?不管怎样他没听懂她说些什么,幸亏养老院里可以对人员分配进行调整，现在负责护理他的是约瑟芬夫人——

太走运了！

布朗热先生雨衣上的波纹在不停地变换着颜色。

是的，先生，约瑟芬夫人非常和蔼，非常乐于助人，但是——他扮了个顽皮的怪相并举起食指——人们绝不能用"护士"来称呼她，其实这样的要求也是对的，这里毕竟不是医院，尽管她戴了这么一顶护士小帽，他是否认识她？

达维·德维恩特点了点头。

不管怎样，他非常高兴能拥有像德维恩特这样和蔼的邻居。他在这里是否已经待了很久了，他必须、务必向他传授经验并指点迷津，或许在就餐时间或者以后在一块儿喝杯葡萄酒的时候。

达维·德维恩特没有勇气欣然接受对方的建议，他说不出"行，当然了"或者"非常乐意"这样的话，他在寻求一种有礼貌的、不必担负任何责任的回答，同时这种情况也分散了他的注意力，即眼前这个男人的面孔让他回忆起某人，但他不知道那个人到底是谁。布朗热先生迈了一小步，摆脱了吸顶灯光束的直接照射，使得他的头发和面部突然不再闪光发亮，而是变得灰蒙蒙的，他对德维恩特说道：我要阻止您！他真的用法语说了"阻止"这个词吗？请原谅！我不再耽误您的时间了！我们回头见！

在进入餐厅时德维恩特发现，里面不再有他可以独自一人就坐的空桌了。他想转身去外面的"乡野"餐馆，在此期间他拿到了在这家餐馆用餐时的优惠号牌，但就在这时约瑟芬夫人剥夺了他的行为能力：啊，我们在那儿，她的大嗓门把他吓了一跳，约瑟芬夫人边说边非常坚决地把他朝教授就坐的那张桌子方向推去，她刚才喊的"我们"已经认识了那位教授，不是吗，德维恩特先生，当时因鱼刺而导致的尴尬场面,不是吗,但今天不会有什么危险,今天我们吃可口的瓦特佐伊(起源于比利时根特的一种炖菜)。教授,我可以安排您的熟人德维恩特先生跟您坐在一起吗?

他身体怎样,他是否在养老院里感觉很舒适,他是否有亲戚会来看望他——达维·德维恩特彬彬有礼、但是非常简短地回答了上述提问,教授——他叫什么来着?——很明显想通过这些问题和他进入交谈。然后他们沉默了一会儿,在这期间他们食用茴香橙沙拉这道前餐,德维恩特暗暗考虑,再向教授打听一遍他叫什么名字是否会显得不礼貌,也就是说承认自己又忘了他的名字,而他自己则被教授直接用名字来打招呼,最终他认为诚实一些要更为妥当,而不是费劲、但最后很难堪地去掩饰自己的粗心大意。

教授显得丝毫没有生气,反而很高兴地答复了对方的询问。他说他叫杰里特·伦森布林克,取出钱包从里面抽出一张名片,移开餐盘把名片放到桌上。鲁汶大学教授,他自我介绍,突然他手里多了一支圆珠笔,划去了名片上"鲁汶天主教大学"这几个字。他已经退休了,先前是鲁汶大学政治史研究中心的主任,他边说边划掉名片上的相应字行。他的研究重点是民族主义历史,特别是二战期间比利时和荷兰与纳粹的通敌史。现在他要划掉什么呢?邮箱地址和电话号码都不再使用了,他这么说道。

然后他说了一句"请惠存",说完把名片推到达维·德维恩特眼前。这时人们听到"砰"的一声,那是布朗热先生制造的动静,他在进入餐厅后随手把门向后一甩,因为用力过猛而使门发出的碰撞声。达维·德维恩特抬起头看是怎么回事,埃米尔·布朗热抱歉地举起双手说:"不好意思,女士们先生们。"接着他环顾四周,看到德维恩特后兴冲冲地朝他所在的桌子奔了过来。

我可以坐到您这儿来吗?他问完接着又说:我们这么快就能继续交谈,这真是太好了。

他坐了下来,向伦森布林克教授点头致意,那不仅仅是一个点头的动作,它简直就是一种坐着鞠躬的姿势,然后他说道:我可以说是新来乍到的。请允许我自我介绍一下,我叫——

他又开始喋喋不休,德维恩特突然感觉到一种不可名状的疲惫。前餐餐盘被撤走了,他一直在滔滔不绝,这时盛装瓦特佐伊的盘子也已被端上了桌,他仍在连珠炮似的说个不停,突然他变得沉默不语了——伦森布林克教授插了一句,可惜他不会讲法语。

啊!布朗热先生也不会说荷兰语。

德维恩特一直就很喜欢吃瓦特佐伊,不管怎样他从未因这道菜而抱怨过,有时除了瓦特佐伊没什么别的可吃的,学校食堂偶尔会做瓦特佐伊,他也有啥吃啥从不挑剔。如果想在一家餐馆点鸡肉菜,那他当然会首选法式红酒焖鸡,但他绝不会有嫌弃瓦特佐伊的想法,倘若有瓦特佐伊,他就会点这道菜的,对此他也会心存感激。他审视着眼前盘子里的鸡肉块,然后抬起头来,伦森布林克教授和布朗热先生正在看着他,他们很绝望?不管怎样感到孤独无助?但这与瓦特佐伊没有任何关系,而德维恩特觉得今天这道菜的味道闻起来很奇怪。是因为添加了一种他不熟悉的调料,抑或那已经是腐烂的气味?

您必须帮我,德维恩特先生!这位先生不会讲法语,能麻烦您给翻译一下吗?

德维恩特点了点头。

布朗热一边再次向伦森布林克点头致意一边说道:我的名字叫罗曼·布朗热——

他的名字叫罗曼·布朗热——

我明白了——

我是名记者,直到最近仍在晚上……他退休已有十年,但作为自由作家有时他还在撰写评论,人们就是无法放下原先的工作,人们不可能一下子放弃原先的生活,诸位肯定知道这种情况,他现在能写的东西当然没什么重要的,但他很感激他们还允许他写作,而且撰写评论令他很开心,比如那篇关于幽灵猪的报道,您或许听说过此事,那头猪,它……但也无所谓——他说着说着顿住了,做了个摆头的动作,暗示德维恩特把他说过的话翻译给伦森布林克教授听。

是这样的,德维恩特说道,他是名记者,现已退休。

但他一直还在写稿,写关于一头猪的报道。

布朗热吃惊地看着他,显出一副犹豫不决的样子,德维恩特对他说"可以了",于是布朗热接着说道:如果他拥有一家酿酒厂,他就会满怀热忱地投入到工作当中,或者如果他拥有一栋带花园的房子,那他或许整天只在花园里修剪玫瑰和在房子里看书。但事实上他只拥有一套公寓房,一套位于伊克塞勒的漂亮宽敞的公寓房,但在那里又能做些什么呢?然后他妻子去世了,在这之后一切都让他感到憋闷,他住的是一套宽敞的公寓房,但尽管如此它还是令他感到窒息,在他妻子死后房子里不再有正常的生活了,也就是说一般的日常生活不可能再继续下去了,他整天只是在房子里吧嗒吧嗒地拖着脚从一间屋里走到另一间屋里,他无法再打理这样的生活了——

您刚才说什么?

打理生活,对他来说一切都变得重于泰山,同时又轻于鸿毛,不知道诸位能否理解这一点,无论如何这不再是他熟悉的生活了——

他说了些什么?

达维·德维恩特做了下深呼吸,把布朗热刚才的话又复述了一遍,当他看到伦森布林克教授诧异的神情时,他又自己补充道:这种情况是可以理解的。布朗热先生在他妻子死后——

没错,先生,布朗热说道,但是您,我以为——

这时德维恩特感到胸口发闷,这让他有些透不过气来,同时他觉得脸面发烫,那是一种强烈的羞愧感,直到这时他才明白了,原来他——

他没有把布朗热先生用法语所说的话翻译成荷兰语,而只是用法语把它们又重复了一遍。

他低下头看着自己餐盘上的鸡肉块,然后站起身来快步走出餐厅,餐厅的门在他身后闭合时发出"砰"的一声巨响。

第 七 章

如果你知道人必有一死，
你又怎能不相信未来？

　　天气越来越热了，这对于现在这个季节来说不太正常。无论是在走廊里、员工食堂里还是在电梯口，只要碰到一起人们就会对全球变暖发表一些幽默的评论。
　　我们在布鲁塞尔明显是这一发展趋势的赢家！
　　人们也将再次指责我们：这又是赋予布鲁塞尔官员们的一项特权！
　　你们必须把气候变暖归功于我，因为我总是配合燃气来使用体香剂！
　　通过出台气候准则，我们实际上是在切自己的肉！
　　反正也不会有人遵守的——你们将会看到，很快在布鲁塞尔就会长出棕榈树！
　　但这里毕竟是"方舟"部而非气候政策总署，事实上谁也不会嘲笑这些闲聊中的庸俗玩笑的，仅仅是因为在布鲁塞尔这座多雨的城市里，在现在这个原本凉爽的季节里，连日来人们难得一见天气晴朗的日子。阳光照射在人们的笑颜上，从他们的眼睛里反射而出，它在窗玻璃上闪耀，在来往车辆的金属车身上闪光。
　　在与克赛诺的会谈结束之后，马丁·舒斯曼修订了周年庆典计划的实施方案,对此克赛诺提出了书面意见,现在他必须对方案进行相应的改动和润色,以使它能够成为部门间咨询听证的基础。这将是下一步要做的。他答应于本周末上交修改过的方案,但现在还有几个悬而未决的问题,至少还有一个重大的问题未被解答。就这个问题他必须尽快与博胡米尔沟通,后者负责这方面的相关事宜。马丁来到博胡米尔的办公室,问他是否感兴趣午间一块儿外出品尝小吃。

在这样的天气条件下我们可以朝乔丹广场方向溜达,比如去埃斯普利特酒馆。我认为人们甚至可以坐在户外。

好主意!要我打电话订桌吗?

那太好了,在这期间我去取我的外套!

有拖拉机在约瑟夫二世大街上行驶。

这是农民们搞的一次游行示威吗?

你说什么?

马丁大声喊道:是农民的示威游行吗?

博胡米尔耸了耸肩。

人们看到大街上一列长长的拖拉机车队。某些拖拉机挂着拖斗,拖斗上站满了人,他们在高声喊些什么,但是他们呼喊的内容被淹没在了发动机、喇叭和哨子的噪音声中。

辅路被横七竖八停放的警车封锁不通了。

马丁和博胡米尔朝舒曼环岛方向走去,沿途的噪音使得他们不可能愉快地闲聊。他们俩看到,从阿基米德大街和科滕贝赫大街也有拖拉机突突地开了过来,那是装载着粪肥的拖拉机,拿着干草叉和镰刀的人群走在车辆之间。场面看上去挺危险的,同时又像是来自遥远的过去,是以民俗古装形式表现出来的愤怒。在舒曼环岛的车流当中,在欧委会总部和议会大厦之间以及沿法律大街纵深,到处都停放着拖拉机,人们从车上卸下粪肥,在街上展开横幅标语,空气里弥漫着熏天的柴油气味,黑色的尾气浓烟在阳光里漂浮着,在一台收割机上站着一位年轻的女士,她上身袒露,手里挥舞着一面三色旗,马丁停下脚步张望,警察挥手示意他继续前行,"请继续,请继续",指引行人穿过隔离栅栏。他们来到弗洛萨特大街上,这里比别处要安静一些,但他们继续默不出声地朝乔丹广场走去。

在小酒店里、准确地说是在小酒店门口、因为人们的确可以坐在户外,马丁和博胡米尔给自己点着了香烟,浏览了一下菜单,点了餐馆当日的推荐菜品瓦特佐伊,与之搭配的酒水是白葡萄酒和纯净水,博胡米尔一边向空中吐着烟圈一边说道:现在就跟休假一样,不是吗?我已经开始担心返乡了。

返乡?你这话什么意思?

周五我必须返回家乡布拉格。我妹妹周六结婚。

女服务员送来了葡萄酒,博胡米尔从自己的杯中抿了一口,然后接着说道:这件事很糟糕。她要嫁给克维托斯拉夫·汉卡——你对这个名字很陌生,但在布拉格他却相当出名,更有甚者,他这个人声名狼藉。他是一个,用英语该怎么说呢,我们在捷克语里说"大嘴巴"。没错,一个无赖。他是一名相当激进的曙光党国会议员,曙光党在我们那儿就是民族主义党,当然是激进的欧盟反对者。这简直荒唐透顶了,不是吗?我在欧盟委员会工作,而我妹夫却在致力于破坏欧盟。

这是真的吗?现在不要告诉我你还是证婚人。

不,当然不是。我妹妹对他的感情很深,至少从目前来看。很明显,她甚至都没想过要征求我的意见。在她向我讲述她的爱情时,我把她痛骂了一顿。我最先是从电视上得知这件事的。我偶尔会在互联网上浏览一下捷克新闻。一次我在网上看到了他,在一篇关于慈善活动的报道里,慈善!这些杀人犯在为可怜的案犯举办慈善活动!我在那篇报道里见到了他,尊敬的议员阁下,并且听到一个声音在说:在他迷人的新女友的陪同下——你猜我看到了什么?那是我妹妹!我立即给她打电话质问了她。而她只说了一句:你们这些男人!

你们这些男人?

是的,她认为政治分歧是男人的一种怪癖。女人对爱情负责,而男人则司职愚蠢的斗争。

这就是你妹妹?

这时服务员端来了饭菜,博胡米尔把调羹插在餐盘里挖来铲去,仿佛是想把最下面的饭翻到最顶层,继而摇了摇头说道:你能想象这场婚礼吗?想象这样的婚庆场面?布拉格的法西斯分子将会倾巢出动,克维托斯拉夫把婚礼照片的拍摄和使用权转让给了《闪电报》——

转让给谁了?

《闪电报》。那是一家报纸的名字,翻译过来就是"闪电"的意思。它是一种马路小报。

"闪电"?很明显它是"启蒙"的反义词。

博胡米尔做出一种痛苦的表情。

换作我我是不会去参加婚礼的,马丁说道。

可他是我妹妹呀。我母亲也说过,要是我不去她就会寻短见的。

换作我,我是不会去参加婚礼的,马丁重复说道。他很惊讶。他喜欢博胡米尔这个人,自认为也比较了解他。他不曾想到这么一位逍遥自在、刚才还愉快地眯起眼睛对视阳光的同事,竟会面临这等事关生死的严重问题。他原以为他——

博胡米尔说了些什么,马丁只听懂了他在讲战前时期,他真的说过战前时期吗?这时马丁的手机响了,他接听来电并告诉对方:我稍后给你回电,现在我在开会,然后他问博胡米尔:对不起,你刚才说了些什么?

博胡米尔用调羹吃着盘子里的瓦特佐伊,突然他把餐盘推到一边说道:其实我不喜欢这样!

不喜欢什么?

我不是历史学家,他解释说,但对我来说这种情况总是历史,不管怎样反映的都是以前的事情,你能理解吗?就像石器时代那样,石器时代的这一章节就叫"战前时期":各种极端的政治对立派别在家庭里纵横交错,其中一名家庭成员与法西斯分子为伍,另一名则参加了共产党,等等等等。我在学校里太不注意这些了吗?但我记得人们是这样讲的:以前在黑暗时代,政治仇恨使家庭四分五裂。这是多么可怕的事情啊。为何我今天、今天在我的家庭里却拥有这样的黑暗时代?另外我父亲就明确表示不参加婚礼。

你母亲会因为这个而寻短见吗?

不,恰恰相反。她巴不得他去寻短见呢。他们俩离婚了,为这事他们起诉到了法院。

因为周年庆典计划,马丁原本想和博胡米尔商量一些重要的事情,在当前情况下他只能把事情推到等他们重回办公室之后再谈了,现在他感觉他、恰恰是他有必要通过某种方式使博胡米尔、恰恰是博胡米尔重新高兴起来。他举起酒杯说道:我可以让你得到安慰。你想一下赫尔曼·范龙佩!

博胡米尔用疑惑的眼光看着他。

这种情况人们肯定不敢想象:范龙佩曾是欧洲理事会主席,也就是说是欧盟机构内的一位主席,他姐姐是比利时毛泽东主义者党派主席,他弟弟是比利时民族主义者议员代表,是一名非常强硬的佛兰德分裂主义者。我从报纸上读到:他们家每年只团聚一次——是在过圣诞节的时候!

博胡米尔刚刚喝了一口葡萄酒,听到这话他扑哧一声笑了出来:在一起过圣诞节!欧洲理事会主席、民族主义者和女毛泽东主义者!

而且他们一起唱《平安夜》!

平安夜!哈哈!这是真的吗?

是的,据说是真的。我亲自读到过。那是刊登在《早报》上的一则故事。

博胡米尔笑着说道:我们要再喝一杯!

在他们返回办公室途中,农民示威游行已经解散了,他们越过舒曼广场,穿过隔离栅栏,从一堆一堆的粪肥旁边走过,环卫工人们正在将这些粪堆铲到市政清洁车上。空气里散发着臭气。太阳一直在绽放着笑脸。

在回办公室的路上博胡米尔始终沉思不语。在电梯里他说道:我要取消周五的航班。我不去参加婚礼了。我不想和克维托斯拉夫·汉卡在同一张照片上,然后这样的照片会在《闪电报》上刊登出来。

那你母亲呢?

我会对她说:我过圣诞节的时候回来。

然后他捶了一下马丁的上臂,咧嘴笑着说道:平安夜!

半小时后马丁、博胡米尔和卡珊德拉坐在会议室里,准备升级周年庆典计划的筹备工作。克赛诺在给马丁方案的书面意见里明确说明,必须弄清楚纳粹大屠杀受害者当中今天还有多少人在世。有涉及集中营和灭绝营的幸存者的统一名册吗?这些幸存者当中有多少今天生活在欧洲？有多少生活在以色列、美国或者其他地方？如果有机构能够代表那些幸存者成为组织本次盛大活动的合作伙伴，那么存在一个这样的机构吗？

人们必须了解上述情况，才能决定是真的能把所有大屠杀幸存者全都邀请到布鲁塞尔来，还是至少邀请一个真正具有代表性的团体。

事实情况完全出乎我们的意料之外，博胡米尔说道。当然我们期待存在一个大屠杀幸存者的统一名册。但我们没有找到这样的名册。

卡珊德拉：我们恳求很多机构能够向我们提供情况，但它们都没有答复我们。比如以色列犹太大屠杀纪念馆，迄今为止没有任何回复。再三询问下最终我们收到了一条反馈，但这也不是真正意义上的答复，在这里，请看：邮件已转交给相关负责人员。之后好几天又是杳无音信。我再次给那家机构写信，请求告知我那名负责人的姓名和邮箱地址，以便我可以直接和他联系。没有回复，直到今天也没有。然后我们又尝试给位于洛杉矶的西蒙·维森塔尔中心写信，可仍然没有回复。几经尝试后我们得到的答复是，提供有关大屠杀受害者的文献资料不属于西蒙·维森塔尔中心的任务。他们只有一份尚在人世的纳粹战犯的名单，该名单被公布在中心的主页上，但是他们没有大屠杀幸存者的详细名册。对方提示我们可以向以色列犹太大屠杀纪念馆寻求帮助。于是我们把这封邮件又转发给以色列犹太大屠杀纪念馆，再次请求该机构的帮忙——可还是没有反应。我们给所有的纪念馆写了邮件，其中包括奥斯维辛集中营、贝尔根-贝尔森集中营、布痕瓦尔德集中营、毛特豪森集中营等等，但只收到了毛特豪森集中营的答复。

毛特豪森集中营在回函里写了些什么？

在这里：他们只有一份自己集中营里幸存者的名单，但就连这份名单也不完整,这要归因于1945年5月集中营解放后的混乱局面。当时幸存者们可以马上离开集中营,为了得到帮助和证件,他们纷纷求助于不同的官方机构和部门,因此他们详细的个人情况没有被统一收集。毛特豪森集中营纪念馆现有的最新数据也只是其所拥有的不完整个人资料中的一小部分,而且就连这些数据也不是确定无疑的。凡是预留了详细地址的幸存者,每年都会被邀请参加解放集中营纪念活动。谁要是连续多年对这样的邀请未做出反应的话,那他可能就是已逝或仅仅是迁居他处了。毛特豪森集中营纪念馆馆长指点我们——真让人想不到!——同以色列犹太大屠杀纪念馆进行接洽,也包括斯蒂芬·斯皮尔伯格大屠杀基金会。这真是一条有意思的提示!他们还在信后附上了毛特豪森誓词全文,为了提醒我们、也就是提醒欧盟委员会,《罗马条约》的宗旨就是基于这些誓词的。毛特豪森集中营纪念馆馆长这样写道——稍等,对了,看这里:"奥斯维辛永不再重演"这一口号很成问题,因为它使一座集中营名列前茅,最终实际上是对各集中营进行了排名,但是具有普世价值的却是毛特豪森誓词,因此该誓词也是欧洲一体化伟大工程的发端,尽管人们今天不再听到这样的誓词了。

马丁点了点头。这就是为什么我们——他话说了一半断了,想了一下接着说道:我们是把奥斯维辛作为代号来使用,但基本上他理解了我们的宗旨。对了,你给斯皮尔伯格基金会写信了吗?

写了。

没收到回复?

不,收到了,非常简单扼要。他们只提供了一份幸存者名单,那些幸存者表示愿意作为证言人在摄像机前讲述自己的生活经历。但他们不知道总计还有多少大屠杀的受害者活在世上,他们甚至都不清楚目前有多少时代见证人还活着。拍摄对象都是自愿报名的幸存者。该基金会档案馆面向全体公众开放。这方面的详细情况我们应该咨询——

以色列犹太大屠杀纪念馆。

没错。这就意味着截至目前我们一无所知。

这种现象真的很奇特,马丁说道。简直荒谬至极。纳粹把每一个被运到集中营里的人都登记在名单上,包括姓名、个人信息、出生日期、职业和最后的住址,他们按顺序对关押犯进行编号,无休止地清点人数,非常工整地把遇害者从名单上划掉——而在集中营解放后一切都在空气中消散了——

典型的纳粹官僚体制!

但所有的行政管理不都这样吗?人们确实应该把他们列入名单,以便——

不是这样的,博胡米尔说道。许多人不愿意或者无法再回到他们当初被驱逐或从那里被押运到集中营去的国家。没有人还会对一份所谓的"难民"名单感兴趣。人们给他们提供最基本的保障,然后就把有行动能力的人又打发走了。

我无法相信这一事实,马丁说道。以色列犹太大屠杀纪念馆调查还原了所有在集中营里被杀害的人的姓名,但他们却对幸存者的名字不感兴趣?我无法相信这一点。这样的幸存者名单肯定存在,但好像有人刻意要对它保密。

行了,马丁,卡珊德拉说道,不存在什么阴谋论。搞那些阴谋诡计又有何意义呢?有很多原因说明了为何我们不清楚幸存者的具体数量。集中营解放后幸存者们纷纷流落各处维持生计,在这种情况下他们不可能留下详细地址。他们还没有自己的住址。而在他们于某个地方开始重新过正常生活之后,他们不会给昔日关押他们的集中营写信,通知现在人们可以在什么地方联系上他们——你可要明白,马丁,集中营的幸存者不是校友!没错,某些幸存者会主动与纪念馆取得联系，甘愿作为时代见证人讲述他们的个人经历，某些人会来参加解放集中营纪念活动，某些人会在几十年后带着他们的儿孙出现在这样的场合，以显示这是他们对希特勒的胜利，但有些人再也不想跟集中营有任何联系，有些人在获得解放后不久便去世了，他们虽然是大屠杀的幸存者，可没过多久便成了战后时期的正常死者，有些人感受到羞耻之心，不想再被编入卡片索引，有些人保持沉默，因为他们意识到没人想再听他们的故事，就连在以色列人们也不想倾听那些逃离宰牲凳的尴尬的犹太人的诉说，在此背景下这一切该怎样被理解和系统化呢？

我们面临着一个难题，博胡米尔说道。克赛诺想要的那份名单根本就不存在。探究为何不存在这份名单的原因是毫无意义的。解决这个难题很容易。试问我们举办这次活动究竟是为了什么？是为了对欧盟委员会的存在进行描述。你说过，欧委会是作为对纳粹大屠杀的答复应运而生的，这样的历史悲剧绝不能再次重演，我们要保证使欧洲拥有和平与法制。好吧，可是为了证明这一点，我们无需尚活在世上的受害者的完整名单。你想让他们在法律大街上列队集合，然后清点他们的人数吗？

别吵了！安静下来！

人们认识一些大屠杀的幸存者，卡珊德拉说道，我们可以把他们列成名单，看看他们当中有谁可以在我们的庆典活动上透露一些信息——

你们咨询过欧洲统计局吗？

为何要这么做？

说正经的，博胡米尔，马丁说道。我们有自己的欧洲统计局。他们可以为所有的事情提供统计数据。他们无所不知。他们知道今天在欧洲下了多少个鸡蛋。他们也将知道今天在欧洲还生活着多少大屠杀的受害者。卡珊德拉，请你向欧洲统计局进行相关问讯,在收到对方的答复后我们再继续商谈此事。

卡珊德拉在她的记事本上写下"欧洲统计局"字样,然后看着马丁:我什么也不想说,可为何偏偏在这个时候你想获取针对那些人的统计信息,想知道那些已经成为象征性数字的人的确切数量?

她解开衬衣袖口的纽扣,把袖子向上捋高,用中性笔在前臂上写下"171185"这一串数字,然后把胳膊伸给马丁看。

什么——?这是什么?

我的出生日期,卡珊德拉说道。

马丁·舒斯曼经常工作到晚7点或7点半。当他今天下午4点半就离开办公室的时候,他心里并不感到内疚。不再有要紧的事请等待处理,在接下来的一个小时里或许还会积压一些程序化的工作,但这些他在第二天早上就能解决。家里没什么可吃的,但他也不感到肚子饿。他决定在去乘地铁的路上喝杯啤酒,在阿基米德大街上的詹姆斯·乔伊斯酒吧。那里有装甲车在行驶。他又往前走了一段来到查理曼大厦,在那儿以及在法律大街上也行驶着军车,其涂有绿褐色油漆的钢板好像在吞噬着夕阳的余晖。士兵们在街上巡逻,警察在指挥车辆调头,并指引行人进入隔离栅栏间的狭窄通道,这些通道是通向地铁站的,而议会大厦前的地铁直接通道被封锁了。

眼前的情况让马丁回想起他曾经看过的电影,如影片《Z》或者《下落不明》,或是电视节目里的纪录片。他很少看电视。但如果他在不眠之夜不得不通过频繁转换节目来打发时间的话,那他总是锁定在历史纪录片频道,相比故事片他对历史更感兴趣,那些历史资料照片尤其令他神往,无论是每周放映的老片,还是被发掘出来后又以纪录片形式被展映的业余摄制片,伴随着电视画面一个洪亮的声音在意味深长地讲述一个没落的时代。现在他的脑海里就闪现着这样的画面：在"布拉格之春"被镇压后瓦茨拉夫广场上的坦克；在皮诺切特政变发生后，穿过智利首都圣地亚哥主要街道行驶的装甲车；军政府成员政变后雅典街头的军事部署。这些颤抖的画面来自业余摄影师用超8毫米胶片拍摄的纪实片，以及老电视新闻里的黑白镜头。马丁有一种印象，即那些历史资料现在被投射到他正在行走的大街上，由此创设的虚拟现实他在没有电子游戏机的情况下也能感受到。坦克就像巨大的甲壳虫一样移动，穿过没有车辆的街道，为数不多的行人贴身从房屋和隔离栅栏旁边走过，转眼便消失在通往地铁站的下坡通道里。

马丁对眼前的景象丝毫不感到害怕，他回想起目前在布鲁塞尔正召开欧洲理事会首脑会议。这里发生的一切正是会议期间同步采取的安保措施。他走进詹姆斯·乔伊斯酒吧，人们身着西服，松开领带，站在吧台边叽叽喳喳地聊个没完。现在正是酒吧的欢乐时光。

在回家的路上他又在圣凯瑟琳商业街上的艾克商店里买了一箱六瓶装的"朱皮尔"啤酒。

晚安。

晚安，先生。

再见！

再见。

到家之后他脱去外裤，裤子束缚了他让他感到不舒服，而实际上他是发胖了，为此他很鄙视自己，但却没有下决心减轻体重，在布鲁塞尔人们不是以"年"、而是以"千克"为单位来计数时间的。他穿着衬衣和内裤，站在敞开的窗边抽了一支烟，然后他在壁炉旁边的扶手椅上坐了下来，壁炉里堆放着那些废旧的书籍，他点燃蜡烛，为何要这样做呢？因为家里正好有蜡烛。他喝着啤酒，看着昆虫是怎样从敞开的窗户飞进屋里,纷纷朝烛光方向飞去,一头扎进火焰里焚毁了自己。

对他来说这就证明了不存在上帝,证明了上帝造物没有意义,也就是说不存在创世神话。因为如果创造出一个物种,而它只在夜里才变得活跃,然后在黑暗中寻找火光,仅仅是为了在火光中焚毁自己,那么这种创造的意义又何在呢?这些动物有何益处?它们对宣称或者希冀的大自然的和谐做出了哪些贡献呢?或许它们事先以某种方式增加自己的数量,繁殖的后代跟它们一样整个大白天都处在某种昏睡的状态,然后在夜幕降临时倾巢出动,寻找它们因睡眠而错过的光亮,仅仅是为了出于一种荒诞的死亡本能立即结束自己的生命。在黄昏中它们开始了死亡之行。它们粘在窗玻璃上,玻璃后面就是光亮,仿佛窗玻璃在给它们提供养料,它们成群地围着电灯和路灯飞个不停,仿佛离灯光这么近也不会把眼睛灼伤,如果它们发现了一支点燃的蜡烛或者其他明火,那它们就找到了自己的使命,那就是一头栽进火光里立即赴死,也就是重归它们来时的黑暗。

布鲁法特警官当机立断在舒曼广场站提前下车,而不是一直坐到梅罗德站。在这两个地铁站之间隔着五十周年纪念公园站,人们一般称之为"银禧公园",他想在今天这个阳光明媚的日子里惬意地穿过公园散步。他给自己开了这副长途跋涉的药方,因为他在地铁里感受到的冰冷的焦虑令他心情沉重,犹如在医院里人们要将他推入管道时的感觉。他有足够的时间,带着这种紧张感他很早便从家里出发了。

尤斯图斯·利普修斯出入口被封锁了,他在人群的簇拥下继续前行来到贝尔莱蒙大厦出入口,那里显得拥挤不堪,因为向上的自动扶梯停止运转了。人们纷纷向楼梯处涌去,但是在台阶上他们一再停下脚步向旁边避让，为了给那些向下进站的行人让出地方。但同时他们又被后面的人群向前推搡，不时地与拉杆箱和双肩背包发生碰撞。布鲁法特把他的小旅行包紧紧地捂在身上，他听见从上面的出口处传来的叫喊声和刺耳的吹哨声，一些上到楼梯高处的行人又调头返回，现在越来越多的人从上面涌下来，布鲁法特不知道上面发生了什么，但他也随波逐流，跟着人群又挤回到站台上。这时一列地铁开了过来，布鲁法特上车又往前坐了一站，一直坐到梅罗德站。

塞尔特大街上的"露台"啤酒吧就在地铁站出口旁边。他想在这儿喝杯啤酒，正好把预约见面之前的时光消磨掉。小酒馆生意很好，但他还是找到了一张空桌，尽管酒馆紧邻宽阔和吵闹的大街，可埃米尔·布鲁法特仍感觉置身于绿色植物墙后的一块僻静之处。宁静。在安静中思考。考虑什么？对什么进行思考？他应该做出人生的选择了。他充满激情地思考着"人生的选择"这个问题，此刻他感到解决这个问题已非他力所能及了。虽然一段时间以来他已经体会到被解雇的滋味，尽管不是正式解雇，可人们还是把他从熟悉的生活模式里踢了出去，但尽管如此他始终感觉这一切来得太过"突然"，很奇怪一种"突然"到底能持续多长时间。

同时他又在问自己，做出一种人生选择的意义何在，难道仅仅是因为这个词在他脑海里挥之不去？可他甚至不知道——

服务员走到他身边。布鲁法特点了一杯啤酒。

他是否还想吃点儿什么？

他否定地摇了摇头。他只想喝杯啤酒。

——可他甚至不知道自己还能够活多久。

服务员送来了啤酒，把账目水单也一并放到桌上，同时还放了一张纸条，上面写着："12点半有预订"。他请求服务员马上结账，离12点半只有10分钟的时间。显然服务员是希望他很快把桌子再腾出来,一旦有客人来也想吃点儿什么的话。

布鲁法特一直以来就令人肃然起敬,仅仅是他魁梧的身材和庞大的身躯就足以让他不言自威。可现在他像是被麻醉了一样,当他抬脸看着服务员的时候,他感觉自己是那么渺小和模糊。

他站起身来,昂首挺胸地深吸了一口气。在我刚进来的时候您就应该告诉我,这张桌子已经有人预订了!我没兴趣在短短几分钟里就把这杯啤酒灌进肚里!在我已经点完啤酒之后,您把这张写有"已预订"的纸条摔到我眼前,我认为这是恶意和侮辱人的做法。告辞了!

但是——先生!您可以,请您等一下!您不能就这么走了!您必须付啤酒钱。

为什么?我一口也没喝。

那我只好报警了。

这是我的工作证!我是说曹操曹操就到!

啊!对不起,警官先生!当然您可以在这张桌边就坐,想坐多久就坐多久,我自然会把客人的预订安排到别处,求您了,警官先生!

可我没有雅兴了!

这只是一次短暂的幻觉,虽然显得幼稚可笑,可这幻觉却让他感到更加自卑。事实情况是他付了酒钱,并对服务员说道:没问题,反正我必须在10分钟后离开。我约好了跟人见面,并且——

并且什么?他还出乎意料地给了服务员很多小费。

他呆坐了几分钟,目不转睛地盯着眼前的啤酒——他怎么可能忘记……?他起身离开酒馆,桌子上的啤酒一口也没有喝。

埃米尔·布鲁法特穿过塞尔特大街,沿林托特大街向北走去。他忘记了门牌号,但他就这么一直走下去,心想即便不知道具体的门牌号码是多少,他或许也能认出那家医院。

可他还是没认出那家医院,他走得太远了。不知什么时候他意识到了这一点,开始调头往回走。他做到了不是来得过早,而是稍微太迟。他在冒汗。可想而知,还在接待和与医生的首次交谈中他就将给人留下最糟糕的印象。

在那儿!现在他看到了!那就是他要找的欧洲医院。从外观看医院像是一座新哥特式大教堂。难怪他先前路过时没有认出它来。谁能想到一家医院看上去像是一座具有历史意义的教堂呢?

他走进医院,突然有一种置身于空间站的感觉。白色的塑料区域,铝银色空间,蓝色的光线,地面上彩色的光束作为通向不同科室的引导系统,布鲁法特很吃惊,在医院里行走或者就坐的人们并没有呈失重状态在室内悬浮。但另一方面医院又显得非常普通,他看到的仅仅是医院的休息大厅。一切都可以被洗净,处处都像典型的医院那样发出光泽。医院之所以显出科幻电影的银幕效果,是因为人们是通过一座哥特式大教堂进入室内空间的。

布鲁法特站在指示牌前面。他最先有意识看到的是"精神病科"。然后他看到的才是"内科"。他跟随地面上充当引导系统的蓝色光束。

挂号,接待,分配病房,和医生就既往病史进行的初次交谈。然后德吕蒙医生向他解释,哪些检查他认为是必要的,以及在两天内做完所有的检查是可能的。他将按时间对这些检查进行相应的规划。他确信在这之后人们就将对布鲁法特的病情做出诊断。警官先生今天是否空腹?布鲁法特给出了肯定的回答。他今天粒米未进滴水未沾。很好,主任医生说道,那我们马上就可以进行抽血化验了。安妮护士将会给您采血,她会到您的病房里来。我会让人在采血结束后马上给您安排一些饮食。

采完血后有护士给布鲁法特送来了茶、华夫饼干和一些草莓,紧接着她又问他晚饭想吃些什么。

我从您的病历单上看到,您没有——她看着他说道:您还没有切换成病人特种饮食,也就是说还是正常饮食。那您可以在荤菜或者素食之间进行选择。

布鲁法特看着盛装了两块华夫饼干和三颗草莓的盘子说道:我两样都要,夫人。

什么,两样都要?

我猜想肉食里面是有配菜的吧?

今天有番茄汁兔肉丸。

那搭配的主食呢?

土豆泥和胡萝卜。

那就行了,这两样都是素食。因此我选番茄汁兔肉丸,这样的话荤素两样我就都有了。

布鲁法特感到害怕。他此前从未这样恐惧过。但是在他内心却有某种东西在与这种恐惧感抗争,简直是在强迫他装出一副对这一切都满不在乎的样子。床上放着他的睡衣裤,像是一具没有血肉的尸体。床边的一个衣钩上软绵绵地挂着他的晨服:那就是他生命消失后的样子。他没有脱衣,也没有躺到床上去。护士走了。他吃了一块华夫饼干,喝了一口茶,当他发觉自己在屏住呼吸侧耳倾听时他微笑了一下,然后他打开房门,向外面左右两边张望,看是否有异常情况。最后他离开病房,乘电梯下楼到休息大厅,为了去餐厅喝杯啤酒。

医院餐厅里没有酒精饮料。于是他走出太空世界,穿过新哥特式房屋立面来到户外,在没有死亡念头的人流中走了几步,找到一家街头咖啡馆,在那里点了一杯啤酒。

一小杯啤酒,先生?

请给我来一大杯。

他坐的位置正好面对一家药店。

他在冒汗,他用手绢拭去额头上的汗珠。他发烧吗?不,是天气太热的原因。阳光透过两顶遮阳伞之间的空隙,在他的后脑勺和脊背上火辣辣地照射着。他把椅子往旁边挪了一下,脱掉身上的西服外套。

这时他的手机响了。是菲利普打来的。

你听着,他说道,我有些事情要对你说,但不能在电话里讲。情况尚不明朗,但是有一些非常有意思的——我该怎么说呢?非常有意思的症状。我不知道自己能否继续做下去,因为这样做风险很大。我们必须要商量一下。明天我们能见面吗?

我在医院里,布鲁法特说道。你是知道的,医生要求我全面体检。明天我要做一系列检查,但是——

你身体怎样?医生是怎么说的?

如你所言:有意思的症状,但情况尚不明朗。明晚你有时间吗?

明天傍晚,6点半或者7点都行。

好的。那你明晚来欧洲医院探望我吧,医院在林托特大街上。如果坐地铁来就在梅罗德站下车。

好吧,明天见。

埃米尔·布鲁法特被安置在一间双人病房里,但所幸另一张床是空着的。这样他就可以在晚上处理一些电话事宜,而不会烦扰同屋病友或者被迫出去接打电话了。电视机被固定在床对面的餐桌上方的墙面上,他可以随意打开或关闭电视,而无须征得某人的同意。他收看晚间新闻,电视里播放的是对布鲁塞尔警察局长的一段采访,他驳回了公众对其不作为的指责,指出那头猪很难被捕获,如果人们不知道它下一次将在何时何地兴风作浪的话——他刚才真的说了"兴风作浪"吗?布鲁法特在心里问道。紧接着女记者问他:他说的"兴风作浪"指的是什么?他的意思是那头猪突然出现,令行人感到不安,在这件事上——布鲁法特神经紧张地关掉电视,他之所以能这么做,正是因为房间里就住他一个人。这样他也能在一个令他极度不安的夜晚毫无顾忌地保持不安,躺在床上辗转反侧,一再起身下床,去浴室里喝水,反复上卫生间并操作冲水装置,哗哗的流水声把他自己都吓了一跳,他会出声咒骂,如果他在重新回到床上时撞到床沿上,他可以打鼾和放屁,而无须竭力注意让自己行为得体。

但是第二天这一不幸中的万幸就结束了。一大早他被护士接走去做心电图,在返回房间时他发现那张空床上多了一个男人。他靠在向上折叠翻起的床头处,显得弱不禁风,面色非常苍白,皮肤几近透明,稀疏的金发被整齐地梳向两边。他穿了一件细条纹睡衣!深蓝色的丝绸面料,精致的橙色条纹。他蜷起双腿,膝间放着一台笔记本电脑。

在布鲁法特的脑子里还搏动着"心室额外跳动"这个概念,就像是塞上药棉的耳朵隐约听到的心脏病科医师安慰病人的话语。现在他的房间里又多出了这个男人——他非常愉快地问候布鲁法特,仿佛他很兴奋终于不再是一个人了。布鲁法特也同他打了招呼,然后站在两张床之间,再次向那个男人点头致意,同时看到在他睡衣的前胸上缝制着一个纹章图样,那是一条淡蓝色的蛇——这是什么?那个男人把手递给布鲁法特,并自我介绍说:我叫莫里斯·格罗尼兹。

很高兴认识您。布鲁法特也报上自己的名字并向对方鞠了一躬,其实他只是身体稍微前倾,为了能够更仔细地打量对方胸前的那个纹章图样,那条蛇是以艺术手法展现的"S"形结构,旁边写着"索尔维(Solvay)"字样,下面印着"布鲁塞尔经济学院"这几个字。布鲁法特惊呆了。他本人拥有一条印有"安德莱赫特皇家足球俱乐部"的围巾和一件印有同样字样的T恤衫,为参加洗礼仪式,他出于玩笑给自己的教子约勒在球迷商店买了一条与安德莱赫特皇家足球俱乐部相同颜色的婴儿连袜裤,但他从未经历或者听说过,有人竟然穿着一所大学的粉丝睡衣。

格罗尼兹先生当然想马上和新朋友交流病史,布鲁法特简明扼要地告诉对方,他只是来这里接受全面彻底的检查,属于纯粹的预防措施。

那好吧,格罗尼兹说道,他们会检查出问题的,他们总能查出些什么,过了五十岁你就尽管放心,他们肯定会查出毛病的,如果医生在一个五十岁以上的男人身上检查不出任何问题,那我就怀疑他们到底学了些什么?那么人们就必须转院了。但是不用担心,您来这里就对了,欧洲医院是布鲁塞尔最好的医院,在这里他们总能找到病因。对我来说脾脏出了问题。这难道不稀奇吗?偏偏是脾脏不好。您现在可能会问,为什么脾脏出问题是很罕见的?请您告诉我,脾脏是做什么的,它的功能是什么?您瞧!您自己也不知道。没有人知道这个,不信您可以去问您的朋友和熟人,去问外面大街上的行人。肝脏是做什么的,这大家都熟悉!心脏的功能是什么,反正每个人都知道!至于肺部和肾脏,没学过医学专业的人也都知道这些器官是做什么的,知道它们的功能是什么。但是脾脏——那您说说,脾脏的任务是什么?您瞧,这就是问题的奇特之处了!脾脏仿佛在过着隐居生活。我们自认为对所有其他器官都很了解,也觉得它们非常重要,可是如果缺失了脾脏,这些器官根本无法持续运转。脾脏在控制着所有其他器官,知道它们的一切情况，一刻不停地监督着它们。它防止其他器官患病，清除血液里的有害颗粒，储存白血球并在需要时对它们进行分配，可以说就像派遣一支快速干预部队那样。如果肝脏出了问题，心脏是意识不到这一点的，反之亦然；肾脏尝试做自己的工作，无论身体的肺功能受限与否；但是脾脏却能觉察到所有器官的一切活动，并对所有的器官作出反应。脾脏所做的一切其他器官都能感知到。它是协调一切的沟通者，同时又是谁也注意不到的秘密警察。为何没有人重视脾脏？为何谁也不知道脾脏是做什么的？恰恰是因为它通常不引人注目。脾脏这种器官很少给人添麻烦。它解决其他器官面临的问题，尽可能防止它们患病，但它自己却几乎从不生病。您知道我在想什么？我认为心身医学理论的确有值得商榷的地方。这是我个人的怀疑。无论您多么注重饮食健康，如果从引申义上讲您每天必须要吞咽些什么，那您早晚会得胃病的，您明白我的意思吗？

是的，这谁都知道。

您看，在我身上出问题的是脾脏。这不是偶然。我所从事的职业可以说就跟脾脏一样，前一阵子我意识到，我做不到像脾脏那样继续工作下去了，我无法再认可自己的任务和职责——

您所从事的职业……是什么？我的意思是，脾脏是器官而非职业呀。布鲁法特小声抱怨。

我在欧盟委员会工作，格罗尼兹说道，具体来说是在经济和金融总署。我负责联络事务，可以说是不同机构和部门之间的沟通者，但却从不显山露水。我必须把大家团结在一起，协调每个人不同的工作，整理和准备所有的材料，特别是撰写专员对外代表机构言说的讲话稿。好了，现在请您想象一下有这么一种生命有机体，其肺部因长期大量吸烟而严重受损，肝脏因过量饮酒而功能衰竭，胃部也因为食品的化学反应而不堪负重，而您应当对这一切进行消毒处理——在我这种情况下也就是撰写讲话稿,然后由专员们向公众宣布,倘若人们能付出最大的努力,以保障生命有机体更好地发挥作用,那么一切都将有条不紊地运行,比如其中一种努力即是,为了节省剪指甲所耗费的时间和精力,所有的手指都应被截去。我无法再做这样的工作了,布鲁法特先生。从三年前我开始感到工作的难度,因为我无法再行使职责了。当时人们把一份研究报告放到我案头上,那是由韦伯斯特大学、朴茨茅斯大学和维也纳经济大学共同实施的调查研究——您稍等!

他在笔记本电脑的键盘上敲击了几下。在这儿!我把它存入了电脑。《财政紧缩对自杀死亡的影响》。太可怕了,这份长期调研分析了针对希腊、爱尔兰、葡萄牙和西班牙采取的紧缩计划与这些国家自杀率发展趋势之间的关系。我不想现在用各种统计和数字使您感到无聊,故而仅举几例说明情况就行了:在希腊开始实施紧缩计划的第一年里,该国的自杀率上升了1.4%,这个数量听起来不多,但别忘了它涉及的可是人的生命啊,接下来问题就严重了:在第三年里自杀率曲线向上激增,我们所看到的数字通常只适用于传染病的爆发,其中91.2%的自杀事件涉及六十岁以上的人群,他们的退休金和健康保险被削减甚至被取消了,在第四年里四十岁以上的人占自杀统计的比重有所上升,他们大多都是单身的长期失业者。在第五年里失业人数略微下降了0.8%,这一数字相当于当年度自杀事件的数量。现在情况正好颠倒了过来,您稍等——他又在电脑上敲击了几下——在这儿:爱尔兰。这是我所在总署的专员最喜欢举的例子。这个国家的经济又开始增长了!它被誉为欧盟成员国中的优等生!但是这份研究报告显示的却是:先前急剧上升的自杀率并没有回落。报告显示,爱尔兰的经济复苏并未达到先前社会福利网被破坏的水平。您明白吗?

这个男人细嫩的鼻翼在微微颤动。

我必须承认,在读到这份报告时我非常愤怒。我替专员为欧委会周三例会写了一份书面反馈,我还记得第一句话便是:"我们是杀人犯",并按照专员的意见补充了几点,为了能够使欧委会履行其职责即保护欧洲公民。我把一份复印件发给总署负责人,毕竟他对各成员国的经济发展负责,至少从那个时候开始我就感觉身体不适了。出问题的是脾脏,它无法再对其他器官进行消毒了——

就在这时护士走了进来。布鲁法特先生?我带您去做超声检查。

布鲁法特向室友道歉,跟随着护士走出病房。一名喋喋不休的讲话稿代笔人,这令他无法忍受。尽管他不得不承认:从根本上讲这个男人可能会成为他的战友。

艾哈特教授在酒店房间里不慎跌倒,前臂撞在了暖气片上,现在他前臂上的血瘀演变成了一片面积相当大的深蓝色斑痕,看上去就像是一处蹩脚的描绘欧洲地理区域的刺青。

在"反馈工作小组"会议结束之后,艾哈特教授回绝了同其他与会代表共进晚餐,而是立即乘地铁返回到圣凯瑟琳商业街。现在他正坐在紧邻教堂的梵高酒馆的啤酒花园里,他在从地铁站去酒店的路上经过这里,看到了颇具艺术性地被摆放在一张冰台上的牡蛎、龙虾和螃蟹,于是不假思索地在一张桌边坐了下来,为了让自己舒舒服服地享受一下。他原原本本的想法就是这样的:他想过舒适的生活。在经历了先前会场上令他蒙羞的丑事之后,他需要以这样的享受作为慰藉,尽管那样也要如此。

现在已是傍晚,但天气一直还很闷热,艾哈特教授脱掉西服上衣,把它挂在椅子背上。这时他看到了自己前臂上无意中形成的刺青图样。他吓了一跳。他用指尖轻轻触探斑痕,同时发出轻微的呻吟声,但这不是因为疼痛,至少不是因为局部的疼痛,那是他的绝望和心灵的焦灼所致。

他表现得就像是一名反抗权威的大学生,多年前作为教授他天天都在和这样的学生打交道。尽管相比大多数同事他能够更好地和学生们交往,因为他能够发现他们的才华,能够严肃认真地对待他们所崇尚的思想,但他心里非常清楚,对他来说这样的举止是不得体的。他身为教授,却没有教授的样子。人们可以说他就是一位不符合传统标准的教授吗?在当前时代不能这么说,当下所有非传统的东西之所以被认可,是因为它们马上又会以主流姿态登上社会舞台。他的行为举止仅仅是愚蠢和闹剧式的。更明智的做法是,他在智库会议上尽可能长时间保持沉默,然后简明扼要地发几句言,继而缓慢圆滑地向前试探。但是他在会场上不得不耐着性子听完的讲话内容,却愚蠢得令人难以置信。可那又怎样呢?人们完全可以实事求是、心平气和地回答那些愚蠢的问题。比如某位专家提出这样的观点,认为——说得形象一些——当前我们面临的问题是肥胖症,对抗肥胖症的最佳方法就是增加食量,以此迫使身体排泄更多的粪便,排泄增多将会导致体重的下降,针对这样的观点人们不必大声呵斥并称对方为白痴。人们很容易采取其他对策。真的吗?事实未必如此。事情的可怕之处就在于,在本轮会议上人们从一开始便达成共识,认为欧洲危机只能通过导致危机的方法才可得到解决。在对待其他问题上也是如此。这种或那种策略未能产生效果?那它肯定是落实得不够坚决!继续坚决地奉行该策略!在对待其他问题上也是如此!这项或那项决定只是使问题变得更加严重?这只是暂时的!不要放松这方面的努力!在对待其他问题上也是如此!这样的会议简直让他无法忍受。

他点了一打牡蛎和半只龙虾,外加一杯沙布利干白葡萄酒。

沙布利干白葡萄酒我们只是整瓶出售,先生。论杯卖的是我们自酿的葡萄酒,选自一种白苏维葡萄品种。

那就请您给我拿一瓶沙布利干白葡萄酒吧。

他一再用指尖轻轻拂过前臂上那片蓝色的斑痕。

牡蛎被端上了桌。他一个接一个地吸溜着,同时问自己为何他认为他可以享用这种东西,享受进食牡蛎的快乐。牡蛎的味道让他回忆不起任何以前享受过的快乐时刻。因此牡蛎无法让他高兴起来。龙虾最大的好处是它上面的肉不是很多。对于龙虾的螯肢他没有那么多耐心。他肚子不是很饿。他只想舒舒服服地享受一下。他已经半瓶葡萄酒下肚了。广场上一个男人在用手风琴演奏上世纪三十年代的德语流行歌曲。艾哈特熟悉这些歌曲,他父母收藏过这样的唱片。现在他的确在享受一些事情:那就是先把手指舔干净,然后再把它们浸入盛有热水和柠檬片的杯子里。

会议期间最让他难忘的时刻是,其中一位德国经济学家在用英语进行的激烈辩论中,用德语对艾哈特说道:"请您保持克制!"保持克制! 偏偏是他应当在这场极度愚蠢的讨论中保持克制。一名希腊金融专家细致入微地描述了希腊的财政赤字是怎样产生的,他以一位在牛津找到避风港的权威人士的观点宣称,如果不进一步大力削减希腊的社会福利标准,上述财政赤字将不会得以消除。恰恰是一名意大利政治学家随即赞同了这一观点,并敦促各成员国严格遵守《欧盟稳定公约》提出的相关标准。在说话时他比划着手势,伸出两根食指不停地在空中划着"8"字形线路,仿佛是在指挥一个童声合唱团一样。艾哈特起初觉得很紧张,因为一位法国哲学家也应邀出席了本次智库会议,他在会上坚持认为,人们应再次加强德、法在欧洲的轴心作用,就连来自罗马尼亚的女同行也赞同他的这一要求。仅仅在两名德国人之间稍微出现了一些意见分歧,他俩无法对此达成一致,即德国应当"更加自信"抑或

"更加谦恭"地行使自己在欧洲的领导权利。会议的进程就是这样,艾哈特禁不住问自己,这些人到底是怎么了,在经历了多年的专业学习以及竞争大学教席和责任重大的岗位之后,现在他们知道的无非是:把多少年来人们一直在做的实践作为表述为未来政策的希冀。为此我不需要什么智库,艾哈特打断别人的讨论这样喊道,为此我只需要一份街头小报!

然后众人便开始七嘴八舌地争论起来,直到那名在亚琛大学经济学专业团队之外名不见经传的德国人用德语向艾哈特喊道:"请您保持克制!"

一位来自剑桥大学的英国文化学教授说道,基督教构成了欧洲联盟的基础,可我们今天所经历到的却是,无论是在普遍社会政治层面上,还是从个体行为视角来看,我们正在丢失作为欧洲人的这一唯一共性。

听到这儿艾哈特教授从座位上跳了起来——

不,他对服务员说,他不想要饭后甜点。他喝完瓶里的葡萄酒,付完账之后便走了。发生的所有事情他都预料到了,但却没有料到这一切竟然像一幅讽刺漫画一样。他认识许多不同国家的同行——他跟他们保持着联系——,和他们你能够进行建设性的讨论,有很多民间团体、基金会和非政府组织,人们完全可以假定,它们知晓在欧洲发生着什么。他和这些同行及机构和组织保持着通讯往来,密切关注着他们的博客。但是透露给广大公众的信息却少之又少。因此他对本次直接对话欧盟委员会主席的"新公约"智库会议寄予了很大希望。这一次他们离权力近在咫尺。但显然离权力近在咫尺的仅仅是一个气泡,就像肥皂泡那样空洞无物,但尽管如此仍不可摧毁:如果人们用针尖去捅气泡,那它不但不会爆裂,反而会弹性十足地向高处旋转。他脚底绊了一下,跟跟跄跄地差点儿栽倒,最后还是站稳了身子。都是布鲁塞尔的铺石路面惹的祸。人们坐在街头咖啡馆里,眯起眼睛欣赏落日的余晖。一名杂耍演员把四个、六个、八个、没错,是把八个球在空中抛来抛去。那名手风琴演奏者一直还在边拉边唱。艾哈特往他的帽子里投了一枚硬币,他演奏的是《男孩,快回来》那首歌!游客们站在教堂前面用自拍杆拍照。艾哈特穿越广场,但是并未继续朝酒店方向走去,而是拐进了圣凯瑟琳商业街。他漫无目标地走着,时不时看看橱窗里的陈列品,但每次他看到的都是自己架着硕大黑框眼镜的苍白面庞,以及像触电一样从头上竖起的白发。他来到鱼商大街,看到拐角处有一家名叫"卡夫卡"的咖啡馆,他觉得这个名字很有意思,于是便进去喝了一杯葡萄酒。现在他已经喝得醉醺醺了。他总爱喝上两杯,但通常都是在喜庆的时候,而不是为了借酒浇愁。先前他之所以点了那瓶沙布利干白葡萄酒,是因为他学会了,就着牡蛎一般都喝这种葡萄酒。他妻子特鲁蒂对这样的事情很在行。如果她还活着,他就将给她打电话,然后她会在电话里说:明天你在处理事情上必须巧妙一些。你有自己的想法,但请不要指责他人!你只需试着把你的想法解释给其他人。

他付完钱后继续前行。他穿过阿斯帕克大街,看到左手处有一家漂亮的老字号商店门面,它看上去像是一家典雅的珠宝店,他朝这家商店走去,他为何要这样做呢?他不需要首饰,妻子特鲁蒂已经去世了。而且她也从不喜欢金银珠宝。是商店的门面吸引了他。商店上方的牌匾上写着"神秘的身体"。他向橱窗里望去。里面摆放着各式针和笔具,它们的一端都嵌有一小块宝石,还有各种图集——这些是用来做什么的呢?最后他明白了:这家店面给人们提供身体穿洞和刺青服务。

他走进店里。一名年轻男子坐在一张硕大的未摆放任何东西的写字桌边,这样的桌子人们只有在一个国家的总统办公室里才能想象得到,他抬起头来看着进来的顾客。

艾哈特告诉对方,说自己想要纹身。他把眼前的场景感受为既虚幻不真同时又形象生动,就像是快速变换的梦境一样。他原本以为纹身师自己浑身上下都遍布着刺青,但这个年轻人却不是这样,至少人们看不到他身上有纹身图案。

您想——

是的,艾哈特边说边脱掉西服上衣,把胳膊伸向对方:我想在这个地方刺上十二颗五角星,为了把这片——为了盖住这片蓝色的斑痕。

这是一处血瘀。

是的。

我应当在这上面给您刺上星状图案?

是的,拜托您了。

但您为何想这样呢?

这看上去难道不像欧洲版图吗?

您说什么?

请您看仔细了!这一块是伊比利亚半岛,这一小块突出的地方很明显像一只靴子,不是吗?

您指的是意大利?

没错。还有这边呈流苏形状的是希腊。人们一眼就能看出。

好吧,您想象力很丰富。但是整个图案的比例不太对称,它像是,不,这不是欧洲版图,它只是一张扭曲失真的图像。无论如何这片斑痕会痊愈的——对您来说至少我希望是这样的。

我认为这处斑痕就是欧洲的形状。现在我想让您在这片斑痕上刺上星星。这需要多少钱?

不,我不接这种活儿。这样做会损伤血管,使毛细血管破裂,我无法向斑痕里运针,这种情况我控制不了。我是不会触碰这种部位的。反正再过几个星期斑痕就会消失。那样的话您的手臂上就只剩星星了,可这样一来您也就没有理由再需要刺青了——

也就是说您不想在一块正在消失的欧洲版图上刺上星星了?

对不起,先生,这样的活儿我不接。

"方舟"部里谁也想象不到,周年庆典计划竟会在欧盟委员会内部引发如此猛烈的风暴。这场风暴来临前的征兆与通常那些强烈风暴的前兆完全一样:风暴来临前简直是死一般的静寂。

起初欧洲统计局非常配合地向他们提供了情况。对方的答复很详尽,里面充满了各种数据,但并未起到太大的帮助作用。

这些临时演员!博胡米尔耸了耸肩、用德语对马丁说道。

你想说的是:这些统计学家!

是的。

欧洲统计局的回复里没有任何数据表、公式和图形,它所告知的情况令马丁如此惊讶,以至于他把回复连读了三遍,然后又目瞪口呆地凝视了它一个钟头。欧洲统计局负责人在回复里所写的基本上意味着,个体在所有基于统计的推算中都是一个干扰系数,马丁心里暗想。人们也可以将对方的答复解读为:上帝以其无法探究的意愿,使所有关于人的可支配统计数据最终都变成了无用的废纸。

根据统计人们知道,今天有多少九十岁的女性和男性生活在欧洲。人们知道,随着年龄的不断增长男女之间的寿命差异在逐步缩小。按照平均统计数值,今天九十岁的女性还能再活四年,九十岁的男性还有 3.75 年的寿命。1945 年大屠杀幸存者的数量只能估量计算了。关于幸存者中男女性别的比例根本没有任何数据。但是如果人们认为,随着年龄的不断增长男性和女性的不同寿命反正也会相互接近,并且不考虑性别差异来对大屠杀幸存者的寿命进行推算,以此查明今天可能还有多少幸存者活在世上,那么这种尝试注定是要失败的,因为在不同国家人的寿命长短不一,且人们不清楚幸存者在不同国家的分布情况。大屠杀的幸存者是在德国、波兰、俄罗斯、以色列还是在美国生活,这在推算寿命时是有差别的。此外还须考虑,某一幸存者是生活富裕还是活在贫困线以下。根据一位以色列人口学家 2005 年的估算(详见注解),40% 的大屠杀幸存者都处于贫困边缘或者生活在贫困线以下。毫无疑问这些人的境况是最为糟糕的,人们禁不住会假设,现如今这些人当中应该不会有谁还活在世上了,但是这种假设无法得到证实,因为另一组统计数字正好与之唱反调:那些在青年时代长期吃不饱肚子的人,相比其他人会有更长的寿命,与那些从未经历过生理适应压力的人相比,他们到了晚年在身体上也能更好地适应物质生活的匮乏。但是众所周知,不仅仅是大屠杀的幸存者,大多数遭受战争侵袭或者被占领地区的平民也都饱受过流行性饥荒之苦,因此人们找不到科学的公式,以便仅仅计算出今天尚活在人世的大屠杀幸存者的寿命和大概数量。

现在欧洲统计局负责人又回到一开始提到的话题上,即今天九十岁老者今后的寿命问题。他在回复中写道:"如果我们认为,今天还活在世上的大屠杀幸存者当中年龄最小的生于 1929 年——因为在关入集中营时他们至少须年满十六岁,所有十六岁以下的都被立即送进了毒气室——,那么基于寿命统计我们只知道,肯定存在一定数量的大屠杀幸存者。但即便知道他们的确切数量,我们也无法断言这一统计数字对他们来说是否贴切,也就是说,这一数字是否符合统计均值。他们肯定都超过了九十岁,也就是说理论上还有平均 3.75 年至四年的寿命。但是也有可能再过一年,我们无法确定的这一人数百分之百都已去世,或者百分之百都还活在人世。这两种情况都在允许的波动幅度以内。"然后就是那句话,它仿佛以大写字母形式在空中跳动,让马丁觉得头晕眼花:"这不再是统计数据,这是命运!"

马丁给欧洲统计局的回复附了一段评论,然后把它转发给了克赛诺。他建议暂时把那个问题放一放,即人们应当使尽可能多的大屠杀幸存者(只要人们能够统计出来)、还是使一个数量有限的代表性群体(来自不同国家的代表)、或者仅仅使一名示范性代表处于整个周年庆典活动的中心。首先争取人们对这一主题思想的普遍赞同至关重要:人们应当把本次周年庆典活动看作是一次机遇,以便向广泛的欧洲公众展示,欧盟委员会不仅仅是"欧盟各项协定的守护者"(就像在欧委会官网首页上所写那样),而且主要也是那一更为宏大和广泛的誓言的守护者,即保证使类似奥斯维辛集中营那样的欧洲文明断裂永远不再发生。马丁在评论中写道,必须把这一所谓的"永恒条款"当作欧委会的真正核心介绍给公众,因为它不仅使欧委会成为一种抽象的"管理机构",而且使之成为一种"道德法庭",通过展示纳粹大屠杀的最后一批证言人,人们能够在公众和欧委会的具体工作之间建立必要的情感关联。欧盟委员会糟糕的形象最终要归结为,人们将欧委会看作是一种单纯的经济共同体机构,而它代表的经济政策却被越来越多的人所拒绝。现在我们必须要借用让·莫奈的话语,坚持不懈地让人们牢记欧盟委员会的基本思想:"我们所有的努力都是从我们的历史经验中得出的教训:民族主义导致种族主义和战争,其极端后果便是奥斯维辛集中营惨案。"

出于这一原因,欧盟委员会前身即欧洲经济共同体委员会第一任主席、德国人沃尔特·哈尔斯坦在奥斯维辛发表了自己的就职演说。后来的欧盟委员会主席雅克·德洛尔和罗马诺·普罗迪纷纷继承了这一思想。新任欧委会主席也于1月27日在解放奥斯维辛集中营纪念活动上发表了讲话,确信"加强各成员国密切的经济联系不是单纯为了促进经济增长",而"使欧洲一体化伟大工程具有更深层次含义的必要前提:未来要避免国家层面的固执己见,从而最终阻止民族主义的抬头,因为民族主义会导致针对其他民族的怨恨和攻击,导致欧洲的分裂和种族主义,并最终导致奥斯维辛悲剧。"

最后马丁在给克赛诺的邮件中写道,他强烈建议不占用欧盟整体的财政预算,而只从欧委会的预算中资助周年庆典活动。这样就没有必要与欧洲理事会和欧洲议会就经费支出进行投票表决了(可以预见表决前的谈判是旷日持久的,最终达成的妥协也毫无建设性可言),以此造成的形象提升最终将会使欧盟委员会全面受益。

克赛诺写邮件向阿特金森夫人汇报工作,请求她同意只从委员会预算中出资举办周年庆典活动。但是在此期间阿特金森夫人又有了其他忧虑。几天前社交网络上有传言称,欧委会收受了制药巨头说客的贿赂,正计划出台一项针对顺势疗法的禁令。一天之内来自全欧的一百五十万封抗议邮件如雪片般纷至沓来,几乎令委员会的网络服务器陷入瘫痪。德国《图片报》以醒目的大字标题"布鲁塞尔官员们丧失了理智?"报道了这则虚假新闻,尽管标题被打上了问号。英国的《太阳报》、奥地利的《新克朗伦汇报》、捷克的《闪电报》、西班牙的《你好》杂志、甚至包括西班牙的《国家报》和法国的《法兰西晚报》以及《解放报》(尽管不是在头版)也都纷纷报道了此事。所有这些喧闹的报道最终都汇聚成一个目的,那就是呼吁人们抗议那些制药巨头及其安插在委员会中的说客。阿特金森夫人局促不安地坐在她的办公桌边。她修长柔滑的手指冰冷发青。她揉捏、挤压和按摩手指,同时在思考她能以何种方式有效地迎击这场恶作剧。只有《新苏黎世报》发布了旨在明确辟谣的媒体通告,但这却在社交媒体上引发了新一轮的狗屎风暴:人们知道那些制药巨头的总部就在瑞士。阿特金森在问自己,为何那些几乎称不上是反资本主义的论战性报纸,却要如此狂热地呼吁人们对抗大型企业——并借机尤其痛击了欧盟委员会,殊不知欧委会自己就在反对大企业泛滥无度的权力扩张。不久前欧委会不是才刚刚对微软和亚马逊开出了高达数十亿欧元的罚单吗?

阿特金森夫人是科班出身的经济学家而非沟通交流方面的专家,尽管现在这也属于她的工作范畴。她就任部门总管的目的是要改善欧委会的形象,当初她制订了一套积极的进取计划,可之后却总是处处被动防御。因为那则关于顺势疗法的报道欧委会主席约谈了她,问她能否制订计划阻止这些诽谤行为,让公众更好地了解欧委会的工作业绩。

没问题,当然可以。

人们什么时候能够看到计划的成效?

这她现在可说不准。

说的谨慎一些,只有预期的效果变成了现实,并且也能很快得到检验,他才会把一项计划称之为计划。

是,长官。

她揉捏双手。费妮娅·克赛诺普洛的想法现在解决不了她的烦恼。但是她很感激属下的工作投入。从中期或长远来看费妮娅是能够帮助她的。她写了这样的回复:"我同意从委员会预算中资助庆典活动——但请精确核算成本支出,详细制订所需资源的列表,也包括人员方面的安排。开始吧!"

现在克赛诺通知马丁可以放手去做了,并请他在明天之前向她提交一份用于内部磋商的"记录"。记录里应包含：预计所需资金的数额、计划执行时间表、必要的资源也包括人员安排、希望哪些其他部门的协助。

在这之后克赛诺突然意识到自己还须履行某种职责，她开始在写字桌上的各种文件当中、在茶几上和在书架里找寻那部小说，那部她近三周来没再看过一页的欧委会主席最爱读的小说。终于她从欧委会主席的办公室秘书那儿得到了一个确切的约见时间。这对她来得正是时候。现在她正好有一些可以展示的东西：凭借周年庆典计划，她将使文化这朵欧委会里无人理会的墙边之花成为公众瞩目的焦点。谁若是成功地做到了这一点，就应当在委员会里被委以更重要的职位，欧委会主席必须认识到这一点。最好把她调入贸易总署，这样她就能够和弗里驰在一起共事了。但另一方面：天天和这个男人在一起工作就一定是好事吗？她可是对他——怎么了？她感到羞怯，甚至都不敢去想"爱"这个字眼。她感觉他也必须先学会克服某种职业距离才行。在不久前他们俩在那家意式餐厅共进晚餐期间，他一直都表现得非常礼貌和友好，那种方式就像是对待好友熟人或是自己尊重的同事一样，但在这之后，当他们一块儿上床睡觉时，他却在做完爱后哭了起来。这只是出汗而已，他当时这么说，当她给他拭去脸上的泪水时，但她非常肯定，那是幸福和感动的眼泪。

这时她找到了那部小说。她清楚自己想和欧委会主席谈些什么，但是她认为，能够从他最爱看的书里诵读两句，以此让自己在情绪上对他做好更充分的准备，这样做肯定没什么坏处。

她在书里信手翻来翻去，最后她停在某个地方开始读了起来——在读到这一句时她惊骇地顿住了："一次她叫人请来一位女化妆师，为了让对方在自己身上试验各种化妆效果，以应对她将来躺在棺木里、被哭泣的爱人所哀悼的那段时光。"令她感到震惊的是,此刻她看到自己就置身于这样的情境:躺在棺木里,妆化得很漂亮,面带微笑,在进入永恒世界的时候,只有当人们想到自己的爱人时,脸上才会现出这样的微笑。而弗里驰——

第 八 章

"陷入烦恼，那是幸福的烦恼。"

蓝色信号灯在圣母怜子图周围旋转，救援直升机在圣母怜子图上空盘旋。越来越多的人像潮水般涌进这一场面，他们中有男人、女人、老人、青少年和儿童，某些人惊恐地站在原地张望，但是大多数人开始拔腿奔跑，他们跑向那些站成一排、伸出胳膊横跨在车道上的警察。停下来！站住！警察们试图拦住人群和封锁高速公路，为了让救援直升机能够安全降落，但是不断聚集的人群朝他们冲了过来，从他们身旁和横在车道上的警车旁边跑过。这些人不理解现场发生的情况，他们没有看到伤员，没有把汽车残骸当回事儿，他们脑子里想的仅仅是，人们想在这儿拦住他们，并把他们赶回原处，或许他们把救援直升机当成了一架警用或军用直升机，认为这是奥地利边防机构采取的一种不起任何作用的威胁姿态，这样的手段无法阻止他们前行，他们已经通过了匈牙利-奥地利边境，已经走过了这么远的路程，他们想继续前往德国，谁也无法阻挡他们。

记者们也已赶赴现场，他们拍照、摄像，显得碍手碍脚的。在混乱不堪的现场中这幅圣母怜子图应该很快就会传遍整个世界：那个裹着头巾的女人一身黑衣坐在行李箱上，在她的怀里斜躺着一名身着商务西服的男子。雨水就像眼泪一样挂在她的脸上。她用右手撑住男人的头部,左手高高举起,仰起头来望向空中,照片上的她给人这样一种印象,仿佛这个戴头巾的女人正在绝望地控诉着天空。而实际上她在向空中的直升机看去。

这个女人先于在场的所有人而意识到,不管怎样这名男子的身体必须被固定起来。

先前她在身后拖着行李箱往前走的时候,听见前方发出"砰"的一声巨响,那动静听起来像是爆炸声,还没明白过来是怎么回事儿,她就看到前面的人群四散开来,纷纷向两侧躲闪,并伴随着大声尖叫,突然她看到自己站在汽车残骸前面,一个痛苦呻吟的男人从残骸里探出身子。

这个男人就是弗洛里安·舒斯曼。

人群在高速公路上步行朝他迎面而来,闪着蓝灯、鸣着警笛的警车从他旁边驶过,在前方的某个地段停了下来。他只是以步速在向前行驶,最后踩住刹车使车辆完全停住。他打开危险警示灯。他看到一名挥舞着荧光棒的警察朝他走来。在离他或许还有二十米远的地方那名警察突然大喊了起来,他的叫喊如此声嘶力竭,以至于弗洛里安在短短的一刹那、同时也是在永恒的一瞬间只看到这一叫喊的画面,透过被雨水打湿的挡风玻璃,他看到警察那张大的嘴巴像是被长焦镜头拉近了一样,显得非常扭曲怪诞。这时那名警察一个鱼跃向旁边跳去。

后来弗洛里安无法再回忆起那声巨响、那次剧烈的碰撞、车身钢板断裂时发出的那种咄咄逼人的声响以及可怕的轮胎爆破声,他只能回忆起在非常短的时间里,他带着一种比震惊和疼痛更加强烈的诧异感,感觉自己像囚犯一样被关在一个狭窄的壳体里,一股不可思议的力量在将壳体甩来甩去。就这样被紧紧地固定着,他看到许多模糊的画面从他眼前滑过,仿佛他在观看一部令他头昏眼花的电影,奇怪的是那是一部无声电影。

到了事故定点医院,当人们用一把大剪刀剪开他身上的衣服时,他才又很快恢复了知觉。他睁开眼睛,剪刀正沿着他的上身剪开他身上穿的马球衫,那感觉仿佛是在被开膛破肚,他看到眼前有一张脸,听到对方在问:您听懂我说的吗?您能听懂我说的吗?

他说了一些跟猪有关的事情,他提到了猪,他含混的字句让人无法理解,随即他又失去了知觉。

一名来自奥地利布尔根兰州的出租车司机在出事当天已经多次飞车赶赴尼克尔斯多夫边界关卡,为了把难民送往维也纳火车西站,从那里他们可以乘火车继续前往德国的慕尼黑,他风风火火地急于去接下一拨难民,这对他来说是一笔快速赚钱的好买卖,因为这些可怜的难民中每个人都愿意爽快地支付三倍的运费。被匆忙、贪婪和着急冲昏了头脑,他没有看到前方的交通已经停滞了下来。就这样他丝毫也未减速,直接撞进了弗洛里安·舒斯曼停在道上的车里。

那个女人是弗洛里安的救命恩人,她在儿子的帮助下小心翼翼地把弗洛里安从残骸里抬了出来,然后把他抱在怀里,用手撑住他的头部。弗洛里安椎骨断裂,但是谨慎的救助和及时的固定身姿避免了他的脊髓受伤,否则他就要瘫痪了。当马丁给他把那份印有圣母怜子图照片的报纸带到医院里时,弗洛里安才明白了发生的一切。"你上封面了!"

信仰基督教的西方担心穆斯林的大量涌入,而这张照片则令西方人有所感伤和触动,尽管只是短暂的历史性瞬间。救了弗洛里安性命的那名女穆斯林在他们眼里就是一位圣母。

假如弗洛里安没有遭遇这起车祸,那么事情又会如何发展呢?或许马丁·舒斯曼将能够待在布鲁塞尔,阻止或至少限制他的周年庆典方案所引发的骚动,而不是立即飞往维也纳,去陪伴他危难中的兄长。于是在马丁于维也纳照顾兄长期间,布鲁塞尔欧盟委员会里便爆发了各种矛盾和冲突,这些事件很快就愈演愈烈,使得人们不再可能找到理性的解决办法,甚至连达成妥协都是不可能的了。谁要对这样的骚动负责呢?是谁想出的这个荒谬的主意?是阿特金森夫人、克赛诺还是马丁?

当然了:如果每个人只是在履行自己的职责,那怎么可能会产生责任人呢?什么是职责?是遵守规章制度、遵守确定的程序吗?还是捍卫利益,因为人们有责任或者感觉自己有责任这么去做?一切都将在上面的大轮和下面的小轮之间被磨碎,到头来不会剩下任何东西,即使碾磨过程所发出的爆裂声和嘎吱声起初也引发了人们的紧张和不安。在马丁启程前往维也纳之前,克赛诺和他还非常确信,周年庆典计划从现在开始将顺利启动。他们把风暴来临前的寂静看作是没有异议的表现,认为是众人无声的赞许。因为来自"上峰"的鼓励和庇护,他们感觉自己得到了认可和保护。

因为克赛诺终于得到了与欧盟委员会主席见面的具体时间,那是在她因周年庆典计划召开内部磋商会议的前两天。事实上准备接见克赛诺的并非欧盟委员会主席本人,而是他的秘书长。但是这种情况已经算是一种嘉奖了,是对她工作的认可和对她本人表现出的明显兴趣,因为通常情况下像克赛诺这种级别的官员顶多只会得到欧委会某一名委员的约见。或许她享受到的这一特权是弗里驰干预的结果,因为他明确推荐她担任更高的职务?可另一方面:她不是有更多的预期吗?也就是希望得到欧委会主席本人的约见吗?出于这一目的她不是对他做了精心的准备吗?不是研究了他的传记、偏好和怪癖,甚至拜读了他最喜欢看的小说吗?但是只有在人们通知她约见时间("您有什么诉求?""我们将尽力安排!"),却又一再用空话来敷衍她时,她才明白了这一点,直到弗里驰最终对她说道：和欧委会主席的预约只不过是和他属下一名工作人员的预约而已！如果你来自文化总署，那情况就更是如此了。

他微笑了起来。

请你设想一下，他接着说道，事实上欧委会主席根本就不存在。在雅克·德洛尔之后就不再有欧委会主席了。在他之后继任的都是些傀儡。委员会实际上在由顾问团操纵。欧委会主席所说的每一句话都是他的腹语表演者说的。他的所有决定事先早已做出，他的签名也是别人操控着他的手完成的。在欧委会主席一次与各国元首的会晤中，他突然拽一下这个人的领带，突然又轻轻推挤一下那个人，你在电视上看到这些了吗？这是唯一事先没有准备和他可以允许自己独立做出的举动，可以说是他在整个权力结构中的个性特征，这正是他自己导演的讽刺性游戏：他被那么多绳线所束缚，通过他自己的拉拽和推挤行为，他实际上是在以哑剧表演的方式嘲讽那些幕后指使，仿佛他自己才是幕后操纵者。因此，弗里驰最后说道，你会得到和欧委会主席预约见面的时间，但不要期待和一名傀儡见面。

然后克赛诺坐在了欧委会主席秘书长罗莫罗·斯特罗齐的对面，她从维基百科上搜索得知，他的全名叫罗莫罗·奥古斯托·马西莫·斯特罗齐，是一个古老的意大利贵族家族中最后和没有后代的传人。在欧盟各大机构中流传着一些关于他及其非常反传统做派的趣闻轶事，他被人们称作"花斑狗"，克赛诺惊讶地发现，这一雅号或许也能完全按字面去理解：斯特罗齐身穿一套蓝色的西服，胸口别着一条黄色的插巾，里面穿了一件红色的西装马甲，马甲既凸显同时又收紧了他的腹部。他谈不上肥胖，只是刚好丰满，这使得他可以向外界展示（这一点通过马甲的鲜红色表现得尤为突出),他的的确确不是什么苦行僧。他在这一权力层面上显得很不寻常,该层面由那些"身居要职的官员"所统治,他们都是从干部培训学校如法国国立行政学院学成的毕业生,这些细长的男人身着不引人注目且不太昂贵的西服,在任何方面都体现出禁欲和吃苦精神:能够进行数小时乃至连续数夜的谈判。他们好像几乎不需要饮食,看似几乎不用睡觉,他们几句话、几个手势就能应付复杂的情况,他们避免用移情的谄媚给自己的灵魂包裹糖衣,他们不需要与公众接触,权力内部的新陈代谢对他们来说就已足够了,他们放弃了外部的光环。在他们的生活和工作中没有装饰,一切都显得如此清晰但又非常隐蔽。克赛诺能够对这种类型的男人进行专业评价,她学过这个,在就读精英学校时对此有过训练,在迄今为止的职业生涯中她在这方面积累过一些经验——现在她坐在这位富于表现力的意大利伯爵对面,他挺着套在红马甲下面的肚子,像一名轻歌剧指挥那样夸张地比划着手势在说话,他戴在手上的印章戒指不停地在她眼前跳动着。这一场景并不可笑,反倒完全会让人心生敬畏,对于在他这种位置上的男人来说人们也不可能有其他想象。只是克赛诺对他特有的言行方式感到困惑,感觉自己跟不上他的节奏。他不仅精通意大利语、德语、英语和法语,而且他还饶有兴致地舔了舔嘴唇,用古希腊语开启了他们之间的会话。当克赛诺以迷惑的神情看着他时,他这样道歉地说道:可惜他的现代希腊语说得不够好,那样会让她感觉是一种痛苦。并且他一再忘记,对希腊人而言古希腊语和斯瓦希里语一样都是非常陌生的语言。

上帝是创世神,他这样说道,接着又补充说:最开始的语言即上帝之言。但是上帝的话是错误的。我很抱歉,他笑着说道。

他突如其来的说笑令克赛诺感到胆怯。在本次约见之前,她就已经提前了解了一些关于斯特罗齐伯爵的情况,为了能够对他做出评价,不至于让自己措手不及,使自己在与他的磋商中能够尽快做出正确的反应。但是现在她才明白,她听到和读到的关于他的所有情况真正意味着什么,只可惜这来得太迟了:早在神圣罗马皇帝弗里德里希二世统治时期,斯特罗齐家族就已被授封为贵族,他们和奥地利、德国以及捷克的上层贵族都有血亲和姻亲关系。罗莫罗·斯特罗齐的祖父是一名战犯,作为意大利第9军一支下辖部队的指挥官,他从1941年到1942年在蒙特内哥罗(黑山)制造了一系列大规模枪杀平民事件,但是他父亲却于1964年作为外交学院的毕业生成为意大利谈判小组中最年轻的成员,该小组负责为意大利政府筹备欧共体合并条约的起草,条约最终导致了欧共体理事会和欧共体委员会的设立。他的奥地利叔祖尼古拉斯·克芬许勒伯爵是一名狂热的纳粹分子,1945年1月他仍是克恩滕州纳粹党省党部二号头目,但是同年5月初他就立即潜逃到了西班牙,拿着佛朗哥将军支付的酬金充当了西班牙秘密警察的"顾问",在那里平安无事地一直生活到1967年去世。他的叔祖母玛里昂(娘家姓蒂尔皮茨)改嫁给了德国抵抗运动战士乌尔里希·黑塞,后来成为汉诺威社会民主党市政幕僚和纳粹受害者协会秘书。

这样显赫的家族史或许就是为何人们要将那句最著名的引言"朕即国家!"归于罗莫罗·斯特罗齐的原因了。

这样的家族史当然引人入胜,但对克赛诺来说最终也显得神秘莫测:所有这些都能持续产生影响,给一个人的生平打上深刻的烙印,这对她来说是完全陌生的。她对自己家族的认识是这样的,自从有了摄影人们才对先辈们有所了解,但这种了解也仅局限于知道他们的名字,基本上他们的生活方式和父母的或许没什么两样,受物质条件所限他们和睦相处互相帮助,情况肯定就是这样的了,因为没有关于他们的故事,他们也没有做出过惊人的壮举,家族中只是偶尔有过像她叔叔科斯塔斯那样的特例,也就是追求永恒爱情的那位叔叔,然后到了现在,又出现了与家族传统毅然决裂的情况:这个人就是她自己,她把一切都抛在了身后的故乡。当克赛诺在维基百科上阅读了有关罗莫罗·斯特罗齐的详细信息后,这个男人所有的身世和家族背景并没有给她留下特别深刻的印象:这些对她来说都是虚张声势的胡乱堆砌而已——斯特罗齐是欧盟委员会主席的秘书长,但按照维基百科的介绍仿佛他的主要职业是显赫贵族的后裔,克赛诺觉得这太荒谬了。真正令她惊奇和印象深刻的是另一条信息:罗莫罗·斯特罗齐在1980年的夏季奥运会上赢得了一枚击剑项目的奖牌:个人佩剑项目的铜牌。

这条信息你知道吗?她问弗里驰。

知道,这我听说过,弗里驰回答道。那是在莫斯科举行的夏奥会。据说很多国家、具体数量我不清楚,当时都抵制那届奥运会,因为苏联军队入侵阿富汗事件,这就让斯特罗齐占了很大便宜,因为那样一来一些世界级的击剑运动员根本就没去莫斯科参赛。

但是他获得了参赛资格,比赛中他奋勇拼搏,并最终赢得了一枚奖牌。

是的,他做到了。可你知道这件事的有趣之处是什么吗?这是一次在谈论斯特罗齐的时候格诺对我讲的:意大利运动员虽然没有抵制参赛,但他们在入场时举的并非自己的国旗,而是奥林匹克会旗:白底上的五个圆环。在向意大利运动员颁奖时奏响的不是意大利国歌,而是《欢乐颂》。据说当时斯特罗齐家族对意大利奥委会的决定产生了很大的影响。

克赛诺看着斯特罗齐,他手上的那枚印章戒指始终在她眼前跳动,此刻她脑子里就这个挺着罩在红色马甲下的小腹的男人所想的便是:在击剑项目上的奥运会奖牌!她不熟悉这项运动。为何她要去熟悉它呢?斯特罗齐赢得了个人佩剑项目的奖牌。那不是花剑项目。如果克赛诺了解这两个项目的区别,那她现在也能更好地预判他们会话的走势了。

她原本期待,他将开门见山直切正题。像他这样的男人没有那么多时间。他会直截了当地问她,他能为她做些什么,然后对她的关切表现出兴趣或者假装有兴趣,她必须快速、精炼地表达自己的诉求,从而使得他的反应朝"感兴趣"的方向发展。但是令她惊愕的是他却这样问道:您知道我对什么感兴趣吗?在这方面我现在很想听听您的意见。您对比基尼泳装禁令有何看法?作为女性您的观点真的会令我很感兴趣。您认为男人们如尼斯市长有权决定女人必须穿什么衣服吗?说得再明确一些,男人有权决定女人在游泳时必须脱去外衣吗?女人在游泳时必须脱衣,这是我们基督教文化的规定?是这样吗?对此您怎么看?您无法想象就这个问题有多少人在质询我们。在这个问题上欧盟委员会必须做出表态。

克赛诺无言以对。

斯特罗齐面带微笑。我的要求有点儿过分了,他说道。我个人认为比基尼泳装能够保护女性不患皮肤癌。

克赛诺不清楚,是否斯特罗齐在严肃认真地期待她——

但是对于禁止比基尼泳装的呼声却越来越高涨了,他又接着说道。我们这样做的出发点是什么呢?是反对宗教狂热和正统观念吗?没有任何准则强令我们必须这么去做。幸亏没有。在欧洲我们可以关掉电灯和关闭店铺。如果明令禁止比基尼泳装,那我们也须禁止卡夫坦(许多中东民族所穿的长袍大衣)和什特莱牟了——

什特什么?

什特莱牟。就是那种正统犹太教徒戴的圆形的大毛皮帽。

但是这两者还是有差别的,克赛诺说话的声音几乎让人听不到。

当然两者之间是有差别的。所有相似的东西都有差别。一切有别于他者的东西也都有相似之处！我还想对您说的是：如果那样的话我们甚至必须禁止男士穿商务西服了。我在办公大楼里整天都被那些身着商务西服的男人所包围。那就像是一种制服，看上去都长一个模样，简直令人恐惧。请您相信我，按照这样的穿衣方式所有那些男士都是正统教徒和宗教狂热分子。您现在会说，他们应当脱去西服吗？

克赛诺迷惑地看着斯特罗齐，他笑着把身子向后靠在椅子背上，双臂舒展得很开。然后他身子前倾，始终面带微笑，但现在明显是要把话题转到正事上来，并愉快地说道：但是我不想窃取您宝贵的时间。请您直截了当地告诉我，我能为您做些什么。

斯特罗齐说他不想窃取她的时间，这不仅是他们会话情境的讽刺性反转，而且还是像击剑运动员所说的一种典型的转移进攻。克赛诺无法用"反拨挡"来回击他，因为她连什么是"反拨挡"都不知道。她无法想象击剑运动会对一个男人产生怎样的影响。因此尽管她一般总要事先对各种情况做周密的准备，但这一次她对斯特罗齐事实上毫无准备。回避对方的明显意图、躲让和佯攻、施展虚招、转移进攻、直刺进攻和击打进攻，然后在出其不意的突然停顿之后击中对方。对方尚未反应过来是怎么回事比赛就已经结束了，双方相互握手，彼此表达敬意。转眼间一名见习生把克赛诺送到电梯口，陪同她乘电梯下楼来到贝尔莱蒙大厦的前厅，她走出前厅迈进烈日炎炎的户外光线里，像失去感觉一样走回到约瑟夫二世大街，回到自己的办公室里。现在该怎么办呢？

起初他出人意料地用古希腊语说的一顿开场白已经让她感到迷惘，然后他又突然改说法语，这就更令她措手不及了。她只能也以法语应对,尽管她对自己的法语不很自信,她更喜欢说的是英语,这是他们俩都熟练掌握的语言。斯特罗齐肯定知道这一点,他百分之百了解过这方面的情况。在会话过程中斯特罗齐能够比她更自如、更优雅地操用法语,这样他就能随心所欲地掌控两名击剑运动员之间的距离了。至于比基尼禁令一说——他真的是在严肃地谈论这个话题吗?他不可能是认真的——这只是非常巧妙的障眼法而已。先前因为惊愕她变得机警不起来了,她无法再全神贯注。现在在返回自己办公室的路上她还说不清楚,这次会谈可能会产生什么后果。相反她一再对自己说,最终她表现得还不错,她反复在脑子里重新分析重要的会话时刻,仿佛她要让一段电影剪辑从头演到尾,然后把它倒回去重新播放,直到她确信无疑:是的,她胜利了。她也有不尽如人意的地方,但终究那是一场胜利!

她知道他心里清楚,她其实是想调入其他总署。因为她最初申请预约就是出于这个理由。这也是为何她迟迟得不到约见时间的原因。因为人们是不会满足她的愿望的。如果不是弗里驰出面干涉,她或许永远也得不到这次约见。而在会谈中她根本就没有涉及这个话题,而是充分介绍了周年庆典计划。她觉得这是非常高明的做法。她将展示欧盟委员会的意义和功绩,提升欧委会在欧洲公众中的形象。是她想出了周年庆典计划这个主意并制订了相应的方案,她有这个能力。之后的事情将很清楚,她在欧盟委员会这个机构当中理应担任更为重要的职务。这一点现在根本无须明确地被说出来。她现在需要的仅仅是欧委会主席的同意和正式支持。一旦他声明,这样的周年庆典活动也是他本人的愿望,那么人们就只能朝这个目标迈进了,那么所有的人都必须齐心协力。克赛诺把马丁制订的书面方案递交给斯特罗齐,简明扼要地向他解释了方案的基本思想,并特别强调和明晰了这一点:方案涉及的是欧盟委员会而非"欧盟",它要使欧委会摆脱那种被视为脱离现实的官僚机构的不光彩形象，把它定位成历史教训和人权守护者的角色。因此仅仅从欧委会预算中资助周年庆典计划也显得非常重要，当然这首先需要欧委会主席的全力支持。该计划无疑也符合欧委会主席的利益，恰恰是在当前，欧委会正面临真正意义上的形象问题。她设想必须由欧委会主席通过一场主题演讲拉开周年庆典活动的序幕——

同意，斯特罗齐说道，同意。我相信我不会使自己语言能力的弹性受到过度拉伸的，当我——

对不起，您说什么？

我相信，他微笑着说道，我可以不征求他的意见马上就向您保证：欧委会主席将支持这一计划，并在开幕式上发表演说。接下来我会立即让人整理带有这一承诺的会谈记录。记录今天就能送达给您。

这就是克赛诺所说的胜利。她获得了自己想要的东西。她把这句话轻轻地念叨给自己听，当她来到约瑟夫二世大街70号、先去员工餐厅给自己取了一杯咖啡的时候。她端着咖啡朝庭院里的一张桌子走去，桌边已经坐了两名"火蜥蜴"，她跟他们坐在了一起，突然她对斯特罗齐伯爵产生了一种热诚的同情感，是的，应当禁止男士们穿商务西服，她问那两个人身上装香烟了没有，现在是可以破例抽一支烟的时候了，那两名"火蜥蜴"吓得向后一退，仿佛她在向他们打听砒霜或者鸦片。这时马丁和博胡米尔也端着咖啡杯来到庭院里，克赛诺招呼他们俩过来，然后对他俩说：好消息！周年庆典计划从现在开始也是欧盟委员会主席的愿望了。你们谁能给我一支烟抽吗？

她隐隐感到一丝疑虑。她要驱散这种感觉。她想排挤掉的是斯特罗齐最后就方案的进一步规划所说的两三句话：啊，对了，我会负责安排怎样使其他成员国参与到该计划当中的。

其他成员国？也就是说欧洲理事会？克赛诺问道。为何要让他们参与呢？该计划是欧盟委员会的事情，我们对此可是达成一致的。

没错，这一点很清楚。但是成立欧盟委员会的是各成员国。

当然。

在这个环节上克赛诺做得确实不够机敏。这句"当然"最后暴露了她的隐蔽之处。她没有意识到对方佩剑的劈砍招式，转瞬间她就已经被淘汰出局了。通过她的这句"当然"，她不可避免要遭受欧盟各大机构如欧洲理事会和欧洲议会的纠缠，它们不应当被卷入这一计划，马丁就曾不无道理地这么建议过。现在人们不再齐心协力地朝一个方向努力，而是闹哄哄地纠缠于一团乱线，起决定性作用的不再是共同利益而是诸多利益。一直以来就致力于展示自己可见性的她，没过几天就只希望不被别人看到，把一切都推给马丁去做——而马丁现在已经到了维也纳洛伦茨·伯勒尔事故定点医院，正坐在他兄长的病床边。

但在这之前还召开了内部磋商会议。在这次会议上一切也都进展得非常顺利。大多数总署都对这次会议置之不理。对于欧委会内部每一个想推进某一项目的人来说，对该项目所表现出的普遍的漠不关心反而会令他非常轻松。这样人们就不必为大量的观点和反对观点、毫无建设性的建议以及狭隘的批评而伤透脑筋了，人们就可以立即向前迈出更大的步子，创建不会再有退路的事实。会前所有的部门都被通知到了。

当然联络总署派人来参加了会议，毕竟周年庆典计划最初是阿特金森夫人想出的主意，她和克赛诺也定期保持着联系。移民和内政总署派来了一名女性代表，结果表明这是非常有成效的做法，因为计划所包含的"纪念大屠杀"主题正好属于该总署的工作范围，与此相关联它能够以其权限和人脉给计划的实施带来一些帮助。来自贸易总署的是一名年轻男子，这是弗里驰特意安排的，显然他想让人向他详细介绍克赛诺计划的内容，那名年轻男子本人只是在会上作了一些笔记，并时不时点一点头。意外的是司法和消费者权益保护总署也派人前来参会。事后证明这种情况是有原因的，因为这名在该总署里负责与文化总署合作的官员正是从大屠杀中生还的法国幸存者的孙子。这一点立即引起了马丁的兴趣：他祖父母是否还活着？可惜已不在人世了。他们已经去世三十多年了。

怎么农业总署没有派人来？会议开始的时候马丁颇具讽刺口吻地问道。

农业总署是欧委会里拥有预算最多的部门，俨然就是国中之国，它一贯推行强硬的利益政策，但众所周知的是对其他总署的利益却很少表现出有责任心。来自联络总署的代表回答说：当这件事被忘却的时候，那些农民才会出来过问。

不言而喻，在这轮会议上针对旨在提升欧委会形象的大型庆典活动不仅没有反对意见，而且也没有人质疑本次活动的指导思想，那就是使奥斯维辛集中营的幸存者处于欧盟委员会周年庆典活动的中心。周年庆典计划也是欧盟委员会主席的愿望，并在此期间得到了他本人的确认，这一消息更使得马丁的方案未遭遇太大阻力便整体上被通过，只是在个别实践和组织环节上又讨论了一番：时间表、资金、资源，也包括人员安排。在将近一个半小时之后会议结束了，最后一切都看似在沿着正确的轨迹发展。

这一天是周五下午。在回家的路上马丁·舒斯曼在位于旧市场街上的奶酪店里买了一根法式长棍面包、一瓶桑塞尔白葡萄酒和几种不同的奶酪。售货员是一名年轻男子，他饶有兴致地切割并精心包装顾客购买的所有东西,与此同时他自己就已经馋得直流口水了,此外他还说服马丁买下了一包无花果芥末,它产自瑞士提契诺州,是新到店的品种。您恐怕不会相信,他这样说道,但是这种芥末要好于产自法国勃艮第的芥末配无花果,因为兴奋他吧唧着嘴亲吻了一下自己的指尖。就着山羊乳酪一定要吃无花果芥末,他接着说道,我要说的您都知道了,但这一次您一定要买这种提契诺无花果芥末。

好吧,那这一次我就买这种提契诺无花果芥末吧,马丁说道,他以前在这里从未买过无花果芥末。

到家后马丁把奶酪倒在一个盘子上,把它和芥末一并放到桌上。奶酪配芥末?他掰掉一块法式长棍面包,它尝起来就像棉絮一样。天热得令人窒息,马丁脱去鞋和裤子,打开一扇窗户。葡萄酒是常温的,他把葡萄酒瓶放进冷藏格里,从冰箱里取出一瓶朱皮尔啤酒,站到敞开的窗边,俯视下面的广场。他对着瓶子喝啤酒,抽着烟望着窗外,俯视下面广场上熙来攘往的人群,烟灰从香烟上掉落,盘子上的奶酪逐渐融化、流散开来。

窗外的景物和人群呈现给马丁的画面,让他回忆起他从前喜欢过的一本少儿读物,还在他识字之前他就反复研读了它许久。那本书叫《城市》,是一部大开本的"找找看"画册,书里的每一页都厚厚的像硬封面一样,上面展示着密集的彩色图片。他母亲从来抽不出时间和他一道看那本画册,他也记不清是谁送他的那本书,但它肯定是别人送他的礼物,因为他父母从不给他买这样的东西。但是他哥哥弗洛里安有时会在晚上坐到他床上,然后他们就一块儿看那本画册,就跟他现在注视下面的广场一样——卖花女人在哪儿?

在那儿!

警察在哪儿?

在那儿!
邮递员在哪儿?
在那儿!
消防车在哪儿?
在那儿!
喷泉在哪儿?
在那儿!
蔬菜摊在哪儿?
在那儿!
穿短裤挂着相机的男人在哪儿?
在那儿!
手拎购物袋的女人在哪儿?
在那儿!
手执机关枪的士兵们在哪儿?
在那儿、那儿、那儿、那儿还有那儿!

这时他的智能手机响了。马丁看了看来电显示,他不认识那个电话号码,但他还是接听了电话。

就这样在他穿着内裤、手里拿着啤酒瓶、望着窗外的《城市》发呆时,他从电话里得知,他哥哥正躺在事故定点医院里。

在阿洛伊斯·艾哈特十二岁那年,他成为玛利亚希尔夫竞技俱乐部的成员,这是一家小型的、有进取心的城区体育协会。在艾哈特的记忆当中,加入体育协会是他父亲而非他本人的愿望。在这件事上没什么可讨论的:阿洛伊斯理所当然必须成为这家"俱乐部"的成员。否则人们将会怎样议论呢?体育用品商的儿子根本就不像运动员?当时的世界比现在的要小,人们的思想也只局限于所生活的城区。如果人们生活在维也纳第六区,那么人们会尽可能知道城区里发生的一切,诸如谁做了什么,怎样做的以及为何要这么做,从莱姆格鲁伯到玛格达伦格伦特,再经由宫本多夫直到左维也纳河畔大道。阿洛伊斯·艾哈特能够回忆起,他父亲曾热情洋溢地谈论过一场婚礼,那是在宫本多夫广场上的圣埃及教区教堂里举行的婚礼:"这是玛利亚希尔夫迄今所看到的最美妙的婚礼!"是玛利亚希尔夫!不是维也纳!人们是"玛利亚希尔夫的居民",如果人们沿玛利亚希尔夫大街往南走,越过巴本贝格大街进入维也纳第一区,那么人们就"进城了"。在位于卡皮斯特兰街的卡夫卡咖啡馆里人们在背后议论,说永远只看到"体育店老板艾哈特"的儿子"博阿"在死读书,但却从未见他打过球。于是没过多久阿洛伊斯便成了"俱乐部"成员。他必须选择一种"运动项目"。体操是不可能的,那是给女人设立的项目。器械体操对他来说是完全陌生的,还在上中学时他就害怕这样的运动,上体操课时他在单杠上甚至连杠上盘旋这样的动作都完成不了。只不过他觉得玛利亚希尔夫竞技俱乐部的体操老师很幽默和招人喜爱:他叫雅诺什·格尔盖伊,是一名1956年从匈牙利过来的难民,他把自己称作"体操之父雅诺什",用迷惑人的匈牙利口音欢迎了阿洛伊斯:"在能练习体操的地方你可以放心地坚持下去,因为坏人是没有双杠的!"可阿洛伊斯不愿这样,他不想练习双杠,不想练习鞍马,不想练习单杠!玛利亚希尔夫竞技俱乐部以拳击项目著称。它在三个重量级别上都产生过奥地利冠军。拳击教练托尼·马尔夏特拧了一下阿洛伊斯的上臂,用嘶哑的声音说了一通让人听不大懂的话,用非常轻蔑的眼神看人,这使得阿洛伊斯坚定了自己的看法,即拳击不是一项运动,而是疯子的一种明显的反常行为。他愿意报名参加足球项目的训练,他了解这方面的规则,在学校里人们也讨论足球,因此他在与同学的谈论中可以有更多的话语权,他以为他只须在场上跟着跑一跑就行,他无须表现自己,足球场上总会有其他人一定想要控制皮球。

皮球。

一天在训练结束之后,当天的训练实际上是他们在丹泽尔草坪上冒着倾盆大雨打的一场泥巴仗,之后教练霍拉克先生让阿洛伊斯把协会用球带回家里。当时人们还在用人工缝制的皮球,那是所谓"真正的"足球,是一种贵重物品,通过这种皮球,俱乐部成员也与那些在街头踢野球的男孩们区分开来,后者在公园里踢的都是"用破布缝补的沙包"或者廉价的塑料球,那只是质量好一些的气球而已。

阿洛伊斯这次得到的任务是护理皮球,也就是说他要把惨遭泥浆、粪便和雨淋虐待的皮球清洗干净,用皮革专用防水油给皮球上那些细小的裂纹和裂缝"打蜡",然后当皮球因布满油脂而显得"发胖"时,再用一块软布把多余的油脂蹭掉并把皮球擦亮,"就仿佛它是人们在谒见皇帝时要穿的那双鞋"。

阿洛伊斯·艾哈特暗自微笑。他心想,其实他当时已经学了一些只是自己还根本无法理解的东西:即使在平庸中,历史也依然在坚持不懈地继续着自己的影响。

也许霍拉克先生是从教育心理学角度出发,认为如果他把这项任务交给阿洛伊斯,就能促使他表现出更多的责任心和与俱乐部的认同感。或许霍拉克先生意识到,阿洛伊斯已经没有兴趣再来俱乐部参加训练,在训练中遭受折磨,在比赛时自己坐在替补席上,但另一方面还得为他父亲做广告,即作为唯一的脚穿带有交替鞋钉的最新款的足球鞋的队员,而这样的足球鞋在"艾哈特体育用品店"里可以买到。

就这样阿洛伊斯把皮球带回了家,周日在与奥塔克林队的比赛中他应当把皮球再带回到俱乐部。这是本赛季最重要的比赛场次之一,因为人们和奥塔克林队一直就有一种特殊的竞争关系:玛利亚希尔夫城区的居民当时把奥塔克林人轻蔑地称作"巴伐利亚人"甚至"日耳曼人",这方面的历史原因没有人再知道得很清楚了。据说奥塔克林是巴伐利亚移民在维也纳近郊建立的一个城区。这一传说当时不知怎的和那种对于"愚蠢狂妄之徒"的普遍仇恨融合在一起,这里说"愚蠢狂妄之徒"指的是德国人,他们理所当然要对所有战争、战后和占领时期的不幸负有罪责。这种说法是荒谬的,可它还是使那种激动的情绪持续升温,这样的不满情绪因为内城区和外城区、中心城区和边缘城区之间的传统竞争早已有之。

然后奥塔克林队前来参赛了,可是玛利亚希尔夫俱乐部的球员们却找不到自己的比赛用球。

原来皮球在阿洛伊斯的房间里,它正躺在柜子旁边那个阴暗的角落里。阿洛伊斯没有前去参赛。当他决定不再去俱乐部的时候,他把皮球的事也忘在了脑后,因此也就没有把它送回到俱乐部。

可以想象的是,周一在位于卡皮斯特兰街的卡夫卡咖啡馆里就这件事人们背后都议论了些什么。父亲艾哈特向俱乐部捐赠了一个崭新的"真正的"足球,并向全体队员赠送了一套运动服,才平息了这次丑闻。他痛斥了儿子一顿。

阿洛伊斯·艾哈特坐在布鲁塞尔公墓的一张长椅上,他把头向后仰着,闭着眼睛在微笑。为何他现在又回想起这一切?

可靠性是一生中最重要的东西,他父亲这样对他说。你可以为所欲为,但是可靠性必须成为你生命中的金科玉律:在两种人群面前你必须做到绝对可靠,一种是你喜欢的人,另一种是你用得上的人。

可我不喜欢霍拉克先生,阿洛伊斯说道。

父亲一言不发地看着他。

而且我也不需要他。

你肯定吗?你肯定你永远也用不上他?你确信永远都不需要你俱乐部队员中的任何人吗?

阿洛伊斯一声不吭地看着他的父亲。

怎么了?你听懂了吗?把我对你说的话重复一遍。

我必须做到可靠。

对谁可靠?

对那些我喜欢的人,还有那些我用得上的人。

不,我的儿子,我们说的不止这些。再来一遍:对谁可靠?

阿洛伊斯默不出声地看着他的父亲。

你必须始终保持可靠。原则上必须这样。对那些你喜欢的人你要做到可靠,这是不言自明的。但你也要对所有其他人做到可靠,因为你永远也不知道你会用得上谁,不清楚谁会对你造成损害。这回明白了?

我必须始终保持可靠。

如果你对别人许下了诺言,那你必须要怎么做?

信守诺言。

如果你接到一项任务,那你必须要怎么做?

把任务、把任务——

完成任务,没错。

如果别人期待你去做某事,而你没有马上声明你做不了这样的事情,你也找不到充分的理由解释为何你不想去做,那你必须要怎么做?

阿洛伊斯看着他的父亲。

没错:那就是去做那些事情!我再也不想在卡夫卡咖啡馆里被人指责,说我不会教育自己的儿子,都清楚了吗?

清楚了,父亲。

为何阿洛伊斯·艾哈特现在回想起了这一切,对此他既受感动又觉得可笑,而与此同时他坐在布鲁塞尔公墓的一张长椅上,望着一座坟墓在等待着什么?

他很生气,因为他又一次乘飞机来到布鲁塞尔,来参加"《欧洲新公约》智库"第二次会议。在预订航班、收拾行李箱和乘出租车去往机场的路上他都感到很生气,在飞机上他还对自己气得不得了,在阿特拉斯酒店办理入住手续时他对前台那位说话柔声细语的年轻女士很凶,因为一切都令他心烦意乱,那种自以为了不起的拖着拉杆箱穿过布鲁塞尔的做派,那种虚张声势的急匆匆赶往会场的架势,那种用空话来回答空话的虚伪,那种从空洞的思想到令人难懂的语言混乱的悄然转变,他觉得所有这些都毫无意义,让人看不到一丝希望,一切都是在消磨时光。他想把皮球滚到角落里并把它忘掉。

但他还是答应前来参会。他成为这个智库小组的成员。更有甚者,他表示愿意在本轮第二次磋商会议的开幕式上作主旨发言。他接受了这项任务。皮球现在在他手里。因此他前来参会。他要做可靠的人。

他微笑了起来。

他必须这样。这种观念于他已深入骨髓,正是这种可靠性让他一步步走到了今天。从玛利亚希尔夫到足迹遍布全球,最后再回到他身上。相反他在智库小组第一次会晤时感受到的那种失望又是什么呢?那种无关紧要的轻蔑又是什么呢?——他这个博爱主义者不得不承认:是的,就是那种他面对智库小组成员所感受到的轻蔑。

他可以一概而论地说,他们都是可鄙的吗?其实还是有差异的。至少可以对可鄙性及其效果划分等级。艾哈特教授把智库成员划分成三类：首先是那些爱慕虚荣的人。诚然，基本上所有的人都有虚荣心，从某种意义上讲也包括他自己。因此人们必须更为精确地将他们定义为彻头彻尾的爱慕虚荣者。对他们来说智库最为重要——因为他们自己就是智库成员。智库的意义也正在于此，因为它就是要使每名成员都能在其中感受到自身的重要性，并让这种重要性得以彰显。艾哈特了解这种类型的人，他知道他们在家里、在大学院系，或者在其他供职的机构里是怎样大肆渲染自己的重要性的："顺便说一下，同事先生，明天我必须前往布鲁塞尔，您知道的，我是欧盟委员会主席顾问团的成员！"这就是他们的长生不老之药：成员资格对他们的工作环境产生了直接影响，他们很自豪在事业上有如此成就，很骄傲不必再去洗耳恭听别人的意见，而是能够有选择地倾听。他们很容易受到鼓舞，被他们自己所鼓舞，他们的讲话是以口头形式展示的纯粹幸福，因为他们享有很大的话语权。他们从未有过创新思维，也无法理解和接受别人的思想，如果这种思想没有被像他们这样的人无数次相互引用并通过脚注加以确定的话。他们基本上不会伤害别人。他们真的没有恶意吗？如果小组会议涉及一系列决策和决议的话，那么和这些人你能够形成多数派意见。

其次是那些理想主义者。只不过：所有的人在一定程度上不都是理想主义者吗？也包括他本人。只是他们的理想有所不同。对于其中一个人而言理想比如说就是拥有数倍于其他人的工资收入，因为在一个以工效衡量一切的社会里他通过努力取得了相应的工作业绩，但他的理想与另一个人的公平分配理想是相矛盾的。这些陈词滥调艾哈特早在国民经济学专业学习的第一学期里就讨论过了。基本上人们只把那些没有任何理想的人称作理想主义者，也就是不折不扣的理想主义者。他们起初是反对爱慕虚荣者的同盟伙伴,但很快总会有某一方面、某个细节与他们无私的理想相悖,从而使联盟最终以失败告终。在坚持理想方面他们是不会妥协的。他们如此忘我,故而"为了能够照镜子"并且看到自己,他们必须拥有一些只有他们才有的东西。这样的东西就是他们自己。当要进行表决和决议时,他们又突然变得不再那么强硬了:他们的担忧在于,能够通过赞同小的弊端来阻止更大的弊端。然而那些不折不扣的理想主义者在形成多数派方面往往并不起决定性作用。他们的人数太少了。通常情况下那些彻头彻尾的爱慕虚荣者就足以构成多数派。但是突出的现象是,理想主义者通常都与爱慕虚荣者一道投票。相比那种与他们确定的事情无法协调的不确定性,显然他们觉得不言而喻的熟悉的事情要更加安全、祸害更小。这些烦人的文字游戏,什么叫不确定性和确定性,艾哈特心里暗想,并向自己道了个歉。另一方面事情也没那么糟糕。他微笑了起来。不管怎样这种骗术还是令人吃惊地发挥了很好的功效:确定和现实的东西总是以表格和数据、以框形图和箭头的形式展现在人们眼前,在讨论"能够使什么成为现实?"这一问题时,人们再次使用大量的框形图和箭头,翻转图上的每一页都画满了框形图和箭头,而且是用不同颜色的荧光笔,把翻转图越过轴框向后翻动一页,仅仅是这样的动作就显得很了不起,显得充满活力!在新的一页图纸上又画满了新的框形图,它们通过箭头被连接起来……——只是我们所生活的世界并不是这样运行的,任意某一其他世界也不是这样的,后世肯定也非如此。但是人们只须为理想主义者们设定一个框形图,把他们的某一理想写进一个框形图,从这个框形图出发向上画几个箭头通向欧委会主席,再从下面画几个箭头指向这一框形图,然后便大声宣布:需求驱动是自下而上而非自上而下的,这样人们就用一堆杂乱的箭头和连接线编织了一张网,而那些理想主义者就被困在这张网中。

这时第三类人微笑了起来:他们在会意地微笑,就跟爱慕虚荣者一样,但他们的会意程度要更深,最后显得非常高兴,也就是说当那些理想主义者只是阻止了最糟糕的事情时,他们笑得最为开心。这种类型的人都是政治说客。不过对他们也须进行区分:他本人、阿洛伊斯·艾哈特教授不也是一名政治说客吗?一种思想的游说者?特定利益的游说者?尽管在他看来恰恰是他们在为公众谋福利。这里所说的政治说客不具备这样的思想,他们甚至无法想象一种思想的可能存在。公共事业、公众利益,这对他们来说是必须和不得不卖出的东西。卖出和买入,他们的世界就是这个样子,甚至他们可能会认为,唯一的公共利益也正在于此。他们在这样的顾问组里不是大企业的代表,而是大企业基金会的代表。人们不能低估他们所促进、资助和支持的一切,人们甚至不应随意挑剔他们只是对文化辩解的投入,所有这些事实上在某些方面已经产生了巨大的社会效益,艾哈特教授也不想否认这一点,他不仅作为经济学家,而且在自己所在大学的第三方资金获取方面也都经验老到。但是令他无法忍受、也让他对这样的智库丧失信心的是,他们总会找时机将每一次讨论都据为己有,并且总是以千篇一律的说教结束讨论:我们需要更快的经济增长!无论讨论的主题是什么,最终都会归结为这一问题:我们怎样实现更快的经济增长?向内生长的脚趾甲就是一个增长问题,一次艾哈特这样反驳道,可他只收获了对方的不解,但是民众对欧盟各大机构普遍的信任缺失就是经济增长乏力的后果,它也导致了非常危险的右翼民粹主义的成功——很明显:如果实现了更快的经济增长,右翼民粹主义就不会抬头。那怎样才能促使经济更快增长呢?显然要通过更多的自由化措施。不再给欧盟制定共同规则,而是每个成员国都应给自己尽可能减少规则。这样虽然永远也不会产生真正的联盟,但却能实现经济增长,这对于欧盟来说将是最好的结果。现在就已非常清楚的是,最后"《欧洲新公约》智库小组"将向欧盟委员会主席提交一份方案,方案里将做如下建议:我们必须努力实现更快的经济增长。欧委会主席将不失礼貌地表达谢意,赞扬智库小组的重要工作——然后没有仔细阅读就把方案束之高阁了,因为他根本没必要阅读这样的方案,就能在下一次发表主题演讲或者在下一次接受采访时说:我们必须努力实现更快的经济增长!

艾哈特知道,这些政治说客并非一定是愤世嫉俗的人,并不都是。他们真的相信自己所说的话,其一是因为除此之外他们没学过别的,其二是因为他们学会了靠这个来赚钱。人们为他们的说教支付高薪,靠所有其他事情他们挣得很少或者干脆一分钱也赚不到。不管怎样这是一种经验。你不能责备一个人对于富裕的追求,也不能责备他对于财富的渴求,但可以指责他的这一点:那就是能够被别人收买。客观地说,他们就是这样的人。他们之所以被支付薪酬,是因为他们捍卫成规,对不符合成规的思想一概不知。如果他们谈论未来,那他们谈及的实际上是尽可能对当前的顺利延长而非真正的将来。他们不理解这一点,因为他们认为未来是由不可阻挡的趋势构成的。在上一次开会时一名政治说客说道:现在的趋势明显在朝纵横交错的方向发展——我们必须设法使自己适应这一发展趋势!这时艾哈特反驳道:上世纪二十年代末整个欧洲的发展趋势明显呈法西斯主义走向。在这种情况下我们应当使自己适应这一发展趋势吗?或者说抵抗法西斯主义难道不是正确的做法吗?

爱慕虚荣者显得不知所措,政治说客们在幸灾乐祸地讥笑,愚蠢的是只有那些理想主义者点头称是,但他们终归还是放弃了自己的初衷,因为在艾哈特接下来的详细论述中有一些他们无法理解的细节。

没错，艾哈特是很天真。他过去几年出版的著作使得他受邀加入了这个圈子。但是他高估了自己所处的环境。他真的相信，在这样的顾问组里通过与其他人的不断合作，就跟在欧委会主席的接待室里完全一样，他能够逐渐影响那些政治精英并以此有所作。具体来说就是参与制订合适的计划和方案以拯救欧盟。然后皮球将会回到欧洲的政治领导层手里。

但是事情并不是这么发展的。他很快便清楚了这一点。

但他还是要做主旨发言的。他答应过要这么做。尽管这一切令他无法忍受，让他看不到一丝希望。他做出过承诺，他要做一个可靠的人。他对自己的老师阿曼德·莫恩斯也有过亏欠，现在他正坐在长椅上望着他的陵墓。他是临近中午到达布鲁塞尔的，他在会议上要作的主旨发言 18 点才开始。为了打发时间，他决定再乘车去一趟布鲁塞尔公墓给自己的老师扫墓——他正是引用老师的话开始了自己的主旨发言："20 世纪应当是 19 世纪的国家经济向 21 世纪的人类经济转变的过渡时期。它以恐怖和罪恶的方式被阻止了，在这之后那种欲望的重新和更加迫切的复活。但只有少数政治精英意识到了这一点，他们的继任者很快便不再理解这两方面的深刻含义了：一是民族主义的犯罪潜能，二是从历史经验中已经得出的教训。"

在他决定不再像以前那样继续去俱乐部参加训练和比赛之后，他彻底修改了自己的报告。他看不到再有什么理由促使他在长达一年的时间里，极具耐心地去尝试从替补席进入首发阵容。他永远也得不到上场比赛的机会。相信自己能够参赛，同时改变比赛规则，这是他曾犯下的错误。这样是行不通的。他绝对做不到使这个圈子里的任何人信服他的观点，就跟人们同样无法使一条流水线停止运转一样，如果人们每天都耐心地在流水线旁进行着机械熟练的操作，但却突然对其他同事们说，自己对何谓"有意义的工作"有着不同的看法。因此他将履行自己的义务,遵守承诺做主旨发言——但他要清楚地告诉其他人,通过发言他将离开这样的俱乐部。他写了一份言辞激进、对于本轮会议来说完全不合情理的发言稿。他现在控制着皮球。他可靠地使得皮球上多余的油脂被擦蹭干净。

您也在和死者交谈吗?

艾哈特教授抬起头来,在他面前站着一位老者,他浅蓝色的眼睛与浓密的黑眉形成了一种奇特的反差:通过这种反差老人身上兼具了阳光与阴暗这两种气质。他的头发非常稀疏,但却一直还显得乌黑发亮,看上去就像是用墨水在他弯曲的脑壳上画上去的一样。他穿着一套质地很好的西服,但对于他的身材而言西服显得过大,且对于这么热的天气来说也显得太厚了。这个男人刚才用比利时荷兰语问道:您也在和死者交谈吗?艾哈特教授没听懂他说什么。他不会佛兰德语,知道如果人们作为德语操用者自认为能听懂一些佛兰德语的话,那他在跟这种语言打交道时几乎总要犯错。他应当用英语告诉对方他没懂吗?这时他突然想起"听不懂"用荷兰语怎么说,但是在他说出这几个词之前,老人又用法语把刚才那句话重复了一遍。艾哈特的法语很糟糕,他作为客座教师在巴黎第一大学工作了一年,讲座课他都是用英文上的,在这段时间里他努力想学会法语,但很快便意识到最好还是承认自己掌握不了这种语言。

只不过他会用法语造这个句子:"死者不回答。"

艾哈特知道,如果不是至少把外语掌握到第二母语的程度,那么学习外语的最大问题即在于,人们永远只能说他会说的东西,但却无法表达他想说的东西。两者的差别就好比各国边界之间的无人区。其实他想说的是:"在生者提问之前,死者已经给出了回答。"但他的法语还没有好到这个程度。

老人微笑着问道,他能否和他坐在一起?

当然可以。请坐。

达维·德维恩特坐了下来,他接着说道:这里的长椅太少了!这是唯一的一张直到——他举起手指向很远的前方——一直到那边的战争烈士陵园。

他说话的同时气喘吁吁,深深地吸了好几口气。走路已经让他感到很吃力了。原本德维恩特是想在自己的房间里度过这天下午的,他想在房间里拉下百叶帘直到最炎热的时辰过去。可没过多久他便在昏暗的房间里失去了时间感。

他不知道自己在黑暗中坐了和沉思了多久。他感到口渴。

他打开冰箱,把那个笔记本取了出来。

这就是那个他写下了幸存者名字的笔记本,这些名字都是他一点一点回想起来的,因为随着时间的推移他和这些人有过零星的联系,或者因为他时不时听过或读过有关他们的一些消息。本子上写了九个人的名字。其中有五个已经被划掉了。他惊讶地看着这个名单。这时他想起还有一个人的名字必须要划掉:古斯塔夫·贾库波维奇。在奥斯维辛集中营解放之后他在布鲁塞尔和巴黎学习法律专业,后来成了一位知名的人权律师,在过去几年里——早已在退休状态——他主要为那些应当被遣返的难民出庭辩护。德维恩特在报纸上看到了他的死讯。他寻找圆珠笔。他拉起百叶帘,惊奇地看到窗外的墓地竟沐浴在如此耀眼的阳光下,绿色的树冠、白色的石子路、银灰色的青石,一切都仿佛在闪光发亮。

这时他决定出门去外面的墓地。

阿洛伊斯·艾哈特心想,这个凑到他跟前坐到长椅上的老人需要攀谈,是想跟人说话,现在坐在这个喘着粗气的男人旁边但却一句话也不说,这让他感到很不舒服。战争烈士?他这话是什么意思？或许在这片公墓的前方还有一处专门埋葬世界大战死难者的墓地。对此他应当说些什么呢？他在寻找合适的措辞。是的，先生，最后他开口说道，这里的长椅很少。接着他又问道：您来探望亲人，他们是在战争中——现在他不知道"阵亡"的法语词是什么，"阵亡"用法语怎么说呢？当然了，他也可以说"死亡"这个词，"死亡"这个词他知道用法语怎么说——这时那个男人已经在回答他了：不，我是来散步的。对我们来说这座公墓是理想的活动场所。

对我们来说？

我住在那边的养老院里，是汉森家庭养老公寓。情况就是这样。

现在一个男人走了过来，艾哈特一时冲动想和他打招呼，因为他自认为认识这个男人，他觉得他挺面熟的，他在哪儿见过他？他是谁呢？啊，对了，他想起来了，他就是那个肚子高高鼓起的警官，他当初在酒店里询问过他，那是在他第一次来布鲁塞尔的时候。警官没有向旁边看一眼便快步走过，艾哈特心想，他的肚子比以前小了一些。

艾哈特教授看了看表。该离开这里了，他要回酒店洗浴一番，然后乘车去参加会议。

布鲁法特警官放慢脚步，他感到呼吸困难。他被汗水湿透的衬衣贴在肚子和后背上，他脱掉西服上衣。他低估了这条通向阵亡将士公墓的林荫道的长度。在二战阵亡将士公墓上有一座名叫"福塞尔之墙"的纪念碑，人们一般是不会看不到它的，纪念碑对面设置了一张公园长椅。菲利普把他约到了那个地方。布鲁法特有些来迟了，菲利普此前在电话里再三提醒他要准时，因为还有一个人要来和他们见面,那个人时间很紧。

那个人是谁?

你会见到的。这事在电话里我不能说。

是我求你的事吗?

对,没错!

为何约在那个地方?

这是——我朋友的愿望。在那儿我们可以从容不迫地交谈。墓地参观者几乎不往纪念碑那儿去,只有政治家们会在战争结束纪念日光顾那里。纪念日已经过去了。在那里只会有我们三个人出现,以及一些枯萎的来自节庆日敬献的花圈。

布鲁法特看了看表。他已经快要迟到15分钟了。他开始跑了起来。他打量了一下自己的外观,发现他那慌里慌张的慢跑给人一种非常难堪的印象,那动作既不是行走,也谈不上是跑步。他又放慢了脚步,用湿漉漉的手绢拭去脸上的汗水。为何天这么热呢?这是在布鲁塞尔,不是在刚果!

这时他终于在前方看到那块刻有白色十字架的四方形石碑。就在那儿!那肯定就是菲利普所说的纪念碑。

他清楚地看到了前方的纪念碑,他走啊走啊,可就是感觉不能离它更近。这简直就是一场噩梦。

距离上次菲利普去医院探视他已经过去好几个星期了,当时他向布鲁法特汇报了,他尽其所能查明的关于阿特拉斯酒店谋杀案的一些情况。说得更确切一些:是关于阿特拉斯酒店谋杀案失踪的情况。

菲利普解释说,我们的情报部门还不错,我们已经有所进展了,我对合法性的限度把握得非常自由。但你不能忘了:我们是布鲁塞尔警方——也就是说从技术层面上讲从来都不是最后的决定环节。一种保密级别的联网加大了整个事情的难度——我该怎样给你解释这一点呢？大致情形是这样的：比如出现了一种情况，准确地说是对一种情况的线索，而法国情报机构希望对这一情况严格保密，那么获悉这一情况的或许是我们的国家安全局，但不是我们警方。如果人们尝试去盗取上述信息，那这自然会引起那些安全部门的警觉。现在请你想象一下，如果他们意识到黑客的攻击竟然来自警方。其次还需考虑到欧洲刑警组织。欧盟各成员国的警务人员应当在这一组织的框架下展开合作并相互交流。但问题在于，这种规定的信息交流却无法得到践行。每个国家当然都想从其他国家那儿知道一切，可谁也不想对外透露信息。在这种情况下他们就会搬出宪法来说事——所有这些可惜、很遗憾都是国家宪法不允许他们做的。也就是说在这方面你不会有任何收获，查找任何信息都如同从干草堆里捞出一根针那样困难。总会有人知道那根针藏在什么地方，但是谁晓得这样的知情人又藏在何处呢？也就是说我们面临着两堆干草。不，我们面临着上百堆干草，每两个干草堆里分别藏着一根我们要找的针。但即便我们成功地找到了它，那也只意味着我们找到了保险箱，箱里保存着我们感兴趣的东西。现在我们必须强行撬开保险箱。如果成功了，那我们在打开保险箱时首先看到的是另一个保险箱，它的组合密码还要更为复杂。你明白了吧？现在我给你举一个实践中的具体案例：倘若发生了一起恐袭事件，那么在所有的安全级别和所有的层面上，在许多紧锁的保险箱门后面都已存放了所有相关情报，这些情报足以适合阻止这起事件的发生。但它们并未被汇集在一起综合利用。这种情况我们有时会从报纸上得知。然后在欧洲的某个国家肯定会有一名内政部长辞职。但这不会使整个系统发生任何变化。相反，一旦人们应当在情报部门提供的线索基础上阻止一起恐袭事件,但整个过程不成想却出现了差错,那么情报部门是不希望这样的狼狈被媒体曝光的,于是案情也就随之消失了。在酒店房间里发现一名死者,这跟机场炸弹爆炸导致三十人丧生是不一样的。前一种情况人们可以掩饰。人们必须掩盖前一种情况。情报机构不愿意看到针对案件展开调查和侦破,不希望人们公开讨论为何一名警察会在酒店房间里枪杀一名游客。这样我们就回到阿特拉斯酒店谋杀这一案件上来。我虽说不能证实,但我百分之百确信,这件事和情报部门有关。你指的是安全局?不,也不是情报与安全处。这件事要更复杂,比我们想象的要复杂得多。我们已经开始在还原你的电脑硬盘。在一台电脑里存储和删除的所有信息都能够被还原。除非文件不是在电脑上,而是在中央处理器里被删除的。好了,基本情况就是这样。无论如何我们是有所进展的。你不仅要找到薄弱环节,以便能够闯入其他电脑系统,你还须使人追溯不到你的攻击行为。只要我们一直在比利时计算机系统内运行,那么事情就相对容易一些。我多少还算熟悉我们内部的情况,我了解同事们的行事方式,也知道他们必须在什么地方节约,知道他们是在何种紧缩和限制条件下工作的。这可以说是典型的比利时现象:安全警察的确在文件加密和防范外部攻击方面进行了大量投资,但他们却忘记了对电脑回收站的保护。统一删除的信息都会进入一个中央回收站,这是不言而喻的。或许他们在某个地方还存留了安全备份,这我当然就搜索不到了。但是简单地说被删除的东西也会在回收站里,我可以在里面仔细翻寻的。这难道不奇怪吗?他们认为一名外部攻击者会对他们的机密文件感兴趣,但他们却无法想象有人会在他们电脑的回收站里搜寻。不管怎样,以这种方式我们在摸索向前。在某个地方肯定会存在漏洞,以此为突破口我们就能获取更多的信息,不仅是那些被删除和掩饰的信息,而且我们也会知晓谁出于何种动机想这么做?不要这么看着我。我马上告诉你——我是怎么想的,因为我什么也证实不了。我们确实发现了一个薄弱环节。攻击情报部门的计算机对我们来说是不可能的,这就好比是人们企图用一根牙签去撬开一个保险箱。但是人们可以识破由它们的电脑所构成的网络,如果所有的情况证据我都分析得准确无误的话,那么盘踞在这个网络中央的正是北约组织。是的,北约——但别着急!现在情况明朗了:该网络系统的确存在一个薄弱环节。那就是天主教波兹南总教区的计算机。是的,波兹南。什么叫这是什么?它是波兰最古老的罗马天主教主教管区。一些情报机构的信息在那里汇总,但是更多和更大规模的是信息从那里被传送给北约组织和有合作关系的情报机构。现在你看到了!你知道,是阿明·德布尔一直在帮我——当我和阿明找到这个线索时,我们俩迷惑地面面相觑,然后阿明禁不住笑了起来。这太混乱了,他说道,快输入授权码!它是一个词,就一个词。是啊,我说,但是该输入哪个词呢?我们必须试遍所有的钥匙才行。他笑了笑说,你没见到吗?他们敲进的词都非常简单,你就输入"犹大"吧。它肯定是一个天主教神父觉得富有意义的词。但是正确的授权码不是"犹大"。稍等,或许用波兰语拼写出的"犹大"不太一样,阿明说道。他打开一个翻译软件,现在我们得知,用波兰语拼写的"犹大"是 Judasz 而非 Judas。但这一次还是不对。阿明从冰箱里取出啤酒,我们喝了起来,突然他说道:清楚了!当然不可能是犹大。他们不想泄露任何信息,他们想知道一切。他向翻译软件里敲入一些字符,然后把翻译过来的波兰词作为密码输入电脑——就这样电脑入径开启了。他输入的密码是"Bozeoko"——即"上帝之眼"。

  上帝之眼?

  是的。

  天主教教会?

天主教波兹南总教区,没错。

埃米尔·布鲁法特呻吟了起来。

怎么了?菲利普问道。

是我的脾脏,布鲁法特回答说。

掩饰阿特拉斯酒店谋杀案不仅仅只是比利时检察官一人所为,而且北约组织也以某种方式染指其中,这对于埃米尔·布鲁法特来说的确"太难让人消化了"。我们忘掉这件事,他对菲利普说。这件事忘是忘不掉的,菲利普回答说,但是我不会再采取任何行动了。

我们不再碰这件事了,埃米尔说道。

对,我们不再碰这件事了!你什么时候出院?下周日下午3点有俱乐部对阵布鲁日的比赛。

我们必须到现场助阵。

我们将会到现场助阵!

在之后的几周里埃米尔·布鲁法特主要都是在关照自己的健康。也就是说在吸烟时他总会带有一种愧疚感,"督威"啤酒和他喜欢的桃红葡萄酒他也只是破例才一杯接一杯喝个没完,不过苏比特樱桃兰比克酸啤酒他已经不再喝了,在吃任何东西的时候他都会把明显可见的脂肪切掉并推至盘边。他先是以猜疑的眼光看了炸薯条许久,然后才"只是简单地品尝一下"而已,也就是说他只吃一份炸薯条的三分之二量,这是医生给他规定的饮食,因为牡蛎薯条实际上只含蛋白质。至少他现在在走路的次数要比以前更频繁了。只不过三周之后他就完全恢复了从前的老习惯,并认为那种解脱感和明显感受到的食欲是他身体康复的标志。他又返回警局报到上班,重新得到了自己的警徽、办公电脑和一大堆行政事务。有比关于死者更多的其他方面的报道,布鲁法特警官带着愉快的淡定觉得这一切非常正常。梅格雷到他的办公室里小坐,为了通过一次杂乱无章的闲聊试探一下,是否布鲁法特真的忘却了阿特拉斯酒店谋杀案。但如何才能在不提醒某人的情况下,检验他是否忘掉了一些事情呢?布鲁法特对梅格雷的天真感到如此可笑,他感觉对方最终确认他又完全是从前的布鲁法特了。不,他再也不碰这个案子了。

只是他还不能完全让这件事作罢。

北约组织——这让他觉得有些太过突然了。就算再谨慎他也不知道,他该怎样朝这个方向去调查某事。但是他所掌握的是死者的姓名,准确地说是他的三个名字,因为人们在酒店房间里找到了三本不同的护照。当布鲁法特被征调负责侦破这起案子时,他马上就把这几个名字记在了他的螺旋便条本上,这个本子他还保留着,螺旋便条本是不可能被删除的。此外还有一个问题也在困扰着他,那就是天主教教会或者天主教主教管区跟这起案件能有什么关系。仅凭姓名他无法使破案工作有所进展,这三个名字都没有经过警方备案,甚至在欧洲的任何地方都没有户籍登记或者民事登记可供查验。后一种情况只能意味着,所有三本护照都是伪造的。这对他和他的破案几率而言无异于一条死胡同。波兹南教区跟这起案件怎么会有瓜葛呢?在自己所做的记录里他总是写着"VAT"字样,那是罗马教廷梵蒂冈的缩写形式,因为他无法想象,梵蒂冈会不知道某一天主教主教管区与情报机构之间的合作。在这件事上他只能凭空推测。因此他并没有对菲利普、尤其是对梅格雷撒谎,当他明确表示自己不再过问这起案件的时候。他只是在对着空的文件盒发呆,就像是在凝视一道复杂的、令他无法破解的数独演算。

更让他意想不到的是,菲利普突然因为这件事要约他到墓地见面。显然他也一直在暗中坚持着原先的调查工作,现在看样子是有所发现。

当布鲁法特终于汗流浃背且气喘吁吁地来到那座"福塞尔之墙"纪念碑跟前时,他四处张望寻找那张长椅,菲利普和"他的朋友"应当正坐在上面等他。但是那儿没有长椅。在这座题写着"狂暴的日耳曼人的无辜受害者"的巨大纪念碑前面没有长椅。或许是在纪念碑后面,在另一侧?或者在侧面?难道菲利普指的是另一座纪念碑?他打量着这片摆放了无数白色十字架的场地。此前他并非从未见过阵亡将士公墓,但这是第一次让他感到震惊,因为他——他觉得这样的场地很美。他站在原地做了下深呼吸,觉得这座巨大的、为灌木丛所环绕的、前面摆放着清一色白十字架的方形石碑很漂亮。在目睹了所有那些坟丘、墓穴板、墓碑、墓室、陵墓和祈祷室之后(死者或者其子孙后代想凭借这些东西超越其他人),在看过所有刻画哭泣的裸体小男孩、哭泣的天使、哭泣的母亲的花岗岩、大理石、青铜和不锈钢雕像之后,在走过所有匍匐丛生和攀援蔓生的植物之后,在这片望不到尽头的安息地感受了各种不安和躁动之后,在这里终于一切都静寂了下来。那是一种绝对的视觉上的安静。他感觉那是从极端美学意义上所说的壮美,仿佛这一处公墓是某位艺术家的刻意设计,他专心研究静谧的形式语言,使自己摆脱了各种意义的枷锁。人们在这片场地上严格按照相等的间距和相同的排列设置了众多十字架,如果向左或者向右迈一步的话,这片场地总会呈现出不一样的视角、线段、对角线和遁线,他觉得那些遁线意义深远。它们虽变换不一,但从透视画角度来看却总是指向同一方向,指向永恒。永恒无处不在,就如同最终摆脱了能指与所指的静谧一样。出于对命运的尊敬,每个人的具体体命运都被磨灭了,在纪念死难者时人们怀有这样的想法,即每个人的生命都是独一无二和不可挽回的。这里只存在形式、对称、和谐,它们与一幅审美图画融为一体,死后的反抗在这里根本就无从谈起。布鲁法特惊呆了,因为他这个冒着臭汗、气喘吁吁的生物觉得这个地方很美。不是很好,但却很美。

可是菲利普在哪儿呢?布鲁法特站在纪念碑前环顾四周。这时他突然看到一头猪冲破灌木丛的阻拦,开始在白色的十字架之间刨来刨去。那头猪!它一再用鼻子嗅着泥土,把鼻子拱进土里,用蹄子刮来刨去,并用后背猛撞一具十字架,使得它倾斜地立在那里,那头猪继续乱刨一气,那具十字架开始慢慢倾倒。布鲁法特警官在自己的职业生涯里从未面对过持有枪械的男子,只是在模拟训练中不得不练习应对这一情况,现在在面对这头畜牲时他感受到一种恐惧和莫名的无助。他不知道该怎么办。他的想法是朝那头猪走去,就好像他可以逮捕它一样。这种场面是多么可笑啊。他有逃跑的冲动。他,竟然害怕一头猪?无论布鲁法特在这一刻做了些什么——他自己后来已无法再讲清楚了——,他是向前迈了一两步,还是向后退了几步,或者两者兼有,也就是一种犹豫不决的前后徘徊呢?那头猪仰起脑袋,发出一声可怕的怪叫,然后以一种兽性的力量,沿笔直的对角线斜穿过这片和谐对称的场地拼命逃窜了——布鲁法特悲哀地发现自己竟坐在地上。他坐在石子路上,一只手里攥着湿透的手绢,另一只手紧紧抓住路面上的碎石。他的鱼际处有轻微的擦伤,一股钻心的疼痛从尾骨直达脊背。一阵风从墓地上空吹过。

回到酒店后艾哈特教授冲了个澡,换上一件干净的衬衫,然后套上那件蓝色轻便的亚麻布西服——他照了照镜子,看了看自己身上的欧洲蓝。他在心里微笑着。太巧了!他决定不扎领带。

接着他从书包里取出装有发言稿的公文包。弹簧锁四周的盖口出现了一些裂纹,他心想,回家之后他得用皮革防水油给它涂抹一下。床边摆放着一张沙发椅,它基本上就是一个未装软垫的座椅托架,上面蒙着一层红色的纳帕软革。艾哈特在座椅上坐了下来,把双脚搭在床上。椅子坐上去不舒服,且让人感到拘束。他又吃力地从半椭圆形座椅上起身,最后在床上坐了下来。在去开会之前,他想把发言内容再过一遍。发言稿是用英文写的,自多年前在伦敦经济学院和芝加哥大学担任客座教授以来,他的英文就一直很出色,但尽管如此他还是让一位交情不错的英国教授把稿子审读了一遍。

你真的想发表这样的演讲?

是的。

真希望我能在场。

艾哈特压低声音背诵自己的演讲,在正式演说时他就将保持这样的语速。他让智能手机的秒表也跟着自己的演讲同步计时。整个演说持续了十七分钟,超时两分。这对他来说无所谓。演讲涉及的不是超时两分钟,而是关乎他的生命。这样说显得过于庄重。他暗问自己到底是怎么了。他有一种恍如隔世的感觉。他坐在床上,把演讲稿放在膝间,盯着酒店房间墙面上暗褐色的壁纸。为何现在他回想起了那些外来词,那都是些曾让他感到很陌生的词汇,他不无感伤地回想起他在孩提时代让母亲解释给自己的那些词汇,当他在一本书里读到它们但却不知何意时:"沉溺于""便秘的""清凉饮料""目的""以为""持续"——

妈妈,这里写着:Die ausgemergelten Kutschpferde dauerten ihn(这些瘦弱的拉车的马匹激起了他的同情)。这句话我不明白。

你应当知道什么是拉车的马匹!就是拉着马车向前行进的马。

是的,这我知道。但我指的是 Sie dauerten ihn 这句。它的意思是说，那些马走得很慢，它们需要很长时间才能把马车拉到某个地方吗？

不，它的意思是：他很同情它们。

听完妈妈的解释后他又独自坐了很久，带着压抑和诧异的复杂心情，才知道 Dauer 这个词竟然与"感到遗憾"或者"引发同情"有关。

艾哈特教授猛地打起精神，出发去参会并发表演讲。

第 九 章

结局是当下的延续——
我们自己是过往的先决条件

位于查尔斯-罗吉尔广场的喜来登酒店的一个监控摄像头拍摄到了那头猪,那是一组非常短暂的连续镜头,人们看到那头猪慢慢地进入画面,只见它仰着脑袋,仿佛于惬意的游荡中在闻嗅初夏的气息,一名行人慌忙躲到一边,其他人则惊讶地停下脚步,还有几个人掏出手机给那头猪拍照,转眼间它就已经从画面上消失了。这段录像被上传到了优兔视频网站,标题为"参加动物会议的代表的到来",上传者是一名自称叫辛内克的用户。喜来登酒店内部展开调查,看安保人员中谁叫辛内克这个名字,并有权动用监控视频的存储数据——酒店经理担心,如果一头猪猡在喜来登酒店门口横冲直撞,而这样的视频又在公共平台上传播开来的话,那么这件事将有损酒店形象。但事实证明酒店形象并未受损,结果恰恰相反。这段录像又被转载到脸书社交网站上,在极短的时间内用户点击量就超过了三万次。《都市日报》刊发了一张这头猪猡的照片,之后这家报纸又陆续从其他渠道得到了一些相关图片,这些图片分别来自鲁汶大街家乐福超市、布拉班特大街邮局和科滕贝赫大街奥地利使馆的监控视频。所有这些图片都显得如此模糊不清,以至于应邀在《都市日报》上撰写连载专栏的库尔特·范德库特教授最终也无法确定，这些图片拍摄的是同一头猪还是不同的猪猡。他心想，一群猪将会使民众陷入不安，但是一头漫步穿过布鲁塞尔街头的猪猡将会触动他们的心弦，在他们内心唤起一种可谓儿童般的对动物的喜爱，这将是都会传奇的理想素材。库尔特·范德库特热衷于自己的名气，因此他不想与公众需求交恶。于是在《都市日报》首次刊发优兔视频网站照片仅仅五天之后，他就发起了名为"布鲁塞尔有猪猡出没！它应该叫什么名字呢？"的活动。

活动主题是要发动读者给那头猪猡起名，并将建议发送给报社编辑部，投寄截止日期定于三周之后。期间范德库特教授通过题为《作为普遍隐喻的猪猡》的连载文章来打发这三周的时间：以每日更新的方式他向人们展示了猪作为隐喻的涵盖范围，包括善良与邪恶，幸福与灾祸，多愁善感的爱意、鄙视和深度仇视，以及猪作为隐喻不得不承受的色情与卑劣象征。作为隐喻，猪是唯一能覆盖人类所有感受、意识形态和世界观的动物，从幸运猪到脏货，从"走运"到"下流胚"。他甚至敢于挑战敏感的政治地带，在文章里大谈特谈诸如"犹太人的母猪"和"纳粹猪"这样的概念，继而又不厌其烦地谈论宗教信仰里对于猪的禁忌，以及备受人们喜爱的小猪形象如宝贝、佩奇和精灵。这些连载文章很受读者欢迎，也因为文中所配的插图：可爱的小猪图片；古老漫画的摹本，它们把皇帝、将军和总统刻画成猪的形象；复制的绘画作品，它们展现的是艺术世界里的猪猡（特别受喜爱的是汤米·温格尔的一副插画，它描述的是一头母猪给她的仔猪们朗读一则童话故事的场景："从前有一个屠夫……"）；以猪作为造型的小塑像和小人像，从猪形储蓄罐到作为厨师的猪猡，从被捕杀的对象到逐猎者自身；还有各种日常用品的照片，范德库特自己非常吃惊地断定，几乎所有的日用品迟早都会被打上猪的造型烙印：带柄的大啤酒杯、盐瓶、拖鞋、便帽、乃至于烤面包机……

编辑部召集一些知名人士组建了一个评审委员会,它应当从投寄的起名建议中首先确定一份入围名单,继而通过筛选评定一份最终名单,并最后评选出获奖者名单。评委会成员包括:民乐歌手巴托尔迪·伽巴里尔、女演员桑德拉·瓦雷、比利时足球甲级联赛职业球员和射手王贾帕·穆德、前布鲁塞尔市长的遗孀丹尼尔·科利尔、漫画家罗杰·拉法基、作家及布鲁塞尔编年史作者黑特·范·伊斯滕达尔、二星级厨师吉姆·金、影片《金猪》里的厨师长、以及以在猪身上绘刺图画而著称的艺术家威姆·德沃伊。评委会主席兼发言人当然是大学教授库尔特·范德库特。

罗莫罗·斯特罗齐是一个几乎任何时候都不会自乱阵脚的男人。可能令其他人感到意外的事情,在他身上充其量只会引发一种嘲讽的心境。他对任何事情都不陌生——还有什么能让他感到诧异呢?他阅历丰富,凡是他没有经历过的,都由他的家人和祖辈作为经验财富传授给了他。此外他还博览群书。在自己的从业领域里,他熟悉每一片碎屑、每一块石头和每一根野草。因此他也只能不让人觉察地报以微微一笑,当费妮娅·克赛诺普洛在和他的交谈中突然引用欧委会主席最爱看的书时,尽管她努力做出一副顺便提及的样子,但那明显是事先计划好的策略。事实表明,费妮娅是带着几分神经症式的投入来准备和他的会谈的。但这种情况不可能使他目瞪口呆。他心里清楚,人会竭尽所能以达到目的。可她的花招还是落空了。"顺便提一下,主席阁下,那位克赛诺普洛夫人最喜欢读的小说跟您的是同一部。"她真的以为他会向欧委会主席这样汇报?她真的以为这会使她给人的印象得到加分?

他在富兰克林咖啡馆门口的一张桌边坐了下来,这里地处富兰克林大街和阿基米德大街的拐角处,也就是说他正好坐在背阴的一面。当日的天气异常炎热,他想抽一支小雪茄,同时等候阿提拉·希德库蒂的到来,对方是欧洲理事会主席的书记处书记。他必须以非正式方式和他就克赛诺普洛夫人及其所谓的周年庆典计划探讨一番。

这时一头硕大的猪猡突然站到他眼前。其实那是一个披着猪皮的人装扮的,他浑身上下都包裹着用粉红色毛绒制成的猪形外衣。他的手里握着一根竹竿,上面固定着一块木板。他把木板靠在外墙面上,在邻桌边坐了下来,摘下头套,也就是说取下猪头造型,露出一张红通通的、满是汗水的男人面孔,金黄色的头发也被汗水打湿了。这个男人和斯特罗齐的年龄相仿,他用粉红色的毛绒袖子擦了好几遍脸面,然后对正好给斯特罗齐把咖啡端上桌的女服务员说道:请来一杯啤酒!

您很吃惊?这我能理解,他面向斯特罗齐说道。请您不要鄙视我。我失业好几个月了,在我这把年纪再就业是很困难的。最后我举着一块牌子站到阿斯帕克大街证券交易所门口,嘴里喊着:"什么活儿都愿干!"于是我就得到了这份工作。扛着一块牌匾到处游荡,身着猪形外衣穿过欧盟机构区。做广告呗,他边说边再一次用袖子拭去脸上的汗水。

斯特罗齐转过身阅读牌子上写的内容:

范坎彭肉铺

上等猪肉,最佳香肠!

欢迎订购:

请注意!新电话号码!

许多人看到牌子都笑了起来。有些人问我,我怎么会做这样的事情。难道就没有人会想象到,处在困境中的人能做出些什么吗?在这样的高温天气里穿着这么一层厚厚的外衣,您觉得这是在开玩笑吗？

斯特罗齐掏出钱包，女服务员给那个男人送来了他要的啤酒，并微笑着问他：就着啤酒还来点儿别的吗？或许一穗玉米？

斯特罗齐往桌子上扔了一枚五欧元的硬币，然后便起身离开了。在街道另一侧他给阿提拉发了一条短信：不在富兰克林咖啡馆会面了！我在查理曼大街上的凯蒂酒吧。

他穿着内裤和短袜站在小阳台上，小心翼翼地刷洗着自己的西服。这几天天气又干又热，公墓里的石子路上都积满了灰尘，在坟墓之间每走一步都会扬起尘土，灰尘沿着裤腿往上钻，也黏在了西服上装的面料上。达维·德维恩特在对待自己的穿着方面非常仔细。自重返正常生活以来，也就是从集中营里被解放之后，他就十分看重用上等面料制成的高品质西服。作为教师虽然他的收入不高，但也足以请裁缝师给他量身定制西装，而不是从商场成批的西服中随便买来一件穿在身上。他一边刷一边想到了面包。为何他会想到面包呢？他刷得既仔细又耐心，他很满意自己手里的这把衣刷，那是他四十年前从"沃尔特-威特"店里买来的，就是阿斯帕克大街上的那家"日常用品"商店。威特先生亲自向他推荐了这把衣刷，这是质量最好的一种，德维恩特先生，这把衣刷的寿命将会比您的还长，这是我能推荐的最好的衣刷，它采用德国的马鬃毛，是手工嵌入橡木刷身的！

德维恩特愣了片刻，"德国的——什么？马鬃毛？"突然他意识到，他能够把日常用品的质量看得比往昔鬼魂的出没更为重要，而并未遭遇来自内心的反抗。他买下了这把德国产的衣刷，它将会比他活得更久，它是清白的，或许制造它的双手也是无辜的。他刷洗着自己的西服，房间里的电话响了，他听到了电话铃声，但并不觉得那是冲他来的。响铃声让他感到陌生，他也没指望有人会打来电话。人们总说,从集中营或者灭绝营里存活下来的人,在其余生里是不会随意扔掉一块面包的。这样的话语现在又再次见诸报端。著名的人权律师古斯塔夫·贾库波维奇去世后,他的女儿在一次接受《晨报》记者采访时这样说道:我们在小时候不得不经常吃硬面包,只有当旧面包被吃光后,我们才会得到新鲜的,父亲是不会随意扔掉面包的,他绝不会那样做。德维恩特还在刷洗西服。古斯塔夫,唉,古斯塔夫!电话铃再次响起。古斯塔夫偏好上等西服和饭店面包篮里新出炉的法式长棍面包。不再穿磨损露线的衣服,要穿上等厚实的面料!不穿任何商场里出售的成批西服,更不用说带条纹的那种了,不戴便帽,什么帽子都不戴!在集中营里待过的人都知道,"不戴便帽"是什么意思。便帽就意味着死亡。因此凡是从集中营里幸存下来的人,他们的人生信条便是:活着,自由,穿最好的面料,不让任何帽子禁锢脑袋。德维恩特熟练地刷洗着,他穿着内裤站在阳台上,把西装裤的一条裤腿撑在左臂上,有节奏地用衣刷拂过面料,像一名小提琴演奏者一样沉浸在这样的动作里。从某个地方再次传来电话铃声。他有四套量身定做的西装。对于冬季而言有两套是厚粗花呢面料,一套是人字形花纹的海力斯粗花呢面料,另一套是质地较软的多尼戈尔胡椒盐色粗纺面料。对于春、秋这两个过渡季节来说,他有一套深蓝色的初剪羊毛西装和一套更加轻便、但尽管如此也很保暖的煤黑色马海毛西装。他没有夏季穿的西服。在自己的一生中他已经忍受过太多冷冻的煎熬,对他来说夏天也只是一个过渡季节而已。他丝毫不介意经历炎热的一天,他正在刷洗的这套灰色的马海毛西装特别轻便。这套西装他已经穿了多久了?许多年了,肯定已经穿了许多年了。

这时他感到一只手使劲抓住他的上臂,用力向后拽他,衣刷都差一点儿从他手里掉落了。您在这儿做什么呀,约瑟芬夫人大声喊道。我们不可能赤身裸体地站在阳台上啊,不是吗,德维恩特先生?

他紧紧盯着对方,而她则一直抓着他的上臂,用过大的音量继续说道:现在请您进屋穿些衣服,好吗?

他并非听觉迟钝。他之所以没有马上明白她的意思,是因为她在喊叫着说话。

您没听到电话铃响吗?她又这么喊道。好了,现在请您好好配合随我进屋,您进来呀,这就对了,您看那边,那儿放着您的衬衣,现在把它穿上——可这件衬衣都湿透了,看来您出了不少汗,不是吗?那我们只得换一件干净的了,对吗?我们找一件干净的来穿。

她二话没说便打开了他的柜子,看了一会儿之后就要把手伸进去,德维恩特赶忙说道:不要!他不希望这样,他不想让人随便开启他的储物柜,在他的东西里胡乱翻腾——但约瑟芬夫人连珠炮似的话语又让他哑口无言了:这件衬衫很漂亮,一件漂亮的白衬衫,您现在就穿这件!

约瑟芬夫人夺下他一直还攥在手里的衣刷,把它放到小茶几上,西装裤从德维恩特的胳膊上滑落到地面。她帮他穿上衬衣,在这期间她又看到了刺在他胳膊上的数字,很快她把他的胳膊套进衬衣袖里,本想说"乖,听话!"但最终还是什么也没说。

她从地上拾起西装裤,把它递给德维恩特。其间她一直保持着沉默。他穿上裤子,也是一言不发。他系上衬衣纽扣,扎好裤腰带。她环顾四周,看到鞋子摆放在床边,他注意到了她的眼神在往哪儿看,于是他走到床边,在床上坐了下来,把脚蹬进鞋里。他看着她,她也在看着他,然后他弯下腰把鞋带系好。他直起身来看着她。她点了点头。

约瑟芬夫人是一名非常有经验的养老院护理员。在近二十年的职业生涯里她见识了许多人与事。在职业培训过程中她还参加了一期心理学课程的学习,两年前才刚刚从最后一期进修班结业。最令她感到意外的是,她突然向对方问道:奥斯维辛?

他点了点头。

他想站起身来,却感觉没有力气。他就这样一直在床上坐着。

她觉得自己现在有些过分了。于是她一不做二不休继续问道:在集中营里是怎样的感受?您愿意讲述一下吗?

她感觉到一种令人窒息的恐惧,因为她竟然提了这样的问题。

德维恩特坐在床上看着她,然后说道:我们被集合起来。我们被集合起来。情况就是这样。

约瑟芬离开房间之后,德维恩特又在床上坐了一会儿,然后他站起身来穿过房间,向四处找寻了一番,终于找到了自己的衣刷。

他慢慢脱掉衣服,拿起衣刷,把一条裤腿撑在左臂上,赤裸着身子站到阳台上,又开始刷洗起来。

秘书长斯特罗齐当然知道,欧委会主席不可能反对一项旨在修饰委员会形象和提升其名望的提案。因此他当即向费妮娅·克赛诺普洛保证,欧委会主席将会支持她的计划,将会授予她全权。但同时斯特罗齐也清楚,这项奇特的计划相比其可能带来的益处,将会滋生更多的事端。虽然人们可以举出充足的理由,正如克赛诺普洛夫人所证明的那样,她在政治上丝毫不倾向于机会主义路线,但尽管如此周年庆典计划这一想法是荒谬的。因此"授予全权"只不过是一种遁词,是官场老手斯特罗齐惯用的伎俩:如果你想推翻一种思想,那你必须首先赞同它,答应给予全力支持。接下来每个人都会满心欢喜地放松警惕。事情的不可思议之处即在于,你根本不必自己动手来完成关键一击。这是剑客们常开的一个古老的玩笑:如果你能成功地使你的对手切腹自杀,那你就不必再继续进攻了,而只需注意不让他在临死前发着困难的呼吸声倒在你怀里即可。在费妮娅·克赛诺普洛身上他这一招再次应验了:被他的允诺冲昏了头脑,她当然毫不在意地同意了他的建议,那就是把欧委会的这一计划告知各成员国代表,毕竟欧盟委员会是由他们组建的。对此她能有什么异议呢?同时他也已经站起身来,以此暗示她谈话就此结束。以后她绝不会声称,他是从背后突袭了她。相反,他这是光明磊落的正面交锋。现在他只须注意,不让她瘫倒在自己怀里,不让她的血液玷污了自己的马甲。为达此目的,和他的朋友阿提拉、欧洲理事会主席的书记处书记谈一次话就足够了。

那是一种非常古怪的谈话情境:这两位欧盟的高级别官员置身于凯蒂酒吧,也就是贝尔莱蒙大厦后身的那家爱尔兰酒吧,喝着冰茶坐在一张因泼洒出的啤酒而变得黏糊糊的桌边,被喝着吉尼斯黑啤和玩飞镖游戏的其他顾客所包围,他们或喋喋不休或大呼小叫。

在这里、在这么大的噪音里我们的谈话至少不会被人窃听,阿提拉·希德库蒂用他那充满魅力的匈式英语说道,那是带有匈牙利口音的英语。

斯特罗齐会意地微笑了一下。几年来他和阿提拉的交谈一直都很投机,通过细致的磋商他们已经共同解决了许多棘手的问题。如果欧盟委员会和欧洲理事会之间出现了摩擦(这种情况时有发生),或者欧盟委员会主席对欧洲理事会主席有所企求(这种情况也不在少数),那么斯特罗齐更愿意跟希德库蒂而不是和欧洲理事会主席的秘书长拉尔斯·埃盖洛夫进行商谈,后者是来自瑞典的强硬的路德教派信徒,他自然会让斯特罗齐这位颇具巴罗克风格的意大利伯爵感到一种不可名状的恐惧。斯特罗齐曾经以充满鄙视的口吻这样评价埃盖洛夫:在存有争议的问题上人们不可能与像他这样的男人达成一致,他在任何方面都感觉自己比别人更加高尚,因此他把任何妥协都视为对其道德的背叛!接着他又面带嘲讽的微笑补充说:正因如此谁也不可能诱使埃盖洛夫走出隐蔽之处,因为他就是由掩体构成的,他就是隐藏的代名词。倘若人们绕过掩体,会发现后面什么也没有,只有一股渐渐消散的气味,那便是自负的香消玉殒。

"南北矛盾"在这两个男人之间体现得淋漓尽致,因为他们俩的工作地点分别位于布鲁塞尔法律大街的南北两侧。

我们匈牙利夹在这种矛盾之间被磨碎了!(希德库蒂)

希德库蒂现在忧虑地看着周围玩飞镖游戏的人,他们站的位置离他很近。这里的箭矢都飞得很低,他不无担心地说道。

一名飞镖投掷者和他打了招呼,希德库蒂也点头回礼,同时把椅子向旁边挪了一下,这时另一名飞镖投掷者举起啤酒杯,向希德库蒂和斯特罗齐问候并祝酒。

随我来,我们坐到那边去,斯特罗齐对希德库蒂说,然后他接着解释道:这些都是英国人,他们是英国的脱欧者。自开始脱欧谈判以来,他们中的一些人就整天在这里喝黑啤和玩飞镖游戏,以这种方式为回归祖国做准备。我更喜欢这些人而不是那些在脱欧事宜被最终确定之前仍在工作的英国人,他们所谓的工作无非是在勤勉地阻挠我们的正常工作。

你是因为这个把我请到这里来的吗?你跟我们机构的某些官员有过节?

不,不是,斯特罗齐回答说,接着把周年庆典计划一事讲给他听。

听完后希德库蒂马上就明白了,这一计划必须要遭到否决。其主要原因不在于这一事实,即欧盟委员会计划要单独行动,不顾其他欧盟机构的反对,或者至少把它们排除在这一计划之外,尽管与它们进行合作当然是极其令人怀疑的。不,之所以要否决该计划是因为它的这一基本思想:请出众多纳粹大屠杀的幸存者作为证言人,让他们用自己的生平和命运向世人证明,民族主义是导致人类历史上最严重的犯罪、并最终导致奥斯维辛惨案的祸根,因此致力于消解民族和国家必须成为欧盟委员会的道德义务。从"奥斯维辛惨案永不再重演"这样的套话里,推导出"克服民族主义、并最终消解民族和国家"的要求,然后再把它作为欧盟的道德权利和政治任务兜售给欧洲民众,这一点各成员国的国家和政府首脑们是万万不能接受的。

我们有各种各样的专家,希德库蒂说道。我们可以呼风唤雨,可以让事情呈现出预期的走势,最终令欧委会下不了台。

这我知道,斯特罗齐说,因此我才把这件事讲给你听的。

"奥斯维辛惨案永不再重演",这样的愿望是美好和正确的。

是的。

你们可以在每次星期日演讲中都重复这句话。

对,这是为了让人们不要忘记,永远不要忘却,人们必须不断重复这句话。

没错。但这不是政治纲领。

道德从来就不是什么政治纲领。

尤其是当道德能够滋生矛盾的时候。

没错。欧洲理事会绝不能接受这一计划:消解民族和国家。这将意味着战争,意味着针对欧盟委员会的抗议浪潮。所有国家的民众都会发起反对欧洲的暴乱。

是这样的。

那接下来该怎么办呢?

我明白你的意思。我会想办法在公众得知这一计划之前,先行将之扼杀在摇篮里的。

斯特罗齐知道,他是能够信赖他的朋友阿提拉的。

在这件事上阿提拉·希德库蒂做了全部的工作。其实他也没费多大力气。签一个字,打一个电话,基本上都是举手之劳。由此一个球体就开始转动起来,它碰到下一个球体,使之接着再去撞击其他球体。这样一来就产生了一种固有动力,很快就不再有人知道,谁是这种动力背后的真正推手,但这种动力会一刻不停地继续传递能量,直到最后一个球体滚向虚无,转出界外,掉入一个黑洞。这就是事情的本质所在。这就是希德库蒂的工作。最后就连所有这一切的始作俑者也仅仅是众多球体中的一员,他的任务就是去撞击并推动他者,归根结底他也是一枚弹子或者只是一粒细沙,最终会遁于无形,成为浩瀚宇宙中的一个微粒——就如同不可思议的政治能量的裂变核一样。仅仅一天之后,匈牙利外长就给奥地利外长、他"尊敬的同僚和亲爱的朋友"打去电话,告知对方欧委会想要以周年庆典活动为由启动一项程序,据说该程序会导致欧洲各国的解体。

亲爱的朋友,如果欧盟颁布法令,宣称奥地利不再是一个民族国家了,你知道这意味着什么吗?他在电话里问道。这根本就不是在伪装虔诚——因为国家对他来说的确是神圣之地。只是他指的是自己的国家,是匈牙利。无论奥地利是一个民族国家还是历史的一次意外事故,因为妄自尊大而理所当然地被修剪成一个由众多混血儿组成的小国,对此他都完全不在乎,尽管如他所喜欢说的那样,他"从私人角度"更倾向于后者。但他知道他有一个结盟伙伴可以依靠,如果他想要"教训一下"邻国的民族主义的话,就像他当着自己政府首脑的面所表述的那样。

大约 860 亿个神经元在彼此通信,几毫秒内在数千个神经细胞上就会发生复杂的电流过程,大脑的化学信使在履行职责,神经键也在发挥作用,简而言之:奥地利外长在思考刚才的电话通话。没过多久他便权衡了各种可能性并最终作出决定。第一套方案是,暂不采取任何行动,一直等到欧委会将这一计划公之于众,然后作为奥地利民族国家的捍卫者登上拳台回击"欧盟"。这时神经键因为狂喜先是变得发热,继而又开始发出红光,这是什么情况呢?通过自己对欧洲难民政策的表态,他已经很好地利用过反欧盟势力的舆论声势,如果再冒进一步,也就是说从根本上反对欧洲一体化主张(最终这样的主张显得模糊不清也未尝不是好事),那这不仅会使"国家经济"惊慌失措,而且也会让他更加接近极右翼党派,该党派成员以其"奥地利优先"的民族主义情怀获得越来越多的民众支持。他不愿与那些煽动民意的政客为伍,他想变得受人欢迎但又不奉行民粹主义,因此这一点是清楚的:如果民族和民族主义原则上成为公众热议的话题,那么形势将对他极为不利。鉴于此最好还是采取第二套方案:他必须阻止这一计划的实施。如果他能阻止关于民族和捍卫民族的原则性讨论,那他在任何实质性问题上都能代表奥地利国家利益,代表国家选民的利益,同时也能以欧洲人的身份亮相——从这个意义上讲,他才是真正的欧洲一体化思想的设计者。

他向亲爱的朋友、匈牙利同僚表达了谢意,允诺对方"当然"会予以协商合作,然后召集下属并向他们分配了任务。得到任务后所有的人都急匆匆地离开了他的办公室,只有新闻发言人还留在原地,故意轻咳几声以暗示有事要和他商议。他提醒外长他们还须填写问卷调查表。

哪份问卷调查表?

给女性杂志《麦当娜》填写的那份。上周我们在杂志上刊发了一组专题摄影照片。

啊,是的,我想起来了。那你就填写一下吧。

部长阁下,我想和您一道把填写内容再过一遍。里面涉及一些私人问题,例如:您最喜欢读的书。

你会建议哪一本呢?

政治家们坦承自己最喜欢读的书是《没有个性的人》,这在我们奥地利是特有的传统。当然这里所说的并非书名的字面义。书的作者绝不能尚在人世。人们不喜欢活着的作家。

好吧,那我们就继承奥地利传统。在这一栏里你就填写《没有个性的人》这本书吧。据我所知克赖斯基就很喜欢这部作品。

还有西诺瓦茨、克利马和古森鲍尔。

难道只有社会民主党人士吗?

不,也包括莫克、霍尔甚至莫尔特勒。

和这些人我是不会打成一片的。

现在还有一个问题:文学作品中您最喜欢的人物形象是谁?

这本女性杂志到底是怎么了?在杂志社工作的都是些女性日耳曼学家吗?

不,部长阁下。只有这两个问题涉及文学。其他的都跟音乐和饮食有关。

那好吧。嗯,最喜欢的人物形象。《没有个性的人》里的男主人公叫什么来着?

他叫乌尔里希。但我不向您推荐这个人物。正如书名所言,他这个人没有个性。此外我在谷歌上也搜索过了,这个人物形象在作品中还有乱伦问题。我想向您建议的是阿恩海姆。

这个人是谁?

这个人物形象挺适合您的,部长阁下。他被描述为"伟大的男人"、政治家和知识分子。他还有过一段真挚的柏拉图式的恋爱关系。

当真?

在《没有个性的人》里是这样的。

太棒了!

第二天波兰政府向欧盟各机构中的波兰工作人员下达指令,要求他们挫败欧盟委员会针对波兰民族自豪感的这场"运动"。波兰政府特别提请欧盟联络总署注意,奥斯维辛灭绝营是德国犯下的罪行,因此它是一个仅局限于德国的问题。波兰政府真挚邀请德意志联邦共和国,拆除位于波兰领土上的纳粹德国灭绝营,并在德国将之作为博物馆加以展出。无论如何一种对德国占领军在波兰领土上所犯罪行的文化记忆,是不适合充当欧洲经济共同体上空的道德华盖的。

欧洲理事会主席接到了奥地利外长的一份照会,照会里明确表达了奥地利共和国在这件事上的赞同和反对态度:奥地利支持欧盟委员会的倡议,但却不能接受该计划的具体实施形式。奥地利外交部以奥地利联邦政府的名义,毫无保留地支持欧盟委员会旨在"使民众更好地了解欧洲"的倡议,但在这个问题上奥地利拒绝进行任何沟通,即一座导致数以千计的奥地利人丧生的波兰集中营,现在应当成为质疑奥地利民族国家的理由。

捷克共和国驻欧盟常务代表处特使也向欧洲理事会主席送交了一份外交抗议照会,它的措辞要更强硬一些:捷克政府将不会同意欧盟的这一计划,即发起一场所谓的历史反省运动,因为这样的运动会再次将捷克从欧洲版图上抹煞。为此捷克政府没有授权,也不可能得到选民的授权。

没过几个小时,来自斯洛伐克共和国驻欧盟常务代表处的一份类似照会也摆在了欧洲理事会主席的案头上。

阿提拉·希德库蒂在微笑。跟他的预期相符，那些欧洲小国是最先表示抗议的国家，当它们的民族认同、国家荣誉乃至生存权利遭到质疑的时候。对此人们大可放心。他就是干这一行的。现在摆在他面前的重大和至关重要的问题是，德国在这件事上将作何反应？法国呢？英国已经被排除在游戏之外，尽管它还在场地上到处闲荡。希德库蒂认为这种情况是可能的，即大不列颠及北爱尔兰联合王国将会命令它在欧盟各机构内的工作人员，支持欧委会的这一计划并敦促欧盟向公众宣布该计划，为了能够在国内政策方面充分利用该计划的影响，进一步佐证英国退出欧盟的必要性。希德库蒂心想，人们可以借英国继续向"方舟"部和联络总署施压，以便尽可能在公众知晓前使该计划搁浅。

在走进希德库蒂的办公室时拉尔斯·埃盖洛夫刻意使自己保持镇定。无论何时何地都要保证言行的绝对得体，这样的要求已被烙进了他的灵魂深处，因此他只有片刻的冲动，想要冲进希德库蒂的办公室对他大吼："你做这样的混账事究竟是什么意思？"但是未加控制的情绪和污言秽语可能会侮辱或者伤害他人，他是不会允许自己这么做的。绝不会。当然他怀疑希德库蒂以某种方式操控了这件事，才使得一些成员国的外长和特使纷纷向欧洲理事会秘书处发来稀奇古怪的抗议。这名匈牙利轻骑兵的眼神里始终透着狡猾，双下巴上面的嘴角处总是泛着一丝狞笑，他这个人总爱插手其他事情。埃盖洛夫无法提供证据，但他怀疑希德库蒂一再臆想出一些问题，然后凭借自己谋划的解决方案在欧洲理事会主席面前装腔作势。而他这么做每一次都把他、埃盖洛夫、欧洲理事会秘书长架空了。他做了下深呼吸，迈进希德库蒂的办公室说道：

我遇到了一个小麻烦,我确信你能帮我。

希德库蒂是可以帮他。

欧委会里一个特别有事业心的人自以为很了不起,他向对方解释道。但我已经和主席谈过了。我们现在首先按兵不动。事情会自行消亡的。

静候并目睹一些事情是怎样"自行消亡"的,拉尔斯·埃盖洛夫可不是这种类型的人。书记处书记又会使用什么样的令人难以忍受的遣词造句方式呢?他跟踪并调查事件——这导致了是阿特金森夫人首先惹上了麻烦。

希德库蒂微笑了起来。一切都在按照他事先预见的轨迹发展。

热爱自由和热爱真理的人会忘掉情爱。他祖父曾说过这样的话,埃米尔·布鲁法特当时还是学生,听到这话他很震惊,但不是很明白为何要这么说。就这句话他思考了很久,就像是绞尽脑汁在猜一个让他极度不安的谜语一样,也许正因为如此他牢牢地记住了这句话。布鲁法特眼前又浮现出祖父的身影,听到他是怎样讲述并最终说出这句话的,小埃米尔当时完全错误地解读了祖父那张布满皱纹和闷闷不乐的面孔,认为它表达的是令人胆怯的自负和冷漠——如果当时他已经会这些词汇的话。或许祖父讲述的是抵抗运动时期的事情,除了这些他也讲不出什么别的,按照他的讲述,不信任、极端的不信任是一种生命的保证,算不上是理想的,但却是唯一的。你只能在一定程度上保护自己和那些跟你最亲近的人,如果你能做到尽量不与他们分享你的思想,甚至对你喜爱的人也不报以信任。那些勇敢而了不起的男女战士都是被朋友、兄弟、父亲甚至被自己的孩子出卖的,这些可都是他们喜爱的人。爱不是自由的空间,爱不会给人们提供保护。

后来祖父已经去世很久了,布鲁法特才开始慢慢理解了这句话的含义:那是在他成为警察之后。作为警察他学会了原则上对一切都持猜疑态度,不相信任何别人的讲述,把所有的表象都视为掩盖真相的企图,把任何快速和坦诚的解释都首先当成是一种掩饰企图。但是他发誓从内心里不接受这种畸形的职业理念,无论如何他也不允许这种理念影响到他的私人生活,影响到他与自己所爱的人的关系。

当然人们在自己的一生中不是每天都能想到类似这样的古老名言的。但是现在布鲁法特有充分的理由想到这些,他认为自己其实在这方面做得还算不错,并以此感到自豪:他温情和毫无猜忌地关爱着那些跟他亲近的人,他无所畏惧地热爱自由,他对真理的热爱和信任坚定不移,无论是在面对自己所爱之人时表现出的坦诚,还是作为探询和调查的结果甚至是作为新闻自由的权利。

但同时他不得不承认——这一想法现在令他震惊和迷惘——这一切或许已不再对劲了。他爱过吗?真是这样?他现在不得不说自己爱过,他不必承认这一点吗?

他无法再毫无保留地去爱了。他一下子就忘掉了爱。这是真的吗?

在公墓里的经历使他大为震动。起初让他陷入极度困惑和惊恐的并不是那头猪,他的感触更确切地说要归于这一事实,即在突然遭遇到那头猪之后,他又穿着撕破的裤子,忍着脊背疼痛和手掌上的擦伤,到处转悠了将近半个小时,可还是没有找到菲利普,更不用说他的那位"朋友"了,那个人可是他们约好在公墓见面的缘由啊。然后他找到了一张长椅,走过去在上面坐了下来,给菲利普打了好几遍电话,但每次听到的都只是对方的电话留言。接着又有一位老者路过,挨着他坐到长椅上并问道:您也在和死者交谈吗?

所有这些都让他感到阴森可怕，布鲁法特慌忙逃离公墓，这一次真的是以跑步的速率，向北跑过整条漫长的林荫道，途中还经过了他祖父的坟墓，就这样他气喘吁吁地一直跑到公墓出口，跑向他停在外面的汽车。他感到一阵剧烈的侧胸刺痛，仿佛一个硕大的问号像一把镰刀一样刺进了他的心灵脉络，这是一种比手掌擦伤更深入骨髓的疼痛，最后在回到家并躺在浴缸里之后，他才能够给这种疼痛命名。使他感到疼痛的是那种突然产生的深度的不信任，说得更准确一些是信任的缺失。

即使是他作为警察的那种职业猜疑也是基于一种基本信任的：那就是对法治国家的信任。不可否认，当有头有脸的人物卷入丑闻的时候，总会有政治干预帮助他们摆脱窘境，但基本上这都兴不起太大的风浪，这样做可能会妨碍司法工作的正常运行，但从长远来看不会颠覆法律的权威，更不用说在对待像谋杀这样法院不等受害者申请而依职权主动审讯的罪行了。他不得不极不情愿地承认，被掩饰的阿特拉斯酒店谋杀案已经极大地动摇了他的信任。现在的问题是，人们该怎样对待这件事情：像祖父那样？还是像菲利普那样？这就是现在令他心痛的地方：他突然不能再相信菲利普了，菲利普可是他最好的朋友，是他的教子约勒的父亲呀。一下子他开始用怀疑的眼光打量起他来，他向他讲述的所有关于北约和梵蒂冈的恐怖故事都显得那么模糊混乱，其目的就是为了让他立即放弃对这起案件的调查，突然菲利普又给他带来了新的消息，只是不清楚是哪些消息，具体细节将由一名情报员在公墓向他做出解释——然后无论是菲利普还是那名神秘的情报员都未出现，突然间他电话也联系不上菲利普本人了。

布鲁法特躺在浴缸里，用手轻推在他膝盖之间的水面上荡漾的塑料鸭，他问自己，难道是菲利普受托首先要让他相信，对案件的进一步调查是毫无意义的，在最坏的情况下只能使他自己陷入危险,然后又编造出情报员的故事,来检验他是否真的不再过问这起案件,还是始终带着好奇心紧追不放。

洗澡使他精神振奋。这样做虽不能减轻他的痛苦,但却让他感到放松。他感觉现在又可以清晰地思考问题了,但恰恰是他想的事情令他不安。他在浴缸里荡起波浪,塑料鸭在水面上淡然地舞动着,撞到他的肚子后转了一圈,接着又在他双膝之间摇摆,他轻踹了塑料鸭一脚,使得它蹦跳了几下,然后又开始在水里摇摇晃晃地游弋。

布鲁法特从未喜欢过检察官这个人。尊敬是一回事,但同时他也很鄙视他。检察官这个人非常盲目地把自己和国家等同起来,以至于他将国家里那些最有权势和最有影响力的人物与国家本身混为一谈,因此(当然只在特殊情况下)出于国家利益甚至不惜歪曲国家所保障的法律。但是为了理解他布鲁法特必须要学会去喜欢他吗?不。无论他在什么时间出现,人们都清楚那涉及特定的利益。这样的利益是显而易见的。基本上这一点是千真万确的,而这种真理不需要任何信任关系,无需友情和关爱。唉,菲利普!布鲁法特摊开手掌击打水面。我是信任你的,可你却在欺骗我吗?

洗澡水变凉了,布鲁法特问自己,是否因为刚刚经历过一起不幸的偶然事件,一种严重的错觉正在支配着他。或许他的怀疑根本就不正确,也许菲利普一直还是他忠诚的朋友,他可以喜欢并信任这样的朋友。

但是他内心深处的那种猜疑已经挥之不去了,它实实在在地存在,无法再通过任何决定而被消除。

塑料鸭身里原本盛装着一种洗发液,那是一种儿童洗发露,"保证不会让你流泪",在孩提时代他就喜欢这种鸭形的洗发液盒,里面的洗发液用完后他总是把塑料鸭保存下来,以后甚至历经多次搬家和生活环境的变化也没有把它扔掉。鸭尾处有一个旋塞,从这里人们可以让洗发液流淌而出。

布鲁法特用双脚把塑料鸭压进水里。当他把双脚收回来时,塑料鸭又再次从水里弹出,继续摇晃着身子在水面上游来游去。

它不会沉入水底。它总会浮在水面上。人们可以相信这一点。布鲁法特拧开旋塞,把塑料鸭压进水里,现在水开始灌进它的肚子里了,他把胳膊搭在浴缸沿上,叉开双腿,看着塑料鸭是怎样慢慢沉入水底的。

艾哈特教授差一点儿又迟到了。他跟往常一样乘坐地铁,在舒曼站下车,但是通往尤斯图斯-利普修斯出口方向的阶梯被封锁了。因此他只能走贝莱蒙特出口。这样一来出了地铁站后他不仅站在了法律大街的另一侧,而且还是在大街南侧,处在那片贝莱蒙特大厦所在的低洼地。在绕过洼地围墙来到街面上之后,他发现横穿法律大街是不可能的。沿人行道设置了许多封锁栅栏,后面停放着军用车辆。武警在不耐烦地挥手示意从地铁站涌出的人群继续前行。接着走!不要停!

我必须到马路对面,艾哈特对他们说,我必须去——

请您接着往前走!继续前行!

他原本想朝北去往舒曼环岛,为了从那里走到尤斯图斯-利普修斯一侧,但是艾哈特误解了武警的手势,以为他应该朝相反的方向前行,他上一次迷路的地方恰好就是在南侧方位。他赶紧迈开大步向前走,走路时摆动着手臂,他在右肩上挎着他那个旧书包,因为走得很急,书包一再撞击他的膝盖或者腘窝。就这样他不得不一直走到马尔比克地铁站,在那儿他才终于能够换到马路的另一侧。他心想,下一次乘地铁时他就不坐到舒曼站了,而是直接在马尔比克站下车。如果还将有下一次的话。再过十分钟他就将发表自己的主旨演讲,之后或许就不会再有下一次了。在街道另一侧他沿整个原路折回,一直走到尤斯图斯-利普修斯大厦旁边的施工现场,在那里他寻找那个位于建筑围挡和胶合板之间的可钻过通行的小洞,小洞后面就是去往皇宫酒店的通道,会议就在酒店里召开。当然自他上一次来这里之后一切都发生了变化,不变的只是混乱不堪的布局。他转向左侧,然后又向右走了几步,他看到的都是各种围挡,在他背后是军用车辆,眼前则是封锁栅栏,他感觉自己就像一只被困在笼里或者走投无路的动物一样。他喘着粗气,把书包紧紧抱在胸前,包里装的是他的发言稿,从根本上讲那是关于自由的主题演讲。演讲的内容涉及解放,至少它是一次自我解放的演讲。

艾哈特当然是最后一个到场的。算不上是太晚,但毕竟是最后一位。现在我们人都来齐了,品托先生兴高采烈地说道。在我们开始之前,您想来杯咖啡吗?或者一杯水?

好的,谢谢,艾哈特回答说。他环顾四周,跟坐在不同地方的代表分别打了招呼,众人也向他打招呼回礼。他们所有的人都显得那么干净利落。他们的鞋子上没有落下一丁点儿的马路灰尘——难道他们知道另一条路?他们不也跟他一样必须穿过施工现场吗?人们看不出他们的裤子和上衣有任何皱巴巴的地方,衬衣上也看不到哪怕是最小的汗迹。他们是怎么来到这里的?外面的天气如此闷热,人们根本不必像他那样围着隔离带一路小跑,即使缓慢走动人们也会出汗。

这时品托先生问道:您现在准备好了吗,教授?

艾哈特教授准备好了。他一直都是这样。他的一生永远都处在一种紧急待命状态。时代不同了,但基本上从永恒中脱落的都仅是松动的东西。他喝光了杯里的咖啡,然后点了点头。

在第一次应邀参加会议时他还是非常年轻的大学助教,当时出于参会之目的他特意给自己买了一身新西服。他允许在当时的科学论坛上做一场专题报告,论坛是在蒂罗尔阿尔卑斯山脉的山村阿尔帕赫召开的,每年来自经济界的精英人士、研究不同学科的著名学者以及知名艺术家都要汇聚在这里交流思想。艾哈特的教授施耐德博士给他搞到了本次论坛的邀请函,为了以此栽培他或者至少迎合他的心情,毕竟艾哈特已经写出了几篇论文,而这些文章最终都是以施耐德教授的名义发表的。艾哈特有些受宠若惊,后来他才意识到,这种对荣誉的渴望能够诱使他表现出多么可笑的顺从啊:他不应在论坛上做公开主旨报告,而只是在一个分组中做一次简短的专题发言——但尽管如此:他将出席在阿尔帕赫召开的论坛,如果愿意的话,他还可以跟那些知名和有影响力的人物建立起联系。因此他想尽可能给人留下好的印象。于是他给自己买了一套新西服,那是他的第一身三件套西服,还买了一双新鞋。他还往自己从未穿过的鞋上涂抹了皮革用防水油,并把它们擦得锃亮。然后他站在一间提供咖啡和哥拉奇奶酪点心的大厅里,新鞋子让他觉得很挤脚,他感觉自己套在新西服里就像是化了装似的,事实上穿这身西服的人已不再是他本人了。

他在一旁留神观察,看卡尔·波普尔爵士是怎样俯视那些点头哈腰的奥地利政客和官员的——这些人突然又直起身子,忙不迭地涌向刚刚步入大厅的美国国务卿,这一次把腰弯得更深,为了空手接住从对方抽的雪茄烟上掉落的烟灰。

然后艾哈特看到了他:阿曼德·莫恩斯。

这是艾哈特第一次参加会议,也是阿曼德·莫恩斯去世前的最后一次公开亮相,几周之后他便离开了人世。这是他们作为老师和学生的唯一一次碰面,艾哈特当时甚至使用了"上帝和他的使徒之间"这样的描述——而他们谈论的偏偏就是服装。

艾哈特没有想到,像莫恩斯这样的名人在着装上竟然如此不修边幅。他穿着一条破旧的灯芯绒裤,一件灰色的套头毛衫,胸前的污渍清晰可见。是喝咖啡留下的?毛衫上套了一件廉价的蓝色尼龙夹克。

艾哈特走到对方近前,为了自我介绍一番并向这位受人尊敬的科学家表达自己的敬意。

莫恩斯年迈体病,已经接近生命的终点。艾哈特瞬间后悔自己跟他打了招呼。他很想和莫恩斯讨论一番他的著作《国家经济的终结和后国家共和国的经济体制》,但是当他站在对方面前时,他即刻清楚了不可能再进行这样的讨论了。他泛黄的脸皮上布满了褐斑,眼睛充水,嘴唇因流出的唾液而显得湿乎乎的——这时一名学生手捧莫恩斯的著作走了过来,请求他在书上签名。看着莫恩斯用了那么长时间颤颤巍巍地在书上写下自己的名字,这让艾哈特简直无法忍受。艾哈特记不清在那之后自己说了些什么,他只知道莫恩斯并未对他的话作出反应,而是说了句:来这儿的所有人看上去都像是伪装过一样。

艾哈特一脸困惑地看着他:您说什么?

您没看到吗?所有这些人都西装革履,他们在维也纳、巴黎和牛津都这么穿戴——他在说话时显得很吃力——,这些,这些戏装,在这里,在五针松木和整个阿尔卑斯山美景的映衬下——都是伪装的!看上去都是虚假的!其他来这儿的人都穿着罗登缩绒厚呢和民族服装,因为这里是蒂罗尔,他们以为必须穿厚实的短上衣,因为这里是蒂罗尔——这些人看上去也都像化过装一样。您瞧!全都是化过装的人。一场科学嘉年华!

艾哈特不知道他该对莫恩斯的话做出怎样的应答,最后他干脆说道:我们绝不应伪装自己!

阿曼德·莫恩斯大声且生硬的说话语气令人惊讶:绝不!

回到维也纳大学自己所在的院系之后,阿洛伊斯·艾哈特在一张纸条上写道:

"绝不!"

阿曼德·莫恩斯

……然后用大头针把它固定在自己写字桌前面的墙上。他知道这样做显得傻里傻气的,但同时也是严肃认真的。这件事对他的心灵造成了不小的冲击。"绝不!"从来就没有错过。从来没有?是的,从来没有!

他扣上自己皱巴巴的西服上衣,以便遮掩里面衬衣上的汗迹,然后跟着品托先生进了会议室,在那儿他应当发表自己的主旨演讲。

这一天当卡珊德拉·莫库里骑自行车去上班时,她在阿伦贝格街上又遇见了博胡米尔,大多数情况下他们俩在骑车上班途中都能相遇。卡珊德拉显得很激动和不耐烦,她本想立即打开话匣子,讲述自己的周末是怎样度过的,她对自己的发现感到非常自豪,她发现了一些令人吃惊和异常重要的事情——但与此相反她却问对方:你有什么新情况?你发现了些什么?

一向开朗、顽皮、像不经事的孩子一样莽撞的骑行者博胡米尔,今天却一言不发地只顾蹬脚踏板,他一路上都板着脸,即使看到前方有一辆汽车停在自行车道上,他也不像往常那样熟练地从包里取出一张写有"您挡住了去路!"的不干胶贴条,准备把它粘在车窗玻璃上以教训对方一下。她总是替他担心,当他以往采取这种冒险行动的时候,但现在她的担忧是因为他一反常态不这么做了。

你说话呀!出什么事了?

周末我回家了。在布拉格的家里。

卡珊德拉必须让博胡米尔先行,当他们骑车绕过一辆停在外侧车道上的汽车时,因为这个时候正好有一辆公交车从他们左侧轰隆隆驶过。然后她又紧蹬几下追上了他,可博胡米尔还是保持沉默。

也就是说你周末去了布拉格,去拜访了家人?讲一下吧!都有些什么事情?

家庭是理性的死亡!

行了,博胡米尔!

其实也没有什么特别的。事情并不让我感到意外。或者这么说:现在我很惊讶事情出乎了我的意料。我回到父母家。好吧,父母就是父母。然后我想见我妹妹,和她去乌兹韦森餐馆吃饭,跟以前一样品尝紫甘蓝鸭肉。可她不愿意这样!

你妹妹不想见你?

不想在人满为患的餐馆里,她希望就我们两个人。她想让我到她家里去。

那很好啊。

不是的。她知道我特别爱吃乌兹韦森餐馆做的鸭肉。这么多年一直都是这样!我们以前总在那儿会面、吃饭、彼此无所不谈,所有的新鲜事,所有的秘密,所有的传闻!不,我不想去她家里。她不久前刚结婚并且——

你认识她丈夫?那这样看来是他们夫妇邀请你登门的?

她对我说,你没来参加我们的婚礼!她又接着说:我当然知道是什么原因。现在你到我们家登门拜访,和我丈夫握手言和吧。

然后我给你做鸭肉吃。但是你要和我丈夫握手,并且是在我们家里。

这有什么不妥吗?

这时停在他们前面的一辆汽车的车门突然打开。博胡米尔猛地急捏车闸,差一点儿从自行车上摔了个倒栽葱。卡珊德拉急忙向左、马上又向右扭转车头,差一点点她就被一辆送货车撞着了。她刹住自行车并从车上下来。她的心砰砰直跳,她感觉自己的胸膛和太阳穴也在剧烈起伏。博胡米尔下了车,大声斥责那名没有看后视镜就直接打开车门的驾驶员。那名男子一遍又一遍地道歉,博胡米尔推着自行车从那辆汽车旁边走过,来到卡珊德拉身旁,让自行车倒在地上,然后坐在一辆停在路边的汽车的发动机防护罩上哭了起来。

卡珊德拉坐到他身边,搂住他的肩膀说道:没事了。没事了。这一次又是平安无事!

一切都不顺利!

那名驾驶员脸色煞白地站在那儿,卡珊德拉摆了摆手,示意他应该走开。

一切都不顺利,博胡米尔又说了一遍,同时用手背擦拭眼睛。我去了我妹妹家。她想让我跟她丈夫握手言和。可接下来他却拒绝和我握手。他拒绝并无视我向他伸出的手。他仰起肥胖和自满的面孔看着我,双手插在裤兜里对我说:你这个混蛋!(捷克语)

他说什么?

他说我是个白痴。

不!这不是真的!

是真的!他说我被大公司所收买,为了在布鲁塞尔拿到丰厚的收入而出卖捷克共和国的国家利益,说我是祸害民众的害虫等等。这一切都发生在他们家的门厅里,就在衣帽钩旁边。

你是怎么说的？你都做了些什么？

博胡米尔突然大笑一声，吸了下鼻涕说道：我做了些什么？我只得把伸出去的手又抽了回来。然后我对我妹妹说：如果我们在门厅里继续讨论下去的话，厨房里的鸭肉就要烧焦了。而她的答复则是：今天没有鸭肉，有的只是要把事情弄清楚。

卡珊德拉搂紧他，把他的头紧紧靠在自己胸脯上，用手轻轻抚摸他的脑袋。这一幕看上去很可笑：她不是在抚摸他的头，而是在抚摸戴在他头上的自行车头盔。

这时一个男人突然站在他们面前对着他们大吼。他是这辆车的主人，他们俩正坐在汽车发动机的防护罩上。博胡米尔抬起头来，从他的挎包里取出一张不干胶贴条，不慌不忙地揭掉上面的塑料膜，起身把贴条直接拍在那名男子的前额上。那个男的跟跟跄跄地向后退去，博胡米尔从地上扶起自行车，对卡珊德拉说道：走吧！我们要去上班了！

卡珊德拉很惊讶自己非常敏捷地就骑到车上，他们用力蹬踩脚踏板，一句话也不说，到了艺术大街博胡米尔才又开口说道：我妹妹比我小五岁。她上学时的家庭作业都是我帮她做的。谁也没说过她很愚蠢或者懒惰。她就是家里的公主。现在她为一名法西斯分子生了个孩子。家里没有人为此而生气。她丈夫对所有的亲戚都很和蔼，能用动听的嗓音演唱古老的民谣，他长得多少也还算英俊，收入很高，也不是共产党员。这些都是今天在我们家乡人们所看重的。

卡珊德拉不知道她该说些什么。在他们到达工作地点、锁好自行车并朝电梯方向走去的时候，她才又开口对博胡米尔说道：我也有一些周末的经历要讲。

在电梯口站着两名"火蜥蜴"。他们过分礼貌地跟卡珊德拉和博胡米尔打招呼，电梯门开启，其中一名"火蜥蜴"问道：是去三楼,对吗?

卡珊德拉点了点头,那名"火蜥蜴"按下"3"和"4"两个键,接着又亲切地问道:你们的周末过得愉快吗?

周末简直糟透了,博胡米尔没好气地回答说。

卡珊德拉感到一种冲动,在一种放肆、疯狂的欲望的驱使下,她竟然说出让她自己都没有想到的话:是的,迄今为止周一也简直糟透了!

喔!

电梯向上升起,运行得非常缓慢,在这种情况下慢得令人压抑,博胡米尔禁不住又说道:就连电梯也让人讨厌。

卡珊德拉在心里窃喜。

电梯停在三楼,那两名"火蜥蜴"急急忙忙拥了出去。

再见!

再见!

博胡米尔笑了起来。卡珊德拉说:我很高兴你又能笑了。现在我想讲述一下我的周末。对你和克赛诺来说这很重要。你会感到惊讶的。

费妮娅·克赛诺普洛已经坐在了自己的办公桌边,端着一杯从员工餐厅取来的咖啡。今天又将是热得让人喘不过气的一天,窗户都敞开着,在早上8点钟这个时候空气就已经是热乎乎的了,但是费妮娅·克赛诺普洛却好像在因为寒冷而颤抖。她双手紧握咖啡杯,仿佛是想通过咖啡的热量来暖手。但这或许只是习惯而已。她不感到冷,充其量只是心寒。她有一种仿佛酒醒后的难受,不是身体上的,但却是道德上的。昨晚她是在弗里驰家里过的夜,起初她没好意思对他说出口,过了很久之后,当时机已经不再特别有利时,她终于还是主动向他提了那样的建议,在那之后他就睡着了——此刻她双手紧握咖啡杯，心里感到很羞愧——而她则把枕头捂到他的脸上，想看一看他是否还有冲动的能力，还是男人在爽完之后便不再会冲动了？结果他手脚乱舞，大声叫喊着把她踢开，她在一旁伤心得泪如雨下，没办法他只好把她搂入怀中——

卡珊德拉来到克赛诺的办公室里，为何她看上去这么兴奋呢？我们必须谈一下，你有时间吗？这件事对于周年庆典计划来说很重要。哈哈，你在喝咖啡，好主意，我也给自己取一杯来，然后再告诉博胡米尔一声，十分钟之后我们在你的办公室里碰面，你不反对吧？

你身上带烟了吗？

没有，我不吸烟。但如果你想吸烟的话，那我们最好还是去博胡米尔的办公室里交谈吧，他把天花板上的那个东西，我该怎么表达呢——是这样的，在他那儿吸烟时报警器是不会响的。

一刻钟之后他们坐在博胡米尔的办公室里，卡珊德拉给所有的人都取来了咖啡，克赛诺第一次当着别人的面接连抽了三支香烟，卡珊德拉给他们讲述自己参观位于梅赫伦的多辛二战营房博物馆的经历。

卡珊德拉喜欢在周末乘火车出游。"从布鲁塞尔出发一切都离得那么近"，这是她很喜欢说的一句话，她很享受这一点，这才是她心仪的欧洲，用不了一个半小时人们就乘火车到了巴黎，两个半小时后就可到达伦敦，去阿姆斯特丹或者科隆还用不上两个小时。有时她周日一大早乘车出发，晚上就又返回布鲁塞尔了，有时她周六就早早上路，然后在其他地方住上一夜。旅途中她参观博物馆和画廊，在小餐馆里和朋友们聚会，偶尔也会在一家时装专卖店给自己挑一件漂亮衣服。但在这个周末她没有乘坐大力士高速列车，而是选择了区域列车：她去的是梅赫伦，距离布鲁塞尔只有大约三十公里远,乘区域列车还不到半个小时。

她在《晚报》上读到了古斯塔夫·贾库波维奇、这位著名的布鲁塞尔律师的讣告,她知道他在欧洲人权法院的历史上也扮演过重要角色,这个男人堪称"生命不息、奋斗不止"的传奇人物,直到现在临近九十岁高龄时与世长辞。但是真正让卡珊德拉特别关注他的,却是介绍讣告作者的这一行字:"让·内本察,大屠杀及梅赫伦多辛二战营房人权文献中心的研究助理"。多辛营房是军事占领时期德国党卫军设在比利时的集运仓库,从那里开始犹太人、罗姆人①和抵抗运动战士再继续被流放到奥斯维辛。卡珊德拉可能听说过,多辛营房现在被改造成了一座博物馆,但是她不知道那里有一个研究中心,一所系统研究奥斯维辛流放史的科研机构。她给让·内本察写了一封电子邮件,对方很快就回复了她:他很乐意在周日与她见面,带她参观博物馆里的各种展品,并尽可能回答她所有的问题。

卡珊德拉是一名非常有事业心的公职人员。她乘车前往梅赫伦与让·内本察见面,因为她认为这样做可能会对周年庆典计划有所帮助。但她绝不会产生这样的想法,即把这次出行算作是工作之余的加班,或者在这样做被"当作公差得到批准"并在之后"加以结算"时才动身前往梅赫伦。她感兴趣这么去做,它是一次愉快的周日出游,通过此行她可以看到一些新鲜事物,能够学到一些新的知识,如果事后证明这样做真能对庆典计划大有裨益的话,那就更好了。

让·内本察是一名有责任心的学者,当然在周日、也就是"在工作时间以外"他也会听候差遣,如果欧盟委员会的某位工作人员对他的研究工作感兴趣、并专程前来梅赫伦的话。使人们对这

---

① 吉卜赛人。

家研究中心的科研工作感兴趣,并筹措到必要的科研经费,这在今天变得越来越困难了。因此他深深地为这名欧盟机构女公职人员的兴趣所感动——他也立即在谷歌上进行了搜索:发现她负责的工作领域是摄影宣传。

您不必谢我,见面后他这么说道,我可不是冷血的官僚主义者,尽管在这里我坐在埃格特·里德的办公桌边。这个人是谁?他是纳粹德国驻比利时军事行政长官,组织党卫军将三万多名犹太人流放到了奥斯维辛,战后他被判处十二年监禁——然后被康拉德·阿登纳赦免了。他只是坐在一张写字桌边办公。对犹太人在奥斯维辛集中营里被谋害的罪行他并不负有责任。他只是在自己的办公时间里将他们列成名单,以便人们能够按顺序将他们送上宰牲凳。很明显他不是狂热的信仰者,他从未在正常工作时间以外加过班。在获得赦免后他在德意志联邦共和国领到了公务员退休金。他的工龄已经足够了。今天我坐在他的办公桌边继续研究这些名单。

让·内本察是一名相貌英俊的男子,年龄和卡珊德拉相仿,从体型来看也和她非常相像:不是很瘦——卡珊德拉在面对削瘦的男人时都会起疑心,认为他们有某种禁欲主义倾向,也就是倾向于思想僵化和精神郁闷。但是让也不是很胖——卡珊德拉认为胖人不拘礼节、没有魅力、缺乏自制力,但人们也不应一概而论,也就是说卡珊德拉对大多数、至少是对许多胖人都持怀疑态度,认为他们太过自由散漫。让就是一个理想的男人,长得高大强壮——但也不乏柔情,他在自我评价时把自己描述为"有点儿太丰满了"。她被他那褐色的眼睛和黑色的卷发迷住了。

为何你认为,我们应该对你坠入爱河一事感兴趣呢?克赛诺问道。

博胡米尔的办公室里只有两张座椅,一张是办公椅,另一张是给访客提供的椅子。博胡米尔把自己的办公椅让给克赛诺,但是克赛诺更愿意站着。她带着厌烦的表情居高临下地看着坐在访客椅上的卡珊德拉。卡珊德拉从椅子上跳了起来:你们没听懂吗?我说的可是够清楚的!他们手里有那些名单!就在梅赫伦!在那儿负责驱逐犹太人的党卫军情报局的各种档案保存得非常完整。我们联系了各个地方的相关机构,没想到却在我们眼皮底下找到了想要的一切:乘慢车去那里只需三十分钟!我现在也知道有多少奥斯维辛幸存者还活在人世,知道他们叫什么名字。

他们有多少人?

十六个,卡珊德拉回答说。

六十个?

不,是十六个!

十六个?全球范围内?

就最初制定的驱逐名单和后来登记的幸存者名单来看是的,简而言之:从人们无论以何种形式掌握和熟悉的情况来看,目前全球范围内只有这么多。

有这些人的联系地址吗?

让是这么说的:他不敢保证能百分之百联系到他们。可能有些人的地址已经变更了,因为人们不可能和他们中的每个人都定期联系。但基本上是能找到他们的。

他们处在——我该怎么说呢?处在何种状态?我指的是他们的健康状况如何——我的意思是,他们能出门旅行并在公开场合亮相吗?

人们知道其中有五个人定期在公共场合出没,在学校或者其他涉及时代见证人的节目里。

五个人?

是的。其中一个人的情况很特殊。他叫达维·德维恩特,就生活在布鲁塞尔。让的意思是,如果他对我们的计划没有理解错误的话,那么这个德维恩特将是我们理想的时代见证人。

为什么?

他不仅是奥斯维辛集中营最后的幸存者之一,而且也是富于传奇色彩的第二十趟开往奥斯维辛的流放列车里最后一名尚活在人世的犹太人。那是唯一一趟遭遇抵抗运动战士袭击的流放列车,他们在站外铁路线上拦截了那趟列车。他们用铁钳剪断封锁牲口车厢的铁丝网,推开车门对里面的犹太人大声喊话,让他们赶紧跳车逃离。他们塞给每一名从车厢里跳下来的犹太人五十比利时法郎和一个安全的地址。大多数被驱逐者都很害怕,他们担心在尝试逃亡时会被德国人射杀。他们待在车厢里,在党卫军哨兵和抵抗运动战士进行短暂的交火之后,列车又接着启动了。列车一到达奥斯维辛,所有待在车厢里没有跳车的犹太人都被送进了毒气室。但是德维恩特却是少数跳车逃亡者中的一个。

可是你说过他被关进了奥斯维辛集中营。

从第二十列流放列车里逃亡发生在1943年4月。之后他来到一个村民家里,现在他记不清那个村庄的名字了,那户人家对外谎称他是从布鲁塞尔来的外甥。当时他非常年轻,却遭受了极度的精神创伤:因为他父母还待在那趟列车上。他本应该待在收留他的那户农家里,一直等到战争结束,可是他想战斗,或许也是想解救父母?想解放欧洲?1944年6月他加入了"自由欧洲"抵抗组织,成为该组织里最年轻的战士,这是以让-理查德·布鲁法特为核心的抵抗组织,你们或许听说过这个人,至少知道鲁伊·布鲁法特这个名字吧。这个组织很有传奇色彩,不仅因为它多次采取了极其勇敢的反抗行动,而且也因为它在政治主张上和所有其他抵抗组织都有所区别:跟它的命名一样,它是唯一一个并非致力于自由的比利时、而是为一个自由的欧洲而战的抵抗组织。他们也想在战后、在战胜纳粹之后立即废黜比利时君主制,建立一个欧洲共和国。布鲁法特和他的战友们直到生命的最后一刻,仍在反抗西班牙和葡萄牙的法西斯政权,反抗佛朗哥和萨拉查,奇怪的是战胜国在解放欧洲时竟然忽略了这些法西斯独裁者。不管怎样:达维·德维恩特于1944年8月被出卖、被逮捕并被押往奥斯维辛。他没有被关进毒气室。他年轻力壮。他挺过了那段艰难时期直至获救。战争结束后他在学校里任教。他不像许多其他幸存者那样作为时代见证人时不时在学校里做宣讲,他想成为教师,以便每天都能关心和照顾下一代人。他不愿当证人,他想成为教育工作者。好了,现在你们有何想法?如果我们继续依循马丁的主意,为此我们也获得了欧委会主席的核准,那我们就必须把这个人置于周年庆典活动的中心。这样我们就万事俱备了:一名种族主义的受害者,一位抵抗运动战士,一个通敌和背叛行为的牺牲品,一位纳粹灭绝营的见证者,一名基于人权的后国家欧洲的幻想家,从一个人、这名教师的身世中得出的历史经验教训。

很好,听完后克赛诺这样说道。多么感人的阐述啊。只是还有一事不明。

约瑟芬护士为德维恩特感到担忧。她是一个一碗水端得很平的女人,她把养老院里所有的住户都称作是自己的"保护对象",并尝试尽可能对他们一视同仁,无论他们激起她的好感、令她感到不快抑或甚至让她反感,也无论他们表现得合群还是乖张、友善还是好斗。约瑟芬认为,他们在这里展现出的行为举止都是有充分理由的,那些理由涉及他们的生平,在这栋房子里得以清晰显现,如果他们明白了,他们在汉森家庭养老院里不必再做任何其他事情,而只需迷迷糊糊地朝着自己生命的终点游移,同时他们这样做又仿佛是在一家宾馆里疗养。

她所有的护理对象都已近迟暮之年,但仍有一小段人生之路要走。这是约瑟芬长年的经验,是她的深刻认识。她每天都在想象,对这里的每一个人来说这种情况意味着什么。就这一点而言他们所有的人都是一样的,正是从这种同一性出发,她不再把他们划分为便于护理和增添麻烦、让人同情和令人厌恶的保护对象了。达维·德维恩特和她的沟通非常有限,他从未表现出需要与她进行更多的交流。如果他要为一些事情道谢的话,那这听起来更像是一种告辞,而非是对感激之情的明证。因此不能说德维恩特是一个必须受人关爱、想得到人们格外亲切照顾的保护对象。可约瑟芬还是觉得,她对德维恩特先生负有一种特殊的责任。是因为刺在他手臂上的数字吗?她这样问自己,同时又坚决排除了这一想法。她很公平,对每个人都一样细心。生活对每个人来说都是一种磨难。

于是她一番好意地冲进德维恩特的房间,手里拿着两份报纸,进门后便大喊:您从不来——

德维恩特正坐在他的靠背椅上,身上只穿了一件内裤。

约瑟芬大声喊道:在摆放报纸的公共活动室里,我好几天没见到您的身影了。但我们必须要看报纸呀,不是吗,德维恩特先生?难道我们不想再知道这个世上都发生了些什么?不,不,我们想了解天下大事,我们想保持猎奇心理,对吧,德维恩特先生。您最喜欢看什么呢,德维恩特先生?是《晚报》还是《晨报》?我觉得您是一名《晨报》读者,对吗?现在我们想稍微训练一下我们萎缩灰暗的脑细胞,读一些——当然德维恩特的麻木和冷漠让约瑟芬很烦躁,但她还是尝试去鼓励他,让他在自己完全报废之前,努力保持灵活的头脑、好奇的心理和好与人交际的习惯。

达维·德维恩特拿起报纸,对着它凝视了一会儿,然后开始慢慢翻阅,直到他突然弯下腰直勾勾地盯着报纸。

我们一块儿来读一篇文章怎么样？您感兴趣的是——

德维恩特站起身来穿过房间，在房间里走来走去，四处张望好像在找寻什么，约瑟芬护士惊讶地看着他问道：您在找什么呢？

找我的记事本。您没读到吗？关于有人去世的消息。我必须把一个名字、又要把一个名字从我的名单上划掉了。

第 十 章

当一切都是徒劳，
即使我们最美好的回忆也是如此。
你怎能找这样的借口？

埃米尔·布鲁法特赤身裸体，背对着镜子站在浴室里，尝试把头扭过肩膀去照镜子，以便确认能否在尾骨或骶骨处看到一片血瘀或者一块擦伤。一开始洗澡让他感到身心放松，可他在浴缸里坐的时间越长，臀部上方的疼痛就越剧烈，毫无疑问那是他此前摔倒在地的后果。

他的颈椎咔嚓作响，但是他做不到把头向后转动如此大的幅度，以至于他能够在镜子里看到自己脊背的最下端。现在除了尾骨处的疼痛之外，后颈也因为过度伸拉而隐隐作痛。布鲁法特当然知道，他的身体不可能像俄罗斯女体操运动员的那样柔韧、灵活、有弹性，可没想到他的身体竟如此僵硬，这一点还是让他感到很沮丧。"为了不让身体生锈"，他的同事朱尔斯·莫尼耶甚至在警局的工作间歇里坚持练瑜伽，如果会议持续时间较长，他在休息期间甚至还要练习头手倒立。布鲁法特觉得这样做有多可笑啊！可另一方面这种古怪的做法也几乎又会引起他的好感。但布鲁法特是绝不会承认这一点的。或许朱尔斯的做法是正确的。布鲁法特深信不疑，朱尔斯会毫不费力地把头扭到身后，能够泰然自若地审视镜子里自己的脊背和尾骨,而不会感到有伸拉和疼痛的不适。唉,朱尔斯!当我被剥夺调查阿特拉斯案件的权利、必须离开警局的时候,你躲避我的动作对你的真实年龄而言竟显得那么灵活和有弹性。你竟然能够原地避开我,而没有伸拉和疼痛的不适!

布鲁法特现在尝试按摩自己的后颈,脖子后面所有的地方都感觉那么僵硬——就在这时电话铃响了。他从浴室跑进卧室,洗澡前他就是在这里脱掉衣服的,但他的手机不在卧室里,他又跑进客厅,发现手机在写字桌上放着。他拿起手机,在接听的一刹那他愣住了。打来电话的是菲利普。

听着,布鲁法特说道,我们在电话里不谈这件事。是的,我希望你能向我作出解释。当然了。我们在哪儿见面呢?在卡夫卡咖啡馆?它在什么地方?在鱼市街吗?在安东尼-丹塞尔特大街的拐角处。明白了。一个半小时之后见面如何?好的。

在布鲁法特到达约定的咖啡馆时菲利普还没有来。这丝毫不说明任何问题,因为他比约定时间早到了将近十五分钟,尽管如此他还是顿时有一种不舒服的感觉,觉得菲利普在和他玩某种游戏,这一次又会让他空等一场。

让他干坐——但是怎么可能呢?埃米尔·布鲁法特几乎无法就坐。尾骨处的疼痛令他难以忍受。只有当他把身体的重量转移到一半骨盆上时,就坐时的痛苦才多少能够减轻一些。但这样的坐姿他能坚持多久呢?他站起身来走到吧台边。因为疼痛的折磨,他反复把身体的重量从一条腿上转移到另一条腿上,将杯里的啤酒一饮而尽,然后又点了一杯,同时还要了一杯琴酒。他看了看表。他肯定不会浪费半小时或者三刻钟的时间,去干等一个反正也不会露面的菲利普。肯定不这么做。他顶多再等十分钟。他把琴酒灌进肚里,端着啤酒杯走到外面咖啡馆门口。天气真热啊。他回忆不起来布鲁塞尔以前有过这么炎热、这么沉闷、这么肆虐的春季或者初夏。柏油马路、铺石路面和房屋墙体都能储存炎热,现在又把热量放射出来,就连一阵风也无法让人感到解脱,而是像棍棒一样将热浪抽打在人们的脸上。这个时候一种非常奇特、显得不自然的光线照射了过来,此刻太阳即将落山,但是在密密麻麻挤满了高楼大厦的街道上人们当然是看不到太阳的,人们只看到泛黄的粉红色光束,当布鲁法特抬头向上看的时候,这些光束就像一层毒漆一样被涂抹在天空上。

埃米尔·布鲁法特是一个富有诗意的人。他只是不知道这一点,因为他很少看书,根本就不读诗歌。当年他在学校学过的所有诗歌中(它们在数量上也不是很多),仅有唯一的一首让他记得很牢:《致一位过路的女子》,因为诗里的那句"电光一闪………复归黑暗!——美人已去"当时令他深受感动。后来在干上警察这一行之后,当他和他的办案组在黑暗中摸索时,他就会用改写后的诗行来鼓舞他的同伴们:漆黑的夜………复又闪电!——逃犯可见。在他看来,那是他平生唯一的诗作。但如果这样认为那他就低估了自己。现在这种光线又触动并刺痛了他,他把它感受为一种隐喻——这无疑是一种诗学行为。斜射的光线。突然一切都被笼罩在斜射的光线里。熟悉的东西被涂抹上一层毒漆,他看到拐角房屋对面的路牌上写着:"鱼市街"——一切都像鱼鳞一样在闪闪发光。

他很想在这样的光线里再多待一会儿,在这种氛围里——这并不意味着这种氛围使他感到愉快,但是:他还是觉得它很有情调。有情调的氛围,没错,就是这样的。这就是那种光线,那种折射他精神痛苦的光线,但他却忍受不了肉体上的疼痛。他喝完杯里的啤酒,想回到咖啡馆里结账,然后乘车回家,就在这时菲利普突然站在他眼前拥抱了他,他为何显得这么高兴?他为何把他抱得这么紧?

布鲁法特发出一声短暂的呻吟,从对方的拥抱中挣脱出来。菲利普做出一副担忧的表情,关切地问他:怎么了?你感到疼吗?

为何布鲁法特把他朋友担忧的表情感受为太过夸张?菲利普怎能认为他会轻信这种蹩脚的演戏呢?可如果这不是在逢场作戏,那他自己怎会相信他最好的朋友具备这样的演技?

他显得如此愤怒,仿佛想用脚猛跺地面,以验证地面没有晃动,也没有塌陷以至于让他站立不稳,他强压怒火说道:是的,他是感到疼痛,他在墓地里摔了一跤。在墓地?那儿没出什么事吧?

他做了下深呼吸,接着说道:我们约好了在那儿见面,不是吗?可你没有赴约。你肯定能向我解释一下这种情况。

天哪,你怎么会摔倒呢?你受伤了吗?

如果我现在对你说,因为我没有见到你,但却看见了一个幽灵,那你会怎么反应呢?

菲利普显然是想说些什么,但他还是没说出口,只是摇了摇头,然后指着布鲁法特的空啤酒杯说:我们进去吧,我们得喝点儿什么。

这个时间咖啡馆里很快就挤满了人。现在里面没有空桌了,埃米尔·布鲁法特说他反正也无法就坐。

我当时摔了个屁股墩,就在公墓里我们约好见面的地方。受伤的是尾骨,那种疼痛令我无法忍受。

他向吧台后面的侍者打了个手势:两杯啤酒!

我也不能站太长时间,因此我们就不要拐弯抹角了。出什么事了?你为何爽约?我们应当在墓地和你那位神秘的朋友见面,他到底有什么重要情报?你朋友就是在墓地里问我、是否我在和死者交谈的那位老人吗?你想向我解释,这就是我应当跟他接头的口令吗?为何在这之后打电话也联系不上你?菲利普,请把这些都向我解释一下吧。我真挚地请求你:以让我能理解的方式把上述疑问解释给我听。

你不会相信的,菲利普说,可是——

这时服务员给他们端来了啤酒。

埃米尔·布鲁法特举起酒杯,对菲利普说道:祝你健康! 我是不会相信的。接下来呢?

听着,菲利普接着说道。这一切很容易解释。问题只在于,我的解释虽然很有逻辑性,但同时听起来也极其不可信。

你会做到让我相信你的。

我不认为自己有这个本事。我还从未经历过你像现在这样疑虑重重,你会变得跟你祖父一样,你必须注意毁掉信任的正是这样的猜疑。无所谓了,我现在把故事的来龙去脉讲给你听,简短截说,这样你很快就又能回家躺倒床上休息了。顺便提一下,约勒让我代她问候你,她想知道你什么时候能再来拜访我们。我会对她说,她必须再耐心多等一段时间,因为你生病了。好了,让我们言归正传:事情的起因是我收到了一封信。我们已经给故事画上了句号,你知道我指的是什么。偏偏在这个时候我收到了这封信。我强调一下:是书信,不是电邮,不是电子信息。我差点儿没看到这封信,因为每次在我清理家里邮箱的时候,我都会把里面所有的东西一股脑儿马上扔到垃圾箱里。里面的东西无非都是些商业广告。不管怎样,一个自称名叫培森的人给我写了这封信,说他追查了我的情况。

追查?

是的。当初我尝试推动我们调查工作的进展,并查明你电脑里涉及阿特拉斯酒店谋杀案的文件是怎样删除的,显然在这一过程中不知怎的我至少闯入了某一系统的前哨阵地,该系统——说得谨慎一些——也是整个事件的参与者。具体情况我也说不清楚。无论如何有人注意到,我在企图未经授权非法进入电脑系统。

如果现在事情闹大了,这个名叫培森的人在最短的时间内就会知道是我干的,会知道我的姓名和住址,知道我的一切情况。那些人是能够做到这一点的。于是培森给我写了一封信——并且也解释了采取这种联系方式的原因:以蜗牛邮件形式发送的让人倍感亲切的传统书信,是唯一不在任何地方被保存、分享、分析和被用来指控你的通信形式。以前被称作"间谍联络点"的机密消息的藏匿处,今天成了非常普通的家用信箱。好吧,我们接着往下说。你认识化验科的利欧·奥布里吧。他是个不错的年轻人,总是乐于帮助他人。他这个人绝对值得信赖,不是吗?没错,我把那封信交给了他。对写信用纸的化验结果是:那是非常普通的最畅销的纸张,在任何一家廉价商店你都可以花四欧元买到五百张这样的纸张。至于打印出信纸的打印机,就人们从墨迹所能得出的结论来看,它是一款普通的佳能打印机,是比利时销路最好的打印机。信纸上连最细微的 DNA 痕迹都没有,也找不到任何可能查明寄信人身份的线索。

太高明了。可是信里都写了些什么呢?

信里说我太敢于冒险了。说就我目前的工作处境来看,这事不可能是我和主管上司商量好的。说我在正常工作以外显然是在单枪匹马孤军奋战。还说他也在扮演这样的角色。

他?你凭什么判断出这个培森是一名男子?

问得好。我就是这么假设的。

啊,是吗?那接下来呢?

他——我肯定那是个男的。他在信里继续写道,说他不是那种准备毁掉我生活的告密者,但他同情所有那些寻找破绽、以便能够让真相大白于天下的人。

这是他在信里的表述?

是的。而且他还向我提供了帮助。如果我有意继续跟他保持联络，我就应当放弃非法攻击电脑系统的其他尝试，因为他无法保证由我触发的警报能够一直得到抑制。然后他将向我提供我所需要的信息。如果我不反对的话，我应该在第二天的某一特定时间往谷歌搜索栏里输入以下关键词：霍皮印第安人的祈雨舞。

霍皮什么？你在给我讲什么呢？这简直太荒唐了！

不，这并不荒唐。显然这个叫培森的人能够看到我在自己电脑上的一切操作。如果我按他的要求输入那些关键词，并点击某一随后弹出的页面，那他就会知道我接受了他的建议——而这在系统中不会以任何形式引起人们的注意。

然后你就照他的话做了？

是的。

我要再来杯啤酒。

我也是。你知道接下来发生了什么吗？我输入搜索词"霍皮印第安人祈雨舞"，谷歌立即向我推荐了："系统论和新社会运动。风险社会中的身份问题"。

不明白是什么意思。

这没什么可理解的。这是一本书的书名，书里显然有一章是讲述霍皮印第安人及其祈雨舞的。也不管为什么，我就遵嘱点击了这一章。

然后呢？

两天后我收到了第二封信。

你是怎么回复的？

我在他预先规定的时间里登录谷歌提交查询请求。在搜索栏里输入的关键词都是我的回答或者我的提问。他明显正坐在某个地方，在那儿他能够监控到谁在谷歌上搜索些什么。

你们有多少次——我的意思是：这种情况已经持续多久了？

三周？或许是四周。

而你却对我只字未提？我们现场观看了安德莱赫特对阵梅赫伦的比赛，我们用球迷围巾捂住脸痛哭，怎么也想不通梅赫伦俱乐部怎会2∶0赢了我们球队呢？赛后我们还喝了五瓶啤酒，至少是五瓶，借着酒无话不谈，但你却只字未提这件事，只字未提这个培森。这肯定是发生在当时的事——这件事肯定是发生在那段时期。

没错，但我想首先知道这件事是否可信。那个人也可能是一个胡思乱想的疯子。

但事实证明他不是疯子？

不是。准确地说：我也不知道。他提供了有趣和可靠的线索。关于梵蒂冈和西方情报机构合作的卷宗就来自于他。我看了那份材料，它的内容令人惊讶，简直让人无法置信，但同时也完全符合逻辑并易于理解，就好比是能够完美组合在一起的拼图板一样。你瞧，世界上没有任何一家情报机构拥有足够的资源、资金和人员，以建立一个覆盖全球、与全球化水平大致相当的间谍网。因此现在情报部门把它们的间谍都安插在焦点地区。但是谁会信任他们并向他们提供情报呢？只有那些反正要与这些情报机构所属的政府进行合作的人，也就是说：这些间谍传来的情报本质上与驻外大使发回国内的报道并无二致。现在接着刚才的话题：下一个焦点在哪儿？情报部门投入数百万资金支持大约三十名特工的间谍活动，他们坚守在危机地区几家尚能运行、配有健身中心的宾馆里，明天将会有什么开始起火燃烧呢？这三十名特工中有二十人来自美国中央情报局，他们挤在一个地方为获取情报而相互竞争，但在其他地方却看不到他们的身影。这是世界上最强势的情报机构。好了，现在提一个简单的问题：谁在每一个偏僻的村镇都安插有一名间谍？答案是梵蒂冈。为什么呢？因为在每一个偏僻的村镇里都会有一名教士。谁在每一个角落里都会获悉最机密的信息？答案是牧师,特别是通过别人的忏悔。虽然这样的情报网或许不能覆盖一切,但在对信息进行组织管理方面,它的效率还是比那些装备最精良的情报机构要高出许多。正因为如此,我的朋友,各情报机构才会不惜一切手段争夺梵蒂冈的宠幸,争夺与教会组织的合作和情报交流。这在冷战时期就是如此,在此期间这已经不再是什么秘密了。现在出现了另一个敌人,他不再是不信神的共产主义了,这名敌人今天叫伊斯兰教。

但是……等一下！一名穆斯林可不会去牧师那儿忏悔,说他谋害了他人或者有这样的计划。这简直是疯了。

不,当然不会。可是老实的基督徒们会向牧师讲述,有哪些可疑的人或事引起了他们的注意,比如邻屋、隔壁房子或者对面房子里的新租户,他们手执望远镜坐在窗边,向街道对面房屋的窗户里张望。好奇是一种罪过吗？我们自己的好奇肯定不是。但就跟通常我们通报自己的调查结果完全一样,基督徒也是这么忏悔的。因此冷战时期在情报机构和梵蒂冈之间建立起来的联络轴线,直到今天一直还存在着。

你相信这些吗？布鲁法特问道。

菲利普先是愣了一下,然后笑了起来。我不信仰宗教,我不相信这些。现在你爱信不信,我只是把事实告诉了你。对了,你的尾骨感觉怎样？

再来一杯啤酒和一杯琴酒,我感觉就会好多了。

好的,我陪你一块儿喝。现在培森给出了一条线索,指出教会训练了一支死亡分队,该分队成员在情报机构的支持下,要把那些可能性的恐怖分子或者所谓的仇恨传播者统统干掉。也就是说让估计会实施恐怖行为、但法治国家又没有足够的证据用以指控他们的那些人以合法的形式从世界上消失。这样我们就过渡到阿特拉斯酒店谋杀案这个案子上来了。具体的刺杀行为是由圣斗士们完成的,情报机构的任务就是提供援助,通过掩饰让各个案件紧接着从人间蒸发。培森给我寄了一份清单,上面所列的十四起凶杀案都是去年在欧洲发生的,人们在新闻媒体上找不到任何关于它们的报道。

这件事你核实过吗?

核实过了。关于清单上所列的凶杀案我连一丁点儿的线索都找不到。也就是说:或者不存在这些凶杀案,或者掩盖手段如此高明,以至于人们不可能发现任何蛛丝马迹。

但是现在我们开始涉足阴谋论领域了。

不,我们探讨的不是阴谋论。因为如果今天你去查找阿特拉斯酒店谋杀案线索,你也一样将找不到任何东西。什么都没有。绝对什么都找不到。但我们知道这起谋杀案确确实实发生过。我们需要的不是证明清单上的那十四起凶杀案,而是要对阿特拉斯酒店谋杀案做出解释。培森的解释听起来太有逻辑性了!祝你健康!

布鲁法特感觉有什么在影响自己。作为警察他有这样的经验:如果你对一种奇谈产生了一丝反感,那它涉及的事情极有可能真的有一些可疑之处。

我不理解,为何你没有向我透露此事,没有让我知道事情的整个过程,他这样说道。

我告诉过你,菲利普辩解说。也就是说我了解你这个人。我知道我必须向你提供更多的东西,而不仅仅是讲这么一个故事。这就意味着我必须获取事实数据。因此我想和培森见面。于是在约定时间我往电脑搜索栏里只输入了类似"见面"的不同关键词。三天之后我收到了一封信,信里提出这样的建议:"在公墓见面",就跟此前我通知你的一样。

可你却最终去和那个幽灵约会了——你没有去约定地点?

你在胡说些什么呀？我当然去了那个地方。我搞不清楚你在哪个方位。或许走错了纪念碑，或许是时间不对，我怎么会知道。不管怎样我去了那里。我坐在长椅上等你和培森。这时我的手机响了。我接听电话，一个声音问道：您是菲利普·高缇耶先生吗？我说"是的"。他接着问：您正坐在那张我们约定作为碰面地点的长椅上吗？我说"是的"，随即明白了这个人是谁。他：请您站起身来。我：什么？为何要站起来？他：请您站起身来。我站了起来，他又说道：请您转过身去，然后告诉我您看到了什么。我觉得这样太滑稽可笑了，于是我说道：您听着，我不想玩小孩游戏，他说：这不是游戏。现在告诉我您看到了什么？我没好气地说：看到了一棵树！我心里在想：这多可笑啊，这有什么用呢？他又问道：树后面呢？我：坟墓。阵亡将士陵墓。白色十字架！他：很好。在它们后面呢？我：什么也没有。只有一片辽阔的遍布白十字架的场地。他：那就请您抬起眼睛。现在您看到了什么？我：什么也没有。我不知道您想听什么。他：我想听您说您看到了什么。我：什么也没有，除了树木和天空。他：那么在树木和天空之间呢？在墓地后身呢？我：对了，我看到两座高楼，像是两块巨大的埃文达芝士。他：没错。您知道那是什么吗？我：北约总部？他：完全正确。现在您拥有了我能提供给您的情报。请您利用这些情报接着调查吧，或者干脆放弃！再见，警官先生！

你去了墓地并接到了这个电话？

是的。然后我又等了你三刻钟，实在没办法我才走的。

可为什么你电话总关机？我给你打了好几遍电话，因为我没找到你——

我的电话被干扰了。突然间我既不能主叫也不能被叫。在它又恢复正常之后，我立即就给你打了电话。因此我们现在能在这个地方见面。

布鲁法特觉得这个故事妙极了,真的很引人入胜。他根本不相信菲利普能编出这样的故事。可他还是不信他说的话。这件事让他感到很心痛。

我疼得很厉害,他对菲利普说。别生我的气,可我必须回家了。他看到菲利普压根儿没碰他自己的琴酒。于是埃米尔拿起对方的琴酒,一仰脖儿把它灌进肚里,说了句"再见,我的朋友!"然后他便一瘸一拐地走出咖啡馆。他意识到自己在跛行,他可不想出这样的洋相,于是他尝试让人看不出伤情直立行走,但剧烈的疼痛使他做不到这一点,他就这样一瘸一拐地走出了卡夫卡咖啡馆,很想大喊几声来宣泄一下。

还在当天他们就知道了,马特克并没有飞往伊斯坦布尔,而是去了克拉科夫。三天后他们将会得知,在抵达克拉科夫后的第二天他就又马上动身前往华沙了,当然这是他布下的一条假线索。马特克无法证实自己的推断,但他就是这么认为的。他也知道,他将使他在神学院学习时期的挚友西蒙神父陷入内心的矛盾,如果三天之后他还不动身出发的话。西蒙在奥古斯丁修道院里给他安排了一个栖身之所,认为马特克重新需要一段时间来进行静心养性和忏悔祈祷。西蒙对朋友绝对忠诚,马特克知道他能够信赖他,但他也知道西蒙绝不会理解,他、马特克实际上在修道院这里是要躲避教长。他们知道他会跟谁联系,因此情况很明朗,从第四天开始他们就会将瞄准仪对准西蒙。同样清楚的是西蒙将会做出怎样的抉择,当在忠诚的友谊和他作为神父对教会许下的绝对服从的誓言之间出现矛盾的时候。马特克利用这三天的冥想时间,深入思考了自己的处境并积蓄了新的力量。但现在他必须离开修道院了。他面临着两种选择:继续踏上逃亡之旅,在便宜的旅馆里投宿,在那儿人们对登记表和证件之类的东西不是特别在意,不使用银行卡和信用卡,尽可能避开安装在公共场合的监控摄像头,从不开启笔记本电脑。这样一来他就像一艘潜艇一样隐没在水下,让人无处寻觅。只是通过此举他将不可能查明,在布鲁塞尔阿特拉斯酒店实施的行动出了什么差错,以及他们现在对他有什么样的打算。他身上的现金顶多再够用一个星期。在潜伏的这一周里他的处境不会有丝毫改善,他也不可能查出任何结果。第二种选择是:勇敢地深入虎穴!他必须查明到底发生了什么,弄清楚他自己目前的真实处境。只有在一个地方他才会有所发现:波兹南。在他隐姓埋名潜伏下来之后,他们不会料到他现在竟敢直接闯入总部。这样做很危险。但另一方面:一旦遇有不测,他可以显出恭顺的姿态,表明他可是自愿回归故里的。

临行前他拥抱了西蒙,握了握他的双手说:谢谢你兄弟,上帝保佑你!

西蒙微笑着说:上帝保佑你!并祝——波兹南之旅顺利!

很难有什么能让马特克感到慌乱的。他处处小心谨慎,仔细考虑所有的可能性,自认为在任何情况下对每一件可能发生的事情都有所准备。他具有家族遗传的冷血气质,到这一辈他已经是第四代为信仰而战的斗士了。但他没有想到西蒙会说出这样的话。"祝波兹南之旅顺利!"——他就像是被击中一样暂时失去了知觉。他做了下深呼吸,放下背包说道:你知道——

西蒙点了点头。

——我要去波兹南?可我没有告诉过你呀。

人们已经在那儿等你了。你没什么可担心的。

西蒙兄弟,你都知道些什么?为何你什么也不对我讲?

你没有问过我。你出现在祈祷练习室,和大家一块儿做祷告和静默,你来和大伙儿一块儿用餐,当然晚餐除外,席间你一言不发,不仅仅是在喝汤前的默祷时刻。除此之外你在祈祷室里的

《圣母慰藉像》前面一跪就是几个小时。如果一名教友向我问询，我自然会知无不言的，可你并没有问过我。

但是你答复了对方的询问？

是的。

有人向你打听我？

西蒙点了点头。

马特克垂眼看着地面，然后慢慢抬起头来。他相继看到西蒙身上黑色的法衣、黑色的皮带、黑色的带兜帽短斗篷，从衣领里露出一段灰白色的脖子，在脖子和黑色的蒙头斗篷之间是西蒙那张苍白的面孔，马特克再次垂下眼帘，打量自己的双手，它们也显得那么苍白，前厅里的光线非常昏暗，他垂下双手，让它们消失在黑石板地面上端的灰黑色里。马特克这一次直接盯着西蒙的面孔。西蒙的双唇显得红彤彤的，仿佛是他把嘴唇咬出了血迹。现在我问你，马特克一脸严肃地说道。你知道些什么？你能告诉我些什么？

你接到了一项任务。我不知道是什么任务。任务执行过程中出现了意外。我不知道是什么出了差错。那不是你的错。他们在等你。你没什么可担心的。我应该告诉你的就是这些，如果你问到我的话。

马特克看着西蒙点了点头，双手抱住他的脑袋把他拽到跟前，紧紧地亲吻了一下西蒙血红的嘴唇。血红色是这间昏暗前厅里唯一的亮点，前厅在这一刻变成了浩瀚的宇宙，同时也仅是通往外部世界的一道船闸。

然后他走出修道院来到户外，来到危机四伏、充满危险的自由当中。

在厚厚的围墙后面度过了几天静寂阴郁的日子之后，户外耀眼的日光照射在他身上，犹如被一道闪电击中一样。

农业总署没有对就周年庆典计划一事召开的内部磋商会做出反应,因此未派任何人前来参会。该总署里没人对组织欧盟委员会的周年庆典活动感兴趣,更何况这一计划根本就没把展示和宣传欧洲农业政策置于活动的中心。再加上联络总署把庆典活动的筹备任务偏偏交给了文化司、这一曾被乔治·莫兰称作"停泊在旱坞上的方舟"的部门,这就令农业总署对这件事更不感兴趣了。作为欧委会里举足轻重的部门,农业总署心里清楚,在这件事上人们是不会真的小题大做的。

现在想要使周年庆典计划落入陷阱的恰恰是这个来自农业总署的乔治·莫兰,他先是在欧洲理事会里搬弄了一番是非,继而又开始在欧盟委员会里拉帮结伙。

跟大多数英国官员一样,乔治·莫兰在部门里也不是很受欢迎。就连欧委会主席本人也曾说过,英国人在欧盟只接受唯一一项有约束力的规定:那就是他们原则上是一个例外。事实上人们一直在怀疑英国人,说他们为了伦敦方面的利益而置欧盟利益于不顾。在很多情况下这种怀疑都是有根据的。但还有一些情况就显得更复杂一些了:无论人们愿意与否,大不列颠及北爱尔兰联合王国的确原则上是一个特例。英国王室拥有的领地如马恩岛或者海峡群岛,从法律上讲并不是联合王国的一部分,着眼于欧洲的税务政策这种情况就构成了一个无法解决的难题:某一成员国拥有法律无法管控的避税港。英国女王名义上是英联邦国家的国家元首,这种情况必然会导致法律上的吹毛求疵,比如在所有欧盟与非欧盟国家签署的贸易协定里。如果人们不是每一次在签署协定时都通过特殊规定来考虑这种特别情况的话,那澳大利亚比如说就将突然之间成为欧洲内部大市场的一部分。从一开始人们同英国打交道就很费劲,但也完全不乏那些英国人,他们在布鲁塞尔成了名副其实的欧洲人。乔治·莫兰也有一些值得肯定的地方,他在布鲁塞尔供职的这些年里不仅学了几句法语,而且在制订欧洲政策方面也做了一些重要工作。在农业总署任职期间,他始终是小规模农业经营模式的热烈捍卫者和支持者,虽然他之所以这么做,是因为他想保留传统意义上的英国农业,不想让它被巨大的农产品产业群和单一耕作模式所破坏,但恰恰是这一点也符合欧洲的普遍利益。在这方面莫兰作为英国上流社会的子弟,也无法为农业企业、种业公司及其政治说客所收买。他和他的家人在东约克郡拥有规模可观的地产,该地产被出租给了多家小型农场。莫兰深知它们取得的成就和面临的困境。保护小型农场主的利益不受极端的集约型农业的侵犯,这是服务于公共利益的利己主义的经典案例。唯一他认可的单一耕作模式便是高尔夫球场。

这样看来莫兰是一个非常矛盾的人物。他知道自己不受欢迎,但这起初与他在欧委会的工作并无多大关系。还在青少年时代他就遭遇过不受人待见的苦恼,先是作为中学生,然后是在牛津读大学期间。乍一看他的外表显得古怪且让人感到悲伤,无论怎么努力他也做不到讨人喜欢。他粉红色的圆脸,他那扁平的鼻子,只能以板刷头型才得以管束的浓密的红发,还有他那五短身材——在孩提时代不知多少个夜晚他把头埋进枕头里痛哭,因为其他人在他身后叫喊着给他起的诸多绰号。他的出身保护了他,使他免遭比嘲弄更恶意的攻击,并最终使他变得骄傲自大——出于一种心理上的正当防卫——,但同时也颇具野心。他学会了通过不断升迁的职务和成功的事业给自己赢得尊重,在此过程中他面带嘲讽的微笑,全然一副传统权威的做派:谁若无论如何不愿尊重他的话,在没有把握的情况下就应在他面前感到恐惧。

现在令我们烦恼的冬天／已被布鲁塞尔的骄阳转换成了盛夏。①

但是太阳光变得暗淡了。他作为代表独立国家利益的专家已经过气,他在布鲁塞尔的辉煌时代行将终结。在混乱的英国脱欧谈判过程中他犯了一个严重的错误,这让他在国内的声望大为受损。事实上德国人和中国签订了一份双边贸易协定,它为德国的猪肉生产打开了中国市场。偏偏是猪肉!他没把这当回事,他和一些人一道在其中起了决定性作用,以抵制欧盟与中国签署一份共同贸易协定的所有尝试,他想保护联合王国的特权,没能预见到事情的严重后果。那个凯-乌韦·弗里格确实说的有道理!伦敦金融市场的动荡超乎预期,加速了重磅资金向法兰克福的转移。而这一切竟然是因为猪肉产品!莫兰感到茫然。中国也想进口生猪屠宰后的废料,这样做的经济意义何其重大,这是他完全不能理解的。爱尔兰人在饥荒年代用几个便士买来一堆猪蹄,花好几个小时把它们煮沸消毒,这种饮食是在极度困境中的无奈之举,在伦敦,屠夫都把猪耳赠送给老主顾,当作喂养其宠物犬的狗粮。至于猪头,唉。以前他曾把自己插进一头死猪的嘴里,那是在加入牛津大学布灵顿俱乐部的入会仪式上,该俱乐部是由来自上流社会富裕家庭的住校学生组建的高级学生团体。要想加入俱乐部就必须那么做,这是他所能忍受的最后的屈辱,那种感受最终被醉意和喧嚷声冲淡了。在那之后他对猪肉一直都持认可态度。猪身上可能含有托利党人的痕迹。是的,哈哈!德国人现在笑得多么开怀啊。他们以里脊肉的价格出售生猪废料,而英国却享受不到这样的份额,很快联合王国就将完全被排斥在欧盟之外。

所有这些都不合情理,是完全非理性的,但这一猪肉贸易事件

---

① 原文是英语。

是促使乔治·莫兰转向极端阻挠破坏策略的一个重要原因。既然英国已经遭受了损失,那它至少就该嘲弄那些肇事者才对。所有现在欧委会未能成功做成的事情,都将增加英国在后续谈判中的筹码。如果委员会(据说是在欧委会主席的支持下)正筹备一场旨在提升形象的庆典活动,那这样的计划就应该以失败而告终。让欧委会拥有糟糕的形象是一件好事。对英国来说是好事。

莫兰向后舒服地靠在办公椅上,不紧不慢地在锉自己的手指甲。是什么原因造成他的手指甲突然撕破、碎裂和折断呢?他边锉边思考着。他时不时地吹去掉落在胸前的指甲碎屑。

还有那位受人尊敬的阿特金森夫人!莫兰微笑了起来。虽然谈不上国家层面上的重要性,更不用说具有什么欧洲政策方面的重大意义,可如果随着周年庆典计划的失败,也能让这个喜欢戴防寒用皮手筒的冷漠女人名誉扫地的话,这将给他多年来的政治努力添上浓墨重彩的一笔。她仅仅是因为沾了女性占比法案的光才得到了现在这个职位,他也想得到这个职位,起初也作为有希望胜出的候选人竞聘过这个岗位。乔治·莫兰绝不会承认,他所描述的"客观必要性"准确地说指的就是这个,但仅仅是能够让阿特金森夫人倒台的想法,就已经令他满心欢喜了。

如果他把一切都考虑得很周全,那他现在应该清楚下一步要做什么了。和来自其他总署的重量级同事相约吃午饭,最好是在马丁斯餐馆,那儿有一个漂亮的花园,吸烟的同事会很高兴,会比平时更加放松和坦率,在那儿他必须向他们亮出恰如其分的论据,以使他们感到不安并最终反对周年庆典计划。

莫兰更换了锉刀。在第一道粗锉工序结束后他现在又开始细锉起来。

他的做法将首先引发某种固有动力,他必须将流言、喧嚣和同事们的不安小心翼翼地引向他预期的方向,以便产生那种成立一个理事会工作小组的需求,从而彻底讨论并最终解决这一问题。

"解决这一问题"。从这种表述来看乔治·莫兰也是一个保守的人。过去几年里一种令人惊讶的语言转变思潮在部门里悄然蔓延,没有人注意到这一点,至少没有人评论甚至质疑过它。如果以前说:"解决一个问题",那现在的说法是:"给这个问题带来一种解决方案"。如果以前说的是:"做出一项决定",那今天则说:"致使一项决定产生"。现在人们说"进行一种分析",而不说"分析什么"。如果先前说的是"采取预防措施",那现在则用"推动预防性措施的开展"取而代之了。对于这种新的"行政立法语言"人们可以编成整整一本词典,令人吃惊的是,这一巴比伦式语言系统中的某些语言发展趋势立即就被所有的语言所共享。乔治·莫兰足够敏感,他早已意识到这种情况。他不是符号学家、阐释学家和语言学家,但他却能清晰地感觉到,这种语言发展是一种征兆,有其特殊意义,对于欧盟委员会的现状、无助和僵化都是典型的。"推动一些事情的开展"很明显是不太一样的表述,它比直截了当的"做一些事情"要更具防御性。上述表述向人们透露了,事情所涉及的本质不再是目标,而仅仅是途径和手段。他眼中的情况大致就是这样。但他不接受这种情况。他坚持使用"解决一个问题"这样的传统表述方式,从他所面临的问题来看这句话的直接意思便是:扼杀计划,推翻阿特金森夫人。

现在他拿起指甲软刷,为了扫去手指甲上可能残留的细微锉灰,然后他从办公桌抽屉里取出那瓶透明的指甲油。他愉快地往手指甲上涂油,同时略带一丝嘲讽的心情想到了阿特金森夫人,想到她是怎样把冰冷的手指塞进一只防寒用皮手筒里的,手指上的指甲都已被咬得参差不齐。

仅仅两周之后,他就在不受一点儿怀疑的情况下和其他人一道,表达了组建一个由"文化事务委员会"负责的理事会工作小组的共同愿望。

阿特金森夫人马上就清楚了：这将意味着周年庆典计划的夭折——她自己根本就没真心希望这一计划能够得以实施。它只不过是文化司的一个倡议而已。对外该计划完全与克赛诺普洛的名字联系在一起，通过此举她让自己在众人面前大大地炫耀了一番。另一方面克赛诺在这件事上也不是很肯定，她认为如果计划还需进一步讨论的话，那就应该是马丁负责的事情。这个计划可是马丁·舒斯曼想出的主意。她把所有组织安排方面的工作全都委托给了他。

可现在马丁不在布鲁塞尔。

最初建在汉森家庭养老公寓这块地皮上的是一家墓碑手工作坊。皮特·汉森作为家族第四代石匠没有后嗣，也找不到想接手并继续经营这家作坊的合适人选。七十三岁时因患有矽肺病，他不得不长期屈辱地漂泊在医院和护理院之间，无法再继续工作，于是他立遗嘱把他的房子、作坊车间和地皮赠送给布鲁塞尔市政厅，条件是布鲁塞尔市或者布鲁塞尔首都大区要在这个地点建造一家体面的养老护理院。然后他闭上眼睛离开了人世。布鲁塞尔这座资金匮乏的城市接受了这笔遗产，但是又过了很多年，直到最终借助于欧盟拨款，以及在欧洲区域发展基金和欧洲社会基金的资助下，这家昔日的墓碑手工作坊才得以被改造并扩建成一家"专业老年护理中心"。昔日的车间今天被改装成了餐厅，从前的展示间现在成了养老院的图书馆和公共活动室，除此之外最初的建筑主体没有留下任何痕迹，不再有任何东西能让人回忆起这个地方的历史。

几乎不再有任何东西。在图书馆旁边侧门出口（它其实是一道逃生门)后面的一处绿化带上,立着不到十二块没有雕刻图案和文字的墓碑,这些就是剩余的原手工作坊里的陈列样品。人们不清楚,这些墓碑是不小心被人遗忘了,还是作为对这个地方历史的回忆被有意保留在那里的。除了门房胡戈先生,他也负责给房子四周的绿化带割草,通常情况下没有人会看到它们的。

然后达维·德维恩特发现了它们。他想离开这栋房子,他不知道为何要这么做,当他在底层出了电梯时,一瞬间他自己也迷惘了,他想做什么,他想去哪儿,先出去再说,他朝左边走去,而不是去右边的出口,突然间就站在了逃生门前面,他摁压那个硕大的红色横档,通过操作它人们可以打开逃生门,紧接着他就来到那些墓碑前面,惊讶地打量着它们——他没有去墓地,他只想去吃些东西。他察觉到这些墓碑上没有名字——一座无名墓地?但为何就这么几块墓碑?为何这块墓地面积这么小?数千、数十万人在不得不死去时都不再有自己的名字了,数百万人在被押赴刑场之前,他们的名字都已经被磨灭了,他们只是变成了一串号码,不计其数的号码,而在这里——他向周围看了看,开始清点起来——只有:2、3、4、5——这时一名护理员抓住了他的胳膊,德维恩特在打开逃生门时触发了警报。

您来这儿做什么呀?您想出去吗?是吗?那您走错门了。来,我送您——您到底想去哪儿?

达维·德维恩特现在确切地告诉他,说他想去吃饭。

去餐厅?

不!出去,去外面的餐馆,去那家——他用食指比划着:去那家,那里!就在旁边。

不久之后他坐在"乡野"餐馆里,女服务员给他送来了一杯红葡萄酒,他感到很惭愧。这又是一段他清醒的时刻。清醒就意味着惭愧。他问自己为什么——

当然他知道,他为什么——

他非常生气。他不想这样——

　　天热得要命。德维恩特脱掉西服上衣,卷起衬衣袖子,用手绢拭去额头上的汗水。他无法静心思考,餐馆里太吵闹了。坐在邻桌的一大家子喋喋不休,孩子们也在大声尖叫。他心情烦躁地向那边看过去——然后微笑了起来。这是一种条件反射。每当看到孩子时他总要微笑。因为喜悦,或者因为充满理解,或者仅仅是出于礼貌。

　　这时他看到一个小女孩正好奇地朝他看过来。她能有几岁呢?或许八岁。他们的目光碰到了一起。那个小女孩来到他的桌边。

　　请,不要过来!他在心里想。

　　太酷了!她指着刺在德维恩特手臂上的数字说道。

　　这是真的吗?

　　是的,他边说边穿上西服上衣。

　　这也很酷!她边说边把自己前臂上的贴片纹身指给他看。

　　那是四个中国字。

　　但不是真的,她接着说道。我还不允许有真的刺青。

　　你知道它们叫什么吗?德维恩特问道。不知道?但你喜欢它们?对吗?

　　他轻轻拍了拍那几个汉字。

　　他指着第一个汉字说:所有的

　　指着第二个说:人

　　指着第三个说:都是

　　最后指着第四个说:猪

　　……

不好意思我读错了,他又重新

指着第一个汉字说:年老的

然后指着第四个纠正说:沉默寡言

阿洛伊斯·艾哈特教授跟着安东尼·奥利维拉·品托走进会议室。他看到反馈小组的成员们呈半圆形围坐在那张椅子周围,那张椅子就是他应当就坐的地方:一个由笔记本电脑和平板电脑组成的半圆,人们低着头坐在电脑后面,眼睛紧盯着显示屏,他听到轻微快速点击键盘的声音。

艾哈特又站了一会儿,然后才终于坐了下来。慢慢地众人开始将目光聚焦到他身上。

在这里只应举行一场讨论会?这么想就错了。在这儿人们要对他执行死刑,这场演讲关乎在专家世界里他的学术生命的终结。但是艾哈特的目的不就是这个吗?在预计被处决前人们会说些什么呢?最后的遗言。现在该是时候了,他心想,长期以来他所希望的正是这个:再说几句最后的遗言。

品托先生在跟所有在场的人打招呼时显得多么喜悦!只有那位在牛津大学授课的希腊教授还在很快往他的笔记本电脑里敲些什么,那肯定是非常重要和紧急的事情,至少他向人们显示了事情的重要性和紧迫性。艾哈特微笑着问道:您准备好了吗,这位同事?我们可以开始吗?

最后的遗言。故事要从艾哈特的第一篇学术论文讲起,它发表在维也纳大学《经济研究》季刊上。当时他还是大学里的学术助理。在这篇论文里他介绍了阿曼德·莫恩斯的后国家国民经济学理论,用一些新的关于世界贸易发展方面的统计资料支撑了这一理论。当时艾哈特非常自豪地给阿曼德·莫恩斯寄了一份论文样本——令艾哈特感到惊讶的是对方马上就回复了他。那封回复信阿洛伊斯·艾哈特今天就带在身上，里面的一段节选是他现在要做的这场小型报告的一部分。

艾哈特开始了自己的演讲，他首先引用阿曼德·莫恩斯信里的原话："20世纪应当是19世纪的国家经济向21世纪的人类经济转变的过渡时期。它以恐怖和罪恶的方式阻止了，在这之后那种欲望的重新和更加迫切的复活。但只有少数政治精英意识到了这一点，他们的继任者很快便不再理解这两方面的深刻含义了：一是民族主义的犯罪潜能，二是从历史经验中已经得出的教训。"

一些人在往他们的笔记本电脑里敲些什么。艾哈特不知道他们是在做笔记还是在回复电子邮件。他对此无所谓。他还要演讲十三到十五分钟，他还有时间，属于他的时刻尚未到来。

艾哈特非常简短地阐述了截至一战前的全球经济发展形势，用一些数据材料佐证了民族主义和法西斯主义导致的世界经济的严重倒退——这时他看到，在他的报告刚刚进行到第五分钟的时候，个别人就已经开始感到无聊了。没有什么能像对法西斯主义和纳粹主义的回忆那样让他们如此百无聊赖。这是人类历史黑暗的一章，写有这一章节的图书已被合上，一部新的书卷早已开启，这种图书管理方式现在非常走红，除了在一些思想腐朽的国家，在那里人们必须采取有力措施，这是我们的任务，我们不再沾染任何过去图书中的有关章节，我们是新时代的图书管理员。

仅仅举一个例子，艾哈特接着说道，来形象说明1914年至1945年间世界经济的停滞：如果今后几年的世界贸易能像在过去二十年里那样继续呈直线发展——我们甚至无法肯定地以此为出发点——，那么到2020年世界贸易总额就将达到1913年的水平。也就是说只有这样，我们才能再次缓慢地接近战前的经济全球化水准。

这是无稽之谈！不可能是这种情况！

他们终于睡醒了！唉，他们要是知道自己远未达到清醒的状态该有多好！

为何您说这是"无稽之谈"，这位同事？这可是权威的统计材料，艾哈特这么回应说。我只想让您回想起这些数据，我没想到您压根就不知道这些。

然后艾哈特又引用了三句莫恩斯的原话，以此他从跨国经济发展中推导出建立新型民主机构的必要性，原有的国家议会必须由这些新型机构所取代。好了，为演讲目的预设的迂回路线现在被极大地缩短了，但是留给艾哈特的时间已经不多了，他想现在过渡到报告最令人震惊的部分。

他做了下深呼吸，然后说道：现在我有些话想讲给你们听。刚才在报告里我有好几次引用了阿曼德·莫恩斯的观点。对此你们表现出了宽容之心。你们或许在想，算了，反正莫恩斯的思想也不代表主流观点，但那可是一位著名的经济学家说过的话，而你们，女士们先生们，在自己的论文和发言里也同样会引用别人的话，你们引用的观点都出自现在在学术界占主流地位的名人。你们不去寻求真知灼见，因为你们认为主流观点就是最后的真理。请你们保持耐心！请不要打断我！我没有说过自己知道什么是真理。我只是说了我们必须要探寻真理。我要说的是，我们不一定会接近真理，如果我们以时代精神为导向、也就是说参照当前少数人的强势利益的话，对这些少数派而言大多数人仅仅是他们图书管理中的一个注销条目而已。我不在乎你们怎么想。我想讲述的是：在我生平第一篇学术论文里，我深入研究了阿曼德·莫恩斯的理论。我非常自豪地把这篇文章寄给了他。令我没有料到的是他竟然回复了我。我想向你们朗读他信中的一段话：亲爱的艾哈特先生，等等等等,好了,从这里开始:您所做的令我感到无上荣光,也让我对您有了一个不错的印象。您在肯定的基础上引用了我的观点,并遵守了所有的引用规则。您寄给我的是您的第一篇学术论文,按照我们学界的游戏规则它是非常优秀的一篇。但是请您想象一下,您现在气数已尽,这篇论文将是您留给世人的遗产。在这种情况下您始终还对它感到满意吗?您自己难道没有思想,没有远远超越您所引观点的假设吗?假如您不再有机会表达自己的思想了,那这真的是您想向世人展示的文章吗?文章的内容真的是只有您才能说出的吗?它真的是您应当继续产生影响的文章吗?我想代您说:不是!

"不是"(NEIN)是用大写字母写成的,艾哈特强调说。

现在我还有一些话要告诉您:如果您真的把自己理解成我的学生,就像您在附信中所写的那样,那么您必须首先学会这一点:无论您在公共场合说什么话,也无论您发表什么著述,您都要以这种观念为出发点,即认为这有可能是您最后的遗言。在您下一次做报告的时候——设想一下您知道,在做完报告之后您就不得不告别人世——在这种情况下您会说些什么呢?您还有一次表达思想的机会,还有一次,在生死诀别的关头。这样的思想会是什么呢?我确信,您要说的跟您在这篇文章里所写的肯定不太一样。如果不是这种情况,那您也没有必要再去写这样的文章了。我说的您明白了吗?世上有无数可被引用的句子,通过这些话人们可以宣称自己的生活理念,可以占据并捍卫一个公职岗位,这些句子最终都会被收录进各种选集和纪念文集里,我并非要说它们都是错误或是多余的,但我们急需的是那些类似于最后的遗言、要求自己能够继续存活的语句,这样的语句不会在某一档案馆里昏睡,而是能够唤醒人的意识,甚至可能是今天尚未出生的人的意识。因此,亲爱的艾哈特先生,请您再给我寄一篇文章来。我很想知道您在这样的前提条件下会写些什么:这是我最后还能表达个人观点的机会了。然后我再告诉您,继续发表文章著述对您来说是否还有意义。

艾哈特抬起头来。他没有讲述,在收到这封信后他好几个星期都没能写出任何东西,直到得知阿曼德·莫恩斯去世的消息。他看到会议室里笼罩了一种让他无法评判的奇特的氛围。安东尼·品托大声说道:多谢这一很有趣味的——嗯,建议,艾哈特教授,有人想——

请稍等,艾哈特打断他说,我还没有结束呢。

对不起,品托赶忙道歉,您还有可谓是最后的话要说。请吧,教授先生!

艾哈特接着说道:我尝试向诸位阐明,我们需要一些全新的东西,一种后国家民主制度,为了能够构建一个不再存在国家经济的世界。直至生命的尽头我都要坚持这一论点,但它有两个问题。第一:就连你们这些国际经济学界的精英,无数智库和欧盟国家顾问委员会的成员,都不能想象这种观点,无法接受这一思想。你们所有的人一直还在按照国家预算标准和国家民主准则来思考问题。仿佛不存在欧洲共同市场和统一货币,不存在资金流和价值链的自由流通。你们严肃认真地认为,欧洲危机会在某些方面得到缓解,如果人们以一种令希腊的医疗系统、教育系统和养老系统崩溃的方式,来对希腊的国家财政也就是国家预算进行整顿的话。然后对你们来说就一切正常了。你们知道自己的问题何在吗?你们就是被关在箱子里的猫,人们甚至不确定你们是否存在。你们和你们的理论仅仅被假定为是事实是存在的。这种假定使得人们可以进行计算,因为这样的计算是可能的,故而它马上又被当作证据,证明这些计算反映了客观现实,除此之外根本不可能有其他情况。请你们保持耐心,请你们再稍坐片刻!你们可以马上群情激昂,我只想再说几句。是的,我承认你们对现状了如指掌。没有人对现状了解得比你们更透彻,没有人比你们知道更多的内情!但你们对历史一无所知,你们对未来没有概念。不是吗?别着急,斯特凡尼德斯教授,我向您提个问题:如果您生活在古希腊奴隶社会时期,有人问您能否想象一个没有奴隶的世界——那您可能会回答:不,绝不会。您可能会说,奴隶社会是民主制度的前提条件!不是吗?不,不,马修斯教授,请您再等一会儿。我想象您身处曼彻斯特,正值曼彻斯特资本主义时期。如果人们在当时问您,必须采取哪些措施以确保曼彻斯特城的地位,那您可能会说:无论如何不能向那些工会组织低头,它们要求八小时工作日而不是以前的十四小时,要求禁止童工,甚至想引入一种退休和伤残养恤金,因为向工会妥协就将意味着使曼彻斯特城彻底丧失吸引力——那么,马修斯教授,现在是什么情况呢?曼彻斯特还存在吗?请您省去这种傲慢的狞笑吧,莫泽巴赫先生。您在今天极端捍卫德国利益,要是生在早年您可能就要坐到纽伦堡审判的被告席上了。您甚至连这段历史都不清楚。但请您不要颤抖,亲爱的莫泽巴赫,像您这样的人总会得到赦免的,因为任何一名鉴定专家都能看出:您并非是出于恶意,您只是被蒙蔽了双眼。您是一名随大流者。这是你们所有人的共同问题。你们都是随大流者。若今天有人这么说你们,你们会感到非常愤怒,但如果明天发生了一起灾难,甚至要进行一场审判,那你们恰恰就是那些为了给自己开脱罪责而称自己仅仅是随大流者、仅仅是小卒子而已的人。现在我问你们:你们知道我们到底在讨论什么吗?我们在讨论欧洲联盟的继续发展问题——欧盟是一个从对历史错误的深刻认识中诞生的后国家共同体,你们现在又会把这样的错误认为是"正常的":世界就是这样,人类就是这样,他们想定义自己之于一个民族的归属性,他们想定义谁属于某个民族而谁是外人,他们想比其他人更有优越感,当他们惧怕其他人时,他们就想让那些人粉身碎骨,这种情况非常正常,人类就是这个样子,关键是国家预算必须符合约定的标准。

谢谢,非常感谢艾哈特教授,安东尼·品托插话说,在座的有问题——

可是品托先生,我还没有把话说完呢。请再给我两分钟时间。

艾哈特的书包从膝间滑落,掉在了地上,同样散落在地上的还有他的报告讲稿,大部分时间里他都是在脱稿自由演讲,他已经失去了对报告的控制,但他绝不想错过他此次报告的意图,也就是他极端干预理论的高潮部分。请再给我两分钟时间,让我对报告做一番总结。不,是谈一下我的设想。真的就剩最后几句话了。好吗?太好了!最后我首先总结一下报告内容:相互竞争的民族国家不是真正的联盟,尽管它们拥有一个共同的市场。相互竞争的民族国家在一个联盟中会对欧洲政策和国家政策这两者都造成阻碍。那么现在必须采取什么措施?使欧盟继续发展成一个社会联盟,发展成一个财政联盟——也就是说创造必要的框架条件,使欧洲从一个相互竞争的国家共同体转变成一个独立自主、权利平等的公民共同体。这正是实现欧洲统一的基本思想,是欧洲一体化工程的创建者们梦想的追求——因为他们自己有过亲身体验。但只要置所有的历史经验于不顾继续煽动民族意识,只要民族主义在很大程度上仍被视为公民无与伦比的身份标签,所有上述理念和措施便不可能得到贯彻执行。那么怎样才能增强那种意识,让生活在欧洲大陆上的人们感觉自己是欧洲公民呢?在这方面可以采取很多具体措施。例如可以用一种欧洲护照取代所有的国家护照。一本欧盟护照将只注明持照人的出生地,但并不显示他的国籍。我相信,仅凭这一点就将多少唤醒一些持这样的护照长大的一代人的意识。而这甚至无需花费任何代价。

艾哈特注意到,会场中的那些理想主义者虽然还在摇头表示怀疑,但他们至少愿意对这种思想进行思考了。

可是这还不够,他又继续滔滔不绝起来。我们还需要、并且首先需要一种鲜明的预示团结一致的象征,它必须是一个具体的共同的项目,能够以共同努力的方式把欧洲的共性展示给世界,我们需要一些属于所有人的东西,它把他们作为欧盟的公民联系在一起,因为希望拥有欧洲、缔造欧洲而不仅仅是继承欧洲的正是欧盟的公民。它是后国家历史上最初的、勇敢的、伟大的和有自觉意识的文化贡献,它必须同时具有政治层面的重大意义和心理层面的象征力量。我想表达什么意图呢?

艾哈特看到,在座的一些人终于给人一种印象,仿佛他们急切地想知道,接下来报告人将说些什么。他深吸了一口气说道:欧洲联盟必须建造一座都城,必须赐予自己一座新的、规划好的、理想的首都。

斯特凡尼德斯教授微笑着说:哪座欧洲城市应当拥有欧盟首都的身份和地位,这样的讨论已经结束了。这些都已是明日黄花。不赋予也包括布鲁塞尔在内的任何城市欧盟首都的名号,而是使欧洲各大机构分布在不同国家的不同城市,这在今天看来是一种明智的决定。

您没理解我的意思,斯特凡尼德斯同事。我说的不是应该给一座城市安上首都的名号。我已经很清楚,这样做只会在一些国家再次激起民族主义情绪,这些国家的民众感觉通过这样的都城遭受到外部势力的控制,因为这座都城同时又是另一个国家的首都。这也是布鲁塞尔所面临的问题。尽管我起初认为将布鲁塞尔视为欧盟首都是比较周到的考虑:它是一个破裂的民族国家的首都,是一个拥有三种官方语言的国家的首都。但是不,我的意思是:欧洲必须建造一座新都。一座新的城市,它的建立将是欧盟的巨大成就，而不是一座旧有的帝王都城或者国家首都，在那里欧盟仅仅是转租房客而已。

您想把这座城市建在什么地方？建在哪一片无人区？是在欧洲大陆的地理中心吗？欧洲最富裕和最强大的国家甚至连给首都建一座机场这样的事情都办不成功，而您却在梦想着建造整个一座城市？莫泽巴赫面带一丝微笑摇着头问道。

也就是说它类似于欧洲的巴西利亚？作为思想实验我觉得这个主意很有意思，达娜·迪内斯库说道，她是在博洛尼亚大学任教的罗马尼亚政治学家。

当然人们不能把这座城市建在一片无人区，艾哈特接着说道。欧洲不再有无人居住的地区了，每一平方米的土地上都留有历史的痕迹。欧洲的首都必须被建在这样一个地方，它的历史对欧洲一体化思想起着决定性作用，那是一段我们的欧洲想要克服、但决不能忘却的历史。它必须是这样一个地方，在那里直到今天人们仍能感受和经历那段历史，即使那段历史最后的亲历者或者幸存者已经死去。这个地方将成为指导欧洲未来政治走向的永恒的信号。

艾哈特环顾在座的与会代表。他们中有人已经预感到接下来他要说什么吗？达娜微笑着，用充满好奇的眼光看着他。斯特凡尼德斯故作无聊地向窗外望去。莫泽巴赫在往他的笔记本电脑里敲些什么。品托在看表。但是十秒钟之后他们全都目不转睛地张大了嘴盯着艾哈特，显出一副惊慌失措的样子。十三秒钟之后，艾哈特，这位知名退休教授和"欧洲新公约"智库成员，书写了属于自己的历史。

他最后说道：因此欧盟必须把它的首都建在奥斯维辛。在奥斯维辛必须产生新的欧洲首都，人们要把它规划和建成一座未来之城，同时也是永远铭记历史之城。"奥斯维辛惨案永不再重演"

是建设欧洲一体化工程的基础。同时它又是对所有未来的一次庄严承诺。我们必须把这样的未来建设成可亲身体验和运转高效的历史中心。你们有勇气思考这个主意吗？这将是我们反馈工作小组的一个讨论结果：建议欧盟委员会主席组织一次公开建筑设计招标，要求投标人在奥斯维辛规划和建造一座欧洲首都。

阿洛伊斯·艾哈特把行李箱放到阿特拉斯酒店房间的床上，为了往箱子里收拾东西。他感觉面颊发烫，心想自己可能是发烧了。刚刚经历过的事情仍令他心潮澎湃。他拉开窗帘，向窗外下面的广场望去。一切都像是电影的慢镜头，他心想。下面广场上熙来攘往的人群像是慢镜头中的回放一样。在令人气闷的炎热中一切都行进得非常缓慢，仿佛所有的运动都是朝着同一目标的共同移动——只是到达终点的时间应尽可能被延长。

艾哈特深谙，欧洲一体化工程必须基于这一共识：民族主义和种族主义是导致奥斯维辛集中营惨案的祸根，它们绝不允许再次重演。这一"永不再重演！"充分解释了所有其他措施，例如各成员国把自己的主权移交给超国家机构，以及有意识地构建一种跨国经济联网。它也为阿曼德·莫恩斯的代表著作提供了解释，作为经济学家他在自己的代表作中开始思考，必须怎样在政治层面上组织和安排后国家经济。艾哈特教授也把自己全部的学术生涯用于这一问题的研究。他的一生、他老师的一生、所经历的当代史、维护社会安定、欧洲大陆的未来，所有这些都基于"永不再重演！"这几个字。艾哈特就是这么认为的。"永不再重演"是对永恒的承诺，是宣称自己永远有效的要求。现在最后一批人也已去世，他们是那些永不再重演事件的幸存者。然后呢？就连永恒本身难道也有有效期吗？现在有一代人承担起了责任，他们至少还感到有义务在星期日演讲中，以劝诫的口吻向人们大声疾呼这一

"永不再重演"。可是然后呢？如果他们中的最后一位行将死去，他能够证明欧洲是从什么样的打击当中想重新创造自己的——那么对于生者来说，奥斯维辛就犹如遥远的迦太基战争那样被尘封在历史之中了。

如果阿洛伊斯·艾哈特需要一个充足的客观理由，来解释他遭受的痛苦以及毫无抵抗地任凭这种痛苦摆布的原因，那他就要往那些宏大的政治和历史哲学范畴里去想了。这样一来他的痛苦正是那种无药可治的厌世情绪。

实用主义者知道治愈这种痛苦的药方，他父亲就是这样的人。艾哈特的父亲1942年应征加入治安警察部队第316营，该营被调往波兹南，为了在那里打着"消灭游击队员"的幌子执行对犹太人的枪决。父亲去世后，阿洛伊斯·艾哈特在他写字桌里一个塞满文件的公事包里找到了这份征召令。还在奥地利被并入德国之前，父亲就已经是纳粹党成员了，之后他又成为维也纳德国女子协会、希特勒青年团和体操协会的体育及军需用品供应商。这样在很长一段时间里他能够以"为战争服务"为由逃避应征入伍。到了不得不关门歇业的时候，他接到入伍通知也就是不可避免的了。得益于他的人脉关系和他为战争所做的贡献，他并未被派往前线，而是加入一个治安警察营待在了后方。

战争时期他父亲在波兹南驻扎过？他，阿洛伊斯·艾哈特，是在商店的库房里出生的，与此同时他父亲在波兰作为"警察"在处决犹太人？后来他从未谈起过此事？艾哈特带着怀疑的目光仔细研读了这些文件许久，最后他向母亲打听此事。父亲去世时她就已经变得老年痴呆，没过几个月她便追随父亲走了。在她还活着的时候，艾哈特尝试促使她回忆从前，但她只是那么呆望着，突然大笑起来说道：波兰？然后便开始唱了起来。"Sto lat, sto lat"，她加重语气地唱着，表情显得很高兴。阿洛伊斯一个词也听不懂，他晃动她的肩膀大喊:母亲!母亲!你唱的是什么呀?尽管听不懂,可艾哈特还是尝试记住歌词,他能记住"sto lat"和"Jeszcze raz",因为母亲总是反复唱着这么两句,他跑到卫生间,模仿语音把那两句歌词下下来,大致就像它们听起来的那样。然后他回到母亲身边,她静静地坐在那儿,像沉入梦境一样,不再说一句话。

第二天艾哈特向一名学斯拉夫语文学专业的女同学请教,她告诉他说,他写下来的这两句歌词意思分别是"百年"和"又一次"。她认为艾哈特的母亲唱的是一首古老的波兰民歌,只不过"sto lat"也可能是一句祝酒词。她的解释是否能帮助他?

不,没有任何帮助。

他母亲怎么会唱一首波兰民歌呢?他父亲在波兹南做了些什么?不再有任何回忆的母亲为何能用波兰语反复唱"又一次!又一次!又一次!"?

阿洛伊斯·艾哈特在往行李箱里装东西,沉浸在无尽的遐思和对往事的回忆中。他突然停了下来。为何他要收拾东西?后天才是他的返程航班,阿特拉斯酒店里的这间客房也是预订到后天,并且他已支付了房费。因为明天还应举行一场"新公约"智库会议。他大可不必立即启程,仅仅是因为他不想再参加会议,不想再在那里让人看到他。而且他持有的也不是可以改签的机票。因此没办法——在布鲁塞尔再待一天吧。

他坐到写字桌边,打开笔记本电脑,想凭记忆写一份会议纪要,对工作小组成员的不同反应作一番汇总。按顺序、依据他把他们划分成的三种类别来写。他从"爱慕虚荣者"开始——但他没能继续往下写,因为他看到电脑的自动修改程序把"爱慕虚荣者"更改成了"精英"。

那就这样吧,他心想,然后合上笔记本电脑。

马特克乘坐11点04分从克拉科夫中央火车站开往波兹南中央火车站的特快列车。整个行程应当持续将近五小时二十分钟。没过三小时对他来说旅程就结束了。因为刚过罗兹火车司机便启动了紧急制动措施，恰好在这一刻马特克从座位上起身要上卫生间，巨大的惯性把他沿车厢的中间通道向前甩了出去，他相继撞到一个座席靠背和通道门上，最后狼狈不堪地躺在了地上。他尝试站起身来，但他无法支撑起身体，他的右臂不自然地耷拉着，他的双腿不听使唤，他无法收缩双腿跪坐起来，他的腹部有些不对劲儿，肚脐后面好像有什么爆裂了，仿佛由此释放出一股巨大的能量，这股炽热的能量现在正流经他的内脏，他听到有人呻吟，肯定也有其他人受伤，他再次尝试直起身来，但却只能把头稍稍抬起一些，继而又伴随着呻吟声让头垂了下去。有人俯身对他说了些什么，那是一个女人的声音，它让马特克心生信任，简直可以说是给了他一种安全感，他闭上双眼。他看到一个小男孩跑过田野，他在放一只风筝。其他孩子跟在男孩后面跑，他们想夺走他手里的风筝，但是男孩跑得比他们更快，他跑得越快，风筝就飞得越高，绳线很快便从线团上放完了，最后一截拉线结结实实地划破和锯裂了他的手掌，现在又冒出一些挥舞着手枪和步枪的男人，他们瞄准风筝射击，但是那个硕大的蒙着红白布条的十字架已经飞得很高，以至于子弹都够不着它了，他的双手在流血，鲜血滴落到田野上，风筝飞得越来越高直上云霄，这时他看到母亲站在旁边，她在笑着向他鼓掌，男孩松开双手，风筝直接向上钻进太阳里，此时的太阳已不再耀眼，而是变得深红并最终黯淡下来。

第二天欧洲范围内的各大报纸都在报道这起火车事故。一名自杀者在罗兹和兹盖日之间的铁轨上一头撞向了开往波兹南方向的特快列车,这起事故使这一路段上的铁路交通封闭了三个多小时。

这篇报道有些不同寻常。它涉及的是一起相对较小的区域性事故,原本媒体之间达成了一致,对这样的突发性事件不予报道,以阻止某些人潜在的模仿行为。但这起事故最终还是见诸报端,甚至登上欧洲各大媒体的版面,究其原因非常简单:死者(至少是作为死者)引起了人们广泛的兴趣。这名撞火车自杀的男子是一位八十岁的老人,名叫亚当·戈德法布。

从1942年开始,在罗兹犹太人居住区旁边也有一座青少年集中营,两岁以上的犹太人子女都被关押在这里。亚当·戈德法布是这座罗兹青少年集中营最后的幸存者,曾经是最后的幸存者。这名"警告者"的自杀动机不详,报道如是说。

第十一章

如果一些东西瓦解了，
那它肯定是有内在联系的。

　　理事会工作小组第一次会议（事由：欧盟委员会的周年庆典计划）恰好在这一天下午举行，当日比利时各大报纸也包括一些德国和法国媒体都在评论那起丑闻，该事件是由在布鲁塞尔皇家美术馆群最新举办的展览引发的。就跟某些轰动性丑闻一样，这起事件也是从星星之火开始酝酿的。起初在名为"铁路支线上的艺术——被遗忘的现代派"的艺术展览会开幕日之后，当地媒体刊发了几则简短的、过分殷勤但缺乏鼓舞的报道。如果一次展览向人们展示的是被遗忘的艺术家的作品，那么就连通常特别有抱负的艺术评论家也很难对展出的作品进行评论，并着重强调某某原本在本次展览上应当被展示的艺术家却被人们遗忘了。这次展览会展示的仅仅是被遗忘的艺术家，任何一名发觉某位艺术家被展览会管理人所忽略、故而不在被展示之列的批评家，都将不知不觉地掉入一个陷阱：他会让人回想起一名被忘却的艺术家，这样做只是又把这名艺术家添加进被遗忘者名单而已。这种情况向人们提出了一个极度复杂的艺术理论问题：在某一特定时期具有重要意义，但之后就理所应当地被人遗忘了，这样的艺术存在吗？显然存在这样的艺术。可是为什么呢？我们不会忘记那个时期，但为何却会忘却那个时期的艺术样例呢?有堪称经典的被遗忘的艺术吗?有堪称范式的被遗忘的艺术家吗?一名被遗忘的艺术家在多大程度上符合"被遗忘"这样的评判,如果一名艺术评论家回想起他来?他在何种程度上无法被或者越发被遗忘,如果该艺术评论家只是要求他在被遗忘者名单上不能被忘却?

出于这一原因展览在评论界并未大获成功——评论家们普遍持这种观点:展出的艺术基本上都是最终在市场上没能得到认同的。但是本次展览也谈不上是失败——因为所有被展出的艺术作品毕竟都是由皇家美术馆群在1945年之后的某个时候大量买进的,也就是说它们在某一特定时期所获的评价跟今天的大不一样,至少作为大有希望的年轻艺术家的作品,它们在同时代人的审美语境中被认为是杰出的。因此一些评论家开始多少带点儿新意地深入研究这一问题:一些东西被认为是重要的,但随后马上又被人遗忘了,怎么会发生这种情况呢?

托马斯·海伯林克,本次展览的负责人,在一次接受《标准报》采访时向记者透露,本次展览的设想非常普通,甚至平庸得令人惊讶:皇家美术馆群正在筹备一场隆重的弗兰西斯-培根展览会,仅仅是从其他博物馆租借来的展品的保险金就耗费了大部分展览预算,这使得皇家美术馆群为了填补预算赤字,有必要先期举办一次不花费任何成本的展览。也就是说用自家储藏室的馆藏艺术作品来举办一次展览。于是就产生了这个主意,即展出美术馆群以前大量购入的、今天被人遗忘的艺术家的作品,他的确觉得这个主意很刺激,值得引发一场讨论。我们忘记了什么,我们为何会忘记,是否在展出的作品中甚至可能体现出一种对于驱散回忆的集体愿望,诸如此类的问题最终还是具有根本意义的。

到此为止本次展览看似已经不再受到媒体的关注了。

但随后《晨报》便刊登了黑特·范·伊斯滕达尔的那篇用词

考究的长文，他是布鲁塞尔知名的文化人士，上一次也作为"布鲁塞尔为其城市之猪征名"评委会成员引起了媒体的注意。他在一次研究中开辟了一条全新的战线，这样的研究只是敷衍了事地进行了一天，然后便偃旗息鼓了：他研究的不是被遗忘的艺术，而是只探讨了展出负责人海伯林克布置展览的形式。这是一次名为"铁路支线上的艺术"的展览。横穿开阔的展览大厅人们铺设了一些铁路道轨，在铁轨末端有一个止冲挡，正如范·伊斯滕达尔在文中所写的那样，这种止冲挡应当表达的意思是：这里是终点站。参观者被引向铁轨的左侧，而艺术作品、雕塑品、油画和素描画则位于铁轨右侧，它们密密麻麻地挂在墙上和陈列在地面上。

黑特·范·伊斯滕达尔的随笔是以下面这句话开头的："这次展览给人们提供了很多思考的素材，只是它缺少一个小的但却重要的细节：展厅入口大门的上方应写有'艺术使人自由'这句话。"

他提出这一问题，是否博物馆或者本次展览的负责人认为，人们可以把失败艺术和成功艺术的关系与在奥斯维辛装卸台上进行的选择来做对比。左边是生命，右边是死亡。展示在艺术市场上因得不到认可而无法立足的艺术，把它展示为大量成堆的作品，这些作品在一段铁轨的尽头被驱向死亡——除此之外还能怎样对铁轨和止冲挡进行阐释呢？——与此同时在铁轨左侧参观者被告知，他们属于生还者这一事实不仅是对奥斯维辛的淡化，而且也揭示了"必须让人们不断关注奥斯维辛"这种思想的愚蠢和不合时宜。现在要提的问题是，如范·伊斯滕达尔所言，"什么是更大的丑闻：是把糟糕的艺术与犹太人等量齐观，还是将艺术市场视为类似于门格勒医生那样的'死亡天使'。无论怎样，这次展览都是一次丑闻，但愿也是最后的此类丑闻：因为从现在开始法西斯主义棍棒是一种混凝纸道具，它是用被水泡过的蹩脚的展览目录制成的，展出的都是些自诩为艺术家的人形靶纸。"

这些话击中了要害。这次文艺副刊不屑大加评论的展览突然成了丑闻事件,并在政治评论和报纸社论中得到了长篇叙述。

就连比利时公共媒体德高望重的老前辈、已经退休十多年的《财经时报》前主编汤姆·科尔曼,也在《时报》上用一篇述评宣告了自己的归来:这次展览是一种犯罪,因为没有任何犯罪可以把它与历史上最严重的犯罪相提并论。自由的世界也有遗忘的自由,自由的市场也包括艺术市场是不会通过膜拜灰烬来定义自己的。

"膜拜灰烬"这句与奥斯维辛相关的表述显得缺乏才智,至少让人感到难过,它又导致了另一些过激的反应,尽管科尔曼的本意肯定不是像外界所评论的那样。人们纷纷在不同的反应和评述中假定,这些都是展览负责人海伯林克的阴谋,但实际上他也不希望看到这一切。不管怎样,在理事会工作小组聚在一起开会的当天,各大报纸都在不约而同地大谈"对奥斯维辛的滥用"这一话题。

乔治·莫兰在刚一开会的时候就说——但请不要记录——:这样的展览毫无疑问与联络总署的主意有某种相似之处,假如这种展览已经成为计划中的周年庆典活动的一部分——嗯,那准确地说这将不是我所描述的能极大提升欧委会形象的事情。

当阿特金森夫人读到会议记录时,她知道她可以忘掉这种形式的周年庆典计划了。现在有两种可能性:把该计划明确推给"方舟"部——最终让它无法成功地实施计划。这样做几乎不会在部门里闹得沸沸扬扬,因为谁也不指望"方舟"部能做出一些真正有建设性的事情。不久前她同事让-菲利普·都彭是怎样评价"方舟"部的?"我喜欢萤火虫,真的,它们很美丽。但是当我想工作的时候,它们根本无法给我提供足够的光明!"

或者她坚持"以周年庆典计划提升欧委会形象"这一基本思想,但在内容层面上放弃"方舟"部所提的主张。这正是理事会工作小组的一个建议:"为何要以犹太人为中心?为何不是体育?"

是啊,她心想,为何不是体育呢?体育使民众团结在一起,人们可以抓住这个理念大做文章,按照《欧盟工作程序协议》第165条第一款的规定,就像在记录里所注明的那样。体育部也属于教育和文化总署的权限范围,这样一来她能够和克赛诺普洛女士继续合作,她们能够以此为基础继续开展工作,即欧委会主席原则上支持周年庆典计划。这一点在会议记录中也有明确说明。只不过工作小组断然拒绝了欧委会单打独斗的做法,由此旨在提升欧委会形象的庆典计划也就变得没有意义了。该计划只应从欧委会预算中得到资助,这是唯一得到工作小组认可的地方,但这一点将很难被接受,如果欧洲理事会和欧洲议会相互通气、不断提出各种反对意见来阻挠资金规划的话。既反对文化司工作人员想出的主意,同时又要求他们把另一种完全不同的理念付诸实践,但这种理念又让他们看不到极度提升形象的希望,人们能对文化司提出这样的苛求吗?

格蕾丝·阿特金森在按摩自己的手指。布鲁塞尔的饮食让她受益匪浅。她的体重已经增加了八磅,令她吃惊的是,她手脚的供血情况好像也比以前好多了。她的脸色再也不像过去那样苍白了,以前她的面部皮肤就像白纸一样毫无血色。她现在面颊红润,看上去就跟托马斯·劳伦斯爵士所画的肖像画上的人物一样,他是英国女王最喜欢的画家。这或许也是刚喝完一小杯香槟酒的结果,或者是普罗赛柯葡萄酒所致,她不想过于夸张,这样的葡萄酒她时不时会喝上一杯。她有过亲身体验,那就是一杯酒、只是一小杯、顶多两小杯酒能够刺激她的想象力,她的理解力会显得更加开放,同时她也会更加坚决果断,只是出于习惯她仍要按摩自己的手指。

她一边按摩一边思考。首先她必须探明,费妮娅·克赛诺普洛是怎样对理事会工作小组的会议记录作出反应的。

她应当给克赛诺写一封邮件,建议她们见上一面,以商讨怎样能够适应记录里提出的异议吗?

简直是胡闹,在这件事上没什么可适应的。这样的邮件无异于是与"方舟"部所提方案的明确疏远。

格蕾丝·阿特金森感觉不舒服。她是一个正派的人。她真心赏识费妮娅·克赛诺普洛的事业心。正派和公平对她来说不是空话,而是扎根于她灵魂深处的原则,是一个人必备的品格,只有这样他才能不失尊严和有望取得成功地走自己的人生之路。她陷入一种境地,在这里职业生存和人性生存或许取决于完全不同的参数,她不知道这是否与那种情况有关,即受到完全不同文化影响的人们必须在这里共事合作,或者是因为庞大的官僚体制原则上导致了这样的矛盾。此前她相继在伦敦大学委员会和英国外交大臣的顾问团里工作过。那两种工作环境涉及的都是精简的组织机构,尽管它们也不是特别透明。基本上一切都是在紧闭的大门后面进行的,那些都是著名的罩有皮垫的隔音门,它们既是隐喻又是现实。但是在这儿,在这里她不断受到人们的监督,所有的邮件都要备份和归档,一段时间后它们又被送往佛罗伦萨,进入欧盟档案馆,在那里专门有历史学家对它们反复进行翻看研究。如果在伦敦部长顾问组要做出一项决定,那么相关讨论最多持续三十分钟,连带讨论开始时的礼仪和讨论结束时的套话。在这种场合具有相同背景和类似出身的人们坐在一起,他们也在相同的学校里上过学,操用彼此熟悉的同一种口音说相同的语言,他们的配偶也都来自同一社会阶层,他们中80%或者90%的人都拥有一模一样的履历和在很大程度上相同的经验。在遇有问题的情况下,二十分钟之后这些从新教精英学校走出来的白人毕业生就能对问题的解决方案达成一致。这个圈子里的每个人所说的话,听起来都像是在自言自语。可是在布鲁塞尔这里呢？在这儿坐在一起的总是操用不同语言和具有不同文化背景的人，特别是许多来自东欧国家的人也出身工人或手工业者家庭，他们有着完全不一样的经验，所有格蕾丝·阿特金森习惯用二十分钟澄清的事情，在这里却要持续数小时、数日甚至数周。

她觉得这种现象非常有意思。她必须承认，无论时任统治者是谁，在英国的精英集团里那么快就能够做出的决定，通常都不符合大多数英国民众的利益。在这里情况正好相反。这里有太多费尽力气方才达成的妥协，因此无论在什么地方，没有人再能理解他的利益在这样的妥协中以某种方式得到了保留。在这里情况更为复杂，但也更加紧张刺激，可有时候她在想：人们必须能够强行采取有力措施，有权发布命令和进行干预——

阿特金森夫人咽了口唾沫。刚才的想法使她感到不安。无论如何不能写邮件。她认为这种有案可查的与克赛诺女士的疏远方式有失公允。绝对不公平。她又给自己倒了一杯普罗赛柯葡萄酒，决定直接给费妮娅·克赛诺普洛打个电话。

当弗里驰打电话问她在午休时间里是否有空时，克赛诺的第一反应是，事情可能涉及对周年庆典计划的否决。对她来说这件事非常重要，他在电话里说，他必须紧急通知她一个消息，他建议两人在阿基米德大街上的佛罗伦萨餐馆吃一顿中午便餐。好的，她回答说，一小时后在佛罗伦萨餐馆见。

克赛诺并不是一个头脑简单的人。但是现在，在阅读理事会工作小组的会议记录时，她还是忍不住要问自己，怎么会有这么多意外因素让她始料未及，凭她多年的经验她是应该能够预见和估计到这些因素的。为何她突然很反感那些被表演的游戏，尽管它们只是习惯性做法而已。这种情况她已经熟悉很多年了。先是普遍赞同她的思想,然后又有这么多反对意见和修改建议,从而使得原先的思想早已面目全非了。

克赛诺读过欧委会主席最爱看的那部小说,小说里有一处讲的是皇帝向他的情人保证,他想用所有神赐予他的力量,去实现人类展翅翱翔的古老梦想。如果他能让这一奇迹产生,这将不仅巩固他的统治,而且同时也会激励人们相信自己的潜能,并因此使他的帝国更加富强。他召集了那个时代最知名的哲学家、祭司和科学家,为了让他们着手解决这项任务——但是任务很快便失败了,因为所有这些智者甚至无法达成一致,他们应该选择哪只合适的鸟儿,以便从它身上攫取飞行的秘密。他们聚焦的不是飞行,他们看到的仅是鸟类之间的区别。

特别令克赛诺感到惊讶的是德国人的反应。会议记录非常圆滑地以这样的措辞开头:"普遍赞同联络及咨询总署的建议,值欧盟委员会成立五十周年之际举办一次周年庆典活动,旨在提升欧委会在公众中的形象(葡萄牙、意大利、德国、法国、匈牙利、保加利亚、斯洛文尼亚、奥地利、英国、荷兰、克罗地亚、拉脱维亚、瑞典、丹麦、爱沙尼亚、捷克、希腊、西班牙、卢森堡)。保加利亚强调对这一倡议特别感兴趣,因为庆典活动恰逢保加利亚担任欧盟轮值主席国期间。"

就这样会议记录里起初都是些客气的赞同,直到开始出现异议为止:"同意方案中提出的预算建议,但是马耳他和塞浦路斯(也包括意大利、德国、芬兰、爱沙尼亚、捷克、匈牙利、斯洛文尼亚、克罗地亚、法国)要求做出有约束力的承诺,也就是即使在超支的情况下也只能用欧委会的行政管理预算来资助庆典活动,而不占用欧盟的一般预算。欧洲理事会和欧洲议会将不赞同这种预算方案。无视这种情况,马耳他和塞浦路斯(以及德国、意大利、法国、匈牙利、波兰)坚持要求吸纳欧洲理事会和欧洲议会来共同监督庆典计划的内容取向。"

剧本的情节的确跌宕起伏。但是当克赛诺读到对活动内容的反对意见、尤其是来自德国方面的异议时,她才真正感到迷惘了:"以奥斯维辛作为欧洲一体化进程的基础,德国对这一思想提出了质疑,并强调不允许把生活在欧洲的穆斯林从欧洲一体化工程中排除出去。(赞同德国的国家有:英国、匈牙利、波兰、奥地利、克罗地亚、捷克)"

克赛诺认为自己还是比较老于世故的。在这么多年的职业生涯中,她在跟各种对抗、阻挠和官僚障碍打交道的过程中积累了足够丰富的经验。即便她在过去一段时间里对自己未来的事业变得有些缺乏自信,可她还是一直相信自己能够预料到各种阻力,并对此做相应的准备。但是德国人的反对意见以及支持德国意见的其他国家的名单,恰恰是这种异议真的让她哑口无言了。她没有想到会发生这种情况:德国人担忧穆斯林的命运,偏偏是那些在对内政策上最彻底地捍卫"基督教的西方"的国家,这一次却站出来支持德国人。恰恰是匈牙利表达出那种忧虑,担心庆典计划得不到欧洲民众的广泛支持,如果把对犹太人犯下的罪行置于据说能够增进认同的庆典活动的中心,因为这必然会让人回想起,犹太人现在对巴勒斯坦人所做的正是他们自己之前遭遇过的事情。对于这一异议匈牙利人收获了来自德国、希腊、西班牙、葡萄牙、意大利等国左翼议员的掌声。他们,匈牙利人也提醒人们不要忘了,他们将于明年主办纪念大屠杀国际联盟大会,因此也已经在筹备一系列的纪念活动。然后是意大利人:"为纪念《罗马条约》签订五十周年,意大利建议在罗马举行周年庆典活动。庆祝现场设在蒙特奇特利欧宫,到场嘉宾应包括欧洲议会议长、欧洲理事会主席和欧盟委员会主席、欧洲经济和社会委员会主席、欧洲央行行长以及各区域委员会主席——"克赛诺觉得接下来的这句附言特别阴险,"……以使他们能够就一份联合庆祝宣言达成一致(赞同的国家有:英国、德国、匈牙利、捷克、拉脱维亚、奥地利)"。克赛诺第一次问自己,为何总会有一些连最起码的常识都不懂的人要参与决策。"为纪念《罗马条约》的签订"——欧盟委员会的起源不是《罗马条约》,而是发轫于《巴黎条约》,海牙峰会最终确立了它今天的形式。理事会工作小组中竟然没有人反驳意大利人提出的在罗马举行欧盟委员会周年庆典的建议?就连更了解情况的法国人也不表示反对?没有人再了解任意一些事情了。人们忘记了那么多事情,尽管如此却依然能够高谈阔论!如此看来意大利人最后做出的补充性建议还是挺令人感动的:"紧接着在罗马市中心庆祝全民节日。"

"为何要以犹太人为中心?为何不是体育?"克赛诺觉得波兰人所提的这一建议如此骇人听闻,以至于她不仅从外观上看的确在连连摇头,而且在内心也感到极度愤慨。波兰人的提议获得了广泛赞同,依照这个主意,虽然周年庆典活动仍由她所在的部门负责,因为"方舟"部也主管欧洲的体育事务,但是相比在文化领域,她在体育方面的能力和施展空间都要更加有限。相比成员国各体育协会的民族主义情怀,国家层面上的各民粹主义党派要让她觉得更容易对付。

就在这时卡珊德拉来到她的办公室里,为了向她汇报她在民事登记处查清了达维·德维恩特最后的住址:住在圣凯瑟琳商业街上的谷物旧市场广场上。但是他居住的那栋房子不久前被拆除了。

达维是谁——怎么了?

我们讨论过这件事的。对于我们的周年庆典计划来说他将是理想的人选。目前没有关于他过世的任何确认材料。他现在可能住在一家养老院里。我们会查到他的行踪的。

过世？克赛诺喃喃地说。现在她感到很疲倦。没有确认？谢谢你！

她看了看表。我得离开了，她对卡珊德拉说。赶在午休时间，有一个会谈！

当克赛诺出发去佛罗伦萨餐馆时，弗里驰已经到那里了。他坐在餐馆门口的一张桌边，沐浴在直射的阳光下，就仿佛街道是一个舞台，阳光则是只对准他的一束聚光灯。当她从远处看到他并朝他走去的时候，她就是这么想的，同时她第一次对"聚光灯"（Scheinwerfer）这个词感到惊奇：光线投射器（Schein-Werfer）！

她无法断定是否他也已经看到了她。弗里驰戴了一副反光墨镜，克赛诺觉得这太可怕了。她不喜欢反光墨镜，因为这样一来人们看不到佩戴者的眼睛。对克赛诺来说这是最令人生厌的伪装，比蒙面巾和罩袍还要更为糟糕，穿戴后者至少还能露出眼睛，即通向人的心灵的窗口，正如人们一直所说的那样。此外这种墨镜还让她回忆起童年时代令她恐惧过的男子。她父亲就提醒过她当心这些男人：戴这种墨镜、不让别人看到他眼睛的人，都有一个不可告人的秘密。谁会有这样的秘密呢？当然是秘密警察了。因此人们给他们起了这个名字。他们出卖别人，把别人投入监狱，或者马上杀掉他们，父亲这样对她说，说完便做出保护性姿态，用胳膊紧紧地搂住她。

据她所知，弗里驰是从旧货市场上买来的这副墨镜，但如果他在这个时候戴上它的话，人们也许就必须估计到，反光眼镜现在又重新流行起来。

他从座椅上跳了起来，为了和她打招呼。因为看不到他的眼睛，故而她第一次非常清楚地看到他鼻孔里生着鼻毛。鼻毛像蜘蛛腿一样露在鼻孔外面。同时她也看到从他镜片里反射出的她自己的目光。她讨厌鼻毛。她刮掉自己腋下和腿上的汗毛,修剪自己的阴毛,而这个男人甚至连从鼻孔里剪去这些讨厌的茸毛这样简单的事情都做不到。

她到底怎么了?弗里驰现在也这么问她:你怎么了?

感到不快——

你觉得——

——因为周年庆典计划的事情。

——阳光刺眼吗?我们——

——是的。

——也可以进去坐。我——

——是吗?

——出于两种选择在里面和外面各预订了一张桌子。

他这个人太会关心别人了。坐在室内他也会摘去墨镜的,克赛诺心想。

周年庆典计划,忘掉它吧!我们马上就要谈这件事,弗里驰边说边打开餐馆的入口大门,礼貌地让她先行进入,从后面看着她并用目光打量她的身段——带着那种男人的自豪感,因为他占有了这个女人,同时他又为自己所感动,因为这种自豪感让他充满了柔情。温柔的深情。这是一种冗辞吗?这种表述肯定是有分层过渡的。最温柔的深情!就好比人们把手放到一个怀孕女人的肚子上——在这种情况下他会想到什么?他根本什么也不会想,不会以话语的形式去想,但人们可以把他的思想感情输到一种计算机程序里,由程序把它们翻译成语言,然后输出的大致就是表达他情感的语句了。

弗里驰把头发向两边分开梳得非常整齐。这一迂腐死板和准确无误的信号令克赛诺很烦躁。现在又有什么恰好不让她烦躁的呢?落座之后弗里驰摘掉墨镜,从桌子上向克赛诺探过身来,克赛诺伸手撩了撩他的头发,直到他的中分发型不再那么整齐为止,然后或许有些过于做作地笑着说道:好多了!这样你看上去显得年轻了五岁。

我希望这样吗?五年前我可不像现在这样幸福!

对方的这种反应使她哑口无言。这时老板娘过来给他们送来了菜单,并记下了他们要喝的饮料。弗里驰点了一杯矿泉水,克赛诺要的是葡萄酒。

菜单上有你们所需的一切吃的和喝的,老板娘说道。克赛诺礼貌地点了点头,她没听懂刚才的话,老板娘讲的是巴伐利亚方言。她是意大利人,来自米兰,但在来布鲁塞尔之前,她在慕尼黑经营了好些年餐馆,并在那儿学会了德语。她认识弗里驰,知道他是德国人。

她是为了一个男人来布鲁塞尔的,在给别人讲述时她总称他为"小子",他长得很英俊,曾是一个"漂亮的家伙",但事实证明他这个人"很不靠谱",简而言之:他就是"一种虚假包装"。

弗里驰喜欢这家餐馆,知道所有关于它的故事。

不久前她在宵禁时间里用自己的音响设备从头到尾播放了一遍《国际歌》,弗里驰讲述道。当时在场的几名客人都很吃惊。你知道这是什么原因吗?是出于对米兰的乡愁,她这样解释说。

克赛诺不解地看着他。

弗里驰笑了起来。她父亲是一名国际米兰的狂热追随者,他接着讲述,这是米兰一家著名的足球俱乐部。当国际米兰闯入欧洲杯决赛对阵皇家马德里时,他动身旅行去了维也纳。

为何要去维也纳呢?

因为决赛在那里举行。也就是说在决赛中由国际米兰对阵皇家马德里。赛前应该由奥地利军乐队演奏双方俱乐部队歌。

为何非要由军乐队演奏?

这我可不知道。反正情况就是这样的。你认为维也纳爱乐乐团会在足球场地上演奏吗？不管怎样：军乐队首先演奏了皇家马德里俱乐部的队歌,接下来该演奏国际米兰的了。但是工作人员误将《国际歌》而不是国际米兰俱乐部队歌的乐谱给了军乐队。于是足球场上空突然响起了《国际歌》的旋律。几名意大利球员也确实跟着唱了起来："起来,全世界的受苦人!"不知道意大利语译文是怎么唱的。在皇马阵中效力的普斯卡什·费伦茨当时或许是世界上最优秀的足球运动员。他是一名匈牙利人,1956年为躲避苏联坦克而逃离了布达佩斯。赛前听到的《国际歌》使他如此精神错乱,以至于他在随后的比赛中几乎整场都在梦游,因此国际米兰最终以3∶1战胜了夺冠呼声很高的皇家马德里。因此为纪念这场胜利,她父亲在家里反复播放《国际歌》这首曲子,因此她——

弗里驰注意到,克赛诺对他讲述的根本就不感兴趣。但是他今天如此快乐,如此高兴,他有很多心里话要说,他已经打开了话匣子。这时老板娘给他们送来了饮料。他们还没有浏览菜单,于是就随便点了份当日推荐套餐。

无论我想对你说些什么,弗里驰接着说道,那都是非常重要的事情。听着,你的周年庆典计划,关于这件事——

工作小组的会议记录你看了吗？

当然看了。

那现在还有什么重要的可说呢？

没什么了——

她生硬地打断他的话并质问对方,声音有些太大,使得邻桌的人都向他们这边看了过来:你在说些什么呀？什么都不重要,又说这件事如此重要,你叫我来这儿就是为了告诉我这些？

不,你听着！我想说的是:你现在无法再为周年庆典计划做任何事情了,它已经被判了死刑。它还将作为典型的欧委会僵尸在一些部门和主管机关游荡一段时间,然后就将彻底被埋葬。你现在必须要做的是:把自己转移到安全地带。让那些夏尔巴人给该计划收尸吧。你无法捍卫计划的基本思想。凭这样的计划你是不会获得成功的。你已经出局了。联络总署想搞一次周年庆典活动,欧委会主席说他将支持一个好主意,理事会工作小组说那不是什么好主意,或者它又给出了其他糟糕的建议,这些建议都不可能被采纳,因为它们都只是些为自己开脱责任的辩解性建议,你明白吗?如果某人一直还相信,他能以此给自己收获荣誉的话,那就让他去做好了。但如果有人因此而遭遇尴尬的失败,那这个人不应该是你。好吗?你已经出局了,因为你——现在我要说重要的事了——……

弗里驰刚想模仿军号声,以便开始故事的高潮部分,这时老板娘端来了生菜色拉,并祝他们好胃口,她是用巴伐利亚方言说的,很难被译成标准语,她的话听起来像是:"Angurten!①"

因为你,弗里驰继续说道,已经在完全不同的地方了。在那里你会有非常美好的职业前景,比如在贸易总署或者国家事务总署。

你在说什么呀?

这难道不是你想要的吗?而且我发现了怎样办成这件事的诀窍。你听好了!你是塞浦路斯人,对吗?

是的。这你是知道的。

但是在你来布鲁塞尔的时候,塞浦路斯已经是欧盟成员了吗?

不,不是。我当时——

你当时是持希腊护照来这里的。

是的,我是希腊人啊。

---

① 德语 einen guten Appetit(好胃口)的谐音。

那么现在呢？是希腊人还是塞浦路斯人？

为何你这么笑？你在嘲笑我吗？这有什么可笑的：我是希腊塞浦路斯人。

让我们慢慢道来，弗里驰说道：希腊是欧盟成员国。在此期间塞浦路斯共和国也加入了欧盟。但在当时，当塞浦路斯还不是欧盟成员的时候，你的身份是塞浦路斯人，但却是作为希腊人来到布鲁塞尔这里的。

是的，这是当时我可以利用的机会。作为希腊塞浦路斯人我能拿到希腊护照——

现在你又有一个完全不同的机会。因为一段时间以来塞浦路斯共和国也是欧盟的成员国了。一个小岛，而且还是半个小岛，人口不足一百万人，一个拥有大致跟法兰克福同样多居民的国家。这种情况确实不太寻常，不是吗？那里的居民都做些什么呢？他们是导游、潜水教练还是橄榄种植者？这我不知道。我只知道一点——

克赛诺一直在盯着他，看着他那兴高采烈的眼神，他在朝故事的高潮行进，只是她还不明白那是什么高潮，总有些什么让她感到不快，像是一种她还不理解的非常细微的侮辱，现在假如他又重新戴上他的反光墨镜的话，那她将丝毫也不会介意的。

按规定在欧盟所有的等级层面上都必须有一定比例的各国公职人员，但这个微小的塞浦路斯共和国做不到满足这一占比要求，无法占据所有塞浦路斯人所能要求的公职岗位。这个国家有能力和符合资格的人太少了。现在你明白我的用意所在了吧？

这就是你想对我说的那件重要事情？

是的。这难道不是很奇妙的事情吗？如此有逻辑性，又如此简单。你给自己弄一本塞浦路斯共和国护照，凭你的履历表你马上就会成为一个部门的主管。

可然后就会有谁必须离开。

英国人要脱离欧盟。还有一些人要退休。一个月之后我们贸易总署里的一个部门的岗位必须要重新调整。紧接着国家事务总署里的一个部门也是如此。塞浦路斯人目前只占据了分配给他们的一半岗位,如果能让他们建议某名候选人选的话——

但是我通过了选拔考试,而且我早就不再靠某个国家的护照来谋生了。

那就更好了！塞浦路斯共和国将感到非常荣幸,在欧盟委员会的重要岗位上安插一名像你这样经验丰富且拥有终身公务员资格的同乡。

我只须——办一本新的护照？

是的。而且很明显你马上就能拿到新护照。

弗里驰喜形于色。他很惊讶费妮娅没有显示出丝毫的兴奋。

Angurten！

他们现在在吃意大利水饺,只是偶尔聊上几句。弗里驰心想,她必须把这个信息先消化一下。另一个他还想告诉她的重要消息涉及的是私事,他想把这件事推到以后再说。人的感觉很难被理解,你还没有把那些感觉说出口,它们就又变得不确定了。他想最好再多等一些时候,等到她对他心存感激之情再说。

午餐过后费妮娅·克赛诺普洛又坐在办公桌边,开始答复电子邮件,她既熟练又厌倦地往电脑里不停地敲些空洞的套话——没过多久她就顿住写不下去了。她该怎样应对弗里驰给她提的建议呢？很快她看到的不再是电脑屏幕,而是一些记忆里的画面,她的手指一动不动地搭在键盘上。她向后靠在椅子背上。关于护照的事情,这可是——她从座椅上一跃而起,走到窗边打开窗户。被太阳烤得闷热的空气涌进开着空调的房间,让她回忆起童年时代塞浦路斯的夏天。虽然当时的天空也是万里无云,但对她来说那不是明媚的童年时光,就像有钱人家的孩子于百般呵护中和在洒满阳光的草坪上嬉戏玩耍时所经历的那样。她看到开启的那扇窗里反射出自己的画像,但只是隐隐约约,仿佛这画像是从一个遥远的时代投射过来的。不,不是这样的,她看到自己的嘴是怎样变得僵硬的,看到了嘴角左右两侧的皱纹,镜像里的她就好像是用喷笔涂上去的一样。这既是她又可能是另一个人,这是——她跑回到办公桌边,拿起电话呼叫博胡米尔:你能很快到我这儿来一下吗?

他马上就来了,克赛诺求他给一支香烟。

烟我放在办公室里了,我马上去取,他这样说道,然后他抬头看了看天花板上的烟雾报警器:我也应该把梯子搬过来,把上面那玩意儿给粘住吗?

没必要,她说,我都是在窗口吸烟的。

他又返回克赛诺的办公室,把那盒烟递给她说:你就留着抽吧,里面也只剩五支了。我办公室里还有一盒。

谢谢。这太好了。你有火吗?

她站在窗口吸烟,同时一直看着博胡米尔,那种方式让他觉得有些尴尬。仿佛她就站在自己身边,仿佛她能看穿他的心思。是因为周年庆典计划吗?他当然知道计划遇到了麻烦,他原本估计正因为这件事她想找他谈话。可她根本不涉及这个话题。气氛显得非常诡异。她可是一名强硬的实用主义者,他还从未经历过她如此惊慌失措的样子。好了,他边说边向后退了一步,刚想走出办公室时就听克赛诺问道:你有护照吗?

博胡米尔惊讶地看着她。

我的意思是,你持有的是什么样的护照?

她原本期待他会这样回答:当然是一本捷克护照了。然后她会点一点头,羡慕他的这种"当然"。但是他的话却让她刹那间哑口无言,因为他是这样说的:我持有的是一本奥地利护照。你为何要问这个?

她盯着他,把烟举到嘴前面,但并没有去吸,眯起眼睛,然后把夹着香烟的那只手伸出窗外,摇了摇头问道:你刚才说你持有一本奥地利护照?

是的。我有一本奥地利护照。为什么问这个?

这正是我想从你这儿知道的。为什么?你可是捷克人啊。

没错,但我是在维也纳出生的。我的祖父母于1968年,在苏联出动坦克镇压"布拉格之春"那年——你知道"布拉格之春"?

克赛诺点了点头。

那年我的祖父母流亡去了奥地利,带着我父亲,当时他才十六岁。十年后我父亲娶了我母亲,她也是流亡到维也纳的捷克人的后裔。但那个时候他们俩都已经是奥地利公民了。我出生后当然也成了奥地利公民。1989年12月,我们返回了布拉格。那是我父母那一代人的胜利。那年我十岁。2002年我参加了在布鲁塞尔举行的欧盟公职人员选拔考试。我在布拉格大学学习了政治学专业,但是我想离开那里去别的地方,这样我的奥地利护照就帮了我很大的忙,因为奥地利已经是欧盟成员,而捷克还不是。因此我来到了这里,——他微笑了一下——因此我成了烟民,手头总是备有几盒。

克赛诺疑惑地看着他。

是这样的,小时候每天晚上我都和父母坐在"亚叙尔",这家维也纳最烟雾弥漫的小酒馆里,那是逃难和流亡的捷克异见人士的聚会地点。我父母每晚必去那家酒馆,他们花不起钱为我请保姆,于是就干脆把我也一块儿带上了。在那儿他们花好几小时的时间和瓦茨拉夫·哈维尔(如果他恰好在维也纳)、帕维尔·科胡特、卡雷尔·施瓦岑贝格、雅罗斯拉夫·胡特卡以及其他叫不上名字的人讨论问题。讨论过程中他们一支接一支烟地抽个不停,所有的人都是这样。我坐在或者睡在旁边,在我自己吸第一支烟之前,我就已经对尼古丁上瘾了。

他笑了起来。在看到克赛诺脸色不对时他又中断了笑声。

接下来呢?她问道。

事情没有结束,他说——他听到的不是"接下来呢?(and?)",而是"结束了?(end?)"——或者可能确实如此:对我父亲来说结束了。哈维尔后来当上了总统,施瓦岑贝格成了外长,科胡特差一点儿获得诺贝尔文学奖,至少他是这么讲的,胡特卡成了"自由欧洲"广播电台的明星,在全国各地巡回演唱他的抗议歌曲,直到不再能听懂这些歌曲的一代人成长起来为止,然后他便带着"活着的传奇"这一美誉退休了。我父亲当上了教育部长——却在宣誓就职当天得了心肌梗塞。他作为"十分钟部长"被载入捷克史册。

我觉得很遗憾。

谢谢。我也觉得很遗憾。

不管怎样,这样看来你是会讲德语了,克赛诺说。

讲得很糟糕,博胡米尔用德语说道。

很糟糕?

是的。

可这是为什么呢?如果你——

因为在返回布拉格之后我再也没说过德语,也就是说从十岁开始。在维也纳生活期间,虽然我在公立学校学过德语,但在家里却总说捷克语。其实只有一点一直保持至今,那就是我禁不住总要嘲笑捷克语中的德语外来词。例如"pinktlich"。这是一个源自德语的捷克语单词。它包含了所有跟"不讨人喜欢的""令人厌恶的"以及"典型德国式的"有关的意思:迂腐的、不灵活的、缺乏敏感的、近乎冷酷的缜密、自负的、像普鲁士人一样自律的——如果某人是这种类型的人，人们就会用捷克语说他这个人很"pinktlich"。

他笑了起来。在看到克赛诺面无表情时他又马上中断了笑声。

我明白了，她说。那么——护照呢？你从未因为护照而遇到过麻烦？

没有，为何会有麻烦？会有什么样的麻烦？无所谓我持有什么样的护照，那是一本欧洲护照。

克赛诺把烟蒂扔到窗外，现在她从烟盒里又抽出一支，把它插在上下嘴唇之间，然后把嘴伸向博胡米尔，那样子看上去就像是要用嘴去亲吻对方，如果人们不考虑那支香烟的话。

他给她把烟点上，她道谢后便向窗外望去。博胡米尔把克赛诺的举动理解为一种礼貌的暗示，意即他现在可以撤走了。

他说："好吧，嗯。"她什么也没说，一直在望着窗外。于是他就走了。他感觉离开了一间病理解剖室。他能否辨认出死者？他认识死者，但他对自己却不肯定。

克赛诺的麻烦是什么？博胡米尔的身世使她感到非常意外，以至于她呆呆地站在那儿一动不动。这个性格开朗的博胡米尔。但是事情并非那么简单。她内心分裂，她变成了两个人。她不理解为何她应当是这个样子。他的身世在某种程度上与她的相吻合。但她自己的还是大不一样。这一点令她困惑。起初是这样的。

她所持有的护照一直就是她的欧洲护照，而非是她国家认同或者种族认同的一种凭证。护照是她进入欧洲自由王国的入场券，在这里她可以享有迁徙自由和定居自由，通过护照这种通行证她能够在欧洲走自己的路。在塞浦路斯的学生时代，当出于某种原因播放国歌时,她都会和其他人一道充满激情地跟唱:"自由万岁,让我们向你欢呼!"但是以希腊塞浦路斯人的身份必须成为塞浦路斯民族主义者,她绝不会有这种想法,这对她来说是完全陌生的。为何出生地应当比她作为人所能够或必须享有的权利更为重要?她理解何谓自由,但是塞浦路斯应高于一切,这一点她是绝对不会想到的。因此她一点儿也不感到吃惊,当她去希腊读大学、并注意到人们在那里唱同一首国歌《自由颂》时。这对她来说不是对国家的承诺,也丝毫不令她困惑不解,为何两个国家会拥有同一首国歌,对她来说这首国歌很简单就是一首自由之歌——而且这首歌非常契合她的心境:你从希腊的圣骨中／愤怒地复活!

她的愤怒应当伴随她走向远方。愤怒是能量,是一种生产力。自由的承诺不能仅仅意味着:在困境中渐渐枯萎,但你的思想是自由的!看一看你门前贫瘠的小树林里的那些橄榄树吧!它们不需要很多水分和养料,但它们的叶片却在阳光下闪着银光!

如果你的思想是自由的,那么你的前途、你的所作所为、你的行动也必须是自由的。还在十二岁那年她就已经清楚这一点了,当时她在为来自五洲四海、前来参观干涸的阿芙洛狄特浴泉的游客搬运矿泉水瓶。来自五洲四海,这是她在学校里学的,实际上那些游客总要来塞浦路斯,因为塞浦路斯距离土耳其、希腊、叙利亚和埃及那么近,一直以来就是连接欧洲、亚洲和非洲的一个重要门户。塞浦路斯不是一个国家,这座岛屿是一艘小船,它在历史的波涛上颠簸,在那些兴起复又衰落的民族和帝国的潮汐中起伏。

在拿到希腊护照时,她从未想过以此就远离和背叛了标明自己出身的那个国家。希腊护照对她来说仅是一种旅行证件,是她从国徽上绘有一只鸽子的那座岛屿、旅行前往把自己描述为和平工程并能给她提供工作机会的欧洲大陆的通行证。她应当放弃这本护照,应当把它换做另外一本,新护照和她原先的并没有什么两样,但却要求她作为希腊塞浦路斯人,在希腊人和塞浦路斯人之间做出选择,现在她觉得这样做是完全疯狂的举动。她应当把自己视为欧洲证件的护照换作另外一本,而新护照恰恰是对国家的一种承诺——这样做的目的是为了能够在欧洲事业有成。是的,这太疯狂了。她在欧委会工作了很长时间,这足以让她拥有这样的经验:民族主义者想自由地走自己的路,通过这种方式他们越来越残暴地向欧洲施压,倾斜了所有他们从原先的困境中带来的愤怒,现在她突然想到,或许这无意中也是对各种限制的愤怒,正是那些限制强行要求人们说出:我是……塞浦路斯人。或者是希腊人。或者是其他身份。谁要是说:你是——那他的意思便是:请待在原地!

弗里驰的建议打乱了她的全部生活。身份也只是一张纸而已。如果更换了证件,她也将获得另外一种身份吗?如果她不再像以前那样唱"自由,让我们向你欢呼!"可现在应该唱的还是"自由,让我们向你欢呼!"因为新护照的国歌与旧护照的国歌是一样的,那这会有什么不同吗?是的——因为她将用一首自由颂歌去交换一首国歌,相同的歌词和相同的旋律因此也将具有完全不同的意义。作为希腊人她是在塞浦路斯出生的,在希腊她是出生于塞浦路斯的希腊人。现在要求她把这种身份看作是一种双重身份,并要求她在两者之间做出选择:你的精神是分裂的,现在决定你到底是谁!这实在是疯狂之举。

事情的可怕之处在于,她暗地里知道,她的这种冥想实际上是在自我欺骗。当然她将抓住这次机遇更换护照。她用了两个小时的时间来承认这一事实:她是实用主义者。而这无异于是在做出一项务实的决定。为何她会有那样的顾虑呢?因为她不知何故总感觉到,如果这样做她原先的一些东西就将死去。有谁会乐意死去呢?死后将拥有更美好的人生,无论是成为圣人还是事业有成,这样的希望也只能算是一种绝望的慰藉了。

她给阿特金森夫人写一封邮件,写着写着她停了下来,点击鼠标关闭文件。这时屏幕上显示出"是否保存草稿?"的窗口。

她很想让自己的生活还有其他可能性,就像电脑所提示的那样:保存草稿。她点击"否",向后靠在椅子背上,心里在想:好了,就这样了。

时间已将近下午5点。她又给部门员工写了一封集体邮件:"明天上午11点开会,因为周年庆典计划的葬礼。"

那个时候马丁·舒斯曼也将返回。

她删去"葬礼"一词,然后点击"发送"。

她关掉电脑离开办公室。她没有兴趣"回家",回到她那狭小实用的公寓房间,它基本上就是一间带有可移动衣帽间的卧房。但她也不想再待在这里了,通过今天的决定她其实已经离开了这个工作岗位。随便去哪儿喝点儿什么?她犹豫不定。如果要去喝点儿什么那就去"笑猪"吧,就是她所住大街上的那家咖啡馆。

她沿约瑟夫二世大街向北走,去往马尔比克地铁站。在站台上她看到电子信息牌上显示:下一趟地铁六分钟后到站。

一个男人能够被变形为一只甲虫,看来还真有这样的事情。

这一想法仅仅是对眼前景象的一个微小但却典型的征兆,即身强力壮的弗洛里安·舒斯曼突然之间变成了另外一个人:受到惊吓、孤独无助和感到绝望的一个人。他不是一个博学多识的男人。手不释卷一直都是他弟弟马丁的形象。

你又在那儿读什么呢?是关于印第安人的故事?

不是。书里描述的是一个男人被变形为一只害虫,变成了一只甲虫。

被一名魔术师?

不是。就那么变形了。特别突然。他睡觉醒来,然后就成了一只甲虫。

他当时觉得他弟弟是多么疯癫啊。人们怎么会读这些东西,怎能用这些奇异的书籍来浪费时间呢?他是父亲特别喜欢的孩子,是家里指定的接班人,父亲把他当作偶像来喜爱,但尽管如此并不溺爱和娇惯他。作为应当接管家庭农场的人,他不能是一个软蛋,绝不允许显得弱势和耽于幻想。父亲从不把自己的内心情感说出来。他表达情感的方式是通过一个认可的眼神和点一下头,或者他笨拙地用胳膊搂住弗洛里安的肩膀,稍一用力说道:我的儿子!

马丁则更受母亲的疼爱,他是一个喜欢幻想的孩子,动辄就哭鼻子,爱好读书,经常担惊受怕。在感到害怕时他就跑向"妈妈",指望母亲能保护他,但同时她也很难做到对他特别温柔:在与生活的抗争中她变得严厉了,因为债务她度过了许多不眠之夜,那些债务是他们家为了把农场扩建成养猪场和屠宰场而背负的。所有的肌肉都绷得很紧。必须支撑起重量的人,是不可能去亲昵地抚摸别人的。但这并不意味着她拒绝他,尽管有时她也生气地问自己,他为何会是现在这个样子,她认为他必须磨炼自己,让自己变得坚强起来,特别是他应当表现出愿意承担分配给他的劳动,即便他的动作还不是那么熟练。当她又发现他在偷偷看书时,她就打发他去猪圈干活。这样的安排毫无意义,因为圈养的生猪当时都已经由机器来喂养饲料了,猪圈的清理也是由两名帮工通过机械化作业完成的,因此马丁在那里只能显得碍手碍脚。最后他又跑回厨房。他被允许帮忙做饭——或者坐在餐桌边看书。直到他必须把餐具摆到桌子上为止,因为男人们马上就要来吃饭了,他们是父亲、哥哥和那两名身上散发着浓重猪圈气味的帮工。

变成了一只甲虫?就那么简单?没有魔术师的操控?简直是

胡说八道!

你能回忆起,弗洛里安问道,我们当时是多大年纪吗?十四和十六岁?现在他像一只摔了个四脚朝天的甲虫一样躺在床上。现在他变形成为一只孤独无助的甲虫。突然之间。就那么简单。他在等着被人照顾,等着护士给他输液以减轻疼痛,等着有人给他送饭,等着别人的关心。如果可能他也读些东西,起初只看报纸,后来也看马丁给他带来的书籍。读累时他的眼睛会感到疲劳,胳膊会变得沉重,然后他就打个盹儿,沉思一阵子,梦想一些事情。在此期间弟弟马丁负责料理一系列积压的和必须要被处理的事情,而弗洛里安则眼睁睁地仰面躺在床上。和住院医生交谈,给弗洛里安投保了一份商业附加险的那家保险公司打电话。他多方打听哪位外科医生的口碑最好,为了争取让他为弗洛里安实施复杂和危险的背部手术,主刀医生必须是他所在领域的名医——

一名魔术师?

不是。非常实际,是一位医术大师,马丁说道。

马丁把弗洛里安出事的消息通知手工业同业公会、奥地利经济协会、弗洛里安的商业伙伴以及欧洲猪肉生产商联合会董事会,他应弗洛里安的请求要求欧洲猪肉生产商联合会提交一份布达佩斯会议报告,和弗洛里安的妻子玛莲娜保持密切联系,在弗洛里安住院期间玛莲娜不得不临时接管企业的经营管理工作。此外他还安排聘请了一名擅长处理交通违规行为和事故赔偿事宜的律师,委托他代理哥哥起诉那名出租车司机所投保的保险公司,因为对方对这起灾难性事故负有全责,这将导致提起民事诉讼,以行使对于损害补偿和精神损失赔偿的合法权利。

在此期间弗洛里安或阅读或盯着天花板发呆。他和马丁之间发生了一次令人吃惊的角色交换,就那么简单,突然之间,完全没有魔术师的介入。

现在弗洛里安的脊背里被植入了一块钛板和十二枚螺钉，脊柱得到了加固，脊髓未受损伤，这样就排除了瘫痪的危险。人们纷纷祝贺弗洛里安这一不幸中的万幸。

他仰面躺在床上，梦想着一些事情，有时会发出叹息或者呻吟声。当他弟弟向他小声说些什么、轻轻擦拭他额头上的汗水、亲切地握住他的手时，他就会开心地微笑起来。

在父亲去世那年，他就像我现在这么大岁数，弗洛里安说。我当时还年轻，但我……如果我现在死了，那我的孩子们——伊丽莎白七岁，保罗五岁——那将……

这难道不很特别吗？现在在这个年纪我遭遇了这种事，父亲当年也是这个岁数，当他——你知道事情的奇特之处是什么吗？我从未思考过死亡，甚至在尚未下葬的父亲的棺木前也没想过。往下面的坑里铲一铁锹泥土——没错，我是受到了惊吓。但我不是在思考死亡，而是在思考我自己。对于生者来说死亡总是其他人的死亡。

他陷入沉思。

假如我现在死了，我都无法和家人告别，他说。就像我们的父亲当初无法和我们告别一样。

他沉默了一会儿，接着又说道：临终前和家人告别，这是更好的做法吗？还是这样只会使人更加痛苦？

他在思考这些问题。

假如我现在瘫痪了，你会帮我了结生命吗？如果真是那样我就不想再活下去了。在那种情况下我能信赖你吗？我现在认为，我是可以相信你的。

不,马丁回答说。

为了照顾哥哥,马丁最大限度地用完了自己未经动用的休假天数,尽可能提出休护理假的要求,最后甚至还尝试了不带薪脱产的可能性。春天来了,温热的空气通过敞开的窗户涌进室内,也把第一批花粉捎带了进来,病房里的暖气过热,因为按照日历天气必须再凉爽一些才对,而医院病房都是根据日历而不是根据实际气温供暖的。当弗洛里安必须打喷嚏时,他就把被子推开,并伴随着"哎呦"的叫喊声,打喷嚏时的震动一直还让他的脊背感到疼痛,他先是冒汗,继而又因为开窗造成的气流而冷得发抖,马丁不得不重新给他盖好被子,可弗洛里安再次将被子推到一边,露出愤怒的神情,这是他、这只四脚朝天的甲虫所能坚决果断地做的唯一的事情。

马丁在维也纳保留了一小间公寓,就在维也纳第二区,为的是在他偶尔抽几天时间回家探亲的时候,他至少在这里还有一个落脚处。但它从来就不是一处真正的住家,它只是一个临时落脚的地方。这里有一个小灶间,他在那儿只煮过咖啡,只打开过一个抽屉,抽屉里装的是开瓶起子,偶尔也会有发霉的果酱和过了保质期的黄油。这里有一个带床和桌子的房间。此外还有箱子,八个搬家用的大箱子。在他退掉以前租住的房屋时,他就把这些箱子搁在了这里,因为他要迁往布鲁塞尔。现如今他根本就不再知道这些箱子里装的是什么了。这就是他的住家。他在家庭养猪场附近的父母家里也有一个房间,距离维也纳有三个小时的车程,那也不是真正意义上的住家,他干嘛要去那儿呢?

有时在他晚上从医院回来时,他会拐过街角去"走向胜利"那家餐馆。在那儿他能吃到正宗的红烧牛肉,周五还能品尝一种味道鲜美的鱼菜。一次他亲眼见证了,一个由一名维也纳人领来这家餐馆吃饭的德国人,是怎样用近乎惊恐的恼怒问他的同伴的:走向胜利?但愿这不是一家纳粹餐馆!

服务员正好走过并听到了这些话,他把胳膊撑在桌子上,弯下身子说道:听好了!工人阶级的胜利!我说的听懂了?

马丁禁不住微笑起来。刚才的一幕像是历史幽灵的一次示意,又像是一个在考古挖掘现场出土的瓦盆。后来服务员又来到他的桌边说道:只是一句玩笑话!这谁都知道!我们餐馆的名字叫"走向胜利",因为自阿斯本战役胜利以来就有了这家餐馆,那也是奥地利人对拿破仑的胜利!

再挖深一层土,于是又出土了一个瓦盆。

某个周六他在加尔默市场吃早饭,在那儿他遇见了昔日大学时代的同学菲利克斯。他没有认出对方,但他却被认了出来。他撒谎说:太好了,我们又见面了!他们喝着咖啡聊天,马丁已经做好了多愁善感的准备。他们的聊天很成功。从前,是啊从前!你还记得当时吗?是的,那个时候。他们眯起眼睛看着太阳,喝完咖啡后又开始喝葡萄酒。突然多愁善感变成了一种哭诉。马丁向他讲述——为何偏偏向他?为何向这个假借过去的经历称自己是一位老朋友的陌生人?或许正因为这个理由!——马丁向他讲述,说他处于危险之中,感到意志消沉,说他得了抑郁症——

抑郁症?怎么会呢,菲利克斯带着一种病态的喜悦说道。请告诉我,你睡前刷牙吗?

马丁困惑地看着他。是的,当然了,他回答说。

菲利克斯笑了起来。那你就没有得抑郁症。只要刷牙,人们就不会感到沮丧的。顶多是有些忧郁,他这样说。我知道自己在说什么!他撸起袖子,把动脉上的伤疤指给马丁看。

这是什么时候留下的?

无所谓什么时候,菲利克斯说。不管怎样:当时那段时期我没有刷过牙!

在此期间弗洛里安在恢复健康,非常缓慢,但确实在好转。他不想再阅读了。他逐渐返回正常的生活状态。奇特的是:同时他也开始以某种方式结束他原先的生活。

他得知,在布达佩斯举行的欧洲猪肉生产商联合会年会选举产生了一位新任主席。这也是意料之中的事。因为在赴会途中遭遇车祸,他未能在年会上亮相,也无法把他缺席的原因通知欧洲猪肉生产商联合会董事会。很明显,这种情况当时只能被人误解。好像他对担任主席这一职务不再感兴趣了,甚至没兴趣再进行正常的工作交接了。选举产生了一位新任主席,对此他能够理解,这并不伤害到他的感情,但是最令他担忧的、更有甚者几乎让他感到气愤的是,一名匈牙利人被选为新任主席,就是那个无法用言语来形容的巴拉兹·格永约西,他是一名激进的民族主义者,迄今为止他只是利用在欧洲猪肉生产商联合会里的工作机会,来为他自己的大型曼加利察猪养殖场争取实惠和好处。他企图将这一联合会滥用为议会外的游说者,为了让人把"匈牙利曼加利察猪"登记为受商标法保护的原产地标识,以此将奥地利和德国的曼加利察猪养殖户排挤出市场。此外格永约西也一再因其反犹太主义言论而变得引人注目。对他来说欧盟就是全世界犹太人为了破坏欧洲国家而想出的一个阴谋,那些犹太人在他眼里就是所谓的"寄宿民族"。既要求欧盟为其匈牙利种猪提供法律保护,同时又拒绝欧盟,既大规模经营生猪养殖,但又把他的死敌犹太人描述为猪,所有这些矛盾不仅显得荒诞可笑,它们在弗洛里安看来也是在诋毁联合会的声誉和非常危险的事情。因此他打算提交一份将巴拉兹·格永约西开除出欧洲猪肉生产商联合会的申请。现在偏偏是这个男人成了欧洲猪肉生产商联合会的新任主席。这怎么可能呢?

在本次布达佩斯会议上,匈牙利养猪户和屠宰户当然在代表人数上占了绝大多数。据说格永约西专门开着巴士把数十名这样的匈牙利代表运送到会议现场。他的竞选对手是一个名叫胡安·安东尼奥·希门尼斯的西班牙人,弗洛里安不认识他。问题显然在于,德国人和荷兰人在选举中投了弃权票,而那些小国的代表们则集中支持匈牙利竞选人,这足以使他们在票数上胜过法国人、意大利人和西班牙人。

后来弗洛里安获悉了原因:事实上在此期间德国人和中国谈妥了一份双边贸易协定,现在只差在协议书上签字了,荷兰人也是如此。欧洲猪肉生产商联合会以及谁应当成为该联合会的主席这一问题,现在对他们来说——

——完全无所谓!弗洛里安喊道。现在这对他们来说,恕我这么说,都他妈无所谓!

他盯着天花板,一动不动地躺在床上,但是马丁感觉在他内心深处有一头野兽正在咆哮着冲撞笼子的格栅。

几天之后。来自加伯尔·兹博的一封邮件,他是唯一还和弗洛里安保持联系的匈牙利同事。马丁把邮件读给弗洛里安听。"巴拉兹被免去了代表团团长和匈牙利猪肉生产商联合会主席的职务。"

弗洛里安微微一笑。然后他又开始盯着天花板陷入沉思。马丁握紧他的手。弗洛里安把手抽了回来。

不知什么时候马丁感觉自己被他哥哥榨干了,就像是被吸血鬼吸干了血液一样。这难道预示着从现在开始一切都又跟从前一样?或者几乎一样?弗洛里安已经能够偶尔侧身躺在床上,能够暂时起身走上几步了。

我必须返回布鲁塞尔。

我永远不会忘记你为我所做的一切。

我下周一飞回布鲁塞尔。这个周末我再帮你转到康复医院。

谢谢。

出院后你将做些什么呢?

你不都看到了嘛。

什么?

我还能做些什么?躺着啥也不做。

我的意思是在你出院之后。

我不说了嘛。欧盟为关停养殖场的养猪户发放补贴。针对每一头不再继续喂养的猪人们都能得到补贴。我将解雇所有的员工。我将从自己住的地方亲眼看养猪场怎样衰落下去。总有一天你的继任者们会把它挖出来重新定论。在此期间我还是照样领取关停补贴。

你这不是当真的!

不,我是认真的。我将把我的资本投往德国,参股一家大型的饲养企业,或许是通内斯肉联集团,通过欧洲猪肉生产商联合会我和该集团保持着密切的联系,在那儿我多年的经验和我的专家鉴定资格能够被派上用场。或者也不是这样。不管怎样:我躺着啥也不做。你能预见未来吗?

不,不能。

你什么也看不到?

是的,什么也看不到。

我也是。我不再能预见任何事情了。

飞往布鲁塞尔的那趟所谓"睡衣航班"(周一早7点的航班)

的机票当然都已售完了。乘坐这趟航班的都是欧盟各机构工作人员和欧洲议会成员,他们在维也纳度完周末,现在又要返回工作岗位,以及奥地利的议会外游说者和利益团体的代表,他们在周一上午就有约见,当天晚上或者第二天再乘飞机返回。一位认真负责的老师也可能领着全班同学登上这趟航班,他们是受"年轻的欧洲人参观欧洲议会"这一活动的资助前往布鲁塞尔的,这种情况也时有发生。马丁是在下午那趟航班上才预定到座位的,这不得不说是一种运气,因为如果他乘坐的是早班飞机甚至是中午航班,他都可能会因睡过头而误机。直到凌晨将近4点的时候他还没有入睡,还无法让头脑安静下来。下午晚些时候他把哥哥送到了位于克洛斯特新堡的康复医院,然后他在塔波大街上的希腊人商店里买了三瓶"神话"啤酒、一些奶酪和一瓶"戏曲"白葡萄酒,此外还在土耳其店里买了一块面饼。

他边吃边喝边看着那些搬家用的箱子,尝试想象在他下一次回父母家探望他哥哥和家人时会是怎样的情景,到那个时候他简直一头猪也看不到,猪圈、大型饲养车间、屠宰设备,一切都显得空荡荡的,都已被停止使用,白瓷砖不再沾满血污,在霍费尔先生用水管冲洗过之后也不会再洁白锃亮,而是布满了灰尘和硬渍,霍费尔先生提前退休,所有的员工都被解雇了,大自然将挺进被关停的厂房车间里,在那些关停前由最后一批生猪留下的粪便上,开始长出常春藤、蕨类植物、攀援植物和野草……窗户玻璃都破碎了,在霜冻季节冰冷圈栏里的水管会破裂,墙面上产生裂缝,随风飘荡的种子在这里筑巢、发芽和生根,各种各样的植物吞噬着墙壁上的泥灰并强力冲破墙体的束缚,为家鼠、田鼠、刺猬、蚂蚁、蜘蛛、雨燕、大黄蜂和野猫创造了一处群落生境。马丁开始喝第三瓶"神话"啤酒,他看到饲养车间的顶棚已经坍塌了,车间就建在父母住宅前面,那栋房子是原先农场上最初的居住区,在此期间它已被加盖和拓宽了两次。马丁打开葡萄酒,问自己是否家里人真的会站在窗边或者坐在房子前面的长椅上,目睹杂草和野生植物的根茎以及各种动物的爪子是怎样嵌入日益没落的家族史的。如果养猪场瓦解成灰并沉入地下——他哥哥还能领取多长时间的关停补贴呢?

他应当去睡觉了。他刷了牙。他满意地微笑着:这是一个好兆头。一个不太好的兆头是,他刷完牙后又坐回到桌边,还想再抽支烟、喝杯葡萄酒。他思考现在在布鲁塞尔等待他的是什么。当然他通过克赛诺群发的集体邮件得知,周年庆典计划遇到了麻烦。他当然也收到了理事会工作小组的会议记录。他粗略阅读了会议记录,并没有特别在意它。对他来说至关重要的是,克赛诺明显想要继续推行这一方案,至少她没有明确提出终止计划的要求。某些晚上他坐在电脑前,为了进一步对庆典方案进行补充和润色,虽然是在休假,可他还是希望自己在返回工作岗位时能提交一些建议。下午在医院里陪护完哥哥后,至少在某些晚上他不知道,除了这么做他还应做些什么。

他主要是在反复思考一个念头:如果人们本着欧洲和平工程的理念和欧盟委员会的历史任务,想要把那些奥斯维辛幸存者作为时代见证人展示给公众的话,那么这样做也是符合逻辑和有意义的事情,那就是使来自欧委会创建时期的那些官员也参与到庆典活动中来,让他们向公众讲述,当年他们是怀揣哪些思想、意图和希望开拓他们伟大事业的。马丁相信,第一代官员要比当今的官僚精英们更清楚地知道自己在做些什么。马丁·舒斯曼心想,这就好比是老虎钳钳嘴的两侧。在其中一侧是灭绝营的幸存者,他们让人回想起那句誓言:民族主义和种族主义永不再重演。在另一侧则是欧盟委员会的缔造者代表,他们让人回忆起的与那句誓言正好是一回事:发展一个超国家的机构,以消除民族主义并最终使国家消亡。

他给卡珊德拉写了一封邮件:你认为这个主意怎么样?

卡珊德拉:我来处理这件事。

一周之后卡珊德拉这样回复:欧委会第一代官员全都是这种状况:a) 死亡。b) 患老年痴呆。c) 未患老年痴呆,但无法出门旅行。你还想在这个主意上继续做文章吗?也许向公众展示第三种状况的视频信息?

马丁喝完那瓶"戏曲"葡萄酒,但感觉自己始终无法上床睡觉。他在厨房里找到了一瓶渣酿白兰地。不要这样,他心里这么想,但最终还是控制不住自己打开了酒瓶。当他从小灶间回到仅有三步之遥的桌旁时,他已经有些跌跌撞撞了。

或许,他心想,人们应当重新规划周年庆典活动。不顾一切,毫不妥协。如果老年痴呆和死亡无法让他们提供信息,无法使他们提醒公众,欧盟的初衷到底是什么以及它始终坚持的目标是什么——那么恰恰是那些老年痴呆症患者和死者必须登场亮相并对此承担责任。他们难道不会激起恐慌和同情、或许可能引发人们心灵的涤荡吗?他们甚至会让人们豁然开朗。一个老年痴呆的社会突然间明白了它想要的是什么,一个病入膏肓的大陆突然间回想起那副医药,那副保证使它痊愈、但它却停止服用并最终忘却的医药。怎么办到这一点呢?人们怎样能够成功地把这出戏演完呢?依靠专业演员?人们必须聘请演员,让他们以欧委会创建时期的官员身份在公众面前亮相,他们不必是已经成功地扮演了各种可能性角色的著名演员,他们仅仅是本人而已,只不过是以另一种角色出现,是对一切都不在乎的多元明星。不,人们需要的是上了岁数的老演员,他们都是伟大的理想主义者,但却从未当过明星,他们精通本行,但从未能够得到完全的认可,他们的经验感受深深地影响了他们本人及其演艺工作,但对下几代人来说那只意味着荣誉而非真理,只意味着把探索真理的空话作为追求荣誉的基础,只意味着把荣誉看作是业务基础而非能指和所指的信号灯。事业失败的演员不必表演这出戏,因为他们正是死去的欧委会缔造者们将要展示的形象,如果人们明天能把那些死者请到舞台上的话:毫不动摇地尊重他们在青年时代所持的理想,对自己的失败和被人遗忘感到绝望,渴望被人重新发现和回忆起来,捍卫一种思想的尊严,这种思想比埋葬它的所有卵石还要更加绚丽夺目。难道就没有还不显得糊涂、还能记住台词的八十岁或者九十岁的失败演员吗?他们将是欧洲创建时期的真正代表。

马丁从刷牙杯里喝着烈性酒。

他眼前浮现的景象就跟电影里的画面一样:死者在列队游行,在宽大的电影银幕上,他们沿星线穿过所有的大街小巷,朝贝尔莱蒙大厦方向行进,这座大厦是对被取代的历史的明证,是欧洲一体化工程的缔造者们发出的一个信号,然后是运来的棺材。那是一副什么样的棺材?躺在棺材里的是谁?是最后一名犹太人,很清楚,是最后一名从灭绝营里幸存下来的犹太人。他恰好死于欧盟委员会诞辰五十周年之际,这真是命中注定的巧合啊!于是值欧委会周年庆典之际举行了一次盛大游行,一次庄严的葬礼,比国葬还要更为隆重,它是第一次超越国家层面的欧盟葬礼,欧盟委员会主席在灵柩前更新了那句誓言:民族主义、种族主义和奥斯维辛永不再重演!在最后一名时代的见证者死后,永恒的轨迹被延长了,书写历史的最后一个笔划也被超越,相比钟摆历史再次被赋予了更多的内涵,因为钟摆只是通过来回摆动使人陷入愚钝的精神恍惚。在马丁的电影里现在升起了黑云,在一片充满戏剧性场面的天空上,就像一种日全食现象一样,黑云遮在太阳前面,遮住了所有的光线,这一切之快令人窒息,就跟电影里的快镜头一样——影片现在停顿了片刻,因为马丁的思想停留在了"快镜头"这个词上,他抽着烟凝视前方,心里在想:快镜头。然后影片中的黑云又接着快速移动,天越来越黑了,一阵狂风骤起,掀掉了人们头顶戴的帽子,他看到在风中旋转的帽子变得越来越黑……

他昏厥了过去。那不是正常的睡眠。在凌晨临近4点的某个时候马丁失去了知觉。

他乘一辆出租车去机场,途中在车上差点儿睡着了。整个飞行期间他都在打盹儿。他像吃巧克力豆一样服用阿司匹林。抵达布鲁塞尔机场后,他从O出口乘坐去往欧洲城的巴士。从那里他走了几步去马尔比克地铁站,因为贝尔莱蒙入口处又被封锁了。他现在只想回家。此前他从未如此真挚地把在布鲁塞尔的住房感受为是自己的家。在站台上他向电子显示牌看去:还有四分钟。

艾哈特教授上午11点必须在阿特拉斯酒店前台办理退房手续,时间还太早,他没有必要马上就乘车去机场。他慢慢地穿过谷物市场旧街,身后拖着他的行李箱,在铺石路面上行李箱不停地蹦蹦跳跳,就仿佛是布鲁塞尔想摆脱他一样。为了消磨时间他应该做些什么呢?去吃饭吗?是的。可他很晚才吃早饭,现在还不感到饿。他朝圣凯瑟琳地铁站方向走去。去那儿干嘛?天热得令人难以忍受,他身上开始出汗了。他在报纸上读到了有关名为"被遗忘的现代派"的展览的消息,没想到这次展览竟引发了如此激烈的争论。或许他应该参观一下这次展览?他有些犹豫不定。当他来到圣凯瑟琳教堂门口时,他当机立断便走了进去。他还有时间。教堂里会更凉爽一些。他经常路过这座教堂,但只进去过一次,那是在他来布鲁塞尔的第一天晚上,当时他是为了躲避一场阵雨。其实这座教堂看上去像是一座主教教堂。或许它在艺术史或者文化史方面很有吸引力。

还没有进到教堂里,他就开始问自己他来这儿做什么。在成排的座椅上零星地坐着几名祈祷者,游客们举着智能手机或者平板电脑在拍照,不断亮起的闪光灯此起彼伏,与此同时配殿祭坛上许愿蜡烛的火苗也在摇曳摆动。在维也纳他也从未去过教堂。那他为何要在布鲁塞尔参观一座教堂呢?十二岁那年他和他所在的班级被领去参观了斯特凡大教堂。那次活动根本不是出于宗教信仰的原因,而是为了去上乡土课程。祖母在临近去世前才成为虔诚的信徒,他在十五岁时曾陪祖母去教堂参加了一次圣诞晨祷,但那也是在她事先塞给他二十先令的情况下。从此他再没有去过教堂。他很高兴自己的家庭教育未受宗教的熏染,原则上赞同父母的无神论主张,尽管他很晚、很久以后才明白,他们都曾是强硬的纳粹分子,因此对教会怀有敌意。

他从左侧配殿往里走,这时一个男人跟他打了招呼,他穿了一件黑色的西服和罗马衫。

您也喜欢吗?

对不起,您说什么?

黑色圣母像!

艾哈特跟随那名男子的目光,看到了前面的圣母玛利亚雕像。

一个奇迹!当然您看到了这一点,是吗?

您指的是什么?是她的脸?因为脸是黑色的?

不是。您仔细看一下她的手。您看到了吗?她的拇指被撞掉了。当时在宗教改革运动时期,新教教徒破坏了这座教堂,把这具雕像扔到了前面的运河里,在此过程中她的拇指被折断了。您看到断裂处了吗?现在请您清点一下她的手指!怎么样!您看到了吧?是五根手指!天主教徒打捞起圣母雕像,把它运回教堂并重新竖在这里。尽管她被撞掉了一根手指,但现在她又有五根手指!简直就是一个奇迹!您看到了吗?

他面带灿烂的微笑在胸前画十字。

也有可能她先前就有六根手指？艾哈特这样说道。

穿黑西服的那名男子看了看他，转过身去走了。

艾哈特教授离开教堂，继续朝地铁站方向走去。他打算乘地铁坐到火车总站，从那里再乘火车去往机场。但这样一来他到机场就太早了，为了打发时间他就将无精打采地漫步于免税店之间，最后吃一份口感糟糕的三明治，喝一杯啤酒，出于无聊再喝一杯啤酒，然后又开始到处转悠，喝一杯咖啡，然后坐在某个地方候机。最终因为时间总也消磨不掉，他会再去买些比利时巧克力，因为人们来比利时旅游或出差时都要带巧克力回家，但他无法或者不想给任何人捎带东西，特鲁蒂很喜欢吃巧克力，他有时会给她捎带一筒装饰有蓝色流苏的妙卡巧克力，刚开始是在两人约会的时候，后来在他从大学下班回到家里时，捎给她的巧克力单纯就是作为略表心意的小礼物，当时在拐过学院的格里帕泽大街上还有那家名叫"凯泽糖果"的老字号甜食店，它是由凯泽老先生亲自经营的，在他还是大学助教时，凯泽老先生就总对他说这样的话如"特向您夫人推荐，教授先生"，如果特鲁蒂喜欢他就会很高兴，但他自己对巧克力并不是特别感冒，那现在他为何要买些巧克力呢？仅仅是为了让时间很快过去，上一次他在布鲁塞尔机场买了一盒"诺豪斯"糖果，回家后它们在厨房里放了好几个星期也没有人动。至今它们一直还在某个地方放着。他没有在火车总站下车，而是继续往前一直坐到马尔比克站，他知道在离马尔比克地铁站很近的地方有一家意大利餐馆，在一次《新公约》会议结束后他曾去那里吃过饭。那家餐馆博人好感，也不让人感到麻烦，饭菜非常可口，即使不感到饿人们也能去品尝一下。他真的又找到了那家名叫"托斯卡纳客栈"的餐馆。在等餐、吃饭和喝葡萄酒时，他都在思考自己的未来。至少他有这样的打算并尝试这么去做。事情并非那么简单。他唯一非常确信的下一步未来是,他现在吃进和喝进肚里的所有东西都将发生代谢,并在他返回维也纳后排出体外。他告诫自己思想不要太过平庸。事情并非那么简单。饭菜很合他的口味。但他觉得这样的享用像是一种浪费:如此美味佳肴只供他一人受用,他无法和任何人分享这样的美食。葡萄酒非常好喝。他思考自己的未来。他认为自己也完全能够对此进行思考,即是否在死后还有生命的存在。是存在的,他心想,那叫人死后在后代记忆中的长存。他能留下一些在他死后继续产生影响的东西吗?他有一笔能继续发挥作用的遗产吗?他能留下一道遗嘱吗?他觉得自己或许还有时间来写一本书。人们可以把一本书规划和书写成一道遗嘱吗?可以把它定义成一笔后世能够真正继承的遗产吗?或许是一部自传?或许他应当写一部自传,里面包含了他的经验和思考,这样总有一天至少人们能够回忆起,什么是可能发生的,并在不可挽救地继续郁积。在阿曼德·莫恩斯的自传里他曾经读到:"历史不仅是对过去发生事件的讲述,而且也是不断分析原因的过程,即为何更加理性的结局是不可能的。"这必须是他的自传所依循的座右铭,他这样想道,然后他点了一杯浓缩咖啡并告知服务员结账。他想写一部自传,自传讲述的不是他简朴的一生,而是他没有经历过的事情。那是他所处的时代未曾经历过的事情。现在时间变得很紧了。他必须出发去机场。他支付了整瓶葡萄酒钱。

他变得紧张起来,他因为思考问题而忽略了时间。

他应当去舒曼环岛乘坐去往机场的巴士吗?还是应当回到地铁站,坐三站到火车总站,然后乘坐火车去往机场呢?他觉得火车要比巴士更快。他拖着蹦蹦跳跳的行李箱奔向马尔比克地铁站,跌跌撞撞地跑下电动扶梯,太晚才意识到扶梯停止运营了,在站台上他紧张地向电子显示牌看去:还有两分钟。

首都

达维·德维恩特听见有人大喊"待着别动!"他用手捂住耳朵,但是他听到那声"待着别动!"在他脑子里更加嗡嗡作响,仿佛它在两个太阳穴之间不断地被撞来撞去,激起一次又一次"待着别动!"的回声,他知道现在他必须要走了。马上就走。不再有任何考虑,只需要下定决心。立即从这里出去并离开这里。

他离开时连房门都没有关上。他没有遇到任何人。在楼梯间、在楼下的休息厅里、在那边的餐厅里、在前面的图书馆里,到处都是静悄悄的看不到一个人。午饭后大多数养老院住户都在睡觉,或者他们外出散步,沿奇树街向南一直走到栽满垂柳的溪边,在那儿给鸟儿喂食,或者去墓地散步,走到长椅处歇一歇,然后返回喝下午茶。这个时候养老院女护工们正坐在员工休息室里喝咖啡,彼此交流她们遇到的麻烦。

德维恩特离开汉森家庭养老院时,这里就像是一个空无一人的世界。或者像是一节运载死尸的火车车厢。"你让我们陷入不幸!"——这是他听到的最后几句话。他必须离开,尽快离开。可是去哪儿呢?

他做出了一个决定,这样的决定不给他时间去斟酌利弊。从这里出去!挣脱并离开这里!

他朝公墓大门走去,但他并没有进入公墓,他有一个地址,他必须到那里去。

当他跳下火车时,一名年轻男子塞给他一个信封,里面装有一张写着安全地址的纸条和二十法郎。一切都发生得很快。一番交火后列车又重新启动,但是他看到车轮在铁轨上的滚动非常缓慢,敞开的牲口车厢拉门像是一个黑洞,黑洞后面是他的父母和他弟弟,他感觉这幅画面在一厘米一厘米地向前推进,枪声、跺踩声和喘息声,变得越来越快的金属与金属撞击时发出的铿锵声,他被撞了一下，那名男子又推了他一下并大声喊道：快跑！去找这个地址，地址在——他指了指那个他刚刚塞到他手里的信封——，在那里面！列车行驶得越来越快，那个黑洞从他眼前驶过，他的家人就蜷缩在它后面，这时又有一个黑洞驶过，紧接着又是一个，他转过身去，看到许多人跑过原野，具体数量是多少呢？有上百人？他看到不时有人栽倒或者倒毙，他们是被子弹击中了后背，他扑到地上，顺着铁路路基的斜坡滚了下去，直挺挺地躺在地上，直到火车彻底驶过为止，党卫军哨兵仍在从行驶的火车上朝那些跳车逃难者瞄准射击。等一切结束后他才从地上爬起来撒腿狂奔。

他看到眼前的原野上有些原先扑倒在地的人现在又站了起来。他从那些倒在地上再也没能站起来的人身边跑过。他跑进远方的夜色里。他有一个地址。

他不认路。这时驶来一辆公交车，在公墓门口停了下来。

4路公交车——德维恩特对此毫无概念。他上了车。公交车徐徐开动，把他带离这里。他把一切都扔下了。他父母和他弟弟在到达奥斯维辛集中营后马上就被关进了毒气室。即便他没有跳下火车，即便他跟他们待在一起，他也还是救不了他们。现在也不是讨论这些问题的时候：我们应该跳车还是不跳？我们在这种或那种情况下必须预料到什么？他从火车上跳了下来。他存活了下来。他父亲是名小会计员，是个生着忧伤的黑色眼睛的柔弱男人，他只能凭自己冷酷的严谨和对借贷监管的信任，来对世界的正常运行作出贡献，他刻意装出的自豪其实是对时代的抗拒，是在蔑视那些更强势和更会随机应变者做出的那种嘲弄和傲慢的微笑。即使是在家里，在不受任何人注意的完全私密的生活空间里，他也在表演着绝对严谨的戏剧，仿佛国王和政府要员就在一旁观看并赞许地向他点头。当他回忆起自己母亲的时候，他会看到她也总是带着那种忧伤谦恭的眼神,他们俩的眼睛之所以那么忧郁,不是因为他们看到据说要发生的事情正在到来,而是因为他们相信,一切都会跟从前一模一样。他们没有担忧过,他们只是在忧虑中随遇而安,他们把忧虑视为他们生命的主旋律——而并没有把它们看作是通向死亡之路上的铺路石。只有唯一的一次德维恩特听到他们在大喊、甚至是在怒吼:待着别动!假如他待在车厢里,他就会跟他们一样被关进毒气室。跳下火车他无法拯救他们,待在车上他还是救不了他们。这是罪责吗?

他有一个地址。

陌生人教他怎样感到自豪和具有抵抗力。他们像对待自己的孩子一样喜爱他。当他最终被出卖的时候,时间已不足以通过繁重的劳动来谋害一名身强力壮的年轻男子。他很走运。遭遇不幸,收获不幸中的万幸,再次遭遇不幸,又是不幸中的万幸。

他找不到写有地址的那张纸条。他坐在公交车上,意识到自己的衣服口袋都是空的。他必须努力回忆。他必须找到路径,重新认出它来。他在暗暗抱怨。他必须努力回忆。但是记忆里只有一个黑洞。他向车窗外望去。车辆驶过的地方勾不起他的任何回忆。没有一块路标、没有任何东西能和他过往的经验结合起来。到处都是建筑物的外墙面。

现在什么也看不到了。公交车车门开启又关闭。然后车辆又开始晃晃悠悠地驶过各种建筑的外墙面。车门开启又关闭。一切就是这样。

火车车厢的拉门被猛地扯开。一个声音在大喊:出来!跳下去!

公交车车门开启。待着别动!你会让我们陷入不幸!

德维恩特跳下公交车。他差一点儿摔倒在地。车站上的一名男子扶住了他。

快跑！去找那个地址——

德维恩特环顾四周，看到人们沿大街向下奔走，他也跟在他们后面跑。他在什么地方？是在一个黑洞前面。片刻之间他又认出了眼前这个地方：马尔比克地铁站。他对这个地方有所了解。了解什么呢？他进入地铁站，走下台阶。他肯定又认出了那条路。他走到站台上，心想这就是那条路。

还有一分钟。

一名背包的男子。一位女士在往她的智能手机里敲些什么。一个拖着行李箱的男人。地铁进站停了下来。车门开启。他看到眼前一位母亲站在敞开的车门处，手里牵着一个孩子。孩子挣脱母亲的手，从车厢里跳了出来。

就在这时炸弹爆炸了。

当约瑟芬护士和汉森家庭养老院的门房胡戈先生一道清理达维·德维恩特的房间时，她在房间里找到了一张纸，上面罗列了一些人的名字。

胡戈先生把三件衬衣扔到一个搬家用的纸壳箱里，然后说道：他也没有太多的东西。

约瑟芬护士点了点头。清单上所有的名字都被划掉了。

只有极个别人有很多东西，胡戈又说。在这家养老院我已经工作八年了，我一直还很惊奇，一个人到头来留下的东西少得有多可怜。

是啊，约瑟芬回应说。她坐了下来，吃惊地看着那张纸。在被划掉的名单尽头达维·德维恩特加上了自己的名字。

他有些装饰有花押字的漂亮手绢，胡戈说边把那些手绢扔进纸壳箱。

只有达维·德维恩特自己的名字没有被划掉。

他还有非常高档的西服！真的堪称品质一流。流浪汉救助站的工作人员会很高兴的。但是，如果有人穿这样的西服去乞讨的话，那他是不会讨到一分钱的。穿这种西服的男人——他边说边举起德维恩特的粗花呢西服——是不会有人帮助的。

约瑟芬特别希望他保持沉默。她一句话也不说。在她面前的茶几上放着一支圆珠笔。她拿起笔来，将它像一把刀一样握在手里。

他在自己的一生中到底做了些什么？胡戈先生问道。他以某种方式出名过吗？一位政治家或者高官？我的意思是——因为欧盟委员会要为他安排葬礼。

埋葬一段时期的肃静的葬礼，约瑟芬心想。

我所惦记的是经典作品、相册、袖珍日历和日记之类的东西，胡戈先生接着说。太不寻常了。这些东西他都没有，就连一本相册都没有，一般每个人都会有影集的，他边说边把鞋楦扔进纸壳箱。

约瑟芬问自己她该怎样处理这份名单。把它扔进纸壳箱？还是扔进废纸篓？她应该把达维·德维恩特的名字划掉吗？他希望这样吗？正因为如此他才把这张纸连同这支圆珠笔一道放在茶几上的吗？目的是为了让她——

胡戈先生把牙刷、牙膏、指甲剪、止汗剂和剃须刀具通通扔到一个塑料袋里，再把塑料袋投进纸壳箱。纸壳箱不会装满的，他这样说道。

这种恐怖的死亡，约瑟芬心想。偏偏是德维恩特在这起恐袭事件中——可另一方面：怎么能说偏偏是他呢？对于每个人来说。对于所有在错误的时间里……对于所有……二十名死者和一百三十名重伤者来说。

她把那份名单折叠起来,把它塞进自己白色工作服的口袋里,用手拍了拍口袋,心里在想:只要他的名字不被划掉,只要——

都清理完毕了,胡戈先生说道。

后　记

《都市报》编辑部预料到动物权益保护者们会发起抗议。库尔特·范德库特在开始刊发自己的系列文章之前，就提醒过编辑部要当心这一点。主编当时只是笑着说道：极端分子的抗议只能增进读者和报纸之间的联系。

只不过令人惊奇的是，那样的抗议过了很久才出现。那是在好几周之后，在《晚报》刊出了一篇攻击《都市报》这家免费报纸及其耸人听闻的运动式新闻写作之后。

那是一篇讽刺性文章，以此《晚报》提出这样的推测，认为那头在布鲁塞尔街头横冲直撞的猪或许根本就不存在，监控摄像头记录的那些模糊画面也都是伪造的。《都市报》上的那些系列文章或许只是重新例证了免费报刊的工作程式：那就是用子虚乌有的故事来引发骚动。这篇文章配有一张在范坎彭肉店拍摄的照片，照片上显示的是挂在肉钩上的两半猪身。照片下方的文字是："布鲁塞尔城市之猪的末日？"

这篇文章还附有一段对"比利时动物保护协会"会长米歇尔·莫罗的采访，他把《都市报》发起的此次活动描述为是"自马克·杜特斯以来最大的丑闻"。为了报纸的广告宣传活动滥用一头穿过城市奔跑的猪，而不是去拯救这头猪，如果它真实存在的话,这种做法是可耻的。城市街道对于一头猪来说并非天然的生活空间,它在面对柏油路面、拥挤的人群和公路交通带来的挑战时可能会陷入一种持续焦虑的状态,这种情况相比养殖场里的封闭隔离饲养可能会让动物感到更加痛苦。他呼吁"相关责任部门",彻底查清那是否是"一头真实存在的"猪,如果情况果真如此,那么相关部门应当依照职权捕获那头动物,让一名兽医对它进行检查,然后把它送到一家农场,让它能够在那里按照规定被人饲养。"作为动物权益保护者,我在使用动物隐喻方面也格外小心,但这里所发生的只能被描述为是污秽肮脏的卑鄙行为",莫罗在采访中如是说。

现在就连《晚报》也掀起了一场"狗屎风暴"。数十名读者纷纷以读者来信和发帖的形式,抗议该报把虐待动物跟虐童和马克·杜特斯虐杀儿童的丑闻相提并论。在短短几个小时之内,对米歇尔·莫罗的访谈在公共社交网站"脸书"上就引发了数百个代表愤怒表情的评论。

对《都市报》的攻击调转了方向,在短时期内反倒成了《晚报》面临的麻烦。但尽管如此《都市报》编辑部仍面临一个更严重的问题,这个问题在公众再次将注意力转移到它上面之前务必要得到解决:"布鲁塞尔为它的城市之猪征集命名"活动已经彻底失控了。读者可以在线提出命名建议,或者提出用其他事物来进行比拟的建议,同时随着每一个命名和每一次点击鼠标,所提建议的排名都会定期得到更新,排名是根据一个名字被提及的次数和比拟的数量生成的。这样的排名是评委会确定入围名单的基础。一开始人们所提的建议都是可想而知的:猪小姐、猪夫人、小猪聪聪。

与布鲁塞尔有关的比拟命名只有"撒尿小猪"(十七次),或许再算上"凯瑟琳"这样的命名(二十一次),因为那头猪是在圣凯瑟琳商业街上第一次被人看到的。可之后就发生了一些不可思议的事情。编辑部撤销了征集命名活动的网页。多名评委退出了评审委员会。他们不想再参与这样的活动。

　　我们停止这次活动,主编这样说道。我们保持沉默。用不了多久人们就会忘掉这件事。顺便提一下,库尔特,他对范德库特说,两周来媒体上再没有任何关于那头猪最新动向的照片,这一点您注意到了吗？再没有任何人们在某个地方看到它的报道。它消失了。消失得无影无踪。

　　À suivre.①

---

①　法语:未完待续。

21世纪年度最佳外国小说书目
(2001—2019)

2001年：

1. 要短句，亲爱的 〔法〕彼埃蕾特·弗勒蒂奥 著
2. 雷曼先生 〔德〕斯文·雷根纳 著
3. 天空的皮肤 〔墨西哥〕埃莱娜·波尼亚托夫斯卡 著
4. 无望的逃离 〔俄罗斯〕尤·波里亚科夫 著
5. 饭店世界 〔英〕阿莉·史密斯 著
6. 凯恩河 〔美〕拉丽塔·塔德米 著

2002年：

7. 老谋深算 〔美〕安妮·普鲁克斯* 著
8. 间谍 〔英〕迈克尔·弗莱恩 著
9. 尘世的爱神 〔德〕汉斯-乌尔里希·特莱希尔 著
10. 幸福得如同上帝在法国 〔法〕马尔克·杜甘 著
11. 黑炸药先生 〔俄罗斯〕亚·普罗哈诺夫 著
12. 蜂王飞翔 〔阿根廷〕托马斯·埃洛伊 著

---

* 即安妮·普鲁。

2003 年：

13. 伊万的女儿，伊万的母亲 〔俄罗斯〕瓦·拉斯普京 著
14. 完美罪行之友 〔西班牙〕安德烈斯·特拉别略 著
15. 砖巷 〔英〕莫妮卡·阿里 著
16. 夜半撞车 〔法〕帕特里克·莫迪亚诺 著
17. 夜幕 〔德〕克里斯托夫·彼得斯 著
18. 灵魂之湾 〔美〕罗伯特·斯通 著

2004 年：

19. 深谷幽城 〔哥伦比亚〕阿瓦德·法西奥林塞 著
20. 美国佬 〔法〕弗朗兹-奥利维埃·吉斯贝尔 著
21. 台伯河边的爱情 〔德〕延·孔涅夫克 著
22. 巴拉圭消息 〔美〕莉莉·塔克 著
23. 守望灯塔 〔英〕詹妮特·温特森 著
24. 复杂的善意 〔加拿大〕米里亚姆·托尤斯 著
25. 您忠实的舒里克 〔俄罗斯〕柳·乌利茨卡娅 著

2005 年：

26. 亚瑟与乔治 〔英〕朱利安·巴恩斯 著
27. 基列家书 〔美〕玛里琳·鲁宾逊 著
28. 爱神草 〔俄罗斯〕米·希什金 著
29. 爱的怯懦 〔德〕威廉·格纳齐诺 著
30. 妖魔的狂笑 〔法〕皮埃尔·贝茹 著
31. 蓝色时刻 〔秘鲁〕阿隆索·奎托 著

2006 年：

32. 梅尔尼茨 〔瑞士〕查理斯·莱文斯基 著

33. 病魔 〔委内瑞拉〕阿尔贝托·巴雷拉 著
34. 希腊激情 〔智利〕罗伯托·安布埃罗 著
35. 萨尼卡 〔俄罗斯〕扎·普里列平 著
36. 乌拉尼亚 〔法〕勒克莱齐奥 著
37. 皇帝的孩子 〔美〕克莱尔·梅苏德 著

2008年(本年起,以评选时间标志年度):
38. 太阳来的十秒钟 〔英〕拉塞尔·塞林·琼斯 著
39. 别了,那道风景 〔澳大利亚〕亚历克斯·米勒 著
40. 优美的安娜贝尔·李 寒彻颤栗早逝去
 〔日〕大江健三郎 著
41. 大师之死 〔法〕皮埃尔-让·雷米 著
42. 午间女人 〔德〕尤莉娅·弗兰克 著
43. 情系撒哈拉 〔西班牙〕路易斯·莱安特 著
44. 曲终人散 〔美〕约书亚·弗里斯 著
45. 我脸上的秘密 〔爱尔兰〕凯伦·阿迪夫 著

2009年:
46. 恋爱中的男人 〔德〕马丁·瓦尔泽 著
47. 卖梦人 〔巴西〕奥古斯托·库里 著
48. 秘密手稿 〔爱尔兰〕塞巴斯蒂安·巴里 著
49. 天扰 〔加拿大〕丽芙卡·戈臣 著
50. 悠悠岁月 〔法〕安妮·埃尔诺 著
51. 图书管理员 〔俄罗斯〕米哈伊尔·叶里扎罗夫 著

2010年:
52. 转吧,这伟大的世界 〔美〕科伦·麦凯恩 著

53. 卡尔腾堡 〔德〕马塞尔·巴耶尔 著
54. 恋人 〔法〕让-马克·帕里西斯 著
55. 公无渡河 〔韩〕金薰 著
56. 逆风 〔西班牙〕安赫莱斯·卡索 著

2011 年：
57. 古泉酒馆 〔英〕理查德·弗朗西斯 著
58. 天使之城或弗洛伊德博士的外套
　　〔德〕克里斯塔·沃尔夫 著
59. 复活的艺术 〔智利〕埃尔南·里维拉·莱特列尔 著
60. 哪里传来找我的电话铃声 〔韩〕申京淑 著
61. 卡迪巴 〔法〕让-克里斯托夫·吕芬 著
62. 脑残 〔俄罗斯〕奥利加·斯拉夫尼科娃 著

2012 年：
63. 沙滩上的小脚印 〔法〕安娜-杜芬妮·朱利安 著
64. 阳光下的日子 〔德〕米夏埃尔·库普夫米勒 著
65. 唯愿你在此 〔英〕格雷厄姆·斯威夫特 著
66. 帝国之王 〔西班牙〕哈维尔·莫洛 著
67. 鬼火 〔美〕莉迪亚·米列特 著
68. 骗局的辉煌落幕 〔瑞典〕谢什婷·埃克曼 著
69. 暴风雪 〔俄罗斯〕弗拉基米尔·索罗金 著

2013 年：
70. 形影不离 〔意〕亚历山德罗·皮佩尔诺 著
71. 我们是姐妹 〔德〕安妮·格斯特许森 著

72. 聋儿 〔危地马拉〕罗德里格·雷耶·罗萨 著
73. 我的中尉 〔俄罗斯〕达尼伊尔·格拉宁 著
74. 边缘 〔法〕奥里维埃·亚当 著

2014 年：

75. 生命 〔德〕大卫·瓦格纳 著 ★
76. 回到潘日鲁德 〔俄罗斯〕安德烈·沃洛斯 著
77. 潜 〔法〕克里斯托夫·奥诺-迪-比奥 著
78. 在岸边 〔西班牙〕拉法埃尔·奇尔贝斯 著
79. 麻木 〔罗马尼亚〕弗洛林·拉扎莱斯库 著
80. 回家 〔加拿大〕丹尼斯·博克 著

2015 年：

81. 骗子 〔西班牙〕哈维尔·塞尔卡斯 著 ★
82. 星座号 〔法〕阿德里安·博斯克 著
83. 所有爱的开始 〔德〕尤迪特·海尔曼 著
84. 首相 A 〔日〕田中慎弥 著
85. 美丽的年轻女子 〔荷兰〕汤米·维尔林哈 著

2016 年：

86. 酷暑天 〔冰岛〕埃纳尔·茂尔·古德蒙德松 著 ★
87. 祖列依哈睁开了眼睛 〔俄罗斯〕古泽尔·雅辛娜 著
88. 本来我们应该跳舞 〔德〕海因茨·海勒 著
89. 父亲岛 〔西班牙〕费尔南多·马里亚斯 著
90. 黑腔 〔尼日利亚〕A. 伊各尼·巴雷特 著

2017年：

91. 遇见　〔德〕博多·基尔希霍夫　著　★
92. 女大厨　〔法〕玛丽·恩迪亚耶　著
93. 电厂之夜　〔阿根廷〕爱德华多·萨切里　著
94. 小女孩与幻梦者　〔意〕达契亚·玛拉依妮　著

2018—2019年：

95. 夫妻的房间　〔法〕埃里克·莱因哈特　著
96. 活在你手机里的我　〔俄罗斯〕德米特里·格鲁霍夫斯基　著
97. 首都　〔奥地利〕罗伯特·梅纳瑟　著
98. 已无人为我哭泣　〔尼加拉瓜〕塞尔希奥·拉米雷斯　著

（带★者为"邹韬奋年度外国小说奖"获奖作品）

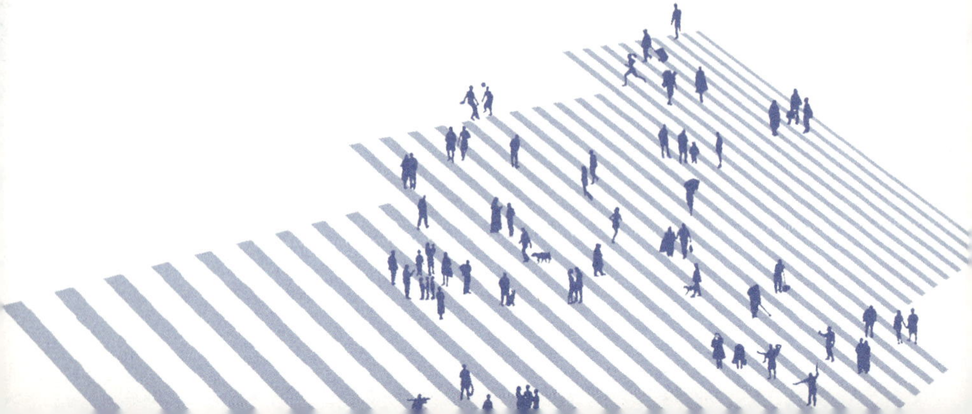